O CÉU DE PEDRA

A TERRA PARTIDA: LIVRO TRÊS

N. K. JEMISIN

Tradução
Aline Storto Pereira

Copyright: The Stone Sky © 2017 por N.K. Jemisin
Publicado em comum acordo com a autora, The Knight Agency e Julio F-Yáñez
Agência Literária, S.L.

Título original em inglês: *The Stone Sky*

Direção editorial: Victor Gomes
Coordenação editorial: Giovana Bomentre
Tradução: Aline Storto Pereira
Preparação: Cássio Yamamura
Revisão e Tradução de extra: Isadora Prospero
Capa e Design de Capa: © 2017 Hachette Book Group. Inc. e Lauren Panepinto
Imagem de capa: © Arcangel Images, © Shutterstock
Mapa: © Tim Paul
Adaptação da capa original: Beatriz Borges
Projeto gráfico e Diagramação: Desenho Editorial

Esta é uma obra de ficção. Nomes, personagens, lugares, organizações e situações são produtos da imaginação do autor ou usados como ficção. Qualquer semelhança com fatos reais é mera coincidência.

Todos os direitos reservados. Proibida a reprodução, no todo ou em partes, através de quaisquer meios. Os direitos morais do autor foram contemplados.

Dados Internacionais de Catalogação na Publicação (CIP)

J49c Jemisin, N.K.
O céu de pedra/ N.K. Jemisin; Tradução: Aline Storto Pereira. - São Paulo: Editora Morro Branco, 2019.
p. 512; 14x21cm.

ISBN: 978-85-92795-78-8

1. Literatura americana - Romance. 2. Ficção americana. I. Storto Pereira, Aline. II. Título.
CDD 813

Todos os direitos desta edição reservados à:
EDITORA MORRO BRANCO
Alameda Santos, 1357, 8º andar.
01419-908 – São Paulo, SP – Brasil
Telefone (11) 3373-8168
www.editoramorrobranco.com.br

Impresso no Brasil
2019

*Para aqueles que
sobreviveram: respire. Isso.
Mais uma vez. Ótimo.
Você está bem. Mesmo que
não esteja, você está vivo.
Isso é uma vitória.*

Prólogo

SOBRE MIM, QUANDO EU ERA EU

O tempo está se esgotando, meu amor. Vamos terminar com o começo do mundo, podemos? Sim. Podemos.

Mas é estranho. Minhas lembranças são como insetos fossilizados em âmbar. Elas raramente estão intactas, essas vidas congeladas, há muito perdidas. Normalmente, há apenas uma perna, algumas escamas de asas, a parte inferior de um tórax... um todo que só pode ser deduzido a partir de fragmentos, todos se unindo em um borrão entre fissuras irregulares e sujas.

Quando estreito os olhos e me esforço para lembrar, vejo rostos e acontecimentos que deveriam ter significado para mim, e eles têm, mas... não têm. A pessoa que testemunhou essas coisas em primeira mão fui eu e, no entanto, não foi.

Nessas lembranças, eu era outra pessoa, da mesma forma como a Quietude era outro mundo. Naquela época e agora. Você e você.

Naquela época. Esta terra, naqueles tempos, eram *três* terras – embora estejam quase na mesma posição do que aquilo que um dia será chamado de Quietude. Repetidas Estações acabarão por criar mais gelo nos polos, afundando o mar e tornando as suas "Árticas" e suas "Antárticas" maiores e mais frias. Mas, no passado...

... *agora*, a sensação é de agora quando me lembro daquela época, é disso que estou falando quando digo que é estranho...

Agora, neste tempo anterior à Quietude, o extremo norte e o extremo sul são boas terras cultiváveis. O território que você chama de Costeiras do Leste é composto, em sua maior parte, por pântanos e florestas pluviais; ambos vão morrer durante o próximo milênio. Parte das Latmedianas do Norte ainda não existe e será criada por efusões vulcânicas ao longo de vários milhares de anos de erupções descontínuas. A terra que se tornará Palela, a sua cidade natal? Não existe. Levando tudo em consideração, as coisas não estão tão diferentes, mas o *agora* de que estou falando é um nada atrás em termos tectônicos. Quando dizemos que "o mundo acabou", lembre-se: normalmente é mentira. O planeta está bem. Do que chamamos este mundo perdido, este *agora*, em vez de Quietude? Deixe-me contar-lhe primeiro sobre uma cidade.

É uma cidade construída do modo errado segundo os seus padrões. Esta cidade *se espalha* de uma maneira que nenhuma comu moderna se permitiria, uma vez que exigiria muitos quilômetros de muro. E as regiões periféricas mais distantes desta cidade se estenderam ao longo de rios e outros pontos vitais para gerar mais cidades, assim como mofo quando se bifurca e se alastra pelos ricos veios de um meio de cultura. Muito aglomeradas, você pensaria. Territórios muito sobrepostos; estão demasiado conectadas essas cidades que se expandem e geram crias sinuosas, cada uma incapaz de sobreviver caso separada do resto.

Às vezes, elas recebem apelidos locais distintos, essas cidades-filhas, especialmente as que são grandes e antigas o bastante para ter dado origem, por sua vez, a outras cidades-filhas, mas isso é irrelevante. Sua percepção a respeito da forma como elas se conectam está correta: elas têm a mesma infraestrutura, a mesma cultura, os mesmos anseios e os mesmos temores. Cada cidade é como as outras. Todas as cidades são, de fato, uma só cidade. Este mundo, neste agora, tem o mesmo nome da cidade: Syl Anagist.

Você consegue entender de verdade do que uma *nação* é capaz, filha da Quietude? O Velho Sanze inteiro, depois de haver enfim se formado a partir dos fragmentos de centenas de "civilizações" que viveram e morreram entre aquela época e agora, não seria nada em comparação. Apenas uma coleção de comunidades e cidades-estados paranoicas concordando às vezes em compartilhar em nome da sobrevivência. Ah, as Estações vão reduzir o mundo a sonhos tão mesquinhos. Aqui, *agora*, os sonhos não têm limites. O povo de Syl Anagist dominou as forças da matéria e da sua composição; moldou a própria vida para adequá-la aos seus caprichos; explorou de tal forma os mistérios do céu que ficou entediado com ele e voltou sua atenção para o solo sob seus pés. E Syl Anagist está viva – e como vive! –, com ruas agitadas e um comércio incessante e edifícios que sua mente teria dificuldade para identificar como tais. Os edifícios têm paredes de celulose estampada que mal podem ser vistas sob as folhas, o musgo, a relva e os amontoados de frutos e tubérculos. De alguns telhados esvoaçam bandeiras que são, na verdade, imensas flores de fungos desdobradas. As ruas fervilham com coisas que você talvez não reconhecesse como veículos, exceto pelo fato de se moverem e transportarem algo. Alguns andam sobre patas como artrópodes maciços. Alguns não passam de plataformas abertas que deslizam sobre amortecedores formados pelo potencial ressonante... ah, mas você não entenderia isso. Deixe-me dizer apenas que esses veículos flutuam alguns centímetros acima do chão. Não são puxados por nenhum animal. Não são alimentados por vapor nem por combustíveis químicos. Se alguma coisa, um animal de estimação ou uma criança talvez, passasse por baixo, ele deixaria temporariamente de existir, depois voltaria à existência do outro lado sem nenhuma interrupção da velocidade nem consciência do ocorrido. Ninguém pensa nisso como uma morte.

Há uma coisa que você reconheceria aqui, algo que se ergue do núcleo da cidade. É o objeto mais alto e mais brilhante em um raio de quilômetros, e todos os trilhos e caminhos se conectam a ele de um jeito ou de outro. É o seu velho amigo, o obelisco ametista. Não flutua, não ainda. Ele repousa, não exatamente imóvel, em seu soquete. De vez em quando, pulsa de um modo que lhe parecerá familiar por conta de Allia. Esta é uma pulsação mais saudável do que aquela: o ametista não está danificado e moribundo como o granada. No entanto, se a similaridade faz você estremecer, essa é uma reação natural.

Por todas as três terras, há um obelisco no centro de cada lugar de Syl Anagist com uma estação de ligação grande o bastante. Salpicam a face do planeta, 256 aranhas em 256 teias, alimentando cada cidade com energia e recebendo-a também.

Teias de vida, se quiser pensar dessa maneira. A vida é sagrada em Syl Anagist, entende?

Agora imagine que em torno da base do ametista há um complexo hexagonal de edifícios. A realidade não se parecerá com nada que você consiga imaginar, mas imagine uma coisa linda e pronto. Concentre sua atenção neste aqui, na borda sudoeste do obelisco – este sobre um monte inclinado. Não existem barras nas janelas de cristal do edifício, mas visualize um tecido entrelaçado e levemente mais escuro sobre o material claro. São nematocistos, um método popular para proteger as janelas contra contato indesejado - embora cubram somente a superfície externa das janelas, para impedir a entrada de intrusos. Eles ferroam, mas não matam (a vida é sagrada em Syl Anagist). Do lado de dentro, não há guardas nas portas. Guardas não são eficazes, de qualquer modo. O Fulcro não foi a primeira instituição a aprender uma verdade eterna da humanidade: guardas não são necessários quando se consegue convencer as pessoas a colaborarem com o próprio confinamento. Eis aqui uma cela dentro dessa linda prisão.

Não parece uma cela, eu sei. Há um móvel belamente entalhado que você poderia chamar de sofá, embora não tenha encosto e consista de várias peças moduladas. O resto da mobília são coisas comuns que você reconheceria; toda sociedade precisa de mesas e cadeiras. Da janela, pode-se ver um jardim no terraço de um dos outros edifícios. A essa hora do dia, o jardim pega a luz do sol refratada pelo grande cristal; as flores no jardim foram semeadas e cultivadas tendo isso em mente. Uma luz roxa banha as passagens e os canteiros, e as flores parecem brilhar de leve ao reagir com a cor. Algumas dessas minúsculas luzes brancas que provêm das flores piscam de vez em quando, o que faz o canteiro todo parecer cintilar como o céu noturno.

Eis aqui um menino olhando pela janela para essas flores cintilantes.

Ele é um jovem, na verdade. Parece adulto de um modo superficial, sem idade determinada. Ele não é exatamente corpulento, estaria mais para *robusto*. Seu rosto é largo e redondo, a boca é pequena. Ele é todo branco: pele incolor, cabelo incolor, olhos branco-gelo, vestes elegantemente drapeadas. Tudo naquele cômodo é branco: os móveis, os tapetes, o chão sob os tapetes. As paredes são de celulose branqueada, e não nasce nada nelas. Somente da janela sobrevém um pouco de cor. Dentro desse espaço estéril, à luz roxa refletida do lado de fora, o menino é a única coisa claramente viva.

Sim, o menino sou eu. Realmente não me lembro do nome dele, mas me lembro que tinha letras ferrugentas demais. Vamos, portanto, chamá-lo de Houwha – o mesmo som, só que cheio de todo tipo de letras mudas e significados ocultos. É parecido o bastante e adequadamente *simbólico* em relação a...

Ah. Estou mais irritado do que deveria. Fascinante. Vamos mudar para um assunto menos tenso então. Voltemos para o agora que será e para um aqui muito diferente.

O agora é o agora da Quietude, onde as reverberações da Fenda ainda ecoam. O aqui não é a Quietude exatamente, mas uma caverna logo acima da principal câmara de lava de um enorme e antigo vulcão em escudo. O coração do vulcão, se você assim preferir e gostar de metáforas; se não gostar, é uma vesícula profunda, escura e pouco estável em meio a material rochoso que não se resfriou muito nos milhares de anos desde que o Pai Terra o arrotou. Dentro dessa caverna estou eu, parcialmente fundido a um montículo de rocha para poder ficar mais alerta às mínimas perturbações ou às grandes deformações que prenunciam um desmoronamento. Não preciso fazer isso. Poucos processos são mais irrefreáveis do que esse que desencadeei aqui. Independentemente disso, entendo o que é estar sozinho quando você está confuso e com medo, e não sabe ao certo o que vai acontecer na sequência.

Você não está sozinha. Nunca estará, a menos que assim queira. Eu sei o que importa aqui no fim do mundo.

Ah, meu amor. O apocalipse é uma coisa relativa, não é? Quando a terra se fragmenta, é um desastre para a vida que depende dela... mas não é nada de mais para o Pai Terra. Quando um homem morre, deveria ser devastador para uma menina que um dia o chamou de Pai, mas se torna insignificante quando ela já foi chamada de "monstro" tantas vezes que por fim se identifica como tal. Quando um escravo se rebela, não significa grande coisa para as pessoas que leem sobre isso depois. São apenas palavras ralas em um papel ainda mais ralo que se desgastou devido à fricção da história ("Certo, vocês foram escravos. E daí?", sussurram eles. Como se não fosse nada). Mas, para as pessoas que sobrevivem a uma rebelião de escravos, tanto os que veem seu domínio como uma certeza até que venham atrás deles sorrateiramente como os que prefeririam ver o mundo arder a ter que suportar um instante a mais "em seus devidos lugares"...

Isso não é uma metáfora, Essun. Não é uma hipérbole. Eu *vi* o mundo arder. Não venha me falar sobre espectadores inocentes, sofrimento imerecido, vingança impiedosa.

Quando uma comu é construída sobre uma falha geológica, você culpa os muros quando eles caem inevitavelmente sobre as pessoas que estão do lado de dentro? Não; você culpa quem quer que tenha sido estúpido o bastante de achar que poderia desafiar as leis da natureza para sempre. Pois bem, alguns mundos são construídos sobre uma falha de dor, sustentados por pesadelos. Não lamente quando esses mundos desmoronarem. Fique furiosa com o fato de que estavam condenados desde o momento da construção.

Então agora vou lhe contar o modo como foi destruído aquele mundo, Syl Anagist. Vou lhe contar como acabou ou, pelo menos, como boa parte dele ficou tão devastada a ponto de que ele precisou recomeçar e se reconstruir do zero.

Vou lhe contar como abri o Portão e afastei a Lua, e sorri enquanto fazia isso.

E vou lhe contar tudo sobre como, mais tarde, à medida que o silêncio da morte recaía sobre nós, eu sussurrei:

Agora.

Agora.

E a Terra respondeu sussurrando:

Queimem.

1

VOCÊ, ACORDANDO E SONHANDO

Agora. Vamos recapitular.

Você é Essun, a única orogene viva em todo o mundo que abriu o Portão do Obelisco. Ninguém esperava que você tivesse esse destino grandioso. Você um dia pertenceu ao Fulcro, mas não foi uma estrela em ascensão como Alabaster. Era uma selvagem, encontrada em seu meio natural, única somente pelo fato de ter mais habilidade inata do que a maioria dos roggas nascidos ao acaso. Embora você tenha começado bem, não demorou a estagnar... sem nenhum motivo aparente. Você simplesmente não tinha ânsia de inovar nem desejo de se sobressair, ou pelo menos era o que lamentavam os seniores a portas fechadas. Rápida demais em se adaptar ao sistema do Fulcro. Isso a limitava.

Ótimo, porque, caso contrário, nunca teriam afrouxado o controle do modo como fizeram, enviando você naquela missão com Alabaster. Pelas ferrugens, *ele* sim os assustava. Você, no entanto... eles achavam que você era uma das seguras, adequadamente domada e treinada para obedecer, que provavelmente não aniquilaria uma cidade de maneira acidental. Ledo engano. Quantas cidades você aniquilou até agora? Uma de forma quase intencional. As outras três foram sem querer, mas isso importa? Não para os mortos.

Às vezes você sonha em desfazer tudo. Sonha que não sintonizou agitadamente o obelisco granada em Allia e, em vez disso, observou crianças negras alegres brincando nas ondas de uma praia de areias negras enquanto sangrava devido à faca negra de um Guardião. Que Antimony não a levou para Meov; em vez disso, você retornou ao Fulcro para dar à luz Corundum. Você o teria perdido após o nascimento e nunca teria tido Innon, mas ambos provavelmente ainda estariam vivos (bom, "vivo" em termos, se houvessem colocado Coru em uma estação de ligação). Mas então você jamais teria vivido em Tirimo, nunca teria parido Uche para que morresse pelos punhos do pai, jamais teria criado Nassun para que fosse raptada pelo pai, jamais teria destruído seus outrora vizinhos quando esses tentaram matá-la. Tantas vidas salvas se ao menos você houvesse permanecido em sua jaula. Ou morrido quando o exigissem.

E aqui, agora, há muito tempo livre das restrições austeras do Fulcro, você se tornou poderosa. Salvou a comunidade de Castrima às custas da própria Castrima; foi um preço baixo a pagar comparado ao sangue que o exército inimigo teria derramado se houvesse vencido. Você alcançou a vitória ao liberar o poder concatenado de um mecanismo arcano mais antigo do que a (sua) história escrita... e, porque você é quem é, enquanto aprendia a dominar esse poder, matou Alabaster Dez-anéis. Você não teve intenção. Na verdade, você suspeita que ele queria que fizesse isso. De qualquer forma, ele está morto, e essa sequência de acontecimentos a tornou a orogene mais poderosa do planeta.

Também significa que a sua posição como a mais poderosa acabou de adquirir um prazo de validade, pois está acontecendo com você o mesmo que aconteceu com Alabaster: você está se transformando em pedra. Só o seu braço direito, por enquanto. Poderia ser pior. *Será* pior da próxima vez que você abrir o Portão, ou mesmo da próxima vez que usar o suficiente daquele estranho elemento prateado não orogênico que Alabaster chamava de magia. Todavia, você não tem escolha. Você tem um trabalho a fazer, cortesia de Alabaster e da sombria facção de comedores de pedra que vêm silenciosamente tentando acabar com a antiga guerra entre a vida e o Pai Terra. O trabalho que você *tem que* fazer é o mais fácil dos dois, você acha. Pegar a Lua. Vedar a Fenda de Yumenes. Reduzir o atual impacto esperado das Estações de milhares ou milhões de anos para algo viável... algo que dê à raça humana a chance de sobreviver. Acabar com as Quintas Estações para todo o sempre.

O trabalho que você *quer* fazer, porém? Encontrar Nassun, sua filha. Tomá-la de volta do homem que matou seu filho e a arrastou para o outro lado do mundo no meio do apocalipse. Sobre isso: tenho boas e más notícias. Mas vamos falar sobre Jija em breve.

Você não está em coma de verdade. Você é uma peça chave em um sistema complexo, o qual acabou de sofrer um fluxo inicial imenso e descontrolado, e uma interrupção de emergência sem que houvesse tempo suficiente para arrefecer, gerando assim uma resistência arcanoquímica em estado fásico e uma resposta mutagênica. Você só precisa de tempo para... reiniciar.

Isso significa que você não está inconsciente. É mais semelhante a períodos intermediários entre sono e vigília, se isso fizer sentido. Você está ciente das coisas, até certo ponto. O sacudir do movimento, um empurrão ocasional. Alguém põe comida e água na sua boca. Felizmente, você tem a presença de espírito de mastigar e engolir, porque uma estrada coberta de cinzas durante o fim do mundo é um lugar e um momento ruim para precisar de uma sonda gástrica. Mãos puxam sua roupa e algo envolve o seu quadril: uma fralda. É um momento e um lugar ruim para isso também, mas alguém está disposto a cuidar de você, e você não se importa. Mal nota. Não sente fome nem sede antes de lhe darem esse sustento; suas evacuações não trazem nenhum alívio em particular. A vida resiste. Não precisa que seja *com entusiasmo*.

Por fim, os períodos de vigília e de sono se tornam mais pronunciados. Então, um dia, você abre os olhos e vê o céu nublado lá em cima, sacudindo para a frente e para trás. Galhos esqueléticos ocasionalmente tapam a vista. Você vê a leve sombra de um obelisco em meio às nuvens: é o espinélio, você desconfia. De volta à sua forma e à sua imensidão habituais – ah, e atrás de você como um cãozinho solitário, agora que Alabaster está morto.

Olhar para o céu se torna entediante depois de um tempo, então você vira a cabeça e tenta entender o que está acontecendo. Vultos se movem ao seu redor, oníricos e banhados de um tom branco-acinzentado... não. Não, eles estão vestindo roupas comuns; só estão cobertos de cinzas pálidas. E estão vestindo muitas roupas porque está frio... não o bastante para congelar a água, mas quase. Faz cerca de dois anos que começou a Estação; dois anos sem sol. A Fenda expele muito calor em torno do equador, mas isso não é o suficiente para compensar a falta da gigantesca bola de fogo no céu. No entanto, sem a Fenda, o frio seria pior: bem abaixo do ponto de congelamento, em vez de ligeiramente acima. Pequenos favores.

De qualquer maneira, um dos vultos cobertos de cinzas parece notar que você está acordada ou sentir que se mexeu. Uma cabeça com uma máscara e óculos se vira para examinar você, depois olha para a frente de novo. As duas pessoas à sua frente murmuram algumas palavras, que você não entende. Não são em outra língua. Você só está meio desorientada e as palavras são parcialmente abafadas pelas cinzas caindo ao seu redor.

Alguém fala atrás de você. Você começa a olhar para trás e vê outro rosto com máscara e óculos. Quem são essas pessoas? (Não lhe ocorre sentir medo. Como à fome, você está mais alheia a essas coisas tão viscerais.) Então algo se encaixa em sua mente e você entende. Você está em uma maca, formada apenas por duas varas com algum pedaço de couro amarrado entre elas, sendo carregada por quatro pessoas. Uma delas grita, e outros gritos respondem de mais longe. Muitos gritos. Muitas pessoas.

Outro grito de algum lugar distante, e as pessoas que carregam você param. Elas olham umas para as outras e colocam você no chão com o desembaraço e a homogeneidade de pessoas que praticaram a mesma manobra em uníssono muitas vezes. Você sente a maca pousar sobre uma camada macia e poeirenta de cinzas, que está sobre uma camada mais grossa de cinzas, que se encontra sobre o que poderia ser uma estrada. Então os carregadores que levam sua maca se afastam, abrindo mochilas e se acomodando em um ritual que lhe é familiar devido aos seus meses na estrada. Descanso.

Você conhece esse ritual. Deveria se levantar. Comer alguma coisa. Verificar suas botas em busca de buracos ou pedras, seus pés em busca de feridas que tenham passado despercebidas, certificar-se de que a sua máscara... espere, você está usando uma? Se todos os demais estão... Você deixou a sua na bolsa de fuga, não deixou? Onde está a sua bolsa de fuga?

Surge alguém do meio da escuridão e das cinzas. Uma pessoa alta, corpulenta, com a identidade encoberta pelas roupas e pela máscara, mas recobrada pela familiar textura frisada da cabeleira de cinzas sopradas. Ela agacha ao lado da sua cabeça.

— Hmm. Não morreu, afinal de contas. Acho que perdi aquela aposta com Tonkee.

— Hjarka — você diz. Sua voz sai mais esganiçada do que a dela.

Você supõe, pelo movimento da máscara, que ela esteja sorrindo. É uma sensação estranha a de perceber o sorriso dela sem a habitual ameaça sutil de seus dentes afiados.

— E o seu cérebro parece ainda estar intacto. Pelo menos vou ganhar a aposta que fiz com Ykka. — Ela olha ao redor e berra: — Lerna!

Você tenta erguer uma mão para agarrar a perna da calça dela. A sensação é a de estar tentando mover uma montanha. Você deveria ser capaz de mover montanhas, então se concentra e ergue a mão até a metade do caminho... e aí esquece por que queria chamar a atenção de Hjarka. Então, por sorte, ela passeia com o olhar e vê sua mão erguida. Está tremendo com o esforço. Depois de refletir por um momento, ela suspira e pega a sua mão, depois desvia o olhar, como que constrangida.

—... conteceu? — você consegue falar.

— Pelas ferrugens, como se eu soubesse. A gente não precisava de outra pausa tão cedo.

Não foi isso que você quis dizer, mas exige esforço demais tentar dizer o resto. Então fica ali, com a mão amparada por uma mulher que claramente preferiria estar fazendo qualquer outra coisa, mas que se sujeitou a demonstrar compaixão por você porque acha que você precisa. Você não precisa, mas fica feliz que ela esteja tentando.

Mais dois vultos saem do meio daquele redemoinho, ambos reconhecidos por sua aparência familiar. Um é um homem pequeno, o outro é uma mulher rechonchuda. O vulto franzino substitui Hjarka ao lado da sua cabeça e agacha para tirar os óculos que você não havia percebido que estava usando.

— Me dá uma pedra — ele pede. É Lerna, dizendo coisas sem sentido.

— O quê? — você pergunta.

Ele não lhe dá ouvidos. Tonkee, a outra pessoa, dá uma cotovelada em Hjarka, que suspira e vasculha a bolsa até encontrar algo pequeno, que entrega a Lerna. Ele coloca uma mão na sua bochecha enquanto segura o objeto. A coisa começa a brilhar com um tom familiar de luz branca. Você se dá conta de que é um pedaço de cristal de Castrima-de-baixo, brilhando porque é o que eles fazem em contato com orogenes, como Lerna está em contato com você agora. Engenhoso. Usando essa luz, ele se inclina e examina de perto os seus olhos.

— As pupilas estão se contraindo normalmente — murmura para si mesmo. A mão dele pressiona sua bochecha.

— Sem febre.

— Me sinto pesada — você fala.

— Você está viva — ele diz, como se isso fosse uma resposta totalmente razoável. Hoje ninguém está falando uma língua que você consiga entender. — Coordenação motora lenta. Cognição...?

Tonkee se inclina.

— Com o que você sonhou?

Faz tanto sentido quanto "me dá uma pedra", mas você tenta responder porque está desorientada demais para perceber que não deveria.

— Tinha uma cidade — você murmura. Algumas cinzas caem nos seus cílios e você mexe a cabeça. Lerna coloca de volta os óculos. — Ela estava viva. Tinha um obelisco sobre ela. — Sobre ela? — Dentro dela, talvez. Eu acho.

Tonkee concorda com a cabeça.

— Os obeliscos raramente permanecem diretamente acima das habitações humanas. Eu tinha um amigo lá na Sétima que tinha algumas teorias sobre isso. Quer ouvir?

Enfim você se dá conta de que está fazendo uma coisa estúpida: encorajando Tonkee. Você faz um esforço tremendo para olhar feio para ela.

— *Não*.

Tonkee olha para Lerna.

— As faculdades dela parecem intactas. Um pouco lentas, talvez, mas ela sempre foi lenta.

— É, obrigado por confirmar. — Lerna termina de fazer o que quer que estivesse fazendo e se apoia nos calcanhares. — Quer tentar andar, Essun?

— Não é meio cedo para isso? — pergunta Tonkee. Ela está franzindo a testa, o que é visível mesmo por trás dos óculos. — Por causa do coma e tudo mais.

— Você sabe tão bem quanto eu que Ykka não vai dar muito mais tempo para ela se recuperar. Talvez seja até bom para ela.

Tonkee suspira. Mas é ela quem ajuda quando Lerna passa o braço por debaixo de você, fazendo com que se sente. Até mesmo isso requer um esforço enorme. Você fica zonza assim que se soergue, mas passa. Entretanto, há algo errado.

Talvez seja consequência de tudo o que você passou o fato de ter adquirido uma postura permanentemente torta, com seu ombro direito curvando-se e o braço dependurado como se como se fosse feito de

Ah. *Ah*.

Os outros param de segurá-la quando você se dá conta do que aconteceu. Eles a observam levantar o ombro até onde consegue para tentar colocar o braço direito mais ao alcance da vista. Está pesado. Seu ombro dói quando você faz isso, embora a maior parte da articulação ainda seja de carne, porque o peso repuxa essa carne. Alguns dos tendões se transformaram, mas ainda estão ligados ao osso vivo. Pedaços ásperos de algo friccionam dentro do que deveria ser uma conexão suave. No entanto, não dói tanto quanto você pensou que doeria depois de ter visto Alabaster passar por isso. Então já é alguma coisa.

O resto do braço, que alguém deixou descoberto tirando as mangas da camisa e da jaqueta, ficou quase irreconhecível. É o seu braço, você tem certeza. Além de ainda estar ligado ao seu corpo, ele tem o formato que você reconhece... Bem. Não está tão gracioso e delgado quanto costumava ser quando você era jovem. Você ficou corpulenta por algum tempo, o que ainda se vê pelo antebraço flácido e pela pele caída na parte interna do braço. O bíceps está mais definido do que era antes: foram dois anos sobrevivendo. A mão formou um punho cerrado, o braço inteiro está levemente flexionado à altura do cotovelo. Você sempre tendeu a cerrar o punho enquanto fazia algo particularmente difícil com a orogenia.

Mas a pinta, que antes se encontrava no meio do seu antebraço como um minúsculo alvo preto, sumiu. Você não consegue virar o braço para dar uma olhada no cotovelo, então você o toca. Não dá mais para sentir a cicatriz queloide de quando você caiu, embora ela devesse se sobressair um pouco em relação à pele ao redor. Esse nível de definição minuciosa deu lugar a uma textura que é áspera e densa, como arenito bruto. De forma possivelmente autodestrutiva você o esfrega, mas nenhuma partícula fica grudada nos seus dedos; é mais sólido do que parece. A cor é um tom uniforme de bronze acinzentado que não se parece nada com a sua pele.

— Estava assim quando Hoa trouxe você de volta. — Lerna, que esteve calado enquanto você se examinava. Sua voz é neutra. — Ele disse que precisa da sua permissão para, bom...

Você para de tentar esfregar a sua pele de pedra. Talvez seja choque, talvez o medo tenha lhe tirado a sensação de choque, talvez você realmente não esteja sentindo nada.

— Então me diga — você fala para Lerna. O esforço de sentar-se e o fato de ter visto o seu braço lhe devolveram um pouco da lucidez. — Na sua, ãhn, opinião profissional, o que eu deveria fazer em relação a isso?

— Acho que você deveria ou deixar Hoa comer ou deixar a gente tirar com uma marreta.

Você estremece.

— Isso é um pouco exagerado, não acha?

— Acho que uma ferramenta mais leve não ia fazer um arranhão sequer. Você esquece que eu tive tempo suficiente para examinar Alabaster enquanto isso acontecia com ele.

Do nada, ocorre-lhe que era preciso lembrar Alabaster de comer porque ele não sentia mais fome. É irrelevante, mas a lembrança simplesmente lhe ocorre.

— Ele deixava?

— Não dei escolha. Eu precisava saber se era contagioso, já que parecia estar se espalhando pelo corpo dele. Peguei uma amostra uma vez, e ele brincou que Antimony, a comedora de pedras, iria querer de volta.

Não teria sido uma brincadeira. Alabaster sempre sorria quando dizia as verdades mais cruas.

— E você devolveu?

— Pode acreditar que sim. — Lerna passa uma das mãos pelo cabelo, fazendo cair uma pequena pilha de cinzas. — Escuta, a gente tem que enrolar o braço de noite para que o frio da pedra não diminua a temperatura do seu corpo. Você tem estrias no ombro no ponto onde a pedra repuxa a pele. Desconfio que esteja deformando os ossos e distendendo os tendões. A junta não foi feita para carregar esse tipo de peso.

— Ele hesita. — A gente pode tirar agora e dar para Hoa depois, se você quiser. Não vejo nenhum motivo para você ter que... que fazer as coisas do jeito dele.

Você acha que Hoa provavelmente está em algum lugar abaixo dos seus pés neste exato momento, ouvindo. Mas Lerna está tratando esse assunto de forma estranhamente escrupulosa. Por quê? Você tem um palpite.

— Não me importo se Hoa comer — você diz. Você não está dizendo isso só por Hoa. Está sendo sincera. — Se vai fazer bem a ele e tirar essa coisa de mim no processo, por que não?

A expressão de Lerna muda. Sua máscara de indiferença cai, e você vê de repente que ele reage com repugnância à ideia de Hoa mastigar o seu braço e arrancá-lo do corpo. Bem, colocada dessa forma, a ideia é de fato repugnante. Porém, é um modo utilitário demais de pensar nisso. Atávico demais. Intimamente, você sabe o que está acontecendo com o seu braço devido às horas que passou entre as células e partículas do corpo de Alabaster enquanto se transformava. Olhando para ele, você quase consegue ver as linhas prateadas de magia realinhando partículas e energias infinitesimais da sua substância, movendo as partes para que sigam a mesma direção, cuidadosamente formando uma treliça que une tudo. O que quer que seja esse processo, é simplesmente preciso demais, poderoso demais, para ser considerado acaso... ou para que o fato de Hoa ingerir seu braço seja a coisa grotesca que Lerna obviamente considera. Mas você não sabe como explicar isso a ele e não teria energia para tentar mesmo que soubesse.

— Me ajudem a levantar — você diz.

Tonkee pega com cautela o braço de pedra, ajudando a sustentá-lo para ele não mexer nem cair pesadamente e torcer o seu ombro. Ela lança um olhar feio para Lerna até que ele enfim se recompõe e passa o braço pelas suas costas outra vez. Com a ajuda dos dois, você consegue se levantar, mas com muita dificuldade. Ao final, está ofegando com os joelhos visivelmente trêmulos. O sangue do seu corpo não reage bem e você cambaleia por um instante, zonza e atordoada. Lerna diz de imediato:

— Tudo bem, vamos sentá-la de novo.

De repente, você está sentada, sem fôlego desta vez. O braço desajeitadamente repuxa seu ombro até Tonkee ajeitá-lo. Essa coisa realmente pesa muito.

(O seu *braço*. Não "essa coisa". É o seu braço direito. Você perdeu o braço direito. Você tem consciência disso, e em breve vai lamentar a perda dele, mas, por enquanto, é mais fácil pensar nele como algo que não faz parte do seu corpo. Uma prótese especialmente inútil. Um tumor benigno que precisa ser retirado. Todas essas coisas são verdade. Também é o ferrugento do seu braço.)

Você está sentada, arquejando e desejando que o mundo pare de girar, quando ouve mais alguém se aproximar. Essa pessoa fala alto, grita para todos arrumarem as coisas, que o descanso terminou e eles precisam andar mais uns oito quilômetros antes de escurecer. Ykka. Você ergue a cabeça conforme ela se aproxima e é nesse momento que se dá conta de que pensa nela como amiga. Você constata isso porque é bom ouvir a voz dela e vê-la surgir em meio ao redemoinho de cinzas. Da última vez que a viu, ela corria sério risco de ser assassinada por comedores de pedra hostis que atacavam Castrima-de-baixo. Esse foi um dos motivos pelos quais você contra-atacou, usando os cristais de Castrima-de-baixo para prender os agressores. Você queria que ela e todos os outros orogenes de Castrima e, por extensão, todo o povo de Castrima que dependia desses orogenes, sobrevivessem. Então você sorri. É um sorriso fraco. Você está fraca. E é por isso que dói quando Ykka se vira para você e faz uma careta de inconfundível asco.

Ela tirou o tecido que cobria a parte inferior do rosto. Os olhos estão maquiados com sombra cinza e delineador, que nem mesmo o fim do mundo a impedirá de usar, e você não consegue distinguir os olhos dela por trás dos óculos de proteção improvisados: um par que ela envolveu com pano para evitar que as cinzas entrem.

— Merda — ela diz a Hjarka. — Você nunca mais vai parar de falar disso, não é?

Hjarka dá de ombros.

— Não até você pagar a aposta. Não.

Você olha fixamente para Ykka e deixa o leve sorriso hesitante se esvair do seu rosto.

— Ela provavelmente vai se recuperar por completo — afirma Lerna. Sua voz é neutra e você reconhece, de imediato, um tom de cautela. A cautela de quem anda sobre um tubo de lava. — Mas vai levar alguns dias até conseguir se manter de pé.

Ykka suspira, colocando uma das mãos no quadril e nitidamente selecionando entre várias coisas algo a dizer. O que ela acaba dizendo também tem um tom neutro.

— Tudo bem. Vou prolongar o revezamento de pessoas que carregam a maca. Mas faça com que ela ande o mais rápido possível. Nesta comu, todo mundo precisa se manter de pé por conta própria, ou é deixado para trás. — Ela se vira e sai.

— É — diz Tonkee em voz baixa depois que Ykka saiu de perto. — Ela está um pouco brava com você por destruir o geodo.

Você estremece.

— Por destruir... — Ah. Aprisionar todos aqueles comedores de pedra nos cristais. Sua intenção era salvar todos, mas Castrima era uma máquina, uma máquina muito antiga e muito delicada que você não entendia. E agora vocês estão na superfície, perambulando em meio à chuva de cinzas... — Pelas ferrugens da Terra, eu destruí *mesmo*.

— O quê, você não tinha percebido? — Hjarka ri um pouco. A risada tem um toque de amargor. — Realmente achou que estávamos todos na superfície, toda a comu ferrugenta viajando para o norte em meio às cinzas e ao frio, por *diversão*? — Ela se afasta a passos largos, chacoalhando a cabeça. Ykka não é a única que está irritada com isso.

— Eu não... — Você começa a dizer "eu não tive intenção" e para. Porque você nunca tem intenção e isso nunca faz diferença no final das contas.

Observando seu rosto, Lerna solta um pequeno suspiro.

— Rennanis destruiu a comu, Essun. Não você. — Ele a ajuda a se reclinar outra vez, mas não olha nos seus olhos. — Ela foi perdida no momento em que infestamos Castrima-de-cima com fervilhões para nos salvarmos. Até parece que eles simplesmente iriam embora ou deixariam alguma coisa no território para nós comermos. Se tivéssemos ficado no geodo, estaríamos condenados de um jeito ou de outro.

É verdade, e é perfeitamente racional. A reação de Ykka, contudo, prova que algumas coisas não são racionais. Você não pode tirar a casa e a sensação de segurança das pessoas de uma forma tão súbita e dramática e esperar que levem em consideração uma série de culpados antes de ficarem bravas com isso.

— Eles vão superar. — Você pisca e vê que Lerna está olhando para você agora, com um olhar claro e uma expressão franca. — Se eu consegui, eles conseguem. Só que vai demorar um pouco.

Você não havia percebido que ele *havia superado* Tirimo. Ele ignora o seu olhar, depois faz um gesto para as quatro pessoas que se reuniram ali por perto. Você já está deitada, então ele aconchega o braço de pedra ao seu lado, certificando-se de que esteja coberto. Os maqueiros recomeçam seu trabalho e você tem que reprimir a sua orogenia, a qual – agora que você está acordada – insiste em reagir a cada movimento brusco como se fosse um tremor. A cabeça de Tonkee surge no seu campo de visão quando eles começam a carregá-la.

— Ei, vai ficar tudo bem. Um monte de gente me odeia.

Isso não é nem um pouco reconfortante. Você também fica frustrada por se importar, e porque os outros conseguem notar que se importa. Você costumava ter um coração tão duro.

Mas, de repente, sabe por que não tem.

— Nassun — você diz a Tonkee.

— O quê?

— Nassun. Eu sei onde ela está, Tonkee. — Você tenta erguer a mão direita para pegar a dela quando uma sensação semelhante a dor e oscilação perpassa o seu ombro. Você ouve um zumbido. Não dói, mas você se amaldiçoa internamente por ter esquecido. — Preciso ir encontrá-la.

Tonkee lança um olhar aos maqueiros e depois na direção para onde Ykka foi.

— Fale mais baixo.

— O quê? — Ykka sabe muito bem que você vai querer ir ao encontro de sua filha. Essa foi praticamente a primeira coisa que disse a ela.

— Se quiser ser jogada na beira desta estrada ferrugenta, continue falando.

Isso, junto com o esforço contínuo de reprimir sua orogenia, faz você se calar. Ah. Então Ykka está brava *neste nível.* As cinzas continuam caindo, tampando enfim os seus óculos porque você não tem energia para tirá-las. Na penumbra cinzenta que se forma, a necessidade de recuperação do seu corpo ganha prioridade: você volta a dormir.

Quando acorda e tira as cinzas do rosto de novo, é porque a colocaram no chão outra vez e há uma pedra ou um galho ou alguma coisa cutucando a região lombar. Você se esforça para se erguer apoiada em um cotovelo e dessa vez é mais fácil, embora ainda não consiga fazer muito mais do que isso.

Caiu a noite. Várias dezenas de pessoas estão se acomodando sobre algum tipo de afloramento rochoso em meio a um aglomerado irregular de árvores que não chega exatamente a ser uma floresta. Esse afloramento lhe parece familiar por conta das suas explorações orogênicas dos arredores de Castrima e ajuda você a se localizar: um ponto de elevação tectônica recente que fica pouco mais de 250 quilômetros ao norte do geodo de Castrima. Isso revela que a viagem deve ter começado apenas alguns dias antes, uma vez que um grupo grande não consegue andar muito rápido, e só há um lugar para onde vocês poderiam estar indo, se estão se dirigindo para o norte. Rennanis. De alguma maneira, todos devem estar sabendo que ela agora está vazia e habitável. Ou talvez apenas esperem que esteja e não tenham mais nenhuma esperança à qual se agarrar. Bom, pelo menos nesse quesito, você pode tranquilizá--los... se lhe derem ouvidos.

As pessoas à sua volta estão organizando círculos ao redor de fogueiras, espetos de carne, latrinas. Em alguns pontos espalhados por todo o acampamento, pequenas pilhas de cristais de Castrima quebrados e grumosos fornecem uma iluminação adicional. É bom saber que ainda deve haver orogenes suficientes entre eles para mantê-los funcionando. Parte das atividades não funcionam tão bem quando se trata de algo com que as pessoas não estão acostumadas, mas, em sua maior parte, estão bem organizadas. O fato de Castrima ter uma boa quantidade de membros que sabem viver na estrada está se mostrando uma vantagem. Os maqueiros, contudo, deixaram-na onde a colocaram e, se alguém vai fazer uma fogueira para você ou trazer-lhe comida, ainda não começou a fazer isso. Você avista Lerna agachado no meio de um pequeno grupo de pessoas que também estão inclinadas, mas ele está ocupado. Ah, sim. Deve ter havido muitos feridos depois que os soldados de Rennanis entraram no geodo.

Bem, você não precisa de uma fogueira e não está com fome, então a indiferença dos outros não a incomoda no momento, exceto emocionalmente. O que a incomoda é que a sua bolsa de fuga sumiu. Você atravessou a Quietude carregando aquela coisa, guardou seus antigos anéis de classificação nela, até mesmo salvou-a de queimar até virar pó quando um comedor de pedra passou por uma transformação nos seus aposentos. Não havia muita coisa nela que ainda tivesse importância para você, mas a bolsa em si tem certo valor sentimental a esta altura.

Bom. Todos perderam algo.

De repente, uma montanha pesa na percepção que você tem das proximidades. Apesar de tudo, você percebe que está sorrindo.

— Estava me perguntando quando você apareceria.

Hoa está ao seu lado. Ainda choca vê-lo assim: um adulto de estatura mediana em vez de uma criança pequena, mármore preto marcado por veios em vez de carne branca. Mas, de algum modo, é fácil percebê-lo como a mesma pessoa – o mesmo formato do rosto, os mesmos olhos branco--gelo marcantes, a mesma estranheza inefável, o mesmo cheiro de devaneio que espreita –, como o Hoa que você conheceu no último ano. O que foi que mudou para um comedor de pedra não lhe parecer mais estranho? Nele, somente coisas superficiais. Em você, tudo.

— Como se sente? — ele pergunta.

— Melhor. — O braço repuxa quando você se vira para olhar para ele, um lembrete constante do contrato tácito entre vocês. — Foi você quem contou a eles sobre Rennanis?

— Foi. E estou guiando-os até lá.

— Você?

— Até onde Ykka dá ouvidos. Acho que ela prefere os comedores de pedra dela como ameaças silenciosas em vez de aliados ativos.

Isso faz você soltar uma risada cansada. Mas.

— Você é um aliado, Hoa?

— Não deles. Mas Ykka entende isso também.

Claro. Esse provavelmente é o motivo pelo qual você ainda está viva. Enquanto Ykka mantiver você segura e alimentada, Hoa ajudará. Você está na estrada novamente e tudo voltou a se resumir a transações ferrugentas. A comu que era Castrima continua viva, mas não é mais uma comunidade de verdade, só um grupo de viajantes que pensam da mesma forma e colaboram para sobreviver. Talvez volte a se tornar uma comu de verdade depois, quando tiver outro lar para defender, mas, por enquanto, você entende por que Ykka está brava. Algo belo e perfeito se perdeu.

Bem. Você olha para si mesma. Não está mais em perfeito estado, mas o que restou de você pode se fortalecer; em breve, terá condições de ir atrás de Nassun. Mas uma coisa de cada vez.

— Vamos fazer aquilo mesmo?

Hoa não fala por um momento.

— Você tem certeza?

— Esse braço não me ajuda em nada, não como está.

Ouve-se o mais leve dos sons. Pedra raspando em pedra, lenta e inexoravelmente. Uma mão muito pesada vem pousar sobre o seu ombro transformado pela metade. Você tem a sensação de que, apesar do peso, é um toque delicado pelos padrões dos comedores de pedra. Hoa está sendo cuidadoso com você.

— Não aqui — ele diz e arrasta você para dentro da terra. Dura só um instante. Ele sempre faz essas viagens pela terra com rapidez, provavelmente porque, se fossem mais longas, seria difícil respirar... e manter-se sã. Desta vez, não passa de uma sensação borrada de movimento, um lampejo de escuridão, um cheiro de argila mais forte do que as cinzas acres. Depois, você está em cima de outro afloramento rochoso; provavelmente o mesmo sobre o qual o resto de Castrima está se acomodando, apenas distante do acampamento. Não há fogueiras aqui; a única luz é o reflexo róseo da Fenda nas grossas nuvens lá no alto. Seus olhos se adaptam rápido, embora haja pouco para ver exceto pedras e sombras de árvores próximas. E uma silhueta humana, que agora está agachada ao seu lado.

Hoa segura o seu braço de pedra nas mãos com delicadeza, quase com reverência. Mesmo sem desejar, você sente a solenidade do momento. E por que não deveria ser solene? Este é o sacrifício exigido pelos obeliscos. É o quilo de carne que você deve pagar pela dívida de sangue de sua filha.

— Isto não é o que você imagina ser — diz Hoa e, por um instante, você fica preocupada que ele seja capaz de ler a sua mente. É mais provável que isso se deva ao fato de que ele é literalmente tão velho quanto aquelas colinas e que consegue ler a expressão no seu rosto.

— Você vê o que se perdeu em nós, mas nós ganhamos também. Isto não é a coisa feia que parece ser.

Parece que ele vai comer o seu braço. Você não tem nenhum problema com isso, mas quer entender.

— O que é então? Por que... — Você chacoalha a cabeça, sem saber muito bem que pergunta fazer. Talvez o *porquê* não importe. Talvez você não possa entender. Talvez não seja para você entender.

— Não é sustento. Nós só precisamos da vida para viver.

A última parte não fez sentido, então você se agarra à primeira.

— Se não é sustento, então...?

Hoa se move devagar. Eles não fazem isso com frequência, os comedores de pedra. O movimento é a coisa que enfatiza sua natureza incomum, tão semelhante à humanidade e, no entanto, tão radicalmente diferente. Seria mais fácil se eles fossem mais estranhos. Quando se movem dessa maneira, você consegue ver o que foram um dia, e saber disso é uma ameaça e um alerta para tudo o que há de humano dentro de você.

E entretanto. *Você vê o que se perdeu em nós, mas nós ganhamos também.*

Ele ergue a sua mão com ambas as mãos dele, uma posicionada sob o seu cotovelo, os dedos ligeiramente apoiados sob o seu punho fechado e rachado. Devagar, devagar. Não machuca o seu ombro desse jeito. A meio caminho do rosto, ele mexe a mão que estava sob o seu cotovelo, movendo-a para envolver a parte de baixo do seu braço. A pedra dele desliza contra a sua com um som leve de atrito. É surpreendentemente sensual, muito embora você não sinta nada. Depois, seu punho repousa contra os lábios dele. Os lábios não se mexem quando ele pergunta, de dentro do peito:

— Está com medo?

Você pensa sobre o assunto por um longo instante. Não deveria estar? Mas...

— Não.

— Ótimo — ele responde. — Eu faço isso por você, Essun. É tudo por você. Você acredita?

Você não sabe a princípio. Em um impulso, você ergue a mão boa; dedos macios contra a bochecha dura, fria e polida dele. É difícil vê-lo, pedra negra contra o escuro, mas seu polegar encontra as sobrancelhas dele e localiza o nariz, que é mais comprido na forma adulta. Ele lhe disse certa vez que pensa em si mesmo como humano, apesar do corpo estranho. Só agora você se dá conta de que escolheu vê-lo como humano também. Isso transforma esse ato em outra coisa que não um ato predatório. Você não sabe ao certo em quê, mas... parece um presente.

— Sim — você responde. — Eu acredito em você.

A boca dele se abre. Mais e mais, mais do que qualquer boca humana poderia se abrir. Houve um tempo em que você se preocupou pensando que a boca dele era pequena demais; agora é grande o suficiente para caber um punho. E que dentes ele tem, pequenos e homogêneos e claros como diamantes, brilhando lindamente à luz vermelha do anoitecer. Só existe escuridão além daqueles dentes.

Você fecha os olhos.

✦   ✦   ✦

ELA ESTAVA DE MAU HUMOR. A IDADE AVANÇADA, UM DOS FILHOS DELA ME CONTOU. *ELA* DISSE QUE ERA APENAS O ESTRESSE DE TENTAR ALERTAR PESSOAS QUE NÃO QUERIAM ESCUTAR QUE TEMPOS DIFÍCEIS ESTAVAM POR VIR.

NÃO ERA MAU HUMOR, ERA O PRIVILÉGIO QUE A IDADE LHE DERA: DEIXAR DE LADO A MENTIRA DA BOA EDUCAÇÃO.

— NÃO EXISTE UM VILÃO NESTA HISTÓRIA — ELA FALOU. ESTÁVAMOS SENTADOS NA CÚPULA DO JARDIM, QUE SÓ ERA UMA CÚPULA PORQUE ELA INSISTIU. OS CÉTICOS DE SYL AINDA ALEGAM QUE NÃO HÁ PROVAS DE QUE AS COISAS ACONTECERÃO DA FORMA COMO DISSE, MAS ELA NUNCA SE ENGANOU EM UMA DE SUAS PREMONIÇÕES, E ELA É MAIS SYL DO QUE ELES, ENTÃO... ELA ESTAVA BEBENDO SEF, COMO QUE PARA MARCAR A VERDADE COM ELEMENTOS QUÍMICOS.

— NÃO EXISTE NENHUM MAL PARA APONTAR, UM ÚNICO MOMENTO EM QUE TUDO MUDOU — ELA CONTINUOU. — AS COISAS ESTAVAM RUINS E DEPOIS FICARAM PÉSSIMAS E DEPOIS MELHORARAM E DEPOIS FICARAM RUINS DE NOVO, E ENTÃO ELAS ACONTECERAM OUTRA VEZ, E MAIS OUTRA, PORQUE NINGUÉM IMPEDIU. AS COISAS PODEM SER... AJUSTADAS. PROLONGUE A MELHOR PARTE, PREVEJA E

ENCURTE O QUE FOR PÉSSIMO. ÀS VEZES, EVITE O PÉSSIMO ACEITANDO O QUE É APENAS RUIM. EU DESISTI DE TENTAR DETER VOCÊS. SÓ ENSINEI OS MEUS FILHOS A LEMBRAR E A APRENDER E A SOBREVIVER... ATÉ ALGUÉM ENFIM ROMPER O CÍRCULO DE UMA VEZ POR TODAS.

EU ESTAVA CONFUSO.

— A SENHORA ESTÁ FALANDO DA DESTRUIÇÃO PELO FOGO?

— ERA SOBRE ISSO QUE EU TINHA VINDO FALAR, AFINAL. CEM ANOS, ELA PREVIRA, CINQUENTA ANOS ATRÁS. O QUE MAIS IMPORTAVA?

ELA APENAS SORRIU.

— ENTREVISTA TRANSCRITA, TRADUZIDA PELO CONSTRUTOR DE OBELISCOS C, ENCONTRADA NA RUÍNA DE TAPITA PLATEAU N. 723 POR SHINASH INOVADOR DIBARS. DATA DESCONHECIDA, TRANSCRITOR DESCONHECIDO. ESPECULAÇÃO: A PRIMEIRA SABEDORISTA? PESSOAL: BAS, VOCÊ TINHA QUE VER ESTE LUGAR. TESOUROS DA HISTÓRIA EM TODA PARTE, A MAIORIA DELES DANIFICADA DEMAIS PARA SE DECIFRAR, MAS AINDA ASSIM... QUERIA QUE VOCÊ ESTIVESSE AQUI.

2

NASSUN SENTE VONTADE DE PERDER AS ESTRIBEIRAS

Nassun está ao lado do corpo do pai, se é que se pode chamar um monte de joias quebradas de corpo. Ela cambaleia um pouco, zonza porque a ferida no ombro – onde o pai a esfaqueou – sangra abundantemente. A facada fora resultado de uma escolha impossível que ele exigiu dela: ser filha dele ou ser orogene. Ela recusou-se a cometer suicídio existencial. Ele se recusou a permitir a sobrevivência de um orogene. Não houve maldade em nenhum dos dois no momento final, apenas a cruel violência do inevitável.

De um lado desse cenário está Schaffa, o Guardião de Nassun, que olha para o que restou de Jija Resistente Jekity em um misto de admiração e fria satisfação. Do outro lado de Nassun está Aço, seu comedor de pedra. É apropriado chamá-lo assim agora, de seu, porque ele veio no momento em que ela precisava... não para ajudar, isso nunca, mas para lhe dar algo, não obstante. O que ele oferece, e o que ela enfim percebe que precisa ter, é um *propósito*. Nem mesmo Schaffa lhe deu isso, mas é porque Schaffa a ama incondicionalmente. Ela precisa desse amor também, ah, como precisa, mas neste instante, em que seu coração foi completamente partido, em que seus pensamentos estão no menor grau de concentração, ela anseia por algo mais... concreto.

Ela terá a concretude que deseja. Lutará por ela e matará por ela porque teve que fazê-lo repetidas vezes e tornou-se um hábito agora e, se tiver êxito, morrerá por ela. Afinal, ela é filha de sua mãe – e só as pessoas que acreditam ter um futuro temem a morte.

Na mão boa de Nassun vibra um fragmento de cristal cônico de quase um metro, de um azul profundo e primorosamente facetado, embora com algumas ligeiras deformações perto da base que deram origem a algo semelhante a uma empunhadura. De vez em quando, essa estranha faca longa passa para um estado translúcido, intangível, duvidosamente real. Ela é muito real: somente a atenção de Nassun é que impede a coisa em suas mãos de transformá-la em pedra colorida do modo como transformou seu pai. Ela tem medo do que poderia acontecer se desmaiasse devido à perda de sangue, então gostaria muito de mandar o safira de volta para o céu para ele retomar seu formato padrão e seu tamanho imenso... mas não pode fazer isso. Ainda não.

Ali, perto do dormitório, estão os dois motivos: Umber e Nida, os outros dois Guardiões de Lua Encontrada. Eles a estão observando e, quando o olhar dela pousa sobre eles, há uma centelha nos ramos entrelaçados de prateado que fluem entre os dois. Nenhuma troca de palavras ou olhares, apenas essa silenciosa comunhão que teria sido imperceptível se Nassun não fosse quem ela é. Sob cada um dos Guardiões, delicadas cordas prateadas sobem do solo, entram pelos pés, conectadas pelo lampejo de nervos e veias em seus corpos, e seguem até os fragmentos de ferro inseridos em seus cérebros. Essas cordas semelhantes a raízes primárias sempre estiveram lá, mas talvez seja a tensão do momento que faça Nassun perceber enfim o quanto essas linhas de luz são *espessas* em cada Guardião – muito mais espessas do que aquela que liga o solo a Schaffa. E por fim ela entende o que isso significa: Umber e Nida são apenas fantoches de uma vontade maior. Nassun tentou acreditar que fossem melhores do que isso, que fossem independentes, mas aqui, agora, com o safira nas mãos e o pai morto a seus pés... algumas maturações não podem esperar uma estação mais conveniente.

Então Nassun crava uma espiral bem funda na terra porque sabe que Umber e Nida vão sensá-la. É uma distração;

ela não precisa do poder da terra e desconfia que saibam disso. No entanto, eles reagem, Umber descruzando os braços e Nida endireitando-se do parapeito da varanda onde estava encostada. Schaffa reage também, transferindo o olhar para ela. É uma reação inevitável que Umber e Nida vão perceber, mas é irremediável; Nassun não tem nenhum pedaço da Terra Cruel alojado em seu cérebro para facilitar a comunicação. Onde a matéria falha, o cuidado quebra o galho. Ele diz "Nida", e isso é tudo de que ela precisa.

Umber e Nida se movem. É rápido, tão rápido, porque a treliça prateada dentro de cada um deles fortaleceu seus ossos e estreitou os cordões dos seus músculos de modo que possam fazer o que a carne humana comum não consegue. Um pulso de anulação os precede com a inexorabilidade de uma tempestade repentina, deixando imediatamente paralisados os principais lobos dos sensapinae de Nassun, mas ela já está na defensiva. Não fisicamente; ela não pode combatê-los nessa esfera da batalha e, além do mais, mal consegue ficar de pé. A vontade e o prateado são as únicas coisas que lhe restaram.

Então Nassun – o corpo estático, a mente violenta – arrebata os fios de prateado do ar à sua volta, tecendo uma teia tosca, porém eficiente. (Ela nunca fez isso antes, mas ninguém jamais lhe disse que não podia ser feito.) Ela coloca parte dessa teia ao redor de Nida, ignorando Umber porque Schaffa lhe disse para ignorá-lo. E, de fato, ela entende no momento seguinte por que ele lhe disse para se concentrar em apenas um dos Guardiões inimigos. O prateado que ela teceu em torno de Nida deveria capturar a mulher em pouco tempo, como um inseto chocando-se contra uma teia de aranha. Em vez disso, Nida para aos tropeções, depois ri enquanto fios de alguma outra coisa saem de dentro dela e golpeiam o ar, retalhando a teia à sua volta. Ela investe contra Nassun outra vez, mas Nassun – depois de ficar aturdida com a velocidade e a eficácia da retaliação da Guardiã – ergue pedras de dentro da terra para perfurar os pés de Nida. Isso só a atrapalha um pouco. Nida se precipita, quebrando os pedaços de rocha e correndo com eles ainda sobressaindo de suas botas. Uma de suas mãos está posicionada em forma de garra, e a outra, de uma lâmina reta, com dedos retesados. A que alcançar Nassun primeiro ditará como ela começará a massacrar a menina com as próprias mãos.

Nesse instante, Nassun entra em pânico. Só um pouco, porque, de outra forma, ela perderia o controle do safira... mas um pouco. Ela consegue sentir a reverberação crua, faminta e caótica dos fios prateados vibrando dentro de Nida, diferente de tudo que já captou antes, e de repente aquilo é, de certa maneira, aterrorizante. Nassun não sabe o que essa estranha reverberação fará com ela se qualquer parte de Nida tocar sua pele despida. (Sua mãe, no entanto sabe.) Ela dá um passo para trás, ordenando que a faca longa safira se coloque entre ela e Nida em uma posição defensiva. Sua mão boa ainda está no cabo do safira, então ela parece estar brandindo uma arma com uma mão trêmula e lenta demais. Nida dá outra risada, alta e satisfeita, porque as duas conseguem ver que nem mesmo o safira será suficiente para detê-la. Nida agita a garra, estendendo os dedos e procurando alcançar a bochecha de Nassun ao mesmo tempo em que serpenteia em torno do golpe descontrolado da outra...

Nassun deixa o safira cair e grita, seus sensapinae entorpecidos contorcendo-se de forma desesperada e impotente...

Mas todos os Guardiões se esqueceram do outro guardião de Nassun.

Aço não parece se mexer. Em um momento ele está na mesma posição em que esteve pelos últimos minutos: de costas para a pilha caída que é Jija, expressão serena, postura lânguida enquanto olha o horizonte ao norte. No momento seguinte, está mais perto, bem ao lado de Nassun, tendo se transportado com tanta rapidez que Nassun ouve o som cortante do ar que se deslocou. E o avanço de Nida se detém abruptamente quando a mão erguida de Aço agarra sua garganta com firmeza.

Ela berra. Nassun ouviu Nida falar durante horas com sua voz agitada e talvez por isso tenha pensado nela como um pássaro canoro, tagarela, gorjeador e inofensivo. Esse berro é o grito de uma ave de rapina, é selvageria se transformando em fúria quando impedida de avançar sobre a presa. Ela tenta dar um puxão para trás, arriscando que a pele e os tendões se soltem, mas o aperto de Aço é firme como uma rocha. Ela está presa.

Um ruído vindo de trás faz Nassun virar-se. A três metros de onde ela está, Umber e Schaffa formam um único borrão enquanto lutam corpo a corpo. Ela não consegue ver o que está acontecendo. Ambos se movem rápido demais, com golpes velozes e brutais. Quando seus ouvidos processam os sons de uma pancada, eles já mudaram para uma posição diferente. Ela não consegue nem ao menos distinguir o que eles estão fazendo, mas teme, teme muito, por Schaffa. O prateado em Umber flui como um rio, a energia sendo-lhe ministrada constantemente através daquela cintilante raiz primária. Os veios mais finos de Schaffa, no entanto, são um emaranhado enlouquecido de correntezas e de bloqueios, puxando seus nervos e músculos e brilhando de forma imprevisível em uma tentativa de distraí-lo. Nassun pode ver, pela concentração no rosto de Schaffa, que *ele* ainda está no controle, e que foi isso o que o salvou; seus movimentos são inesperados, estratégicos, ponderados. Ainda assim. O simples fato de ele conseguir lutar é incrível.

O modo como ele termina a luta, dando um gancho que rompe a parte inferior do maxilar de Umber, é horrendo. Umber solta um gemido horrível, parando com um solavanco... mas, um instante depois, a mão dele se estende em busca da garganta de Schaffa outra vez, formando um borrão devido à sua velocidade. Schaffa arqueja – tão rápido que poderia ter sido apenas a respiração, mas Nassun ouve a inquietação que existe nela – e desvia do golpe, mas Umber ainda se mexe, embora seus olhos estejam revirados e seus movimentos sejam espasmódicos e desajeitados. Nassun entende então: Umber não está mais em casa. Alguma outra coisa está lá, fazendo seus membros e reflexos funcionarem enquanto as conexões cruciais permanecerem em vigor. E sim: no momento seguinte, Schaffa arremessa Umber no chão, solta a mão e pisa a cabeça do oponente.

Nassun não consegue olhar. Ela ouve o som das fraturas; é o bastante. Ela ouve que Umber na verdade continua se contraindo, com movimentos mais fracos, porém persistentes, e ouve o leve farfalhar das roupas de Schaffa conforme ele se curva. Depois, ela ouve uma coisa que sua mãe ouviu pela última vez em uma saleta na ala dos Guardiões do Fulcro uns trinta anos antes: o som de ossos se quebrando e cartilagem se rompendo enquanto Schaffa enfia os dedos na base do crânio quebrado de Umber.

Nassun não consegue fechar os olhos, então, em vez disso, concentra-se em Nida, que ainda está lutando para se libertar do aperto inexorável de Aço.

— Eu... eu... — tenta Nassun. Seu coração desacelerou só um pouco. O safira chacoalha com mais força em suas mãos. Nida ainda quer matá-la. Aço, que se colocou apenas como um possível aliado e não como aliado definitivo, só precisa afrouxar o aperto e Nassun morrerá. Mas.

— Eu n-não quero te matar — ela consegue dizer. E é até mesmo verdade.

Nida fica abruptamente imóvel e calada. A fúria em sua expressão aos poucos desvanece até seu rosto não demonstrar expressão alguma.

— Ele fez o que tinha que fazer da última vez — ela fala.

A pele de Nassun comicha quando ela se dá conta de que algo intangível se modificou. Ela não sabe ao certo o quê, mas acha que aquela não é mais exatamente Nida. Ela engole em seco.

— Fez o quê? Quem?

O olhar de Nida recai sobre Aço. Segue-se um leve som de algo raspando enquanto a boca de Aço se curva para formar um largo sorriso cheio de dentes. Então, antes que Nassun consiga pensar em outra pergunta, o aperto de Aço muda. Não afrouxando, mas sim virando-se, com aquele movimento estranhamente lento que talvez tenha o intuito de imitar o movimento humano (ou zombar dele). Ele retrai o braço e gira o pulso para virar Nida de costas para ele. Sua nuca virada para a boca dele.

— Ele está bravo — continua Nida calmamente, embora esteja agora de costas tanto para Aço como para Nassun. — No entanto, mesmo hoje ele pode estar disposto a ceder, a perdoar. Ele exige justiça, mas...

— Ele teve justiça mil vezes — responde Aço. — Eu não devo mais justiça. — Então ele abre bem a boca.

Nassun se vira de novo. Em uma manhã na qual ela transformou o pai em pedaços, algumas coisas continuam sendo obscenas demais para seus olhos de criança. Pelo menos, Nida não se mexe mais depois que Aço deixa o corpo dela cair no chão.

— Não podemos ficar aqui — diz Schaffa. Quando Nassun engole em seco e se concentra nele, vê que ele está sobre o cadáver de Umber, segurando algo pequeno e afiado em uma mão manchada de sangue. Ele fita o objeto com a mesma frieza distante com que fita aqueles que pretende matar. — Outros virão.

Devido à clareza trazida pela adrenalina da experiência de quase morte, Nassun sabe que ele quer dizer outros Guardiões contaminados (e não aqueles semicontaminados como o próprio Schaffa, que, de algum modo, conseguiram reter um pouco de livre arbítrio). Nassun engole em seco de novo e aquiesce, sentindo-se mais calma agora que ninguém mais está tentando matá-la.

— E-e as outras crianças?

Algumas das crianças em questão estão de pé na varanda do dormitório, despertadas pela concussão do safira quando Nassun o invocou na forma de faca longa. Eles testemunharam tudo, Nassun nota. Duas delas choram ao ver seus Guardiões mortos, mas a maioria simplesmente olha para ela e para Schaffa em um silencioso estado de choque. Uma das crianças menores está vomitando ao lado dos degraus.

Schaffa as observa por um longo instante, depois olha de soslaio para ela. Parte de sua frieza ainda está lá, dizendo o que a voz não diz.

— Elas vão ter que deixar Jekity, e rápido. Sem Guardiões, é pouco provável que o povo da comu vá tolerar sua presença. — Ou Schaffa pode matá-los. Foi o que fez com todos os outros orogenes que eles encontraram e que não estavam sob seu controle. Ou são dele ou são uma ameaça.

— Não — Nassun contesta de forma abrupta. Respondendo àquela frieza silenciosa, não ao que ele disse. A frieza aumenta um pouco. Schaffa jamais gosta quando ela diz não. Ela respira fundo, acalmando-se um pouco, e se corrige. — Por favor, Schaffa. É que eu... eu não aguento mais.

É pura hipocrisia. A decisão que Nassun tomou recentemente, uma promessa muda sobre o cadáver do pai, contradiz essa afirmação. Schaffa pode não saber o que ela escolheu, mas, com o canto do olho, a menina está terrivelmente ciente do persistente sorriso manchado de sangue de Aço.

Ela pressiona os lábios e decide que falou sério. Não é mentira. Ela não aguenta mais a crueldade, o sofrimento infindável: essa é a questão. O que ela pretende fazer será, no mínimo, rápido e misericordioso.

Schaffa olha para ela por um momento. Depois ele se contrai, estremecendo um pouco, como ela o viu fazer com frequência nas últimas semanas. Quando o espasmo passa, ele exibe um sorriso e vem até ela, embora primeiro feche a mão com firmeza em torno do pedaço de metal que tirou de Umber.

— Como está o seu ombro?

Ela ergue a outra mão para tocá-lo. O tecido de sua blusa de dormir está úmido de sangue, mas não encharcado, e ela ainda consegue usar o braço.

— Está doendo.

— Receio que vai continuar doendo por um tempo. — Ele olha ao redor, então se levanta e vai até o cadáver de Umber. Rasgando uma das mangas da camisa de Umber (a que não está tão manchada de sangue quanto a outra, Nassun constata com reservado alívio), ele se aproxima e ergue a manga dela, depois a ajuda a amarrar a tira de tecido em volta do ombro. Ele amarra firme. Nassun sabe que isso é bom e possivelmente evitará que ela precise de pontos no ferimento, mas, por um instante, a dor fica pior e ela se apoia brevemente nele. Schaffa permite que ela se apoie, afagando seu cabelo com a mão que está livre. A outra mão, manchada de sangue, Nassun percebe, fica bem fechada ao redor do fragmento de metal.

— O que o senhor vai fazer com isso? — Nassun pergunta, olhando para a mão cerrada. Ela não consegue deixar de imaginar uma coisa malévola ali, estendendo seus tentáculos e procurando outra pessoa para infectar com a vontade da Terra Cruel.

— Não sei — Schaffa responde com uma voz grave. — Não representa nenhum perigo para mim, mas lembro que... — Ele franze o cenho por um momento, claramente procurando por uma lembrança que se perdeu. — Que em outro momento, em outra parte, nós simplesmente reciclávamos. Aqui, suponho que terei que encontrar um lugar isolado para deixá-lo e torcer para que ninguém se depare com ele tão cedo. O que você vai fazer com *isso*?

Nassun segue o olhar dele para o ponto onde a faca longa de safira, abandonada, flutuou para trás e se posicionou no ar, pairando precisamente a trinta centímetros de distância das costas dela. O safira se mexe um pouquinho com os movimentos dela, zumbindo de leve. Ela não entende por que está fazendo isso, embora ter essa força à espreita e em repouso lhe dê algum conforto.

— Acho que eu deveria colocá-lo de volta...

— Como foi que você...?

— Eu simplesmente precisei dele. Ele sabia do que eu precisava e se transformou para mim. — Nassun encolhe um pouco os ombros. É tão difícil explicar essas coisas com palavras. Depois, ela agarra a camisa dele com a mão machucada porque sabe que não é coisa boa quando Schaffa não responde uma pergunta. — Os outros, Schaffa.

Por fim, ele suspira.

— Vou ajudá-los a preparar suas bolsas. Você consegue andar?

Nassun está tão aliviada que, por um instante, sente que pode voar.

— Consigo. Obrigada. Obrigada, Schaffa!

Ele chacoalha a cabeça, nitidamente triste, embora sorria outra vez.

— Vá até a casa do seu pai e pegue qualquer coisa que seja útil e portátil, pequenina. Vou me encontrar com você lá.

Ela hesita. Se Schaffa decidir matar as outras crianças de Lua Encontrada... Ele não vai fazer isso, vai? Ele disse que não.

Schaffa faz uma pausa, erguendo uma das sobrancelhas enquanto sorri, o retrato da indagação educada e calma. É uma ilusão. O prateado é um chicote que ainda flagela Schaffa, tentando instigá-lo a matá-la. Ele deve estar sentindo uma dor tremenda. Contudo, resiste ao estímulo, como tem feito há semanas. Ele não a mata, pois a ama. E ela não pode confiar em nada, em ninguém, se não confiar nele.

— Tudo bem — Nassun concorda. — Te vejo na casa do Papai.

Enquanto se afasta dele, ela olha para Aço, que se virou para encarar Schaffa também. Em algum momento nos últimos minutos, Aço limpou o sangue dos lábios. Ela não sabe como. Mas ele estendeu uma das mãos cinzentas em direção a eles... não. Em direção a Schaffa, que inclina a cabeça por um instante ao ver isso, pensando, e então, depois de um momento, coloca o fragmento ensanguentado de ferro na mão de Aço, que se fecha em um piscar de olhos, depois se abre de novo, devagar, como se realizasse um truque. Mas o fragmento de ferro sumiu. Schaffa inclina a cabeça em um agradecimento educado.

Seus dois protetores monstruosos, que devem cooperar ao cuidar dela. No entanto, Nassun não seria um monstro também? Pois aquela coisa que ela sentiu pouco antes de Jija vir matá-la, aquele pico de poder imenso, concentrado e amplificado por dezenas de obeliscos trabalhando em conjunto? Aço o chamou de Portão do Obelisco: um vasto e complexo mecanismo criado pela civextinta que construiu os obeliscos para algum propósito incompreensível. Aço também mencionou uma coisa chamada Lua. Nassun já ouviu as histórias: uma vez, há muito tempo, o Pai Terra tinha uma filha. A perda dessa filha é o que o irritou e causou as Estações.

A história passa uma mensagem de esperança impossível e uma expressão insensata que os sabedoristas usam para intrigar suas plateias agitadas. "Um dia, se a filha da Terra retornar..." A insinuação é que, algum dia, o Pai Terra poderia enfim ser apaziguado. Algum dia, as Estações poderiam terminar e o mundo poderia ficar bem.

Exceto que pais ainda tentariam matar filhos orogenes, não é? Mesmo que a Lua voltasse. Nada jamais fará isso parar.

"Traga a Lua para casa", dissera Aço. Acabe com a dor do mundo.

Algumas escolhas não são escolhas de verdade.

Nassun deseja que o safira venha pairar diante dela outra vez. Ela não consegue sensar nada em consequência da anulação de Umber e Nida, mas há outras maneiras de perceber o mundo. E em meio à não água bruxuleante do safira, enquanto ele se desfaz e se refaz a partir da imensidão concentrada de luz prateada retida dentro da treliça do seu cristal, existe uma mensagem sutil escrita em equações de força e equilíbrio que Nassun resolve instintivamente, com algo diferente de matemática.

Longe. Atravessando o mar desconhecido. Sua mãe pode ter a chave do Portão do Obelisco, mas Nassun aprendeu nas estradas cheias de cinzas que há outras formas de abrir qualquer portão; dobradiças para arrancar, maneiras de saltar por cima ou passar por baixo. E muito longe dali, do outro lado do mundo, há um lugar onde o controle de Essun sobre o Portão pode ser vencido.

— Eu sei aonde precisamos ir, Schaffa — diz Nassun.

Ele a fita por um momento, transferindo o olhar para Aço e de volta para ela.

— É mesmo?

— É. Mas é um caminho bem longo. — Ela morde o lábio. — Você vem comigo?

Ele inclina a cabeça, seu sorriso largo e cordial.

— Para qualquer lugar, minha pequenina.

Nassun solta o ar demoradamente, aliviada, dando-lhe um sorriso tímido. Depois, vira as costas de propósito para Lua Encontrada e seus cadáveres e desce a colina sem olhar para trás nem uma única vez.

+   +   +

Ano Imperial 2729: testemunhas na comu de Amand (Distritante de Dibba, região oeste das Latmedianas do Norte) relatam que uma rogga não registrada abriu um bolsão de gás perto do vilarejo. Não está claro de que gás se tratava; morte em segundos, arroxeamento da língua, asfixia em vez de intoxicação? Ambos? Outra rogga supostamente deteve o esforço da primeira, de algum modo, e direcionou o gás de volta para a abertura antes de vedá-la. Os cidadãos de Amand atiraram nas duas tão logo foi possível para evitar futuros incidentes. O bolsão de gás foi avaliado pelo Fulcro como significativo (o suficiente para ter matado a maioria das pessoas e do gado na metade oeste das Latmedianas do Norte, com subsequente contaminação do solo). A que deu início à situação tinha dezessete anos de idade e reagiu ao suposto molestador da irmã mais nova. A que conteve o gás tinha sete anos de idade e era irmã da primeira.

— *Anotações de projeto de Yaetr Inovador Dibars*

SYL ANAGIST: CINCO

— **H**ouwha — diz uma voz atrás de mim. (De mim? De mim.) Eu viro as costas para a janela ardente e o jardim de flores cintilantes. Uma mulher está com Gaewha e uma das condutoras, e eu não a conheço. Ao olho nu, ela é um deles: a pele toda de um tom marrom suave, olhos cinzentos, cabelo preto acastanhado e encaracolado, alta. Há insinuações de uma *outra* na largura do rosto dela – ou talvez, ao olhar essa lembrança pela lente dos milênios, eu veja o que quero ver. Sua aparência é irrelevante. Aos meus sensapinae, seu parentesco conosco é tão óbvio quanto o cabelo branco e fofo de Gaewha. Ela exerce uma pressão sobre o ambiente que é uma força agitada, impossivelmente pesada e irresistível. Isso a torna uma de nós tanto quanto se houvesse sido decantada da mesma mistura biomagéstrica.

(Você se parece com ela. Não. Eu *quero* que se pareça com ela. Não é justo, mesmo que seja verdade: você é como ela, mas de outras formas além da mera aparência. Perdão por limitá-la desse modo.)

A condutora fala da maneira como sua espécie fala, em vibrações tênues que apenas ondulam pelo ar e mal agitam o solo. *Palavras.* Eu sei a palavra-nome dessa condutora, Pheylen, e sei também que ela é uma das mais simpáticas, mas esse conhecimento é inerte e indistinto, como tantas coisas sobre eles. Por muito tempo, eu não conseguia distinguir entre uma pessoa e outra da espécie deles. Todos eles têm aparências diferentes, mas a mesma não presença dentro do ambiente. Ainda preciso ficar me lembrando de que a textura do cabelo e o formato dos olhos e os odores característicos do corpo têm tanto significado para eles quanto as perturbações das placas tectônicas têm para mim.

Devo respeitar o fato de serem diferentes. Nós somos os deficientes, afinal, desprovidos de muito do que teria nos tornado humanos. Isso era necessário e eu não me incomodo com o que sou. Gosto de ser útil. Mas muitas coisas seriam mais fáceis se eu pudesse entender melhor os nossos criadores.

Então olho para a nova mulher, a mulher-como-nós, e tento prestar atenção enquanto a condutora a *apresenta*. Apresentação é um ritual que consiste em explicar os sons dos nomes e das relações de... família? Profissão? Sinceramente, não sei. Fico onde devo ficar e digo as coisas que devo dizer. A condutora fala para a nova mulher que eu sou Houwha e que Gaewha é Gaewha, que são as palavras-nome que eles usam para nós. A nova mulher, diz a condutora, é Kelenli. Isso também está errado. O nome dela na verdade é *punhalada profunda, doce explosão de fissura de argila, substrato suave de silicato, reverberação*, mas tento me lembrar de "Kelenli" quando uso palavras para falar.

A condutora parece satisfeita que eu diga "como vai" quando necessário. Eu fico contente com isso; *apresentações* são muito difíceis, mas eu me esforcei muito para ficar bom nelas. Depois, ela começa a falar com Kelenli. Quando fica claro que a condutora não tem mais nada para me dizer, eu vou para trás de Gaewha e começo a trançar seus cabelos grossos e fofos. Os condutores parecem gostar quando fazemos isso, embora eu realmente não saiba por quê. Um deles disse que era "bonitinho" nos ver cuidando uns dos outros, igual às pessoas. Não sei ao certo o que significa bonitinho.

Enquanto isso, eu presto atenção.

— Simplesmente não faz sentido — diz Pheylen com um suspiro. — Quero dizer, os números não mentem, mas...

— Se quiser registrar uma objeção — começa Kelenli. Suas palavras me fascinam de um modo que as palavras nunca me fascinaram antes. Diferente da condutora, sua voz tem peso e textura, é profunda como os estratos e tem camadas. Ela projeta as palavras para o chão enquanto fala, como um tipo de subvocalização. Faz com que pareçam mais reais. Pheylen, que não parece perceber o quanto as palavras de Kelenli são mais profundas (ou talvez apenas não se importe) faz uma cara de desconforto em reação ao que ela disse. Kelenli repete. — *Se* você quiser, posso pedir a Gallat que me tire da equipe.

— E ficar ouvindo ele gritar? Pela Morte Cruel, ele nunca mais ia parar. Ele tem um temperamento tão agressivo. — Pheylen sorri. Não é o sorriso de alguém que acha graça. — Deve ser difícil para ele, querer que o projeto seja bem-sucedido, mas também querer que você seja mantida... bem. *Eu* não me importo com você na função de substituta apenas, mas não vi os dados da simulação.

— Eu vi. — O tom de voz de Kelenli é grave. — O risco de atraso-falha era pequeno, mas significativo.

— Bom, essa é a questão. Mesmo um risco pequeno é risco demais, se pudermos fazer alguma coisa em relação a ele. Acho que eles devem estar mais ansiosos do que estão mostrando, porém, para envolver você... — Pheylen abruptamente parece constrangida. — Ah... me desculpe. Não quis ofender.

Kelenli sorri. Tanto eu como Gaewha podemos ver que é só uma estratificação de superfície, não uma expressão verdadeira.

— Não ofendeu.

Pheylen solta o ar, aliviada.

— Bem, então, eu vou me retirar para a Observação e deixar vocês três se conhecerem. Bata na porta quando terminar.

Com isso, a Condutora Pheylen sai da sala. Isso é bom, porque, quando os condutores não estão por perto, podemos conversar com mais facilidade. A porta se fecha e eu me mexo para encarar Gaewha (que na verdade é *gosto de sais adularescentes de geodo rachado, eco esmaecendo*). Ela aquiesce minimamente porque eu supus acertadamente que ela tinha algo importante a me contar. Nós sempre somos vigiados. Certa dose de encenação é essencial.

Gaewha diz com a boca:

— A coordenadora Pheylen me disse que estão fazendo uma mudança na nossa configuração. — Com o resto do seu ser, ela diz, em perturbações atmosféricas e nervosos dedilhados nos fios prateados: *Tetlewha foi transferido para as roseiras bravas.*

— Uma mudança a esta altura? — Eu olho para a mulher-como-nós, Kelenli, para ver se ela está acompanhando a conversa toda. Ela parece tanto um deles, toda aquela cor na superfície e aqueles ossos compridos que a tornam mais alta do que nós dois. — Você tem algo a ver com o projeto? — eu pergunto a ela ao mesmo tempo em que respondo às novidades de Gaewha sobre Tetlewha. *Não.*

Meu "não" não é uma negação, apenas a constatação de um fato. Nós ainda podemos detectar *o ponto quente e elevação de estratos, atrito de subsidência* familiares de Tetlewha, mas... há algo diferente. Ele não está mais por perto, ou pelo menos não está em nenhum lugar ao alcance de nossas buscas sísmicas. E a turbulência e o atrito dele quase se aquietaram.

Descomissionado é a palavra que os condutores preferem usar quando um de nós é afastado do serviço. Eles nos pediram individualmente para descrever o que sentimos quando acontece a mudança, porque é uma ruptura na nossa rede. Por um acordo tácito, cada um de nós fala da sensação de perda: um distanciamento, um esvaziamento, uma diminuição da força do sinal.

Por um acordo tácito, nenhum de nós menciona o resto, que, em todo caso, é impossível descrever nas palavras dos condutores. O que vivenciamos é uma sensação abrasadora e uma comichão por toda parte, e o *emaranhado da resistência do desmoronamento* de antigos fios pré-sylanagistinos, como às vezes encontramos em nossas explorações da terra, enferrujados e afiados em seu estado de degradação e em seu potencial desperdiçado. Algo assim. *Quem deu a ordem?* Eu quero saber.

Gaewha se torna a ondulação lenta de uma falha, com padrões bruscos, frustrados e confusos. *O condutor Gallat. Os outros condutores ficaram irritados com isso e alguém denunciou aos superiores e foi por esse motivo que enviaram Kelenli para cá. Precisavam de todos nós juntos para dominar o ônix e a pedra da lua. Eles estão preocupados com a nossa estabilidade.*

Irritado, respondo: *Talvez devessem ter pensado nisso antes de...*

— Eu tenho algo a ver com o projeto, sim — interrompe Kelenli, embora não tenha havido nenhuma interrupção da conversa verbal. As palavras são muito lentas se comparadas à conversa pela terra. — Eu tenho um pouco de consciência arcana, sabem, e habilidades semelhantes às suas. — Então ela acrescenta: *Estou aqui para ensiná-los.*

Ela muda das palavras dos condutores para a nossa língua, a língua da terra, com a mesma facilidade que nós. Sua presença comunicativa é *metal pesado radiante, escaldantes linhas magnéticas cristalizadas de ferro meteórico*, e camadas mais complexas debaixo dessas, tudo tão aguçado e poderoso que Gaewha e eu inspiramos com força, admirados.

Mas o que ela está dizendo? Ensinar-nos? Não precisamos ser ensinados. Já fomos decantados sabendo quase tudo o que precisávamos saber, e o resto aprendemos nas primeiras semanas de vida com os nossos colegas afinadores. Se não tivéssemos aprendido, estaríamos no canteiro de roseiras bravas também.

Certifico-me de franzir a testa.

— Como é que você pode ser uma afinadora como nós? — Essa é uma mentira dita para os nossos observadores, que veem só a superfície das coisas e acham que nós também só vemos isso. Ela não é branca como nós, não é baixa nem estranha, mas nós a reconhecemos como uma de nós assim que sentimos o cataclismo de sua presença. Não tenho dúvidas de que ela é uma de nós. Não tenho como não acreditar no incontestável.

Kelenli sorri com uma ironia que reconhece a mentira.

— Não exatamente como vocês, mas parecida o bastante. Vocês são a obra de arte terminada, eu sou o modelo. — Fios de magia na terra se aquecem e reverberam e agregam outros significados. *Protótipo.* Um controle para o nosso experimento, feito antes para ver como nós deveríamos ser feitos. Ela tem apenas uma diferença, em vez das muitas que nós possuímos: os mesmos sensapinae cuidadosamente projetados que nós temos. Será o suficiente para nos ajudar a realizar a tarefa? A certeza em sua terra-presença diz que sim. Ela continua com palavras: — Não fui a primeira a ser feita. Só a primeira a sobreviver.

Todos nós levamos uma das mãos ao ar para afastar a Morte Cruel. Mas eu me permito aparentar que não entendo enquanto me pergunto se devemos ousar confiar nela. Eu vi como a condutora relaxou perto dela. Pheylen é uma das simpáticas, mas mesmo ela nunca esquece o que somos. Mas esqueceu com Kelenli. Talvez todos os humanos pensem que ela é um deles até alguém lhes dizer que não é. Como será isso, ser tratado como humano quando não se é? E também há o fato de que eles a deixaram sozinha conosco. A nós, eles tratam como armas que poderiam falhar a qualquer momento... mas confiam nela.

— Quantos fragmentos você afinou a si mesma? — pergunto em voz alta, como se isso importasse. Também é um desafio.

— Só um — responde Kelenli. Mas ainda está sorrindo.

— O ônix.

Ah. Ah, isso importa *sim*. Gaewha e eu trocamos um olhar de surpresa e preocupação antes de encará-la de novo.

— E o motivo pelo qual estou aqui — continua Kelenli, insistindo de repente em passar essa importante informação com meras palavras, o que, de certa maneira, serve perversamente para enfatizá-las — é porque a ordem foi dada. Os fragmentos estão com a capacidade de armazenamento ideal e estão prontos para o ciclo gerador. Ponto Central e Polo Zero começam a operar em 28 dias. Finalmente vamos acionar o Motor Plutônico.

(Em dezenas de milhares de anos, depois que as pessoas houverem se esquecido repetidas vezes do que é um "motor" e conhecerem os fragmentos como nada além de "obeliscos", haverá um nome diferente para a coisa que rege as nossas vidas agora. Ela será chamada de *Portão do Obelisco*, que é mais poético e também excentricamente primitivo. Eu gosto mais desse nome.)

No presente, enquanto Gaewha e eu ficamos ali olhando, Kelenli solta uma última bomba nas vibrações entre as nossas células:

Isso significa que eu tenho menos de um mês para mostrar-lhes quem vocês realmente são.

Gaewha franze a testa. Eu consigo não reagir porque os condutores observam tanto os nossos corpos como os nossos rostos, mas é por pouco. Estou muito confuso, e mais do que um pouco apreensivo. Não faço ideia, no presente dessa conversa, de que é o princípio do fim.

Porque nós, afinadores, não somos orogenes, sabe. A orogenia é o que a diferença de nós se tornará no decorrer de gerações de adaptação a um mundo modificado. Vocês são a destilação mais superficial, mais especializada, mais natural da nossa estranheza tão não natural. Apenas alguns de vocês, como Alabaster, algum dia chegarão perto do poder e da versatilidade que temos, mas isso ocorre porque nós fomos construídos de modo tão intencional e artificial quanto os fragmentos que vocês chamam de obeliscos. Somos fragmentos da grande máquina também; igualmente um triunfo da genegenharia e da biomagestria e da geomagestria e de outras disciplinas para as quais o futuro não terá nomes. Pela nossa existência, glorificamos o mundo que nos criou, como qualquer estátua ou cetro ou outro objeto precioso.

Não nos ressentimos disso, pois nossas opiniões e experiências foram cuidadosamente construídas também. Não entendemos que o que Kelenli veio nos dar é uma *identidade como povo*. Não entendemos por que nos foi proibido ter esse autoconceito antes disso… mas entenderemos.

E então entenderemos que um *povo* não pode ser uma *posse*. E como somos ambas as coisas e isso não deveria acontecer, um novo conceito começa a ganhar forma dentro de nós, embora nunca tenhamos ouvido a palavra para isso, porque os condutores são proibidos de sequer mencioná-la em nossa presença. *Revolução*.

Bem. De qualquer maneira, as palavras não têm muita utilidade para nós. Mas é disso que se trata. O começo. Você, Essun, verá o final.

3

VOCÊ, DESEQUILIBRADA

Leva alguns dias para você se recuperar o suficiente para andar por conta própria. Assim que você consegue, Ykka se reapropria dos carregadores de maca para realizar outras tarefas, então só lhe resta mancar, fraca e desajeitada devido à perda do braço. Nos primeiros dias, você fica bem para trás da maior parte do grupo, alcançando-os para acampar somente horas depois que eles se acomodaram para passar a noite. Não sobra muita coisa da comida comunitária quando você vai buscar a sua parte. Que bom que você não sente mais fome. Também não sobra muito lugar para você colocar o seu saco de dormir; porém, pelo menos, eles lhe deram uma sacola básica e suprimentos para compensar a sua bolsa de fuga perdida. Os lugares que sobram não são bons, localizados perto das bordas do acampamento ou fora da estrada, onde o risco de ataque de animais selvagens ou de pessoas sem-comu é maior. De qualquer modo, você dorme ali porque está exausta. Você presume que, se houver algum perigo real, Hoa a levará embora de novo; ele parece ser capaz de transportá-la a pequenas distâncias através da terra sem nenhuma dificuldade. Ainda assim, a raiva de Ykka é uma coisa difícil de suportar, em vários sentidos.

Tonkee e Hoa ficam para trás com você. É quase como nos velhos tempos, exceto que agora Hoa aparece enquanto vocês andam, fica para trás enquanto vocês continuam caminhando, depois aparece outra vez em algum lugar mais à frente. Na maioria das vezes, ele assume uma postura neutra, mas, ocasionalmente, faz alguma coisa ridícula, como quando vocês o encontram fazendo pose de corredor. Ao que parece, comedores de pedra também ficam entediados. Hjarka fica com Tonkee, então vocês são quatro. Bem, cinco:

Lerna retarda o passo para andar com você também, irritado com o que considera como maus-tratos para com um de seus pacientes. Ele achava que não deveriam obrigar uma mulher que até pouco tempo estava em coma a andar, menos ainda permitir que fique mais atrás. Você tenta lhe dizer para não acompanhar você, para não atrair a ira de Castrima para si mesmo, mas ele bufa e diz que se Castrima quiser hostilizar a única pessoa na comu que tem treinamento formal para realizar cirurgias, eles não merecem tê-lo por perto. O que é... bem, é um ótimo argumento. Você se cala.

Ao menos você está se virando melhor do que Lerna esperava. Isso acontece em grande parte porque não era um coma de fato, e também porque você não perdeu todo o seu condicionamento de estrada durante os sete ou oito meses que viveu em Castrima. Os velhos hábitos voltam facilmente, na verdade: encontrar um ritmo estável, embora lento, que, não obstante, percorre os quilômetros; deixar a sua bolsa mais baixa, de maneira que boa parte do peso se apoie na sua bunda em vez de pesar nos seus ombros; manter a cabeça baixa enquanto caminha de modo que as cinzas que caem não cubram seus óculos. A perda do braço é mais um incômodo do que uma dificuldade, pelo menos com tantos ajudantes dispostos por perto. Fora tirar o seu equilíbrio e atormentar você com comichões ou dores fantasmas nos dedos ou no cotovelo que já não existem, a parte mais difícil é se vestir de manhã. É surpreendente como você aprende rápido a se agachar para mijar ou defecar sem cair, mas talvez você esteja apenas mais motivada depois de dias usando fralda.

Então você se sai bem, só que devagar no começo, e vai se tornando mais ágil no decorrer dos dias. Mas eis o problema com tudo isso: você está indo para o lado errado.

Tonkee vem se sentar ao seu lado uma noite.

— Você não pode partir até que estejamos bem mais para o oeste — ela diz sem nenhum preâmbulo. — Quase no Merz, eu acho. Se quiser chegar tão longe, vai ter que fazer as pazes com Ykka.

Você a encara, embora, para Tonkee, isso seja discreto. Ela esperou até Hjarka começar a roncar no saco de dormir e Lerna sair para usar a latrina do acampamento. Hoa ainda está por perto, montando guarda de modo nada sutil sobre o seu pequeno grupo dentro do acampamento da comu, as curvas de seu rosto de mármore negro mal iluminado pela sua fogueira. Mas Tonkee sabe que ele é leal a você, até onde a lealdade significa algo para ele.

— Ykka me odeia — você enfim diz, depois de fracassar em sua tentativa de fazer Tonkee se sentir envergonhada ou arrependida com um olhar.

Ela revira os olhos.

— Confie em mim, eu conheço o ódio. O que Ykka tem é… medo, e uma boa dose de raiva, mas você merece parte disso. Você colocou o povo dela em perigo.

— Eu *salvei* o povo dela do perigo.

Do outro lado do acampamento, como que para ilustrar seu argumento, você percebe alguém andando desajeitadamente. É um dos soldados de Rennanis, um dos que foram capturados após a última batalha. Colocaram uma berlinda nela: um colar composto por uma placa de madeira articulada ao redor do pescoço, com buracos para os braços, mantendo-os para cima e separados, ligados por duas correntes a algemas nos tornozelos. Primitivo, mas eficiente. Lerna vem cuidando das escoriações dos prisioneiros, e você entende que eles têm permissão para colocar as berlindas de lado à noite. É um tratamento melhor do que os castrimenses teriam recebido se a situação fosse inversa, mas, ainda assim, torna tudo embaraçoso. Afinal, não é como se os rennanianos pudessem ir embora. Mesmo sem as berlindas, se algum deles escapar agora, sem nenhum suprimento nem a proteção de um grupo grande, vai se tornar comida em uma questão de dias. As berlindas são apenas um insulto adicional, e um lembrete inquietante para todos de que as coisas poderiam ser piores. Você desvia o olhar.

Tonkee vê você olhar.

— É, você salvou Castrima de um perigo e depois os colocou em uma situação igualmente ruim. Ykka queria só a primeira parte.

— Eu não tinha como evitar a segunda parte. Eu devia ter deixado que os comedores de pedra matassem todos os roggas? *Que a matassem?* Se tivessem conseguido, nenhum dos mecanismos do geodo iria funcionar mesmo!

— Ela sabe disso. Foi por esse motivo que eu disse que não é ódio. Mas... — Tonkee suspira como se você estivesse sendo particularmente burra. — Olha. Castrima era... é... um experimento. Não o geodo, o povo. Ela sempre soube que era precário, tentar criar uma comu com andarilhos e roggas, mas estava funcionando. Ela fez os mais antigos entenderem que precisavam dos recém-chegados. Fez todo mundo pensar nos roggas como pessoas. Fez as pessoas concordarem em viver no subterrâneo, em uma ruína de civextinta que poderia ter matado todos nós a qualquer momento. Ela até impediu que uns se voltassem contra os outros quando o comedor de pedra cinzento deu uma razão...

— *Eu* impedi isso — você resmunga. Mas está prestando atenção.

— Você ajudou — admite Tonkee —, mas, se fosse só você, sabe muito bem que não teria dado certo. Castrima funciona por causa da *Ykka*. Porque eles sabem que ela é capaz de morrer para esta comu continuar existindo. Ajude Castrima e Ykka ficará do seu lado outra vez.

Vai demorar semanas, talvez meses, até vocês chegarem à cidade equatorial agora vazia de Rennanis.

— Eu sei onde Nassun está *agora* — você conta, aflita. — Quando Castrima chegar a Rennanis, pode ser que ela esteja em outro lugar!

Tonkee suspira.

— Já se passaram algumas semanas, Essun.

E Nassun provavelmente já estava em algum outro lugar antes mesmo que você acordasse. Você está tremendo. Não é racional e você sabe disso, mas diz bruscamente:

— Mas, se eu for agora, talvez... talvez eu consiga alcançá-la, talvez Hoa consiga sintonizá-la de novo, talvez eu possa... — Então você gagueja até se calar porque ouve o tom trêmulo e estridente da sua voz e seus instintos de mãe entram outra vez em ação, enferrujados, mas afiados, para repreendê-la: *Pare de se lamuriar.* Que é o que você está fazendo. Depois, você engole mais palavras, mas ainda treme um pouco.

Tonkee chacoalha a cabeça com uma expressão que poderia ser empatia, ou talvez seja apenas o triste reconhecimento de como você soa patética.

— Bom, pelo menos você *sabe* que é uma má ideia. Mas, se estiver tão determinada assim, é melhor começar agora.

— Ela se vira. Não dá para culpá-la, não é? Arriscar-se no desconhecido quase certamente mortal com uma mulher que destruiu múltiplas comunidades ou ficar com uma comu que, pelo menos em tese, logo terá um lar de novo? Não chega nem a ser uma pergunta.

Mas você deveria saber que é melhor não tentar prever o que Tonkee fará. Ela suspira depois que você se acalma e se senta outra vez na pedra que estava usando como cadeira.

— Provavelmente consigo convencer o contramestre a me dar suprimentos extras se eu disser que preciso explorar alguma coisa para os Inovadores. Eles estão acostumados com isso. Mas não tenho certeza se consigo convencê-los a me dar suprimentos suficientes para duas.

É uma surpresa dar-se conta de como você é grata por essa... hmm. Lealdade não é a palavra. Afeição? Talvez. Talvez seja apenas o fato de que você foi o objeto de pesquisa dela durante todo esse tempo, então é claro que ela não vai deixar você escapar considerando que a seguiu durante décadas e atravessou metade da Quietude.

Mas aí você franze o cenho.

— Duas? Não três? — Você achou que as coisas estavam dando certo entre ela e Hjarka.

Tonkee encolhe os ombros, então se inclina desajeitadamente sobre a pequena tigela de arroz e feijão que pegou da panela comunitária. Depois de engolir, ela diz:

— Prefiro fazer estimativas conservadoras. Você deveria fazer isso também.

Ela está falando de Lerna, que parece estar se afeiçoando a você. Você não sabe por quê. Você não é exatamente um prêmio, vestida de cinzas e sem um braço, e metade do tempo ele parece estar furioso com você. Você ainda se surpreende de que não seja o tempo todo. Ele sempre foi um rapaz estranho.

— Em todo caso, tem uma coisa sobre a qual quero que você pense — continua Tonkee. — O que Nassun estava fazendo quando você a encontrou?

E você estremece. Porque Tonkee, droga, disse outra vez em voz alta uma coisa que você preferiria que continuasse sem ser dita nem pensada.

E porque você se lembra daquele momento em que, com o poder do Portão fluindo através de seu corpo, você projetou-se e tocou e sentiu uma ressonância familiar tocando de volta. Uma ressonância apoiada, e amplificada, por algo azul e profundo e estranhamente resistente à ligação do Portão. O Portão lhe disse, de algum modo, que era o safira.

O que a sua filha de dez anos está fazendo, brincando com um obelisco?

Como a sua filha de dez anos continua *viva* após brincar com um obelisco?

Você pensa na sensação daquele contato momentâneo. O gosto-vibração familiar de uma orogenia que você vem acalmando desde antes do nascimento dela e treinando desde que ela tinha dois anos... mas muito mais afiada e intensa agora. Você não estava tentando tirar o safira de Nassun, mas o Portão estava, seguindo instruções que construtores mortos há muito tempo de alguma forma escreveram nas camadas de treliças do ônix. Nassun manteve o safira, contudo. Ela efetivamente lutou contra o Portão do Obelisco.

O que a sua garotinha esteve fazendo durante este longo e sombrio ano para desenvolver tal habilidade?

— Você não sabe qual é a situação dela — continua Tonkee, o que faz você piscar para sair desse devaneio terrível e se concentrar nela. — Você não sabe com que tipo de pessoa ela está vivendo. Você disse que ela está nas Antárticas, em algum lugar perto da costa leste? Aquela parte do mundo não deve estar sentindo muito da Estação ainda. Então o que é que você vai fazer? Tirá-la de uma comu onde ela está segura, tem o suficiente para comer e ainda pode ver o céu e arrastá-la para o norte, para uma comu perto da Fenda, onde os tremores serão constantes e o próximo escape de gás pode matar todo mundo? — Ela lança um olhar duro para você. — Você quer ajudá-la? Ou só quer tê-la de volta com você? Não é a mesma coisa.

— Jija matou Uche — você retruca abruptamente. As palavras não machucam, a menos que você pense nelas enquanto fala. A menos que você se lembre do cheiro do seu filho ou da sua risadinha ou da imagem do corpo dele sob um lençol. A menos que você pense em Corundum... Você usa a raiva para reprimir as duas pulsações de dor e culpa. — Eu tenho que *afastá-la* dele. Ele matou meu filho!

— Ele ainda não matou a sua filha. Ele teve o quê, vinte meses? Vinte e um? — Tonkee avista Lerna voltando em direção a vocês em meio à multidão e suspira. — Há coisas em que você deve pensar, é só o que estou dizendo. E mal posso acreditar que estou dizendo isso. Ela é outra usuária de obeliscos, e eu nem posso ir investigar. — Tonkee bufa de modo frustrado e rabugento. — Odeio esta maldita Estação. Pelas ferrugens, tenho que ser tão *prática* agora.

Você fica surpresa e solta uma risadinha, mas é fraca. As questões que Tonkee levantou são boas, claro, e algumas delas você não consegue responder. Você pensa sobre elas por um bom tempo naquela noite, e nos dias subsequentes.

Rennanis fica quase nas Costeiras do Oeste, pouco depois do Deserto do Merz. Castrima vai ter que atravessar o deserto para chegar lá porque contorná-lo aumentaria drasticamente a duração da viagem – uma diferença de meses para anos. Mas vocês estão seguindo em um bom ritmo pelas Latmedianas do Sul, onde as estradas são decentemente transitáveis e vocês não foram incomodados por muitos saqueadores ou animais selvagens de grande porte. Os Caçadores conseguiram encontrar bastante forragem para suplementar os estoques da comu, inclusive mais caça do que antes. O que não é de surpreender, já que eles não estão mais competindo com hordas de insetos. Não é o suficiente; ratos-do-campo e pássaros pequenos não vão manter uma comu de mil e tantas pessoas por muito tempo. Mas é melhor do que nada.

Quando começa a notar mudanças na paisagem que prenunciam o deserto – uma diminuição da floresta seca, um achatamento da topografia, um afastamento gradual do lençol freático em meio aos estratos –, você decide que é hora de enfim tentar conversar com Ykka.

A essa altura, vocês entraram em um bosque de pedras: um lugar com altos e afiados pináculos negros que arranham irregularmente o céu acima e ao redor de vocês à medida que o grupo se esgueira por suas profundezas. Não existem muitos desses no mundo. A maioria é despedaçada por tremores ou, quando havia um Fulcro, destruída de propósito por jaquetas pretas do Fulcro mediante contrato de comus locais. Nenhuma comu *vive* em um bosque de pedras, entende, e nenhuma comu bem administrada quer ter um por perto. Fora a tendência dos bosques de pedra de desmoronar e esmagar tudo o que estiver dentro, eles costumam ser cheios de grutas e outras formações entrecortadas por cursos de água que são lares maravilhosos para flora e fauna perigosas. Ou pessoas.

A estrada atravessa esse bosque de pedras, o que é ridículo. Quer dizer, ninguém em sã consciência teria construído uma estrada que passasse por um lugar desses. Se um governador de distritante houvesse proposto usar os impostos pagos pelas pessoas nesta perigosa isca para bandidos, esse governador teria sido substituído na eleição seguinte... ou esfaqueado durante a noite. Então, este é o primeiro sinal de que há algo errado quanto a este local. O segundo é o fato de que não há muita vegetação na floresta. Não há muita vegetação em lugar nenhum nesse ponto da Estação, mas também não há indício de que algum dia houve vegetação aqui para começo de conversa. Isso significa que este bosque de pedras é recente... tão recente que não houve tempo para o vento ou a chuva erodirem a pedra e permitirem o crescimento de plantas. Tão recente que não existia antes da Estação.

O sinal número três é o que os seus sensapinae lhe dizem. A maior parte dos bosques de pedra é de calcário, criada pela erosão da água ao longo de centenas de milhões de anos. Este é de obsidiana; vidro vulcânico. Suas pontas irregulares não são retas de cima a baixo, mas sim mais curvadas para dentro; existem até alguns arcos intactos estendendo-se por cima da estrada. É impossível ver de perto, mas você consegue sensar o padrão geral: o bosque todo é um desabrochar de lava, solidificado em meio à explosão. Nenhuma linha da estrada saiu do lugar diante da explosão tectônica à sua volta. Um belo trabalho, na verdade.

Ykka está no meio de uma discussão com outro membro da comu quando você a encontra. Ela ordenou uma parada a mais ou menos trinta metros do bosque, e as pessoas estão se aglomerando, parecendo confusas sobre se é só uma parada para descansar ou se deveriam acampar, já que está ficando relativamente tarde. O membro da comu é alguém que você enfim reconhece como Esni Costa-forte Castrima, a porta-voz da casta de uso. Ela lança a você um olhar desconfortável quando você para ao lado delas, mas então você tira os óculos e a máscara e a expressão dela se torna mais amena. Ela não a reconheceu antes porque você colocou farrapos na manga do braço que não tem mais para manter-se aquecida. A reação dela é um lembrete bem-vindo de que nem todos em Castrima estão bravos com você. Esni está viva porque a pior parte do ataque – os soldados de Rennanis tentando abrir um caminho sangrento em meio aos Costas-fortes que bloqueavam o Mirante Panorâmico – acabou quando você prendeu os comedores de pedra inimigos nos cristais.

Ykka, no entanto, não se vira, embora devesse sensar sua presença com facilidade. Ela diz, você supõe que para Esni, embora valha para você também:

— Eu realmente não estou com vontade de ouvir mais reclamações neste exato momento.

— Que bom — você diz. — Porque eu entendo exatamente por que você parou aqui, e acho uma boa ideia. — A voz é um pouco mais alta do que precisa ser. Você encara Esni para ela saber que você pretende resolver seu problema com Ykka agora mesmo, e talvez Esni não queira estar ali para ouvir isso. Mas a mulher que lidera os defensores da comu não vai se assustar com tanta facilidade, então você não fica de todo surpresa quando Esni parece achar graça e cruza os braços, pronta para ver o espetáculo.

Ykka se vira para você lentamente, com uma expressão de irritação e incredulidade.

— Bom saber que você aprova — ela diz em um tom que soa qualquer coisa, menos satisfeito. — Não que eu me *importe* com isso.

Você assume um ar determinado.

— Você está sensando isto, certo? Eu diria que é o trabalho de um quatro ou cinco anéis, mas agora sei que os selvagens podem ter habilidades incomuns. — Você está falando dela. É um gesto de paz. Ou talvez apenas um elogio.

Ela não cai nessa.

— Vamos até onde conseguirmos antes do anoitecer, e vamos acampar lá. — Ela acena em direção à floresta. — É grande demais para atravessar em um dia. Talvez pudéssemos contornar, mas tem alguma coisa... — O olhar dela se dispersa e depois ela franze o cenho e vira as costas, fazendo uma careta por ter revelado uma fraqueza para você. Ela é sensível o bastante para sensar essa *alguma coisa*, mas não para saber exatamente o que está sensando.

Foi você quem passou anos aprendendo a ler rochas no subsolo com orogenia, então você preenche com os detalhes.

— Tem uma armadilha com estacas coberta de folhas naquela direção — você diz, acenando para a grama morta há tempos que margeia um dos lados do bosque de pedras. — Depois da armadilha, tem uma área com laços; não consigo distinguir quantos, mas posso sensar muita tensão cinética de arame ou de corda. Mas, se contornarmos pelo outro lado, tem pedregulhos e colunas de pedra parcialmente lascados posicionados em pontos ao longo da borda do bosque de pedras. Fácil de começar uma avalanche. E consigo sensar buracos posicionados em locais estratégicos ao longo das colunas externas. Uma balestra ou mesmo arco e flecha comuns poderiam fazer muito estrago de lá.

Ykka suspira.

— É. Então *atravessar* é mesmo o melhor caminho. — Ela olha para Esni, que devia estar argumentando a favor de *contornar.* Esni suspira também, então dá de ombros, aceitando a derrota.

Você encara Ykka.

— Quem quer que tenha feito este bosque, se ainda estiver vivo, tem habilidade para congelar com precisão metade desta comu em segundos quase sem aviso. Se estiver determinada a atravessar, vamos ter que estabelecer turnos de guarda ou tarefas; os orogenes com melhor controle, é o que quero dizer. Você precisa manter todos nós acordados esta noite.

Ela estreita os olhos.

— Por quê?

— Porque se algum de nós estiver dormindo quando o ataque acontecer — você tem bastante certeza de que haverá um ataque —, a pessoa vai reagir instintivamente.

Ykka faz uma careta. Ela não é como o selvagem mediano, mas é selvagem o bastante para saber o que provavelmente vai acontecer se algo a fizer reagir com orogenia durante o sono. Aqueles que o agressor não matar, ela pode muito bem matar de forma completamente acidental.

— Merda. — Ela desvia o olhar por um momento, e você se pergunta se ela não acredita em você, mas, ao que parece, ela só está pensando. — Certo. Vamos dividir a guarda então. Coloque os roggas que não estiverem de guarda para trabalhar, ah, descascando aquelas ervilhas que encontramos alguns dias atrás. Ou consertando os arreios que os Costas-fortes usam no transporte. Já que vamos ter que ser carregados nas carroças amanhã quando estivermos sonolentos e inúteis demais para andar por conta própria.

— Certo. E… — Você hesita. Ainda não. Você não pode admitir sua fraqueza para essas mulheres, ainda não. Mas. — Eu não.

Ykka estreita os olhos de imediato. Esni lança a você um olhar descrente, como quem diz: "você estava indo tão bem". Rapidamente você acrescenta:

— Não sei do que sou capaz agora. Depois do que fiz em Castrima-de-baixo... estou diferente.

Não é sequer uma mentira. Sem pensar, você estende a mão até o braço que falta, encontrando a manga da jaqueta. Ninguém tem como ver o cotoco, mas você de repente presta muita atenção nele. Acontece que Hoa não gostava muito da maneira como Antimony deixava marcas visíveis de dente nos cotocos de Alabaster. O seu é liso, arredondado, quase polido. Um perfeccionista ferrugento.

O olhar de Ykka segue esse seu toque inibido; ela estremece.

— Hum. É, acho que deve estar. — Ela cerra a mandíbula. — Mas parece que você consegue sensar numa boa.

— Consigo. Posso ajudar a ficar de guarda. Eu só não devia... fazer nada.

Ykka chacoalha a cabeça, mas concorda:

— Tudo bem. Você vai ficar com o último turno da noite, então.

É o turno menos desejável... quando é mais frio, agora que as temperaturas da noite começaram a cair abaixo de zero. A maioria das pessoas preferiria ficar dormindo em sacos de dormir quentinhos. Também é o momento mais perigoso da vigília, quando qualquer agressor de bom senso atacará um grupo grande como este na esperança de pegar as defesas sonolentas e lerdas. Você não consegue decidir se isso é um sinal de confiança ou um castigo. Você pergunta em caráter experimental:

— Posso ficar com uma arma, pelo menos? — Você não carrega uma arma desde alguns meses depois de partir de Tirimo, quando trocou sua faca por cinórrodo para evitar o escorbuto.

— Não.

Pelas ferrugens. Você começa a cruzar os braços, lembra que não pode quando a sua manga vazia balança e faz cara feia. (Ykka e Esni fazem cara feia também.)

— O que é que eu faço então, grito? É sério que você vai colocar a comu em risco porque está ressentida comigo?

Ykka revira os olhos.

— Pelas ferrugens. — É um eco tão semelhante ao seu próprio pensamento que você franze o cenho. — Inacreditável. Acha que eu estou brava por causa do geodo, não é?

Você não consegue deixar de olhar para Esni. Ela olha para Ykka como quem diz: "Como é que é? E não está?". É eloquente o bastante para vocês duas.

Ykka olha feio, depois esfrega o rosto e solta um suspiro mortal.

— Esni, vai… merda, vai cumprir alguma tarefa de Costa-forte. Essie… aqui. Venha *aqui*. Venha fazer uma caminhada ferrugenta comigo. — Ela faz um gesto firme, frustrada. Você está confusa demais para ficar ofendida; ela se vira e você a segue. Esni encolhe os ombros e se afasta.

Vocês duas andam pelo acampamento em silêncio por alguns instantes. Todos parecem muito conscientes do perigo que o bosque de pedras representa, então esta se tornou uma das pausas para descanso mais agitadas que você já viu. Alguns dos Costas-fortes estão transferindo itens de uma carroça a outra de modo a colocar artigos essenciais nas carroças com rodas mais resistentes, que estarão menos carregadas. Fáceis de pegar e sair correndo sob pressão. Os Caçadores estão talhando estacas afiadas com a madeira de algumas das árvores e galhos mortos ao redor do acampamento. Elas serão posicionadas em torno do perímetro quando a comu finalmente acampar, de forma a direcionar os agressores a zonas de morte. O resto dos Costas-fortes está tirando uma soneca enquanto pode, sabendo que ou vão patrulhar ou ter que dormir nas áreas mais externas do acampamento quando a noite cair. "Use Costas-fortes para proteger todos", diz o saber das pedras. Costas-fortes que não gostam de ser escudos humanos podem encontrar uma maneira de se destacarem e se juntarem a outra casta ou ir se juntar a outra comu.

Você torce o nariz quando passa pela vala escavada às pressas ao lado da estrada e que está ocupada por seis ou sete pessoas, com alguns dos Resistentes mais jovens em volta para cumprir a infeliz tarefa de jogar terra sobre os resultados. Há uma pequena fila de pessoas esperando sua vez de se agachar, o que geralmente não acontece. Não é de surpreender que tanta gente precise evacuar o intestino ao mesmo tempo; aqui, à sombra ameaçadora do bosque de pedras, todos estão à flor da pele. Ninguém quer ser pego com as calças arriadas depois que escurecer.

Você está pensando que talvez precise usar a vala quando Ykka a surpreende, tirando-a dessa ruminação deslumbrante.

— Então, você gosta da gente agora?

— O quê?

Ela faz um gesto, mostrando o acampamento. As pessoas da comu.

— Você está com Castrima já faz quase um ano. Fez algum amigo?

Você, você pensa antes de poder se controlar.

— Não — você responde.

Ela olha para você por um momento e, com ares de culpa, você se pergunta se ela estava esperando que dissesse o nome dela. Depois, ela suspira.

— Já começou se amassar com Lerna? Gosto não se discute, eu acho, mas os Reprodutores dizem que os sinais estão todos aí. Eu, quando escolho um homem, escolho um que não fala tanto. Mulheres são uma aposta mais segura. Elas sabem não quebrar o clima. — Ela começa a se alongar, fazendo careta ao mexer um ponto dolorido das costas. Você usa esse tempo para controlar o terrível constrangimento que transparece em seu rosto. Os ferrugentos dos Reprodutores obviamente não estão ocupados o bastante.

— Não — você responde.

— Ainda não?

Você suspira.

— Ainda... não.

— O que ferrugens você está esperando? A estrada não vai ficar mais segura do que isso.

Você a encara.

— Achei que você não se importasse.

— Não me importo. Mas te criticar por isso está me ajudando a comprovar o meu argumento. — Ykka está levando você em direção às carroças, ou pelo menos é o que você acha a princípio. Depois você continua além das carroças e se retesa, surpresa.

Aqui, sentados e comendo, estão os sete prisioneiros rennanianos. Até mesmo sentados eles são diferentes do povo de Castrima: todos esses rennanianos são sanzeds puros ou perto o bastante disso a ponto de não fazer diferença, maiores do que a média mesmo para essa raça, com cabeleiras compridas de cinzas sopradas ou com tranças e cabelo raspado nas laterais ou com pequenas penugens espetadas para realçar o efeito. As berlindas foram colocadas de lado por ora – embora as correntes que ligam cada prisioneiro à sua ainda estejam no lugar – e há alguns Costas-fortes de guarda por perto.

Você está surpresa de que estejam comendo, já que vocês ainda não terminaram de montar o acampamento para passar a noite. Os Costas-fortes de guarda estão comendo também, mas isso faz sentido: eles têm uma longa noite à frente. Os rennanianos erguem os olhos quando você e Ykka se aproximam, e isso faz você parar de repente porque reconhece um dos prisioneiros. Danel, a *general* do exército de Rennanis. Ela está saudável e ilesa, exceto pelas marcas vermelhas ao redor do pescoço e dos pulsos devido à berlinda. Da última vez que você a viu de perto, ela estava ordenando uma Guardiã sem camisa a matá-la.

Ela a reconhece também, e sua boca forma uma linha resignada e irônica. Depois, muito deliberadamente, ela faz um aceno para você antes de voltar a atenção para a tigela.

Ykka se agacha ao lado de Danel, para sua surpresa.

— Então, como está a comida?

Danel encolhe os ombros, ainda comendo.

— É melhor do que morrer de fome.

— É boa — diz outro prisioneiro do outro lado do círculo. Ele dá de ombros quando um dos outros olha feio. — Bem, é boa *mesmo*.

— Eles só querem que a gente tenha condições de puxar as carroças deles — diz o homem que olhou feio.

— É — interrompe Ykka. — Precisamente. Os Costas--fortes em Castrima recebem uma cota da comu e uma cama, quando temos uma para dar, em troca de sua contribuição. O que vocês receberiam de Rennanis?

— Um pouco de orgulho ferrugento, talvez — diz o homem dos olhares feios, olhando mais feio ainda.

— Cala a boca, Phauld — diz Danel.

— Esses vira-latas acham que...

Danel coloca a tigela de comida no chão. O sujeito dos olhares feios se cala e fica tenso de imediato, arregalando um pouco os olhos. Depois de um instante, Danel pega a tigela e volta a comer. Sua expressão não mudou durante esse tempo todo. Você se vê suspeitando que ela já criou filhos.

Ykka, com o cotovelo apoiado em um dos joelhos, pousa o queixo no punho e observa Phauld por um momento. Ela diz para Danel:

— Então, o que você quer que eu faça quanto a esse aí?

Phauld imediatamente franze as sobrancelhas.

— O quê?

Danel dá de ombros. Sua tigela está vazia agora, mas ela passa um dedo na borda para pegar o restinho de molho.

— Não é mais decisão minha.

— Ele não parece muito inteligente. — Ykka cerra os lábios, examinando o homem. — Não é feio. Mas, para procriar, é mais difícil conseguir intelecto do que aparência.

Danel não diz nada por um instante, enquanto Phauld olha para ela e para Ykka e de volta para ela, cada vez mais incrédulo. Depois, com um suspiro profundo, Danel olha para Phauld também.

— O que quer que eu diga? Não sou mais a comandante dele. Nunca quis ser para começar; fui convocada. Agora eu não me importo nem uma ferrugem.

— Não acredito nisso — retruca Phauld. A voz dele sai muito alta, aumentando de volume devido ao pânico. — Eu *lutei* por você.

— E perdeu. — Danel chacoalha a cabeça. — Agora é uma questão de se adaptar e sobreviver. Esqueça toda aquela besteira que você ouviu em Rennanis sobre sanzeds e vira-latas; aquilo era só propaganda para unir a comu. As coisas são diferentes agora. "Necessidade é a única lei."

— Não cite o ferrugento saber das pedras para mim!

— Ela está citando o saber das pedras porque você não o *entende* — retruca de forma brusca o outro homem, o que gostou da comida. — Eles estão nos alimentando. Estão nos deixando ser úteis. É um teste, seu merda. Para ver se estamos dispostos a conquistar um lugar nesta comu!

— *Nesta comu?* — Phauld faz um gesto, mostrando o acampamento. Sua risada ecoa pela superfície das rochas. As pessoas olham ao redor, tentando descobrir se a gritaria significa que há algum tipo de problema. — Você está ouvindo o que diz? Essas pessoas não têm chance nenhuma. Elas deveriam estar procurando um lugar para se esconder, talvez reconstruir uma das comus que a gente destroçou pelo caminho. Em vez disso...

Ykka se move com uma casualidade que não engana você. Todos podiam prever isso, inclusive Phauld, mas ele é teimoso demais para admitir a realidade. Ela se levanta, desnecessariamente espana as cinzas dos ombros, entra no círculo e então põe uma das mãos no topo da cabeça de Phauld. Ele tenta se afastar, dando um tapa nela.

— Não coloque as mãos ferrugentas em...

Mas aí ele para. Seus olhos ficam vidrados. Ykka faz aquela coisa com ele, aquela coisa que ela fez com Cutter em Castrima-de-baixo quando as pessoas estavam formando uma multidão para linchar orogenes. Como você sabe que vai acontecer desta vez, é capaz de entender melhor como ela cria esse estranho pulso. Definitivamente é magia, algum tipo de manipulação dos finos filamentos prateados que dançam e cintilam entre as partículas da substância de uma pessoa. O pulso de Ykka corta o nó de fios na base do cérebro de Phauld, logo acima dos sensapinae. Tudo continua inteiro fisicamente, mas magicamente é como se ela houvesse cortado a cabeça dele.

Ele se inclina para trás, e Ykka se afasta para deixar que ele desabe pesadamente no chão.

Outra das mulheres rennanianas arqueja e se afasta às pressas, suas correntes tilintando. Os guardas trocam um olhar desconfortável, mas não ficam surpresos: rumores sobre o que Ykka fez com Cutter se espalharam pela comu depois. Um homem rennaniano que não havia falado murmura um rápido palavrão em uma das línguas crioulas costeiras; não é etúrpico, então você não entende, mas o pavor dele fica claro o bastante. Danel apenas suspira.

Ykka suspira também, olhando para o homem morto. Depois olha para Danel:

— Sinto muito.

Danel dá um breve sorriso.

— A gente tentou. E você mesma disse: ele não era muito inteligente.

Ykka aquiesce. Por algum motivo, ela ergue o olhar para você por um instante. Você não faz ideia de que lição deve tirar disso.

— Abra as berlindas — ela diz. Você fica confusa por um momento antes de perceber que é uma ordem para os guardas. Um deles sai do lugar para ir falar com o outro, e começam a vasculhar um molho de chaves. Depois, Ykka parece enojada consigo mesma quando diz pesadamente:

— Quem está cumprindo o turno como contramestre hoje? Memsid? Diga a ele e a alguns dos outros Resistentes para vir cuidar disso. — Ela inclina a cabeça em direção a Phauld.

Todos ficam imóveis. Mas ninguém protesta. Os Caçadores têm encontrado mais caça e forragem, mas Castrima tem muita gente que precisa de mais proteína do que vem recebendo, e o deserto está por vir. Sempre vai chegar a esse ponto.

Após um momento de silêncio, porém, você se aproxima de Ykka.

— Tem certeza disso? — você pergunta baixinho. Um dos guardas vem abrir as correntes dos tornozelos de Danel. Danel, que tentou matar cada membro vivo de Castrima. Danel, que tentou matar *você*.

— Por que eu não teria? — Ykka dá de ombros. Sua voz é alta o bastante para os prisioneiros serem capazes de ouvir. — Faltam Costas-fortes desde que Rennanis atacou. Agora, temos seis substitutos.

— Substitutos que vão nos esfaquear, ou talvez esfaquear só você, pelas costas na primeira oportunidade!

— Se eu não vir que estão vindo e não os matar primeiro, sim. Mas isso seria muita estupidez deles, e eu matei o mais estúpido por uma razão. — Você tem a sensação de que Ykka não está tentando assustar as pessoas de Rennanis. Ela está apenas apresentando fatos. — Está vendo, é isso que eu fico tentando te dizer, Essie: o mundo não é feito de amigos e inimigos. É feito de pessoas que poderiam te ajudar e de pessoas que vão atrapalhar. Mate essas últimas e o que sobra?

— *Segurança*.

— Várias maneiras de estar seguro. Sim, agora a chance de eu ser esfaqueada durante a noite é maior. Mas temos maior segurança para a comu. E, quanto mais forte for a comu, maiores são as chances de todos chegarmos a Rennanis vivos. — Ela dá de ombros, depois olha para o bosque de pedras. — Quem quer que tenha construído isso é um de nós, e é realmente habilidoso. Vamos precisar disso.

— O quê, agora você quer adotar... — Você chacoalha a cabeça, incrédula. — Selvagens bandidos e violentos?

Mas então você para. Porque um dia você amou um selvagem pirata e violento.

Ykka observa enquanto você se lembra de Innon e lamenta a morte dele de novo. Depois, com uma gentileza extraordinária, ela diz:

— Não penso só em sobreviver até o dia seguinte, Essie. Talvez você não devesse também, para variar.

Você desvia o olhar, sentindo-se estranhamente na defensiva. O luxo de pensar além do dia seguinte é uma coisa que você não teve muita chance de experimentar.

— Eu não sou chefe. Sou só uma *rogga*.

Ykka inclina a cabeça, admitindo o fato ironicamente. Você não usa essa palavra com a mesma frequência que ela. Quando ela a pronuncia, é orgulho. Quando você a pronuncia, é agressão.

— Bem, eu sou as duas coisas — diz Ykka. — Chefe e rogga. Eu *escolho ser* as duas coisas, e mais. — Ela passa por você e pronuncia as palavras seguintes por sobre o ombro, como se não tivessem significado. — Você não pensou em nenhum de nós enquanto usava aqueles obeliscos, pensou? Você pensou em destruir os seus inimigos. Pensou em sobreviver... mas não conseguiu passar disso. É por esse motivo que estou tão brava com você, Essie. Meses na minha comu e, ainda assim, "só uma rogga" é a única coisa que você é.

Ela então se afasta, gritando para todos ao alcance da voz que a pausa para descanso acabou. Você observa enquanto ela desaparece em meio à multidão que se estende e resmunga, depois você olha para Danel, que se levantou e está esfregando a marca vermelha em um dos pulsos. Há um olhar cuidadosamente neutro no rosto da mulher enquanto ela observa você.

— Se ela morrer, você morre — você diz. Se Ykka não cuida de si mesma, você vai fazer o que puder por ela.

Danel solta brevemente o ar, como quem acha graça.

— Isso é verdade quer você me ameace, quer não. Não é como se qualquer outra pessoa aqui fosse me dar alguma chance. — Ela lhe lança um olhar descrente, todo o seu orgulho sanzed completamente intacto apesar de as circunstâncias terem mudado. — Você não é muito boa nisso *mesmo*, não é?

Pelos fogos da terra e pelas pencas de ferrugem. Você se afasta porque, se Ykka já a menospreza por destruir todas as ameaças, ela realmente não vai gostar se você começar a matar por pura raiva as pessoas que a irritam.

+   +   +

2562: UM TREMOR DE GRAU NOVE NAS COSTEIRAS DO OESTE, EPICENTRO EM ALGUM LUGAR NO DISTRITANTE DE BAGA. RELATOS DE SABEDORISTAS DA ÉPOCA APONTAM QUE O TREMOR "TRANSFORMOU O SOLO EM LÍQUIDO". (POÉTICO?) UMA VILA DE PESCADORES SOBREVIVEU INTACTA. DO RELATO ESCRITO DE UM MORADOR DA VILA: "O MALDITO DO ROGGYE MATOU O TREMOR QUANDO A GENTE MATOU ELE". RELATO ARQUIVADO NO FULCRO

(COMPARTILHADO COM PERMISSÃO) PELO OROGENE IMPERIAL QUE VISITOU A ÁREA DEPOIS TAMBÉM APONTA QUE UM RESERVATÓRIO AQUÁTICO DE PETRÓLEO PODERIA TER SIDO ROMPIDO PELO TREMOR, MAS O ROGGA NÃO REGISTRADO NA VILA IMPEDIU. ISSO TERIA ENVENENADO A ÁGUA E AS PRAIAS POR QUILÔMETROS DA COSTA.

— *NOTAS DE PROJETO DE YAETR INOVADOR DIBARS*

4

NASSUN, ANDANDO EM TERRITÓRIO SELVAGEM

Schaffa é gentil o bastante para guiar as outras crianças de Lua Encontrada na saída de Jekity junto com Nassun. Ele diz à chefe que todos eles vão fazer uma viagem de treinamento a alguns quilômetros de distância de modo que a comu não seja incomodada com movimentos sísmicos adicionais. Como Nassun acabou de mandar o safira de volta para o céu (de forma ruidosa graças ao trovão provocado pelo deslocamento de ar; de forma espalhafatosa porque, de repente, lá estava o obelisco, acima deles, imenso e de um azul profundo e próximo demais da comu), a chefe simplesmente se apressou em providenciar para as crianças bolsas de fuga contendo comida e suprimentos para viagem de maneira que elas pudessem partir logo. Não é o tipo de suprimento de alto nível de que se precisa para uma longa jornada. Nenhuma bússola, botas apenas razoáveis, o tipo de ração que não vai durar mais do que duas semanas antes de estragar. No entanto, é muito melhor do que sair de mãos vazias.

Nenhuma das pessoas da comu sabe que Umber e Nida estão mortos. Schaffa carregou seus corpos para o dormitório dos Guardiões e os colocou em suas respectivas camas, arrumados em poses dignas. Funcionou melhor para Nida, que parecia mais ou menos intacta, a não ser pela nuca, do que Umber, cuja cabeça estava destruída. Schaffa então jogou terra sobre as manchas de sangue. Jekity vai acabar descobrindo, mas quando descobrir, as crianças de Lua Encontrada estarão fora do alcance, se já não estiverem seguras.

Quanto a Jija, Schaffa o deixou onde Nassun o derrotou. O cadáver é só uma pilha de pedras bonitas, na verdade, até se olhar para algumas de perto.

As crianças estão desanimadas quando partem da comu que os abrigou, em alguns casos durante anos. Eles saem usando os degraus para roggas, como vieram a ser informalmente (e rudemente) chamados: o conjunto de colunas de basalto do lado norte da comu que só os orogenes conseguem atravessar. A orogenia de Wudeh está mais estável do que Nassun jamais a sensou quando ele os leva para o nível do solo ao empurrar uma das peças do basalto colunar de volta para dentro do antigo vulcão. No entanto, ela pode ver a expressão de desespero no rosto dele e isso a faz doer por dentro.

Eles caminham em grupo para o oeste, mas, antes de terem percorrido um quilômetro, uma ou duas das crianças começam a chorar baixinho. Nassun, cujos olhos permaneceram secos até mesmo em meio a pensamentos perdidos como *Eu matei meu pai*, e *Papai, sinto sua falta*, sofre com eles. É cruel que tenham que passar por isso, ser atirados às cinzas durante uma Estação por conta do que ela fez. (Por conta do que Jija tentou fazer, ela tenta dizer a si mesma, mas não acredita.) Entretanto, seria muito mais cruel deixá-los em Jekity, onde o povo da comu acabaria percebendo o que aconteceu e se voltaria contra as crianças.

Oegin e Ynegen, as gêmeas, são as únicas que olham para Nassun com algo próximo a compreensão. Elas foram as primeiras a sair depois que Nassun tirou o safira do céu. Enquanto os outros viram apenas Schaffa lutar com Umber, e Aço matar Nida, aquelas duas viram o que Jija tentou fazer com Nassun. Elas entendem que Nassun revidou como qualquer um faria. Contudo, todos lembram que ela matou Eitz. Alguns a perdoaram desde então por tê-lo matado, como Schaffa previu – em especial a tímida e assustada Olhadinha, que conversou em particular com Nassun sobre o que fez com a avó que lhe deu uma facada no rosto tanto tempo atrás. Crianças orogenes aprendem cedo o significado do arrependimento.

Mas isso não quer dizer que eles deixaram de temer Nassun, e o medo empresta uma clareza que elimina as racionalizações infantis. No fundo, eles não são assassinos, afinal... e Nassun é.

(Ela não quer ser, assim como você não quer.)

Agora o grupo está literalmente em uma encruzilhada, onde uma trilha local que vai do nordeste ao sudeste se encontra com a Estrada Imperial Jekity-Tevamis, mais a oeste. Schaffa diz que a Estrada Imperial acabará levando a uma estrada alta, que é algo de que Nassun ouviu falar, mas nunca viu em suas viagens. No entanto, a encruzilhada é o local onde Schaffa escolheu informar às outras crianças que elas não podem mais segui-lo.

Esquiva é a única que protesta.

— A gente não vai comer muito — ela diz a Schaffa, um tanto desesperada. — O senhor... o senhor não precisa alimentar a gente. O senhor podia deixar a gente simplesmente segui-lo. A gente vai encontrar a própria comida. Eu sei procurar!

— Nassun e eu provavelmente seremos perseguidos — responde Schaffa. Sua voz é infalivelmente gentil. Nassun sabe que isso torna as palavras piores; a gentileza permite que vejam que Schaffa se importa de verdade. Despedidas são mais fáceis quando são cruéis. — Também vamos fazer uma longa viagem que é muito perigosa. Vocês estarão mais seguros sozinhos.

— Mais seguros sem comu — diz Wudeh, e ri. É o som mais amargo que Nassun já ouviu dele.

Esquiva começa a chorar. Suas lágrimas deixam riscos de assombrosa limpeza nas cinzas que estão começando a sujar seu rosto.

— Eu não entendo. O senhor cuidou de nós. O senhor *gosta* de nós, Schaffa, mais até do que Nida e Umber gostavam! Por que o senhor... se ia só...

— Para com isso — diz Lashar. Ela ficou mais alta nesse último ano, como uma boa garota sanzed bem procriada. Enquanto a maior parte de sua arrogância estilo "meu avô era equatorial" desvaneceu com o tempo, ela ainda recorre à altivez quando está irritada com alguma coisa. Ela cruzou os braços e está olhando para longe da trilha, para um conjunto de colinas sem vegetação a uma curta distância. — Pelas ferrugens, tenha um pouco de orgulho. Fomos atirados às cinzas, mas ainda estamos vivos e é isso que importa. Podemos nos abrigar naquelas colinas para passar a noite.

Esquiva a encara.

— Não existe abrigo nenhum! A gente vai *morrer de fome* ou...

— Não vamos não. — Deshati, que esteve olhando para o chão enquanto arrastava as cinzas ainda finas com um pé, ergue os olhos de repente. Ela observa Schaffa enquanto fala com Esquiva e os outros. — Existem lugares onde podemos viver. Só precisamos fazer com que abram os portões.

Há uma expressão tensa e determinada em seu rosto. Schaffa lança um olhar penetrante para Deshati e, honra lhe seja feita, ela não estremece.

— Você quer dizer que vai forçar sua entrada? — ele pergunta a ela.

— É isso que o senhor quer que a gente faça, não é? O senhor não mandaria a gente embora se não aceitasse que a gente... faria o que tem que fazer. — Ela tenta dar de ombros. Está tensa demais para um gesto tão casual, acaba parecendo que ela teve um breve espasmo, como se estivesse com uma paralisia. — A gente não estaria vivo ainda se o senhor não aceitasse.

Nassun olha para o chão. É culpa dela que as escolhas das outras crianças tenham se restringido a isso. Havia beleza em Lua Encontrada; entre seus colegas, Nassun descobriu a alegria de se comprazer com o que se é e com o que se pode fazer, e fazê-lo entre pessoas que entendem essa alegria e compartilham dela. Agora, algo que um dia foi sadio e bom morreu.

"Você vai acabar matando tudo o que ama", Aço lhe dissera. Ela odeia que ele esteja certo.

Schaffa olha para as crianças por um longo e pensativo instante. Seus dedos se contraem, talvez se lembrando de outra vida e de outra versão sua que não teria tolerado a ideia de soltar oito jovens Misalems pelo mundo. Essa versão de Schaffa, contudo, está morta. A contração é apenas um reflexo.

— Sim — ele responde. — É isso que eu quero que vocês façam, se precisam ouvir em voz alta. Vocês têm mais chances em uma comu grande e próspera do que sozinhos. Portanto, permitam-me fazer uma sugestão. — Schaffa dá um passo à frente e se agacha para olhar nos olhos de Deshati, também estendendo a mão para pousá-la no ombro magro de Esquiva. Com a mesma intensidade e gentileza que usou antes, diz a todos: — Matem apenas um, inicialmente. Escolham alguém que tentar machucar vocês… mas só um, mesmo que mais de um tente. Neutralizem os outros, mas matem essa pessoa sem pressa. Matem de forma dolorosa. Certifiquem-se de que o seu alvo grite. Isso é importante. Se o primeiro que vocês matarem ficar em silêncio, matem outro.

Eles o encaram de volta. Até mesmo Lashar parece perplexa. Nassun, porém, já viu Schaffa matar. Ele desistiu de parte de quem era, mas o que restou ainda é um mestre do terror. Se ele achou conveniente compartilhar os segredos de sua maestria com eles, eles têm sorte. Ela espera que valorizem isso.

Ele continua:

— Quando terminarem de matar, deixem claro para os presentes que agiram somente em defesa própria. Depois, se ofereçam para trabalhar no lugar da pessoa morta ou para proteger o resto do perigo... mas eles vão reconhecer o ultimato. Eles *têm* que aceitar vocês na comu. — Ele faz uma pausa, então fixa seu olhar branco-gelo em Deshati. — Se eles se recusarem, o que vocês fazem?

Ela engole em seco.

— M-matamos todos eles.

Esquiva arqueja um pouco, o choque interrompendo seu choro. Oegin e Ynegen se abraçam, suas expressões denotando puro desespero. Lashar cerra o maxilar, narinas dilatadas. Ela pretende levar as palavras de Schaffa muito a sério. Deshati também, Nassun pode ver... mas fazer isso vai matar algo dentro da menina.

Schaffa sabe. Quando ele se levanta para beijar a testa de Deshati, há tanta tristeza nesse gesto que ele renova o sofrimento de Nassun.

— Todas as coisas mudam durante uma Estação — ele diz.

— *Sobrevivam.* Quero que vocês sobrevivam.

Uma lágrima cai de um dos olhos de Deshati antes que ela consiga se controlar. Ela engole em seco de um modo que dá para ouvir. Mas em seguida concorda com a cabeça e se afasta dele, dando alguns passos para trás para ficar com os outros. Há um abismo entre eles agora: Schaffa e Nassun de um lado, as crianças de Lua Encontrada do outro. Os caminhos se separaram. Schaffa não mostra desconforto com essa separação. Ele deveria; Nassun percebe que o prateado está vivo e palpita dentro dele, protestando contra sua escolha de deixar essas crianças irem em liberdade. Mas ele não demonstra a dor. Quando ele faz o que sente ser o certo, a dor só o fortalece.

Ele fica de pé.

— E, se a Estação em algum momento der verdadeiros sinais de estar abrandando, fujam. Espalhem-se e misturem--se entre as pessoas de outro lugar o melhor que puderem. Os Guardiões não estão mortos, pequeninos. Eles vão voltar. E, uma vez que a notícia do que vocês fizeram se espalhar, eles virão procurá-los.

Os Guardiões comuns, Nassun sabe que é o que ele quer dizer; os "não contaminados", como ele outrora foi. Esses Guardiões sumiram desde o início da Estação, ou pelo menos Nassun não ouviu falar de nenhum deles que tenha se juntado a uma comu ou tenha sido visto na estrada. *Voltar* sugere que todos eles foram para algum lugar específico. Para onde? Algum lugar para onde Schaffa e os outros contaminados não foram ou não podiam ir.

Mas o que importa é que *este* Guardião, por mais contaminado que esteja, está ajudando-os. Nassun sente uma onda de esperança súbita e irracional. Com certeza o conselho de Schaffa os manterá seguros de algum modo. Então, ela engole em seco e acrescenta:

— Todos vocês são muito bons em orogenia. Talvez a comu que vocês escolherem... talvez eles...

Ela vai parando de falar, sem saber ao certo o que quer dizer. "Talvez eles gostem de vocês" é o que ela estava pensando, mas parece bobagem. Ou "talvez vocês possam ser úteis", mas não era assim que costumava funcionar. As comus contratavam orogenes do Fulcro apenas por curtos períodos – ou pelo menos foi o que Schaffa lhe contou –, para fazer o trabalho necessário e depois ir embora. Até mesmo comus próximas a pontos quentes e falhas geológicas não haviam desejado orogenes permanentemente por perto, não importava o quanto precisassem deles.

Antes que Nassun consiga encontrar as palavras, porém, Wudeh olha feio para ela.

— Cala a boca.

Nassun pisca.

— O quê?

Olhadinha chia com Wudeh, tentando fazê-lo calar-se, mas ele a ignora.

— Cala a boca. Eu odeio você, sua ferrugenta. Nida costumava cantar para mim. — Então, sem aviso, ele cai no choro. Olhadinha parece confusa, mas alguns dos demais o cercam, murmurando coisas e acariciando-o para confortá-lo.

Lashar observa isso, depois lança um último olhar de reprovação a Nassun antes de dizer a Schaffa:

— A gente vai indo, então. Obrigada, Guardião... se serve de alguma coisa.

Ela se vira e começa a levar o bando embora. Deshati caminha com a cabeça baixa, sem olhar para trás. Ynegen se demora um pouco entre os grupos, então olha para Nassun e sussurra "Eu sinto muito". Depois, ela também parte, correndo para alcançar os outros.

Assim que as crianças ficam completamente fora de vista, Schaffa põe uma das mãos no ombro de Nassun para fazê-la virar para o oeste, para a Estrada Imperial.

Após vários quilômetros de silêncio, ela pergunta:

— O senhor ainda acha que teria sido melhor matá-los?

— Acho. — Ele olha para ela. — E você sabe disso tão bem quanto eu.

Nassun cerra o maxilar.

— Eu sei. — Mais um motivo para acabar com isso. Acabar com tudo.

— Você tem um destino em mente — diz Schaffa. Não é uma pergunta.

— Tenho. Eu... Schaffa, eu preciso ir para o outro lado do mundo. — Parece quase que está dizendo "eu preciso ir para uma estrela", mas, já que isso não é muito diferente do que o que ela precisa fazer de fato, ela decide não se sentir constrangida com esse absurdo menor.

Entretanto, para sua surpresa, ele inclina a cabeça em vez de rir.

— Para Ponto Central?

— O quê?

— Uma cidade no outro lado do mundo. É lá?

Ela engole em seco, morde o lábio.

— Eu não sei. Só sei que o que preciso é... — Ela não tem palavras para descrever e, em vez disso, faz uma pantomima com as mãos em forma de concha e chacoalha os dedos, enviando ondas imaginárias para se chocarem e se enredarem umas com as outras. — Os obeliscos... se encaixam naquele lugar. Foi para isso que eles foram feitos. Se eu for para lá, acho que talvez consiga, ãhn, puxar? Não dá para fazer em nenhum outro lugar porque... — Ela não consegue explicar. Linhas de força, linhas de visão, configurações matemáticas; todo o conhecimento de que ela precisa está em sua mente, mas não pode ser reproduzido por sua língua. Parte dele é um presente do safira, parte é a aplicação das teorias que a mãe lhe ensinou, e parte vem simplesmente de amarrar teoria e observação e embrulhar a coisa toda com instinto. — Não sei qual cidade é a certa. Se eu chegar mais perto, e viajar um pouco pela região, talvez eu possa...

— Ponto Central é a única coisa naquele lado do mundo, pequenina.

— É... o quê?

Schaffa para abruptamente, tirando a mochila dos ombros. Nassun faz o mesmo, lendo esse ato como um sinal de que é hora de fazer uma pausa para descansar. Eles estão a sotavento em uma colina, que na verdade é apenas uma haste de lava antiga do grande vulcão que jaz debaixo de Jekity. Há terraços naturais nesta área, formados por obsidiana, a qual sofreu erosão devido ao vento e à chuva, embora a rocha alguns centímetros abaixo seja dura demais para cultivo ou mesmo para florestamento. Algumas árvores perseverantes e de raízes superficiais balançam sobre os terraços vazios e cobertos de cinzas, mas a maioria está morrendo por conta da chuva de cinzas. Nassun e Schaffa poderão ver ameaças potenciais a uma boa distância.

Enquanto Nassun pega parte de uma comida que eles possam compartilhar, Schaffa desenha alguma coisa com o dedo em uma camada de cinzas agitadas pelo vento. Nassun ergue o pescoço e vê que ele fez dois círculos no chão. Em um deles, delineou um esboço grosseiro da Quietude que é familiar para Nassun por conta das aulas de geografia na creche – exceto que, desta vez, ele desenha a Quietude em duas partes, com uma linha de separação perto do equador. A Fenda, claro, que se tornou uma fronteira mais intransponível até do que milhares de quilômetros de oceano.

O outro círculo, que Nassun agora entende tratar-se de uma representação do mundo, ele deixa em branco com exceção de um único ponto logo acima do equador e ligeiramente a leste da longitude média do círculo. Ele não delineia uma ilha ou continente no qual colocá-lo. Só há aquele ponto solitário.

— No passado, havia mais cidades na parte vazia do mundo — explica Schaffa. — Algumas civilizações construíram em cima ou embaixo do mar no decorrer dos milênios. Porém, nenhuma delas durou muito. A única coisa que sobrou foi Ponto Central.

Fica literalmente a um mundo de distância.

— Como podemos chegar lá?

— Se... — Ele faz uma pausa. Nassun sente um aperto no estômago quando aquele olhar confuso perpassa o rosto do Guardião. Desta vez, ele estremece e fecha os olhos também, como se mesmo a tentativa de acessar o seu antigo eu houvesse aumentado a dor.

— O senhor não se lembra?

Ele suspira.

— Eu lembro que antes lembrava.

Nassun se dá conta de que deveria ter esperado por isso. Ela morde o lábio.

— Talvez Aço saiba.

Schaffa mexe ligeiramente o músculo do maxilar em um minuto e no outro para.

— De fato, talvez ele saiba.

Aço, que desapareceu quando Schaffa estava arrumando os corpos dos outros dois Guardiões, também poderia estar ouvindo de dentro da pedra em algum lugar ali por perto. Será que significa alguma coisa o fato de ele ainda não ter aparecido para lhes dizer o que fazer? Talvez não precisem dele.

— E o Fulcro Antártico? Eles não têm registros e coisas do tipo? — Ela se lembra de ter visto a biblioteca do Fulcro antes de ela e Schaffa e Umber se sentarem com os líderes, tomarem uma xícara de segura, depois matarem todos. A biblioteca era uma sala alta e estranha, cheia de prateleiras com livros do chão ao teto. Nassun gosta de livros (sua mãe costumava esbanjar e comprar um de tempos em tempos, e às vezes Nassun ganhava esses livros usados se Jija os achasse apropriados para crianças), e ela se lembra de ter ficado admirada, pois nunca havia visto tantos livros em toda a sua vida. Com certeza alguns deles continham informações sobre… cidades muito antigas sobre as quais ninguém ouviu falar e às quais só os Guardiões sabem como chegar. Hum. Ãhn.

— É pouco provável — diz Schaffa, confirmando os receios de Nassun. — E, a esta altura, aquele Fulcro deve ter sido anexado por outra comu, ou talvez tomado por uma ralé sem-comu. Os campos estavam cheios de hortas comestíveis, afinal, e havia casas habitáveis. Voltar para lá seria um erro.

Nassun morde o lábio inferior.

— Talvez… um barco? — Ela não sabe nada sobre barcos.

— Não, pequenina. Um barco não será o bastante para uma viagem tão longa.

Ele faz uma pausa considerável e, por conta desse aviso, Nassun tenta se preparar. É aqui que ele vai abandoná-la, ela tem uma certeza terrível e pavorosa. É aqui que ele vai querer saber o que ela está tramando… e depois não vai querer fazer parte disso. Por que iria querer? Até mesmo ela sabe que o que quer é uma coisa horrível.

— Suponho então — diz Schaffa — que você quer tomar o controle do Portão do Obelisco.

Nassun arqueja. Schaffa sabe o que é o Portão do Obelisco? Sendo que a própria Nassun só descobriu esse termo naquela manhã com Aço? Mas o conhecimento sobre o mundo, todos os seus estranhos mecanismos e funcionamentos e eras de segredo, ainda está em grande parte intacto dentro de Schaffa. São só as coisas ligadas ao seu antigo eu que estão permanentemente perdidas... o que significa que o caminho para Ponto Central é algo que o velho Schaffa precisava saber em especial.

Ele faz um movimento peculiar com a boca ao notar a surpresa dela.

— Encontrar um orogene que pudesse ativar o Portão era o nosso propósito original, Nassun, ao criar Lua Encontrada.

— O quê? Por quê?

Schaffa ergue os olhos para o céu. O sol está começando a se pôr. Eles talvez tenham mais uma hora de caminhada antes que fique escuro demais para continuar. Mas ele está olhando é para o safira, que não se mexeu perceptivelmente de sua posição em cima de Jekity. Esfregando a nunca de forma distraída, Schaffa contempla o tênue contorno do obelisco em meio às nuvens que estão engrossando e aquiesce, como que para si mesmo.

— Eu e Nida e Umber — ele diz. — Talvez dez anos atrás, nós todos fomos... instruídos... a viajar para o sul e encontrar uns aos outros. Recebemos ordens para procurar e treinar quaisquer orogenes que tivessem potencial para se conectarem aos obeliscos. Entenda: essa não é uma coisa que os Guardiões normalmente fazem, porque só pode haver uma razão para encorajar um orogene a seguir o caminho do obelisco. Mas é o que a Terra queria. Por quê, eu não sei. Nessa época, eu era... menos questionador. — Ele curva os lábios, formando um breve e triste sorriso. — Agora eu tenho suposições.

Nassun franze a testa.

— Que suposições?

— De que a Terra tem seus próprios planos para os humanos...

Schaffa fica tenso de repente, e se desequilibra enquanto está agachado. Sem demora, Nassun o segura para ele não cair, e ele instintivamente põe um braço sobre os ombros dela. O aperto é bastante firme, mas ela não reclama. Que ele precisa do conforto de sua presença é óbvio. Que a Terra está mais irritada do que nunca com ele, talvez porque ele esteja revelando seus segredos, é tão palpável quanto a pulsação bruta e dilaceradora do prateado ao longo de cada nervo e entre cada célula do corpo dele.

— Não fale — diz Nassun com um nó na garganta. — Não diga mais nada. Se vai te machucar desse jeito...

— Isso não me controla. — Schaffa tem que dizer isso em balbucios breves, entre arquejos. — Ele não se apossou do meu âmago. Eu posso... ahhh... ter entrado no canil dele, mas ele não pode me *prender na coleira*.

— Eu sei. — Nassun morde o lábio. Ele está pesadamente apoiado nela, e isso faz a parte do joelho dela que está escorada no chão doer muito. Mas ela não se importa. — Mas o senhor não tem que dizer tudo *agora*. Estou descobrindo por conta própria.

Ela tem todas as pistas, pensa consigo mesma. Nida certa vez disse sobre a habilidade de Nassun de se conectar com os obeliscos: "Essa é uma coisa que nós podávamos no Fulcro". Nassun não havia entendido na época, mas, depois de perceber parte da imensidão do Portão do Obelisco, agora consegue supor por que o Pai Terra a quer morta se não está mais sob o controle de Schaffa – e, por meio dele, sob o controle da Terra.

Nassun morde ainda mais o lábio. Será que Schaffa entenderá? Ela não tem certeza se consegue suportar caso ele decida partir... ou pior, caso ele se volte contra ela. Então ela respira fundo.

— Aço disse que a Lua está voltando.

Por um instante, sobrevém um silêncio da direção onde Schaffa está. O silêncio tem o peso da surpresa.

— A Lua.

— É real — ela diz de um modo brusco. Mas ela não faz ideia se é verdade, não é? Só há a palavra de Aço de que se valer. Ela nem sabe ao certo o que é uma lua, além de ser a filha perdida do Pai Terra, como diz a história. E, no entanto, ela de alguma forma sabe que essa parte da história que Aço conta é verdade. Ela não consegue exatamente sensar, e não há fios de prata se formando no céu que possam lhe revelar algo, mas ela acredita nisso da mesma maneira como acredita que exista um outro lado do mundo, embora nunca o tenha visto, e da mesma maneira como sabe que as montanhas se formam, e da mesma maneira como tem certeza de que o Pai Terra é real e está vivo e é um inimigo. Algumas verdades são simplesmente grandes demais para negar.

Para sua surpresa, contudo, Schaffa diz:

— Ah, eu sei que a Lua é real. — Talvez a dor tenha desvanecido um pouco: agora ele endurece a expressão enquanto olha para o disco nebuloso e intermitente do sol, encoberto por entre as nuvens perto do horizonte. — Disso eu me lembro.

— O senhor... verdade? Então acredita em Aço?

— Acredito em *você*, pequenina, porque os orogenes conhecem a atração da Lua quando ela se aproxima. Ter consciência dela é tão natural para vocês quanto sensar tremores. Mas, além disso, eu a vi. — Depois, ele estreita o olhar de forma abrupta para se concentrar em Nassun. — Por que então o comedor de pedra te contou sobre a Lua?

Nassun respira fundo e solta um longo suspiro.

— Eu só queria viver em um lugar legal — ela responde.

— Viver em algum lugar com... com o senhor. Eu não teria me importado de trabalhar e fazer coisas para ser um bom membro para uma comu. Talvez eu pudesse ter sido uma sabedorista. — Ela sente a mandíbula se cerrar. — Mas não posso fazer isso em lugar nenhum. Não sem ter que esconder o que sou. Não acho que ter essa condição, ser uma... uma r-rogga... — Ela tem que parar e corar e livrar-se do ímpeto de se sentir envergonhada por pronunciar uma palavra tão feia, mas a palavra feia é a palavra certa para o momento. — Não acho que isso me torna má ou estranha ou cruel...

Ela se interrompe de novo, força-se a desviar os pensamentos desse caminho, porque ele leva de volta a *mas você fez coisas tão cruéis.*

Inconscientemente, Nassun mostra os dentes e cerra os punhos.

— Não é *certo*, Schaffa. Não é certo que as pessoas queiram que eu seja má ou estranha ou cruel, que elas me *façam* ser má... — Ela chacoalha a cabeça, buscando as palavras. — Eu só quero ser comum! Mas não sou e... todo mundo, muita gente, todos me *odeiam* porque não sou comum. O senhor é a única pessoa que não me odeia por... por eu ser o que sou. E isso não é certo.

— Não, não é. — Schaffa se ajeita para se sentar contra a mochila, parecendo cansado. — Mas você fala como se fosse fácil pedir às pessoas para superarem seus medos, pequenina.

E ele não diz, mas de repente Nassun pensa: *Jija não conseguiu.*

Nassun sente uma súbita ânsia, brusca o suficiente para ela ter que encostar o punho na boca por um momento e pensar com afinco nas cinzas e em como suas orelhas estão frias. Não há nada em seu estômago exceto um punhado de tâmaras que acabou de comer, mas a sensação é horrível assim mesmo. Estranhamente, Schaffa não se move para confortá-la. Ele apenas a observa, sua expressão cansada, mas, de resto, insondável.

— Sei que eles não conseguem fazer isso. — Sim. Falar ajuda. O estômago não melhora, mas ela não se sente mais prestes a vomitar de barriga vazia. — Sei que eles, os quietos, nunca vão deixar de ter medo. Se meu pai não conseguiu... — Enjoo. Ela desvia os pensamentos do final da frase. — Eles vão continuar sentindo medo para sempre, e a gente vai continuar vivendo assim para sempre, e *não é certo*. Deveria ter um modo de... de consertar essa situação. Não é certo isso não ter *fim*.

— Mas você pretende impor um modo de consertar as coisas, pequenina? — pergunta Schaffa. Ele faz essa observação de forma branda. Ele já adivinhou, ela percebe. Ele a conhece tão melhor do que ela mesma, e ela o ama por isso.

— Ou um modo de pôr fim a elas?

Ela se levanta e começa a andar, formando pequenos círculos apertados entre a mochila dele e a dela. Ajuda a lidar com a náusea e a crescente e agitada tensão que sente sob a pele e à qual ela não sabe que nome dar.

— Não sei como consertar.

Mas essa não é toda a verdade, e Schaffa sente cheiro de mentira da mesma forma como os predadores sentem cheiro de sangue. Ele estreita os olhos.

— Se você soubesse, *consertaria?*

E então, em um repentino arroubo de memória que Nassun não se permitiu ver ou levar em consideração por mais de um ano, ela se lembra do seu último dia em Tirimo.

Voltando para casa. Vendo seu pai de pé no meio da saleta respirando com dificuldade. Perguntando-se o que havia de errado com ele. Perguntando-se por que ele não se parecia exatamente com o seu pai naquele momento: olhos arregalados demais, boca frouxa demais, ombros curvados de uma maneira que parecia dolorosa. E depois Nassun se lembra de ter olhado para baixo.

Ter olhando para baixo e encarado e encarado e pensado *O que é isso?* e encarado e pensado *É uma bola?* como aquelas que as crianças na creche chutam de um lado para o outro durante o almoço, exceto que aquelas bolas são feitas de couro, ao passo que aquela coisa aos pés de seu pai tem um tom diferente de marrom, marrom com manchas roxas por toda a superfície, encaroçado e parecido com couro e meio murcho mas *Não, não é uma bola, espere, aquilo é um olho?* Talvez, mas está tão inchado e fechado que parece um grande grão de café. *Não é uma bola coisa nenhuma* porque está usando as roupas do seu irmão, inclusive a calça que Nassun pôs nele aquela manhã porque Jija estava ocupado tentando reunir as sacolas com o almoço deles para irem à creche. *Uche não queria vestir aquela calça* porque ainda era um bebê e gostava de ser bobo, então Nassun havia feito a dança do bumbum para ele e ele havia dado tanta, tanta risada! A risada dele era a coisa de que ela mais gostava e, quando a dança do bumbum terminou, ele a deixou colocar a calça como um agradecimento, o que significa que aquela coisa irreconhecível, murcha e semelhante a uma bola ali no chão é *Uche aquele é Uche ele é Uche...*

— Não — respira Nassun. — Eu não consertaria. Mesmo que soubesse como consertar.

Ela para de andar. Ela envolveu o próprio corpo com um dos braços. A outra mão está cerrada, apertada contra a boca. Ela cospe as palavras, deixando-as sair sob o punho agora, engasga com elas à medida que jorram da garganta, aperta a barriga, que está cheia de coisas tão terríveis que ela precisa expeli-las de alguma maneira ou se despedaçará de dentro para fora. Essas coisas distorceram sua voz, transformando-a num grunhido trêmulo que atinge aleatoriamente um tom mais agudo e um volume mais alto, porque é a única coisa que ela pode fazer para não começar a simplesmente gritar.

— Eu *não* consertaria, Schaffa, eu não faria isso, me desculpe, não *quero* consertar quero *matar todos os que me odeiam*...

Seu corpo está tão pesado que ela não consegue ficar de pé. Nassun se agacha, depois ajoelha. Ela quer vomitar, mas, em vez disso, cospe as palavras no chão entre as mãos espalmadas.

— S-s-suma! Quero que tudo SUMA, Schaffa! Quero que tudo QUEIME, quero que tudo queime e morra e suma, suma, não quero que sobre NADA, não quero mais ódio e não quero mais matanças, mais coisa nenhuma, c-coisa ferrugenta nenhuma, coisa nenhuma PARA SEMPRE...

As mãos de Schaffa, firmes e fortes, fazem-na levantar. Ela se debate contra ele, tenta bater nele. Não é maldade ou medo. Ela nunca *quer* machucá-lo. Ela só precisa colocar para fora um pouco do que está dentro dela ou vai enlouquecer. Pela primeira vez, ela entende o pai enquanto grita e chuta e esmurra e morde e puxa as roupas e o cabelo e tenta bater a testa contra a dele. Sem demora, Schaffa a vira e a envolve com um dos braços, prendendo os braços dela ao lado do corpo para que ela não o machuque nem machuque a si mesma naquele acesso de fúria.

Isso foi o que Jija sentiu, observa uma parte dela distante e isolada, que flutua como um obelisco. *Foi isso que brotou dentro dele quando percebeu que a Mamãe mentiu, e que eu menti, e que Uche mentiu. Foi isso que fez ele me empurrar para fora da carroça. Foi por isso que ele subiu até Lua Encontrada esta manhã com uma faca de vidro na mão.*

Isso. Isso é o Jija que há dentro dela, fazendo-a bater e gritar e chorar. Ela se sente mais próxima do pai do que nunca nesse momento de fúria total e irrefreada. Schaffa a segura até que fique exausta. Enfim ela se deixa cair, tremendo e arfando e gemendo um pouco, sua face coberta de lágrimas e muco.

Quando fica claro que Nassun não vai atacar de novo, Schaffa se ajeita para se sentar de pernas cruzadas, puxando-a para que ela se sente em seu colo. Ela se aninha contra ele da mesma forma como outra criança se aninhou certa vez, muitos anos antes e a muitos quilômetros de distância, quando ele pediu que ela passasse em um teste por ele para que ela pudesse viver. Mas Nassun já passou no teste; até o antigo Schaffa concordaria com essa avaliação. Em toda a sua fúria, a orogenia de Nassun não se contraiu nenhuma vez, e ela não sintonizou o prateado de modo algum.

— Shhh — tranquiliza Schaffa. Ele vinha fazendo isso esse tempo todo, mas agora esfrega as costas dela e limpa com o dedão alguma lágrima ao acaso. — Shhh. Pobrezinha. Como fui injusto. Quando foi nesta mesma manhã... — Ele suspira. — Shhh, minha pequenina. Apenas descanse.

Nassun está destituída e vazia de tudo, exceto da tristeza e da fúria que fluem dentro dela como velozes torrentes de lama vulcânica, pulverizando todo o resto em uma pasta quente e turbulenta. Tristeza e fúria e um último e precioso sentimento sadio.

— O senhor é a única pessoa que eu amo, Schaffa. — A voz dela sai rouca e cansada. — O senhor é o único motivo pelo qual eu não faria isso. Mas... mas eu...

Ele beija a testa dela.

— Faça o final que precisar, minha Nassun.

— Não quero. — Ela tem que engolir em seco. — Eu quero que o senhor... viva!

Ele ri baixinho.

— Ainda uma criança, apesar de tudo o que passou.

— O comentário dói, mas o que ele quis dizer está claro. Ela não pode ter ao mesmo tempo Schaffa vivo e o ódio do mundo morto. Ela tem que escolher um final ou o outro.

Mas então Schaffa diz novamente, com firmeza:

— Escolha o final que você precisar.

Nassun se afasta para poder olhar para ele. Ele está sorrindo outra vez, os olhos límpidos.

— O quê?

Ele a aperta com delicadeza.

— Você é minha redenção, Nassun. Você representa todas as crianças que eu deveria ter amado e protegido, até de mim mesmo. E, se isso lhe trouxer paz... — Ele beija a testa dela. — Então serei seu Guardião até o mundo queimar, minha pequenina.

É uma benção e um bálsamo. Nassun enfim para de sentir náusea. Nos braços de Schaffa, segura e aceita, ela finalmente dorme, em meio a sonhos de um mundo brilhante e derretido e, à sua própria maneira, em paz.

✦   ✦   ✦

— Aço — ela chama na manhã seguinte.

Um borrão se forma e Aço aparece diante deles de pé no meio da estrada com os braços cruzados e uma ligeira expressão de divertimento no rosto.

— O caminho mais próximo para Ponto Central não fica longe, relativamente falando — diz ele quando ela lhe pede a informação que falta a Schaffa. — Um mês de viagem, mais ou menos. Claro que... — Ele deixa a frase incompleta de modo conspícuo. Ele se ofereceu para levar Nassun e Schaffa para o outro lado do mundo pessoalmente, o que, ao que parece, é uma coisa que os comedores de pedra conseguem fazer. Isso lhes pouparia de muitas adversidades e de muitos perigos, mas teriam que se entregar aos cuidados de Aço enquanto ele os transporta da maneira estranha e aterrorizante de sua espécie, pela terra.

— Não, obrigada — recusa Nassun outra vez. Ela não pede a opinião de Schaffa sobre essa questão, embora ele esteja recostado contra uma rocha ali por perto. Ela não precisa lhe perguntar. Que o interesse de Aço está todo em Nassun é óbvio. Não seria nada para ele simplesmente se esquecer de trazer Schaffa... ou perdê-lo no meio do caminho até Ponto Central. — Mas poderia nos contar sobre esse lugar para onde temos que ir? Schaffa não lembra.

O olhar cinzento de Aço se transfere para Schaffa, que responde com um sorriso, ilusoriamente sereno. Até mesmo o prateado dentro dele fica imóvel, só durante esse momento. Talvez o Pai Terra também não goste de Aço.

— Chama-se *estação* — explica Aço depois de um instante. — É velha. Vocês a chamariam de ruína de civextinta, embora esta ainda esteja intacta, situada dentro de outro conjunto de ruínas que não estão. Muito tempo atrás, as pessoas usavam as estações, ou mais precisamente os veículos guardados dentro delas, para viajar longas distâncias de forma muito mais eficiente do que andando. Nos dias de hoje, porém, só nós, os comedores de pedra, e os Guardiões lembramos que as estações existem. — O sorriso dele, que não mudou desde que apareceu, é impassível e sarcástico. O sorriso, de certo modo, parece destinar-se a Schaffa.

— Todos nós pagamos um preço pelo poder — diz Schaffa. A voz dele é fria e suave daquele modo como ele fica quando está pensando em fazer coisas ruins.

— Sim. — Aço faz uma pausa um pouco longa demais. — Há um preço a ser pago para usar esse método de transporte também.

— Nós não temos dinheiro ou nada de bom para trocar — diz Nassun, preocupada.

— Felizmente, existem outras formas de pagar. — Aço assume um ângulo diferente de modo abrupto, o rosto inclinado para cima. Nassun segue o olhar, virando-se, e vê... oh. O safira, que se aproximou um pouco durante a noite. Agora, está a meio caminho entre eles e Jekity.

— A estação — continua Aço — é de um tempo antes das Quintas Estações. Da época em que os obeliscos foram construídos. Todos os artefatos que restaram daquela civilização reconhecem a mesma fonte de energia.

— Quer dizer... — Nassun inspira. — O prateado.

— É assim que você o chama? Que poético.

Nassun encolhe os ombros, desconfortável.

— Não sei de que outra maneira chamar.

— Oh, como o mundo mudou. — Nassun franze a testa, mas Aço não explica essa declaração enigmática. — Fiquem nesta estrada até chegarem ao Beiço do Velho. Sabem onde é?

Nassun se lembra de ter visto em mapas das Antárticas uma existência atrás e de dar risada do nome. Ela olha para Schaffa, que aquiesce e diz:

— Nós podemos encontrar.

— Então nos vemos novamente lá. A ruína fica exatamente no centro da floresta de vidro, dentro do círculo interior. Adentrem o Beiço logo depois do amanhecer. Não demorem para chegar ao centro; vocês não vão querer estar na floresta depois do crepúsculo. — Em seguida, Aço faz uma pausa, assumindo uma nova posição, nitidamente pensativa. O rosto está virado para o lado, os dedos tocando o queixo. — Pensei que seria a sua mãe.

Schaffa fica imóvel. Nassun fica surpresa com a onda de calor, e depois de frio, que percorre o seu corpo. Devagar, enquanto examina essas emoções estranhamente complexas, ela pergunta:

— O que quer dizer?

— Eu esperava que fosse ela a fazer isso, é só. — Aço não encolhe os ombros, mas algo em sua voz sugere indiferença. — Eu ameacei a comu onde ela mora. Seus amigos, as pessoas com quem ela se importa agora. Pensei que eles fossem se voltar contra ela, e então esta escolha lhe pareceria mais palatável.

As pessoas com quem ela se importa agora.

— Ela não está mais em Tirimo?

— Não. Ela se juntou a outra comu.

— E eles… não se voltaram contra ela?

— Não. Surpreendentemente. — O olhar de Aço encontra o de Nassun. — Ela sabe onde você está agora. O Portão contou a ela. Mas ela não está a caminho, pelo menos não ainda. Ela quer garantir que seus amigos se acomodem em segurança primeiro.

Nassun cerra o maxilar.

— De qualquer forma, não estou mais em Jekity. E em breve ela também não terá mais o Portão, então não conseguirá me encontrar de novo.

Aço se vira para encará-la, o movimento lento e humanamente suave demais para ser humano, embora seu espanto pareça genuíno. Ela odeia quando ele se mexe devagar. Isso lhe dá calafrios.

— De fato, nada dura para sempre — ele diz.

— O que isso significa?

— Apenas que eu a subestimei, pequena Nassun. — Nassun sente uma aversão instantânea por essa forma de tratamento. Ele assume outra vez a pose pensativa, rapidamente desta vez, para o alívio dela. — É melhor eu não cometer esse erro de novo.

Com isso, ele desvanece. Nassun franze a testa para Schaffa, que chacoalha a cabeça. Eles colocam as mochilas nas costas e se dirigem ao oeste.

✦　　✦　　✦

2400: EQUATORIAIS DO LESTE (VERIFICAR SE A REDE DE ESTAÇÕES DE LIGAÇÃO ERA ESPARSA NESSA ÁREA, POIS...), COMU DESCONHECIDA. ANTIGA CANÇÃO LOCAL SOBRE UMA ENFERMEIRA QUE DETEVE UMA ERUPÇÃO REPENTINA E O SUBSEQUENTE FLUXO PIROCLÁSTICO TRANSFORMANDO--OS EM GELO. UM DE SEUS PACIENTES SE ATIROU NA FRENTE DE UMA SETA DE BALESTRA PARA PROTEGÊ-LA DA TURBA. A TURBA A DEIXOU IR; ELA DESAPARECEU.

— *ANOTAÇÕES DE PROJETO DE YAETR INOVADOR DIBARS*

SYL ANAGIST: QUATRO

Toda energia é igual, ao longo de seus diferentes estados e nomes. Movimento cria calor, que também é luz, que viaja em ondas como o som, que comprime ou distende as ligações entre os átomos do cristal à medida que zune com forças vigorosas ou fracas. Em ressonância espelhada com tudo isso está a magia, a radiante emissão de vida e morte.

Este é o nosso papel: entrelaçar essas energias díspares. Manipular e mitigar e, através do prisma da nossa consciência, produzir uma força singular que não possa ser negada. Transformar cacofonia em sinfonia. A grande máquina chamada Motor Plutônico é o instrumento. E nós somos os afinadores.

E este é o objetivo: Geoarcanidade. A Geoarcanidade procura estabelecer um ciclo energético de eficiência infinita. Se formos bem-sucedidos, o mundo jamais conhecerá escassez ou conflito outra vez... ou pelo menos é o que nos dizem. Os condutores explicam pouco além do que precisamos saber para desempenhar nossos papéis. Basta saber que nós – *nós*, pequenos e irrelevantes – ajudaremos a colocar a humanidade em um novo caminho, em direção a um futuro inimaginavelmente brilhante. Podemos ser ferramentas, mas somos ferramentas excelentes, servindo a um propósito magnífico. É fácil extrair orgulho disso.

Estamos afinados o bastante uns com os outros a ponto de a perda de Tetlewha causar problemas por algum tempo. Quando nos juntamos para formar a nossa rede iniciadora, ela está desequilibrada. Tetlewha era o nosso contratenor, os comprimentos de onda medianos do espectro; sem ele, eu sou o mais próximo, mas a minha ressonância natural é um pouco alta. A rede decorrente é mais fraca do que deveria. Nossos fios alimentadores ficam tentando encontrar a escala do meio de Tetlewha, que está vazia.

Gaewha enfim consegue compensar a perda. Ela sintoniza mais profundamente, ressoa mais poderosamente, e isso tapa a lacuna. Temos que passar vários dias reforjando todas as conexões da rede para criar uma nova harmonia, mas não é difícil fazer isso, apenas leva tempo. Essa não é a primeira vez que temos que fazê-lo.

Kelenli se junta a nós na rede só de vez em quando. Isso é frustrante porque sua voz – profunda e poderosa e afiada a ponto de formigar os pés – é perfeita. É melhor do que a de Tetlewha, com um alcance mais amplo do que todos nós juntos. Mas os condutores nos dizem para não nos acostumarmos com ela.

— Ela servirá durante a ativação do Motor de fato — explica um deles quando pergunto —, mas apenas se não conseguir ensiná-los a fazer o que ela faz. O condutor Gallat a quer apenas de prontidão quando chegar o Dia do Lançamento.

Isso parece sensato, na superfície.

Quando Kelenli faz parte de nós, ela assume a liderança. Isso é simplesmente natural porque sua presença é muito maior do que a nossa. Por quê? Alguma coisa no modo como ela foi feita? Alguma outra coisa. Há uma... nota sustentada. Uma queimadura vazia e permanente no ponto médio de suas linhas equilibradas, em seu fulcro, que nenhum de nós entende. Uma queimadura semelhante jaz em cada um de nós, mas a nossa é fraca e intermitente, irrompendo por vezes para rapidamente se dissipar até ficar latente. A dela brilha de maneira constante; seu combustível é, ao que parece, ilimitado.

O que quer que seja essa queimadura de nota sustentada, os condutores descobriram que ela se emaranha lindamente com o caos devorador do ônix. O ônix é o cabochão de controle do Motor Plutônico inteiro e, embora haja outras formas de ativar o Motor – formas mais brutas, alternativas envolvendo sub-redes ou a pedra da lua –, no Dia do Lançamento, a precisão e o controle do ônix serão absolutamente necessários. Sem ele, nossas chances de ativar a Geoarcanidade em sua plenitude diminui muito... mas nenhum de nós até agora tem força para dominar o ônix por mais do que alguns minutos. Observamos admirados enquanto Kelenli o controla durante uma hora inteira, depois parece totalmente inabalada ao se desconectar dele. Quando nós nos conectamos ao ônix, ele nos pune, despojando-nos de tudo o que podemos ceder e deixando-nos em um sono profundo durante horas ou dias... mas ela não. Seus fios a acariciam em vez de despedaçá-la. O ônix *simpatiza* com ela. Essa explicação é irracional, mas ocorre a todos nós, então é assim que começamos a pensar sobre esse assunto. Agora ela precisa nos ensinar a ser mais simpáticos com o ônix, no lugar dela.

Quando terminamos de reequilibrar e eles nos deixam sair das cadeiras de arame que sustentam nossos corpos enquanto as nossas mentes estão envolvidas, nós cambaleamos e precisamos nos apoiar nos condutores para conseguir voltar aos nossos alojamentos individuais. Quando tudo isso termina, ela vem nos visitar. Individualmente, para que os condutores não suspeitem de nada. Em encontros cara a cara, falando bobagens em voz alta... e, nesse meio tempo, fazendo todos nós raciocinarmos com o que fala através da terra.

Ela parece mais afiada do que o resto de nós, ela explica, porque é mais experiente. Porque viveu fora do complexo de edifícios que circundam o fragmento local, que constituiu todo o nosso mundo desde que fomos decantados. Ela visitou mais estações de ligação de Syl Anagist do que apenas aquela onde vivemos; viu e tocou mais fragmentos do que somente o nosso ametista local. Ela já esteve até no Polo Zero, onde repousa a pedra da lua. Ficamos admirados com isso.

— Eu tenho contexto — ela nos diz... ou melhor, diz a mim. Ela está sentada no meu sofá. Eu estou esparramado de barriga para baixo na poltrona ao lado da janela, com o rosto virado para outro lado. — Quando vocês também tiverem, ficarão igualmente aguçados.

(É uma espécie de linguagem pidgin entre nós, usar a terra para acrescentar significados às palavras em voz alta. Suas palavras são só "Eu sou mais velha" enquanto um falatório de subsidência acrescenta as nuances da deformação do tempo. Ela é *metamórfica*, tendo se transformado para suportar uma pressão insuportável. Para tornar isso mais simples de contar, vou traduzir tudo em palavras, exceto onde eu não for capaz.)

— Seria bom se fôssemos tão aguçados quanto você *agora* — respondo eu, cansado. Não estou me queixando. Dias de reequilíbrio são sempre difíceis. — Dê-nos esse contexto, então, para que o ônix escute e minha cabeça possa parar de doer.

Kelenli suspira.

— Não há nada dentro destes muros com o que vocês possam se aguçar. — (Uma migalha de ressentimento, pulverizada e rapidamente espalhada. *Eles os mantiveram tão seguros e protegidos.*) — Mas acho que existe um jeito de eu ajudar você e os outros a fazerem isso, se conseguir tirá-los deste lugar.

— Me ajudar... a me aguçar?

(Ela me conforta com um roçar de polimento. *Não é por gentileza que eles os mantêm tão embotados.*)

— Vocês precisam entender mais sobre si mesmos. Sobre o que são.

Não entendo por que ela acha que eu não entendo.

— Sou uma ferramenta.

— Se você é uma ferramenta, não deveria ser afiado o máximo possível?

Sua voz é serena. E, no entanto, um tremor contido e irritado em todo o ambiente – moléculas de ar estremecendo, estratos abaixo de nós comprimindo-se, um zumbido de atrito dissonante no limite de nossa capacidade de sensar – me diz que Kelenli odiou o que acabei de falar. Eu viro a cabeça em sua direção e fico fascinado pelo modo como essa dicotomia não transparece em seu rosto. É outra coisa que temos em comum. Nós aprendemos há muito tempo a não demonstrar dor nem medo nem tristeza em nenhum espaço entre o chão e o céu. Os condutores nos contam que fomos construídos para sermos como estátuas: frios, imóveis, silenciosos. Não sabemos ao certo por que eles acreditam que somos mesmo assim: afinal, nossa pele é tão quente ao toque quanto a deles. Nós nos emocionamos, como eles parecem se emocionar, embora pareçamos menos inclinados a demonstrar por meio do rosto ou da linguagem corporal. Talvez seja por termos a conversa através da terra? (Que eles parecem não notar. Isso é bom. Na terra, podemos ser nós mesmos.) Nunca ficou claro para nós se fomos construídos da maneira errada, ou se o entendimento deles a nosso respeito é que está errado. Ou se qualquer uma dessas duas coisas importa.

Kelenli está calma por fora enquanto queima por dentro. Eu fico observando-a por tanto tempo que de repente ela volta a si e me pega olhando. Ela sorri.

— Acho que você gosta de mim.

Eu reflito sobre as possíveis implicações disso.

— Não desse jeito — respondo, por uma questão de hábito. Já tive que explicar esse tipo de coisa para condutores juniores e outros funcionários algumas vezes. Fomos feitos como estátuas nesse sentido também; uma implementação do projeto que funcionou nesse caso, tornando-nos capazes de entrar no cio, mas desinteressados em tentar, e inférteis caso nos déssemos ao trabalho. Com Kelenli é igual? Não, os condutores disseram que ela foi feita diferente em apenas um aspecto. Ela tem os nossos sensapinae poderosos, complexos e flexíveis, que nenhuma outra pessoa no mundo possui. Tirando isso, ela é como eles.

— Que bom que eu não estava falando de sexo. — Há um zunido arrastado de divertimento vindo dela, o que me incomoda e me deixa feliz. Não sei por quê.

Alheia à minha súbita confusão, Kelenli fica de pé.

— Vou voltar — ela diz, e sai.

Ela não retorna por vários dias. Mas continua sendo uma parte isolada da nossa rede, então está presente nas nossas caminhadas, nas nossas refeições, nas nossas evacuações, em nossos sonhos incipientes quando dormimos, em nosso orgulho de nós mesmos e uns dos outros. Não parece que estamos sendo observados quando é ela quem o faz, mesmo que esteja observando. Não posso falar pelos outros, mas gosto de tê-la por perto.

Nem todos os outros gostam de Kelenli. Gaewha em especial é beligerante quanto a isso e passa esse sentimento por meio da nossa discussão particular.

— Ela aparece assim que perdemos Tetlewha? Assim que o projeto chega à conclusão? Trabalhamos duro para nos tornarmos o que somos. Será que vão enaltecê-la pelo nosso trabalho quando estiver terminado?

— Ela é apenas uma substituta — digo eu, tentando ser a voz da razão. — E o que ela quer é o que nós queremos. Precisamos cooperar.

— É o que ela diz. — Este é Remwha, que se considera mais inteligente do que o resto de nós. (Todos fomos feitos para ser igualmente inteligentes. Remwha é só um babaca.) — Os condutores a mantiveram longe até agora por algum motivo. Talvez ela seja uma encrenqueira.

Isso é bobagem, acredito, embora não me permita dizê-lo nem mesmo nas conversas através da terra. Fazemos parte da grande máquina. Tudo o que melhora o funcionamento da máquina importa; tudo o que não tem relação com esse propósito não importa. Se Kelenli fosse uma encrenqueira, Gallat a teria enviado para o canteiro de roseiras bravas junto com Tetlewha. Isso, todos nós entendemos. Gaewha e Remwha estão apenas sendo difíceis.

— Se ela for algum tipo de encrenqueira, isso se manifestará com o tempo — eu falo com firmeza. Não acaba com a discussão, mas a adia.

Kelenli volta no dia seguinte. Os condutores nos reúnem para explicar.

— Kelenli pediu para levá-los em uma missão de afinação — anuncia o homem que vem entregar as instruções. Ele é muito mais alto do que nós, mais alto até do que Kelenli, e esguio. Ele gosta de se vestir com cores que combinam perfeitamente e botões enfeitados. Seu cabelo é comprido e preto; sua pele é branca, embora não tanto quanto a nossa. Seus olhos, porém, são como os nossos: branco dentro do branco. Branco como o gelo. Nunca vimos outro *deles* com olhos como os nossos. Ele é o condutor Gallat, chefe do projeto. Penso em Gallat como um fragmento plutônico; um fragmento claro, branco como o diamante. Ele tem ângulos perfeitos e facetas acuradas e é belo de uma forma singular; e também é implacavelmente mortal se não for manuseado com precisão. Nós não nos permitimos pensar sobre o fato de que foi ele quem matou Tetlewha.

(Ele não é quem você pensa que é. Eu quero que Gallat se pareça com ele do mesmo modo como quero que você se pareça com ela. Esse é o perigo de uma memória falha.)

— Uma missão... de afinação — diz Gaewha lentamente para mostrar que não entende.

Kelenli abre a boca para falar e depois para, virando-se para Gallat. Gallat responde a isso com um sorriso cordial.

— O desempenho de Kelenli é o que esperamos de todos vocês, e vocês consistentemente têm tido um desempenho abaixo do esperado — diz ele. Nós ficamos tensos, desconfortáveis, muito atentos à crítica, embora ele apenas dê de ombros. — Procurei informações com a biomagestra chefe e ela insiste que não há nenhuma diferença significativa em suas habilidades relativas. Vocês têm a mesma *capacidade* que ela, mas não demonstram a mesma *destreza*. Existem várias alterações que poderíamos fazer para tentar resolver a discrepância, um aperfeiçoamento por assim dizer, mas esse é um risco que preferimos não correr tão perto do lançamento.

Ressoamos em concordância por um momento, todos muito contentes com isso.

— Ela disse que estava aqui para nos ensinar contexto — eu arrisco com muita cautela.

Gallat concorda com a cabeça.

— Ela acredita que a solução está fora da experiência. Aumento da exposição a estímulos, desafios à sua cognição para a solução de problemas, coisas desse tipo. É uma sugestão que tem mérito e a vantagem de ser minimamente invasiva... mas, pelo bem do projeto, não podemos mandar todos vocês de uma vez. E se acontecesse alguma coisa? Em vez disso, vamos dividi-los em dois grupos. Já que só existe uma Kelenli, isso significa que metade de vocês vai com ela agora, e metade semana que vem.

Lá fora. Nós vamos lá fora. Fico desesperado para ir no primeiro grupo, mas sabemos que não devemos demonstrar desejo diante dos condutores. Ferramentas não deveriam querer escapar de sua caixa de forma tão evidente.

Em vez disso, eu digo:

— Nós já fomos afinados uns aos outros mais do que suficiente sem essa missão proposta. — Minha voz é monótona. A voz de uma estátua. — As simulações mostram que somos confiavelmente capazes de controlar o Motor, como esperado.

— E poderíamos muito bem fazer seis grupos de dois — acrescenta Remwha. Sei de sua avidez por conta dessa sugestão asinina. — Cada grupo não terá experiências diferentes? Pelo que entendo do... lado de fora... não há como controlar a consistência da exposição. Se precisamos tomar um tempo da nossa preparação para fazer isso, certamente deve ser feito de um modo que minimize os riscos, não?

— Acho que com seis não seria econômico nem eficiente — diz Kelenli enquanto transmite aprovação ou divertimento quanto ao nosso teatro. Ela olha para Gallat e encolhe os ombros, sem se dar o trabalho de fingir indiferença; ela simplesmente parece entediada. — Dá na mesma fazer *um* grupo ou dois ou seis. Podemos planejar o trajeto, posicionar guardas extras ao longo do caminho, envolver a polícia das estações de ligação na vigilância e no apoio. Sinceramente, repetidas viagens só aumentariam a chance de que cidadãos descontentes pudessem prever o trajeto e planejar... algo desagradável.

Todos ficamos intrigados com a possibilidade de algo desagradável. Kelenli acalma nossos tremores agitados.

O condutor Gallat estremece quando ela faz isso; esse comentário acertou o alvo.

— Vocês vão por conta do potencial de obter benefícios significativos — o condutor Gallat nos diz. Ele ainda está sorrindo, mas há um quê nesse sorriso agora. Por acaso a palavra "vão" foi ligeiramente enfatizada? Tão minúsculas as perturbações do discurso em voz alta. O que entendo disso é que ele não só nos deixou ir, mas também mudou de ideia sobre nos enviar em múltiplos grupos. Parte dessa mudança se deve ao fato de que a sugestão de Kelenli era mais sensata, mas o resto se deve ao fato de que ele está irritado conosco por nossa relutância.

Ah, Remwha maneja sua natureza irritante como um cinzel de diamante, como de costume. Ótimo trabalho, eu pulso. Ele me responde com uma educada forma de onda de agradecimento.

Vamos sair nesse mesmo dia. Vestimentas adequadas para viagens ao lado de fora foram trazidas ao meu alojamento por condutores juniores. Visto o tecido mais grosso e calço os sapatos com cuidado, fascinado pelas texturas diferentes, então me sento em silêncio enquanto o condutor júnior faz uma única trança branca com o meu cabelo.

— É necessário para ir para fora? — pergunto. Estou genuinamente curioso, uma vez que os condutores usam cabelos de muitos estilos. Alguns eu não consigo imitar porque meu cabelo é fofo e grosso e não fica encaracolado nem dá para alisar. Só nós temos cabelos assim. O deles vem em muitas texturas.

— Pode ajudar — responde o júnior. — Vocês vão chamar a atenção não importa o que for feito, mas, quanto mais normais pudermos fazer vocês parecerem, melhor.

— As pessoas saberão que fazemos parte do Motor — eu digo, endireitando-me só um pouquinho, orgulhoso.

Os dedos dele ficam mais lentos por um instante. Acho que ele não percebe.

— Não é exatamente... É mais provável que elas vão pensar que vocês são outra coisa. Mas não se preocupe: vamos mandar guardas para garantir que não haja problemas. Eles serão discretos, mas estarão lá. Kelenli insiste que vocês não devem se sentir protegidos, mesmo que estejam sendo.

— É mais provável que pensem que somos outra coisa — eu repito lenta e pensativamente.

Os dedos dele se contraem, puxando alguns fios com mais força do que o necessário. Eu não estremeço nem recuo. Eles ficam mais confortáveis pensando em nós como estátuas, e estátuas não devem sentir dor.

— Bem, é uma possibilidade distante, mas eles precisam saber que vocês não... quero dizer, é... — Ele suspira. — Ah, Morte Cruel. É complicado. Não se preocupe.

Os condutores dizem isso quando cometem um erro. Não mando nenhum sinal sobre isso para os outros de imediato porque nós minimizamos as conversas fora das reuniões sancionadas. As pessoas que não são afinadoras conseguem perceber a magia apenas de modo rudimentar; elas usam máquinas e instrumentos para fazer o que é natural para nós. No entanto, estão sempre nos monitorando em alguma medida, então não podemos permitir que descubram até que ponto conversamos uns com os outros e os ouvimos quando pensam que não conseguimos ouvir.

Em pouco tempo, estou pronto. Depois de debater com outros condutores por sobre a videira, o meu decide aplicar tinta e pó no meu rosto. Era para me fazer ficar parecido com eles. Na verdade, me faz parecer alguém cuja pele branca foi pintada de marrom. Devo parecer cético quando ele me mostra o espelho; meu condutor suspira e reclama que não é um artista.

Depois, ele me leva para um lugar que só vi algumas vezes antes e que fica dentro do edifício que me abriga: o saguão do andar de baixo. Aqui, as paredes não são brancas: permitiu-se que o tom natural de verde ou marrom da celulose autorreparadora florescesse sem ser branqueado. Alguém semeou pelo lugar morangos que estão metade com flores brancas, metade com frutos vermelhos amadurecendo: é encantador. Nós seis estamos de pé ao lado da piscina daquele andar, esperando por Kelenli, tentando não notar os outros funcionários do edifício indo e vindo e olhando para nós: seis pessoas menores do que a média e atarracadas com cabelo branco e fofo e rostos pintados, nossos lábios formando sorrisos defensivamente agradáveis. Se há guardas, não sabemos como distingui-los daqueles que ficam olhando.

Quando Kelenli chega, contudo, eu enfim noto guardas. Os dela se movem com ela, sem se preocuparem em ser discretos; uma mulher e um homem, altos, de pele marrom, e que poderiam ser irmãos. Percebo que já os vi antes, seguindo-a em outras ocasiões nas quais ela veio fazer visita. Eles ficam parados quando ela chega até nós.

— Ótimo, vocês estão prontos — ela diz. Depois faz uma careta, estendendo a mão para tocar a bochecha de Dushwha. O polegar dela fica cheio de pó facial. — Sério?

Dushwha desvia o olhar, desconfortável. Jamais gostou de que lhe forçassem a fazer nenhuma imitação dos nossos criadores… nem no que se referia à roupa, nem ao gênero; definitivamente não com relação a isto.

— É para ajudar — murmura, descontente, talvez tentando convencer-se.

— Faz vocês se destacarem *mais*. E, de qualquer forma, eles vão saber o que vocês são. — Ela se vira e olha para um dos seus guardas, a mulher. — Vou levá-los para limpar essa porcaria. Quer ajudar? — A mulher apenas olha para ela em silêncio. Kelenli ri para si mesma. A risada soa genuinamente alegre.

Ela nos conduz a um cômodo para necessidades pessoais. Os guardas param do lado de fora enquanto ela joga água do lado limpo do reservatório da latrina nos nossos rostos e tira a tinta com um tecido absorvente. Ela cantarola enquanto faz isso. Significa que está feliz? Quando ela pega o meu braço para tirar aquela porcaria do meu rosto, eu examino o dela para tentar entender. Seu olhar se torna penetrante quando percebe.

— Você é um pensador — ela diz. Não sei ao certo o que isso quer dizer.

— Todos nós somos — respondo. Eu permito um breve estrondo de nuance. *Temos que ser.*

— Exatamente. Vocês pensam mais do que precisam. — Ao que parece, há uma mancha marrom particularmente teimosa perto do meu couro cabeludo. Ela a esfrega, faz uma careta, esfrega de novo, suspira, enxágua o tecido e esfrega outra vez.

Eu continuo examinando seu rosto.

— Por que você ri do medo deles?

É uma pergunta boba. Eu deveria tê-la feito através da terra, não em voz alta. Ela para de esfregar meu rosto. Remwha olha para mim em branda reprovação, depois vai para a entrada do cômodo. Eu o ouço pedindo à guarda que está lá que, por favor, pergunte a um condutor se corremos o risco de sofrer danos devido à exposição ao sol sem a proteção da tinta. A guarda ri e chama o companheiro para repassar a pergunta, como se fosse ridícula. Durante o momento de distração que essa conversa nos proporciona, Kelenli volta a me esfregar.

— Por que *não* rir disso?

— Eles iam gostar mais de você se não risse. — Eu assinalo uma nuance: alinhamento, enredamento harmônico, conformidade, conciliação, mitigação. Se ela quiser que gostem dela.

— Talvez eu não queira que gostem de mim. — Ela dá de ombros, virando-se para enxaguar o tecido de novo.

— Poderiam gostar. Você é como eles.

— Não o suficiente.

— Mais do que eu. — Isso é óbvio. Ela tem o tipo de beleza deles, o tipo de normalidade deles. — Se tentasse...

Ela ri de mim também. Não é por crueldade, eu sei disso instintivamente. É por pena. Mas, por baixo dessa risada, sua presença fica tão imóvel e contida quanto uma pedra pressurizada no instante em que se torna outra coisa. Raiva outra vez. Não de mim, mas ainda assim desencadeada por minhas palavras. Sempre pareço deixá-la irritada.

Eles têm medo porque nós existimos, ela diz. *Não fizemos nada para provocar medo exceto existir. Não há nada que possamos fazer para conseguir a aprovação deles exceto deixar de existir... então podemos ou morrer, como eles querem, ou rir da covardia deles e continuar vivendo.*

Acho que, a princípio, não entendo tudo o que ela acabou de me falar. Mas eu entendo, não entendo? Houve dezesseis de nós um dia; agora somos apenas seis. Os outros questionaram e foram descomissionados por conta disso. Obedeceram sem questionar e foram descomissionados por conta disso. Barganharam. Desistiram. Ajudaram. Desesperaram-se. Tentamos de tudo, fizemos tudo o que pediram e mais e, no entanto, agora só restam seis de nós.

Significa que somos melhores do que os outros, digo a mim mesmo, carrancudo. Mais espertos, mais adaptáveis, mais habilidosos. Isso importa, não importa? Somos componentes da grande máquina, o ápice da biomagestria sylanagistina. Se alguns de nós tiveram que ser retirados devido a defeitos...

Tetlewha não era defeituoso, Remwha retruca como uma falha sísmica transcorrente.

Pisco e dou uma espiada nele. Ele voltou para o cômodo e espera perto de Bimniwha e Salewha; todos eles usaram a fonte para tirar a própria tinta enquanto Kelenli trabalhava em mim, Gaewha e Dushwha. Os guardas que Remwha distraiu estão do lado de fora, ainda rindo do que ele lhes disse. Ele está me encarando. Quando franzo a testa, ele repete: *Tetlewha não era defeituoso.*

Eu cerro o maxilar. *Se Tetlewha não era defeituoso, então significa que ele foi descomissionado sem motivo nenhum.*

Sim. Remwha, que raramente parece satisfeito em um dia bom, agora entorta os lábios, demonstrando desgosto. Em relação a mim. Isso me deixa tão chocado que me esqueço de fingir indiferença. É exatamente esse o argumento dela. Não importa o que façamos. O problema são eles.

Não importa o que façamos. O problema são eles.

Quando fico limpo, Kelenli põe as duas mãos no meu rosto.

— Você conhece a palavra "legado"?

Eu já a ouvi e deduzi seu significado a partir do contexto. É difícil colocar meus pensamentos de volta nos eixos depois da resposta irritada de Remwha. Ele e eu nunca gostamos muito um do outro, mas... Eu chacoalho a cabeça e me concentro no que Kelenli me perguntou.

— Um legado é uma coisa obsoleta, mas da qual você não pode se livrar por completo. Algo que não se quer mais, mas que ainda é necessário.

Ela meio que faz uma careta e meio que sorri, primeiro para mim e depois para Remwha. Ela ouviu tudo o que ele me disse.

— Isso vai servir. Lembre-se dessa palavra hoje.

Então ela se põe de pé. Nós três ficamos olhando para ela. Ela não é apenas mais alta e tem a pele mais marrom, mas se movimenta mais, respira mais. *É* mais. Nós veneramos o que ela é. Nós tememos o que ela vai fazer de nós.

— Venham — ela diz, e nós a seguimos até lá fora, até o mundo.

+ + +

2613: UM MACIÇO VULCÃO SUBAQUÁTICO ENTROU EM ERUPÇÃO NO ESTREITO DE TASR, ENTRE O ERMO ANTÁRTICO POLAR E A QUIETUDE. SELIS LÍDER ZENAS, QUE ANTES NÃO SE SABIA TRATAR-SE DE UMA OROGENE, APARENTEMENTE ACALMOU O VULCÃO, EMBORA NÃO TENHA CONSEGUIDO ESCAPAR DO TSUNAMI QUE ELE CAUSOU. OS CÉUS ESCURECERAM NAS ANTÁRTICAS DURANTE CINCO MESES, MAS CLAREARAM ANTES QUE FOSSE DECLARADA OFICIALMENTE UMA ESTAÇÃO. LOGO APÓS O TSUNAMI, O MARIDO DE SELIS LÍDER - CHEFE DA COMU NA ÉPOCA DA ERUPÇÃO, ATÉ UMA ELEIÇÃO DE EMERGÊNCIA - TENTOU DEFENDER O FILHO DE UM ANO DE IDADE DE

UMA TURBA DE SOBREVIVENTES E FOI MORTO. CAUSA CONTESTADA: ALGUMAS TESTEMUNHAS DIZEM QUE A TURBA O APEDREJOU, OUTRAS DIZEM QUE O EX-CHEFE DA COMU FOI ESTRANGULADO POR UM GUARDIÃO. O GUARDIÃO LEVOU O ÓRFÃO PARA GARANTIA.

— NOTAS DE PROJETO DE YAETR INOVADOR DIBARS

5

VOCÊ É LEMBRADA

O ataque vem, precisamente como o esperado, perto do amanhecer.

Todos estão prontos para ele. O acampamento está mais ou menos um terço para dentro do bosque de pedras, que foi o máximo que Castrima conseguiu percorrer antes que a escuridão total tornasse traiçoeiro qualquer avanço a mais. O grupo deveria ser capaz de atravessar o bosque inteiro antes do pôr do sol do dia seguinte... supondo que todos sobrevivessem durante a noite.

Impaciente, você perambula pelo acampamento, e não é a única a fazer isso. Os Caçadores deveriam estar todos dormindo, já que, durante o dia, agem como batedores e andam por maiores distâncias em busca de forragem e caça. Você vê alguns deles acordados também. Os Costas-fortes deveriam estar dormindo em turnos, mas todos estão acordados, assim como um bom número de pessoas das outras castas. Você avista Hjarka sentada sobre uma pilha de bagagens, com a cabeça baixa e os olhos fechados, mas, fora isso, suas pernas estão apoiadas para uma rápida investida e há uma faca de vidro em cada mão. Seus dedos não afrouxaram com o sono.

É um momento idiota para atacar, considerando tudo isso, mas não há um momento melhor, então, aparentemente, seus agressores decidem trabalhar com o que têm. Você é a primeira a sensar o ataque e gira sobre a ponta do pé e dá um grito de alerta ao mesmo tempo em que restringe sua percepção e a projeta naquele espaço da mente a partir do qual você consegue comandar vulcões. Um fulcro profundo e forte foi cravado na terra ali por perto. Você o segue até o ponto médio de sua espiral potencial, o centro do círculo, como uma águia avistando a presa. Lado direito da estrada. Uns seis metros bosque adentro, fora do campo de visão em meio aos caminhos e as folhagens caídas.

— Ykka!

Ela aparece de pronto de onde quer que estivesse sentada entre as tendas.

— É, eu senti.

— Não está ativo ainda. — Com essas palavras, você quis dizer que a espiral ainda não começou a absorver calor ou movimento do ambiente. Mas aquele fulcro é tão profundo quanto uma raiz mestra. Não há muito potencial sísmico nessa região e, inclusive, boa parte da pressão nos estratos dos níveis mais baixos foi absorvida pela criação do bosque de pedras. No entanto, sempre há calor se você for fundo o bastante, e essa espiral é funda. Sólida. Precisa, segundo os métodos do Fulcro.

— Não precisamos lutar — Ykka grita de repente para o bosque. Você se sobressalta, embora não devesse. Fica chocada com o fato de que ela está falando sério, embora realmente não devesse mais ficar chocada a essa altura. Ela avança pisando duro, o corpo tenso, os joelhos dobrados como se estivesse prestes a correr a toda velocidade para dentro do bosque, mãos estendidas e dedos agitando-se.

Agora está mais fácil se conectar com a magia, embora você ainda se concentre no cotoco do próprio braço para começar, por uma questão de costume. Nunca vai lhe parecer *natural* usar isso em vez de orogenia, mas pelo menos a sua percepção muda rapidamente. Ykka está bem mais adiante do que você. Ondulações e arcos de prateado dançam pelo chão ao redor dela, em grande parte diante dela, espalhando-se e cintilando à medida que ela os extrai do solo e se apossa deles. A pouca vegetação que você consegue sensar no bosque de pedras facilita; as mudas de videiras e os musgos privados de luz agem como fios, canalizando e alinhando o prateado em padrões que fazem sentido. Que são previsíveis. Que estão *procurando*... ah. Você fica tensa no mesmo instante que Ykka. Sim. Ali.

Sobre aquele fulcro profundo, no centro de uma espiral que ainda não começou a girar, encontra-se um corpo agachado, esculpido em prateado. Pela primeira vez, em comparação, você nota que o prateado de um orogene é mais brilhante e menos complexo do que aquele das plantas e insetos ao seu redor. A mesma... bem, *quantidade*, se essa palavra for adequada, se não *capacidade* ou *potencial* ou *vitalidade*, mas não o mesmo padrão. O prateado desse orogene está concentrado em relativamente poucas linhas brilhantes que se alinham todas em direções similares. Elas não cintilam, nem a espiral dele. Ele (você supõe isso, mas parece uma suposição correta) está ouvindo.

Ykka, outro contorno de prateado preciso e concentrado, acena com a cabeça, satisfeita. Ela sobe no alto de parte do carregamento da carroça de modo que sua voz se propague melhor.

— Eu sou Ykka Rogga Castrima — ela grita. Você supõe que ela aponta para você. — Ela é uma rogga também. E também ele. — Temell. — E também aquelas crianças ali. Nós não matamos roggas aqui. — Ela faz uma pausa. — Você está com fome? Nós temos um pouco para dividir. Você não precisa tentar pegar.

O fulcro não se mexe.

Mas outra coisa se mexe; do outro lado do bosque de pedras, à medida que esparsas e atenuadas aglomerações de prateado de repente formam um borrão de movimento caótico e vêm correndo em sua direção. Outros saqueadores;

Terra Cruel, vocês todos estavam tão concentrados no rogga que nem sequer notaram os outros atrás de vocês. Contudo, você os ouve agora, vozes se elevando, praguejando, pés batendo na areia coberta de cinzas. Os Costas-fortes próximos à barreira de estacas daquele lado dão o grito de alerta.

— Estão atacando — você grita.

— Não brinca! — Ykka retruca de forma brusca, desembainhando uma faca de vidro.

Você recua para o círculo das tendas, muito ciente de sua vulnerabilidade de um modo que é estranho e profundamente desconfortável. É pior porque você ainda consegue sensar e porque seus instintos a instigam a responder quando você vê em que *poderia* ajudar. Um grupo de agressores chega por uma parte do perímetro que tem poucas estacas e defensores, e você abre os olhos e os vê lutando para tentar abrir caminho. São típicos saqueadores sem-comu... imundos, macilentos, vestidos com uma combinação de trapos e roupas mais novas roubadas e desbotadas pelas cinzas. Você poderia acabar com todos os seis em meia respiração, com uma única espiral de precisão.

Mas você também consegue sentir quão... o quê? Quão *alinhada* você está. O prateado de Ykka está concentrado como o dos outros roggas que você observou, mas o dela ainda está disposto em camadas, pontiagudo, um pouco agitado. Ele flui dentro dela para todos os lados enquanto ela pula de cima da carroça de carga e grita para as pessoas ajudarem os escassos Costas-fortes próximos daquele grupo de saqueadores, então ela mesma sai correndo para ajudar. Você e a sua magia fluem com uma clareza suave, a direção e o fluxo de cada linha combinando perfeitamente com os de todas as outras. Você não sabe como fazer para voltar a ser como era antes, se é que isso é possível. E você sabe instintivamente que usar o prateado estando assim vai juntar todas as partículas do seu corpo de modo tão hábil quanto um pedreiro ergue uma parede de tijolos. Você se converterá em pedra da mesma maneira.

Então, você luta contra os seus instintos e *se esconde*, por mais que isso a irrite. Há outros aqui, agachados no círculo central das tendas: as crianças menores da comu, um parco punhado de idosos, uma mulher tão grávida que não consegue se mexer com nenhuma flexibilidade, embora tenha uma balestra carregada nas mãos, e dois Reprodutores armados com facas, que obviamente ficaram encarregados de defender a mulher e as crianças.

Quando você ergue a cabeça para observar a luta, vislumbra algo estonteante. *Danel*, tendo se apropriado de uma das lanças talhadas para construir a cerca, está usando-a para abrir uma trilha sangrenta entre os saqueadores. Ela é fenomenal, volteando e golpeando e defendendo-se e golpeando de novo, girando a vara entre um ataque e outro como se houvesse lutado contra sem-comus um milhão de vezes. Isso não é apenas ser uma Costa-forte experiente; é outra coisa. Ela é simplesmente boa demais. Mas faz sentido, não faz? Rennanis não faria dela sua general por conta do seu charme.

Não é uma grande luta no final das contas. Vinte ou trinta sem-comus magricelos contra membros treinados, alimentados e preparados de uma comu? É por isso que comus sobrevivem às Estações, e é por isso que permanecer sem comu por muito tempo é uma sentença de morte. Esse grupo provavelmente estava desesperado; não pode ter havido muito trânsito ao longo da estrada nos últimos meses. Em que estavam pensando?

No orogene deles, você percebe. É quem esperavam que vencesse essa luta para eles. Mas ele ainda não está se mexendo, nem orogênica nem fisicamente.

Você se levanta, passando pelos aglomerados que ainda lutam. Ajustando sua máscara de forma constrangida, você sai da estrada e passa pelas estacas que marcam o perímetro, adentrando a parte mais escura do bosque de pedras. A luz do acampamento deixa você com cegueira noturna, então você para por um instante para permitir que seus olhos se adaptem. Não dá para saber que tipo de armadilhas os sem-comu deixaram ali; você não deveria estar fazendo isso sozinha. De novo você fica surpresa, porém, porque, entre uma piscada e outra, de repente começa a ver tudo em prateado. Insetos, folhas soltas, uma teia de aranha, até mesmo as pedras... tudo agora cintila em descontrolados padrões venosos, suas células e partículas marcadas pela treliça que os conecta.

E pessoas. Você para quando as distingue, bem camufladas contra a mancha prateada do bosque. O rogga continua onde estava, uma gravura mais brilhante contra linhas mais delicadas. Mas também há dois pequenos vultos agachados em uma pequena gruta uns seis metros mais adentro do bosque. Dois outros corpos, de algum modo lá no alto das pedras irregulares e recurvadas do bosque. Sentinelas, talvez? Nenhum deles se mexe muito. Não dá para dizer se eles a viram, ou se estão observando a luta de alguma maneira. Você está paralisada, perplexa devido a essa súbita mudança na sua percepção. Será que é algum efeito colateral de aprender a ver o prateado em si mesma e nos obeliscos? Talvez, uma vez que se tornou capaz de fazê-lo, você o veja em toda parte. Ou talvez você esteja tendo uma alucinação com tudo isso agora, como uma imagem residual contra as suas pálpebras. Afinal, Alabaster nunca mencionou que conseguia ver dessa forma... mas quando foi que Alabaster tentou ser um bom professor?

Você avança um pouco, tateando, uma das mãos estendida caso seja algum tipo de ilusão, mas, se for, pelo menos é precisa. Embora seja estranho pisar numa treliça de prateado, depois de um tempo você se acostuma.

A treliça característica do orogene e aquela espiral ainda ativa não estão longe, mas ele está em algum lugar mais alto do que o chão. Talvez uns três metros acima de onde você está. Isso se explica em certa medida quando o solo se inclina abruptamente para cima e sua mão toca uma pedra. Sua visão regular se adaptou o bastante a ponto de você ver que há uma coluna aqui, torta e provavelmente possível de escalar, pelo menos para alguém com mais de um braço. Então você para no sopé e diz:

— Ei.

Sem resposta. Você percebe uma respiração: rápida, breve, contida. Como alguém que está tentando não ser ouvido enquanto respira.

— Ei.

Apertando os olhos no escuro, você finalmente distingue um tipo de estrutura de galhos empilhados e tábuas velhas e escombros. Um posto de caça, talvez. De lá do posto, deve ser possível ver a estrada. A visão não importa para o orogene médio: orogenes não treinados não conseguem direcionar seu poder de modo algum. Um orogene treinado pelo Fulcro, contudo, precisa de campo de visão para ser capaz de distinguir entre congelar suprimentos úteis ou apenas congelar as pessoas que os defendem.

Algo muda no posto acima de onde você está. A pessoa voltou a respirar normalmente? Você tenta pensar em algo para dizer, mas a única coisa que tem em mente é uma pergunta: o que um orogene treinado pelo Fulcro está fazendo entre os sem-comu? Devia estar fora em uma missão quando a Fenda foi aberta. Sem um Guardião – caso contrário, ele estaria morto –, então isso significa que é um cinco ou mais anéis, ou talvez um três ou quatro anéis que perdeu seu parceiro de classificação mais alta. Você vê a si mesma, se estivesse na estrada para Allia quando surgiu a Fenda. Sabendo que seu Guardião poderia vir atrás de você, mas apostando que, em vez disso, ele poderia dá-la como morta... não. Sua imaginação se interrompe nesse exato ponto. Schaffa teria vindo procurar você. Schaffa *veio* procurar você.

Mas aquilo foi entre Estações. Supostamente, os Guardiões não se juntam a comus quando vêm as Estações, o que quer dizer que eles morrem – e, de fato, a única Guardiã que você viu desde a Fenda foi aquela junto com Danel e o exército de Rennanis. Ela morreu na tempestade de fervilhões que você invocou, e você está feliz por isso, já que ela era um dos assassinos de pele nua e há algo de muito mais errado do que o de costume com essas pessoas. De qualquer maneira, aqui está outro ex-jaqueta preta sozinho, e talvez com medo, e talvez pronto para matar. Você sabe como é, não sabe? Mas esse ainda não atacou. Você tem que encontrar uma forma de estabelecer uma conexão.

— Eu me lembro — você diz. É suave, um murmúrio. Como se não quisesse ouvir a si mesma. — Eu me lembro dos tormentos. Os instrutores nos matando para nos salvar. Eles também f-fizeram você ter filhos? — Corundum. Os seus pensamentos fogem das lembranças. — Eles... merda. — A mão que um dia Schaffa quebrou, sua mão direita, está em algum lugar do que quer que seja equivalente a um estômago para Hoa. Mas você ainda a sente. Uma dor fantasma em ossos fantasmas. — Sei que quebraram você. A sua mão. Todos nós. Eles nos quebraram para poder...

Você ouve, muito claramente, um leve e horrorizado respirar de dentro do posto.

Em um movimento brusco, a espiral se torna um torvelinho borrado e escaldante e explode. Você está tão perto que a explosão quase a pega. Mas aquele arquejo foi alerta suficiente, então você se preparou orogenicamente embora não pudesse se preparar fisicamente. Fisicamente, você recua, e o deslocamento é demasiado para o seu equilíbrio precário com um braço só. Você cai de bunda... mas foi treinada desde criança a manter o controle em um nível mesmo que o perdesse em outro, então, no mesmo instante, você flexiona os seus sensapinae e apenas tira o fulcro dele da terra com um golpe, invertendo-o. Você é muito mais forte; é fácil. Você reage com magia também, pegando aqueles tentáculos de prateado que a espiral agitou... e só então se dá conta de que a orogenia *afeta* a magia, mas *não é* magia em si e, na verdade, a magia se afasta da orogenia; é por *esse* motivo que você não pode trabalhar com orogenia de alto nível sem impactar negativamente sua capacidade de utilizar magia, e como é bom enfim entender isso! Independentemente, você contém os descontrolados fios de magia e acalma tudo de uma vez, de modo que nada pior do que uma geada cai sobre o seu corpo. Está frio, mas só na sua pele. Você vai sobreviver.

Depois você solta... e toda orogenia e magia ricocheteiam como um elástico esticado. Tudo em você parece *vibrar* em resposta, em ressonância, e... oh... oh, não... você sente a amplitude da ressonância aumentar à medida que as suas células começam a se alinhar... e se comprimir, transformando-se em pedra.

Você não pode deter o processo. Mas pode direcioná-lo. No instante que lhe resta, você decide qual parte do corpo pode se dar o luxo de perder. Cabelo! Não, são muitos fios, grande parte distante dos folículos vivos, você pode fazer isso, mas vai levar tempo demais e metade do seu couro cabeludo será pedra quando terminar. Dedos do pé? Você precisa ser capaz de andar. Dedos da mão? Você só tem uma mão, precisa mantê-la intacta o máximo de tempo que puder.

Seios. Bem, você não está planejando ter mais filhos mesmo.

Canalizar a ressonância, a transformação em pedra, para apenas um seio é o bastante. Você precisa conduzi-la pelas glândulas sob a axila, mas consegue mantê-la acima da camada de músculos; isso deverá impedir que o dano prejudique seu movimento e sua respiração. Você escolhe o seio esquerdo para compensar a perda do braço direito. De qualquer forma, o seio direito sempre foi aquele do qual você gostava mais. O mais bonito. E então você fica ali quando termina, ainda viva, extremamente consciente do peso extra no seu peito, chocada demais para lamentar. Ainda.

Depois, você se esforça para levantar de maneira desajeitada, fazendo careta, ao passo que a pessoa no posto solta uma risadinha nervosa e diz:

— Ah, ferrugens. Ah, Terra. Damaya? É você mesmo? Me desculpe pela espiral, eu só estava... Você não sabe como têm sido as coisas. Não posso acreditar. Você sabe o que fizeram com Colapso?

Arkete, diz a sua memória.

— Maxixe Beryl — diz a sua boca.

É Maxixe Beryl.

✦   ✦   ✦

Maxixe Beryl é metade do homem que costumava ser. Ao menos fisicamente.

Ele não tem mais pernas das coxas para baixo. Um olho, ou melhor, apenas um olho que funciona. O olho esquerdo está turvado por lesões e não acompanha exatamente o eixo do outro. O lado esquerdo de sua cabeça – ele quase não tem mais nada daquele adorável cabelo loiro de cinzas sopradas de que você se lembra, só uma penugem cortada à faca – é uma confusão de cicatrizes rosadas, em meio às quais você acha que a orelha cicatrizou fechando-se. As cicatrizes costuraram sua testa e sua bochecha e deixaram sua boca um pouco fora de prumo daquele lado.

No entanto, ele sai do posto de caça contorcendo-se com agilidade, andando com as mãos e erguendo o torso e os tocos das pernas com puro músculo enquanto o faz. Ele se sai muito bem em se locomover sem pernas; deve fazer algum tempo que vem fazendo isso. Ele chega até você antes que você consiga se levantar.

— É você mesmo. Pensei ter ouvido falar que você era só uma quatro anéis. Você realmente desfez a minha espiral com um golpe? Eu tenho seis anéis. Seis! Mas foi assim que eu soube, entende, você ainda *sensa* igual, ainda quieta por fora e ferrugentamente *furiosa* por dentro, é você mesmo.

Os outros sem-comu estão começando a descer, rastejando de seus pináculos e outros lugares semelhantes. Você fica tensa quando eles surgem... espantalhos magros, esfarrapados e fedidos, observando você através de óculos roubados ou de fabricação caseira e de máscaras feitas de panos transpassados que obviamente já foram a roupa de alguém. Porém, eles não atacam. Eles se reúnem e observam você e Maxixe.

Você observa enquanto ele a rodeia, voltando rapidamente à posição normal. Ele está vestindo camadas de farrapos de sem-comu com mangas compridas, mas você consegue ver como são grandes os músculos dos ombros e dos braços dele sob o tecido desgastado. O resto do corpo dele é magrelo. É doloroso ver a magreza do seu rosto, mas fica claro o que o corpo estabeleceu prioridades durante os longos meses de fome.

— Arkete — você diz, pois lembra que ele preferia o nome com o qual havia nascido.

Ele para de rodeá-la e a perscruta por um momento, com a cabeça inclinada. Talvez isso o ajude a ver melhor com apenas um olho bom. Mas a expressão no rosto dele a censura. Ele não é Arkete, da mesma forma como você não é Damaya. Coisas demais mudaram. Maxixe Beryl, então.

Mas ele comenta:

— Você lembrou. — Nesse momento de calmaria, esse olho na tempestade de palavras anterior, você vislumbra o rapaz atencioso e charmoso do qual se lembra, embora essa coincidência seja quase grande demais para digerir. A única coisa que seria mais estranha do que isso seria topar com... o irmão que você na verdade esqueceu que tinha até este exato momento. Qual era o nome dele? Pelos fogos da Terra, você se esqueceu disso também. Mas provavelmente não o reconheceria se o visse. Os grãos do Fulcro eram seus irmãos, se não de sangue, de dor.

Você chacoalha a cabeça para se concentrar e assente. Você está de pé agora, limpando as folhas soltas e as cinzas da bunda, embora de modo desajeitado devido ao peso do seu peito.

— Fico surpresa de ter lembrado também. Você deve ter causado uma boa impressão.

Ele sorri. É um sorriso torto. Só metade do rosto dele funciona como deveria.

— *Eu* esqueci. Pelo menos, me esforcei muito para esquecer.

Você cerra o maxilar, enrijecendo o corpo.

— Sinto… muito. — É inútil. Ele provavelmente não se lembra por que você sente muito.

Ele dá de ombros.

— Não importa.

— Importa sim.

— Não. — Ele desvia o olhar por um momento. — Eu deveria ter conversado com você depois. Não deveria ter te odiado do jeito que odiei. Não deveria ter deixado que ela, eles, me fizessem mudar. Mas deixei, e agora… nada disso importa.

Você sabe exatamente de que "ela" ele está falando. Depois daquele incidente com Colapso, um caso de bullying que expôs toda uma rede de grãos apenas tentando sobreviver e uma rede maior de adultos explorando o desespero deles… Você lembra. Maxixe Beryl voltando para o alojamento dos grãos um dia com as duas mãos quebradas.

— Melhor do que o que fizeram com Colapso — você murmura antes que lhe ocorra não dizer isso.

No entanto, ele aquiesce, nem um pouco surpreso.

— Fui a uma estação de ligação uma vez. Não era ela. Pelas ferrugens, vai saber no que eu estava pensando… Mas eu queria procurar em todas. Antes da Estação. — Ele solta uma risadinha entrecortada e amarga. — Eu nem gostava dela. Só precisava saber.

Você chacoalha a cabeça. Não que você não entenda o impulso; estaria mentindo se dissesse que não pensou nisso também, nos anos que se passaram depois que você descobriu a verdade. Ir a todas as Estações. Descobrir uma maneira de reparar seus sensapinae danificados e libertá-los. Ou matá-los como um gesto de gentileza; ah, você teria sido uma instrutora tão boa se o Fulcro algum dia houvesse lhe dado uma chance. Mas é claro que você não fez nada. E é claro que Maxixe Beryl também não fez nada para salvar os mantenedores das estações. Somente Alabaster conseguiu fazer isso.

Você respira fundo.

— Eu estou com eles — você diz, apontando com a cabeça para a estrada. — Você ouviu o que a chefe disse. Orogenes são bem-vindos.

Ele cambaleia um pouco, apoiado nos tocos e nos braços. É difícil ver o rosto dele no escuro.

— Eu consigo sensá-la. Ela é a *chefe*?

— É. E todos da comu sabem. Eles são... Esta comu é... — E você respira fundo. — *Nós*. Somos uma comu que está tentando fazer algo diferente. Orogenes e quietos. Sem matar uns aos outros.

Ele ri, o que provoca um pouco de tosse. As outras figuras esqueléticas riem também, mas é a tosse de Maxixe Beryl que a preocupa. É seca, curta, ruidosa; não soa nada bem. Ele vem respirando cinzas demais sem máscara. E é alta também. Você apostaria sua bolsa de fuga que os Caçadores estão por perto, observando e talvez prontos para atirar nele e no pessoal dele.

Ao final do acesso de tosse, ele inclina a cabeça na sua direção outra vez, com um olhar de divertimento.

— Estou fazendo a mesma coisa — ele diz de forma arrastada. Com o queixo, aponta para o pessoal reunido. — Esses ferrugentos ficam comigo porque não vou comê-los. Não mexem comigo porque vou matá-los se o fizerem. Aí está: coexistência pacífica.

Você olha para eles e franze as sobrancelhas. Difícil ver suas expressões.

— Mas eles não atacaram meu povo. — Ou estariam mortos.

— Não. Aquele foi o Olemshyn. — Ele dá de ombros, o que faz seu corpo todo se mexer. — É um bastardo mestiço de sanzed. Foi expulso de duas comus por "problemas de temperamento", ele disse. Ia acabar levando a gente à morte enquanto saqueava, então eu convidei qualquer um que quisesse viver e conseguisse me tolerar a me seguir, e a gente fez as coisas do nosso jeito. Este lado da floresta é nosso, aquele lado era deles.

Duas tribos sem-comu, não uma. Mas a de Maxixe Beryl mal se caracteriza como tal; só um punhado de pessoas além dele mesmo. Mas ele disse: aqueles que conseguissem viver com um rogga ficaram com ele. Simplesmente acontece que não foram muitas pessoas.

Maxixe Beryl se vira e sobe metade do caminho até o posto de caça de novo a fim de poder sentar e também para ficar à altura dos seus olhos. Ele dá outra tossida barulhenta devido ao esforço de fazer isso.

— Acho que ele estava esperando que eu atacasse vocês — continua ele quando a tosse se acalma. — É assim que costumamos fazer: eu os congelo, o grupo dele pega o que pode antes de eu e meu grupo chegarmos, todos nós conseguimos o suficiente para viver um pouco mais. Mas eu fiquei todo confuso com o que a sua chefe disse. — Ele desvia o olhar, chacoalhando a cabeça. — Olemshyn deve ter investido quando viu que eu não ia congelar vocês, mas, bem. Eu disse que ele ia acabar levando-os à morte.

— É.

— Já foi tarde. O que aconteceu com o seu braço? — Ele está olhando para você agora. Ele não tem como ver seu seio esquerdo, embora você esteja um pouco curvada para a esquerda. Ele dói e repuxa a carne.

— O que aconteceu com as suas pernas? — você contesta.

Ele dá um sorriso torto e não responde. Você também não.

— Então, não matar uns aos outros. — Maxixe Beryl chacoalha a cabeça. — E está funcionando mesmo?

— Até agora sim. De qualquer forma, estamos *tentando*.

— Não vai funcionar. — Maxixe Beryl se mexe outra vez e lança outro olhar para você. — Quanto lhe custou juntar-se a eles?

Você não responde "nada", porque, de qualquer modo, não é isso que ele está perguntando. Você consegue ver a barganha que ele fez pela sobrevivência aqui: as habilidades dele pela quantidade limitada de comida e pelo abrigo duvidoso dos saqueadores. Este bosque de pedras, esta armadilha mortal, é obra dele. Quantas pessoas ele matou pelos saqueadores dele?

Quantas você matou por Castrima?

Não é a mesma coisa.

Quantas pessoas havia no exército de Rennanis? Quantas você condenou a serem cozidas vivas por insetos? Quantos montes de cinzas se espalham por Castrima-de-cima agora, cada um com uma mão ou um pé com bota saindo para fora?

Pelas ferrugens, não é a mesma coisa. Eram eles ou vocês.

Exatamente como Maxixe Beryl, tentando sobreviver. Ele ou os outros.

Você cerra a mandíbula para silenciar essa discussão interna. Não há tempo para isso.

— Nós não podemos... — você tenta, depois muda. — Existem outras maneiras além de matar. Outras... A gente não tem que ser... isso. — As palavras de Ykka, desajeitadas e untadas com hipocrisia na sua boca. E será que essas palavras ainda são verdadeiras? Castrima não tem mais o geodo para forçar a cooperação entre orogenes e quietos. Talvez tudo desmorone amanhã.

Talvez. Mas até esse momento chegar, você se obriga a terminar.

— Nós não temos que ser o que fizeram de nós, Maxixe Beryl.

Ele chacoalha a cabeça, olhando para as folhas soltas.

— Você se lembra desse nome também.

Você passa a língua pelos lábios.

— É. Meu nome é Essun.

Ele franze um pouco a testa ao ouvir isso, talvez porque não seja baseado em nome de pedra. Foi por esse motivo que você o escolheu. Mas ele não questiona. Em vez disso, suspira.

— Pelas ferrugens, olhe para mim, Essun. *Escute* as pedras no meu peito. Mesmo que a sua chefe aceite metade de um rogga, eu não vou durar muito mais tempo. Além disso... — Como está sentado, pode usar as mãos: ele faz um gesto, apontando as outras figuras semelhantes a espantalhos.

— Nenhuma comu vai nos deixar entrar — diz uma das figuras menores. Você acha que é a voz de uma mulher, mas está tão rouca e cansada que você não consegue distinguir. — Nem me venha com essa.

Você se mexe, desconfortável. A mulher está certa: Ykka poderia estar disposta a aceitar um rogga sem-comu, mas não o resto. Mas você nunca consegue adivinhar o que Ykka vai fazer.

— Eu posso perguntar.

Risadinhas por toda parte, esvaídas, tênues e cansadas. Mais algumas tossidas ruidosas além da de Maxixe Beryl.

Essas pessoas quase morreram de fome, e metade delas está doente. É uma tentativa inútil. No entanto. Para Maxixe Beryl você diz:

— Se você não vier com a gente, vai morrer aqui.

— O pessoal de Olemshyn ficava com a maior parte dos suprimentos. A gente vai lá pegar. — Essa frase termina com uma pausa: o lance inicial em uma barganha. — Ou aceitam todos nós, ou nenhum.

— Depende da chefe — você responde, recusando-se a se comprometer. Mas você reconhece uma negociação quando a ouve. A orogenia dele, treinada pelo Fulcro, em troca da adesão dele e do grupo à comu, com os suprimentos dos saqueadores tornando o trato mais atraente. E ele está totalmente preparado para ir embora se Ykka não aceitar o preço inicial. Isso incomoda você. — Também vou falar bem do seu caráter, ou pelo menos do seu caráter de trinta anos atrás.

Ele sorri um pouco. É difícil não ver esse sorriso como condescendente. *Olhe para você, tentando transformar esta situação em algo mais do que ela é.* Você provavelmente está projetando essa interpretação.

— Também sei um pouco sobre a área. Talvez seja útil, já que vocês obviamente estão indo para algum lugar. — Ele aponta o queixo para a luz refletindo nos penhascos mais próximos à estrada. — Vocês *estão* indo a algum lugar?

— Rennanis.

— Idiotas.

O que significa que o exército de Rennanis deve ter passado pela área rumo ao sul. Você se permite sorrir.

— Idiotas mortos.

— Hum. — Ele aperta o olho bom. — Eles vêm destruindo comus por toda a região. É por isso que passamos por tempos tão difíceis: não havia caravanas para saquear depois que os rennanianos terminaram. Mas eu *sensei* alguma coisa estranha na direção para onde eles foram.

Ele se cala, observando você, porque é claro que ele sabe. Qualquer rogga com anéis deveria ter sensado a atividade do Portão do Obelisco quando você terminou a guerra entre Rennanis e Castrima de forma tão decisiva. Eles poderiam não saber o que estavam sensando e, a menos que tivessem domínio de magia, não teriam notado o ocorrido em sua totalidade mesmo que soubessem, mas teriam ao menos percebido a repercussão.

— Aquilo... fui eu — você revela. É surpreendentemente difícil de admitir.

— Pelas ferrugens da Terra, Da... Essun. Como?

Você respira fundo. Estende a mão para ele. Tantas coisas do seu passado continuam voltando para assombrá-la. Você nunca consegue se esquecer de onde é porque, em nome das ferrugens, seu passado não *deixa*. Mas talvez Ykka tenha a mentalidade certa. Você pode rejeitar esses resquícios do seu antigo eu e fingir que mais nada ou ninguém importa... ou você pode acolhê-los. Reivindicá-los por qualquer valor que agreguem e se tornar mais forte como um todo.

— Vamos conversar com Ykka — você diz. — Se ela adotar você... e o seu pessoal, eu sei... te conto tudo. — E, se ele não tomar cuidado, você vai acabar ensinando-o como fazer isso também. Ele é um seis anéis, afinal. Se você falhar, alguém terá que assumir a responsabilidade.

Para sua surpresa, ele olha para a sua mão com algo semelhante a cautela.

— Não tenho certeza se quero saber de *tudo*.

Isso faz você sorrir.

— Não quer mesmo.

Ele dá um sorriso torto.

— Você também não vai querer saber de tudo o que aconteceu comigo.

Você inclina a cabeça.

— Combinado, então. Só as partes boas.

Ele dá um sorriso largo. Está faltando um dos dentes.

— É um relato curto demais até para criar uma boa história de sabedoristas populares. Ninguém compraria uma história assim.

Mas. Então ele apoia o peso do lado esquerdo e ergue a mão direita. A pele é grossa como um chifre, tem mais calos que se poderia imaginar e está imunda. Você limpa a mão na roupa sem pensar depois. O pessoal dele dá risada disso.

Então, você o conduz de volta em direção a Castrima, para a luz.

✦ ✦ ✦

2470: Antárticas. Um sumidouro maciço começou a aparecer embaixo da cidade de Bendine (a comu morreu pouco depois). Isso ocorreu devido ao solo cárstico, não a movimentos sísmicos, mas o afundamento da cidade gerou ondas que orogenes do Fulcro Antártico detectaram. A partir do Fulcro, de algum modo colocaram a cidade inteira numa posição mais estável, salvando a maior parte da população. Registros do Fulcro mencionam que salvar essa comu matou três orogenes seniores.

— *Notas do projeto de Yaetr Inovador Dibars*

6

Nassun faz o próprio destino

A viagem de um mês até a ruína da civextinta de Aço transcorre sem incidentes para os padrões de uma viagem durante uma Estação. Nassun e Schaffa têm ou encontram comida suficiente para se sustentar, embora os dois comecem a perder peso. O ombro de Nassun cicatriza sem problemas, embora ela fique febril e fraca por dois dias em certo momento e, nesses dias, Schaffa decide parar para descansar mais cedo do que ela acha que ele pararia normalmente. No terceiro dia, a febre desaparece, a ferida começa a cicatrizar e eles retomam a caminhada.

Quase não encontram mais ninguém na estrada, embora isso não seja de surpreender com um ano e meio de Estação. Qualquer pessoa ainda sem comu a essa altura se juntou a um bando de saqueadores, e não deve haver restado muitos desses bandos – apenas os mais violentos, ou aqueles que passem algum tipo de limite que vá além da selvageria e do canibalismo. A maioria deles deve ter ido para o norte, para as Latmedianas do Sul, onde há comus para atacarem. Nem mesmo os saqueadores gostam das Antárticas.

A solidão quase total convém a Nassun em mais de um sentido. Não há outros Guardiões com os quais ter cautela. Não há habitantes de comus cujos temores irracionais os obriguem a fazer planos. Nem mesmo outras crianças orogenes; Nassun sente falta dos outros, sente falta das conversas e da camaradagem que teve com eles por um período de tempo tão curto, mas, no final das contas, ela se ressentia da quantidade de tempo e atenção que Schaffa tinha que dar a elas. Ela tem idade suficiente para saber que é infantilidade ter ciúmes desse tipo de coisa. (Seus pais também mimavam Uche, mas ficou horrivelmente óbvio agora que receber mais atenção não é necessariamente favoritismo.) Não significa que ela não esteja feliz, e ávida, pela oportunidade de ter Schaffa só para ela.

O tempo que passam juntos é amigável, e em grande parte silencioso, durante o dia. À noite eles dormem, juntos e encolhidos contra o frio mais intenso, seguros porque Nassun demonstrou confiavelmente que a menor mudança no ambiente ou a mais leve pisada no chão ao redor é suficiente para acordá-la. Às vezes Schaffa não dorme; ele tenta, mas fica deitado, estremecendo minimamente, recuperando o fôlego de quando em quando com contrações musculares meio reprimidas, tentando não perturbá-la em sua silenciosa agonia. Quando ele dorme, é um sono esporádico e superficial. Às vezes Nassun também não dorme, sofrendo em calada empatia.

Então ela resolve fazer alguma coisa quanto a isso. É aquela coisa que ela aprendeu a fazer lá em Lua Encontrada, embora em menor grau: ela às vezes deixa o pequeno núcleo pétreo dos sensapinae dele pegar um pouco do prateado dela. Ela não sabe por que funciona, mas se lembra de ver todos os Guardiões de Lua Encontrada pegando um pouco de prateado de seus tutelados e expirando depois, como se aliviasse alguma coisa dentro deles o fato de dar ao núcleo pétreo outra pessoa para roer.

Schaffa, entretanto, não pegou o prateado dela nem de mais ninguém desde o dia em que ela ofereceu todo o seu prateado a ele – o dia em que ela percebeu a verdadeira natureza do fragmento de metal no cérebro dele. Ela acha que talvez tenha entendido por que ele parou. Algo mudou entre eles aquele dia, e ele não consegue mais se alimentar dela como um parasita. Mas é por isso que Nassun lhe dá magia furtivamente agora. Porque algo mudou entre eles, e ele não é um parasita se ela precisa dele também, e se ela lhe dá o que ele não quer pegar.

(Em breve, ela aprenderá a palavra "simbiose" e aquiescerá, feliz por ter enfim um nome para isso. Mas, muito antes, ela já terá decidido que "família" serve.)

Quando Nassun dá a Schafa o seu prateado, embora ele esteja dormindo, o corpo dele o absorve tão rápido que ela precisa tirar logo a mão para evitar perder muito. Ela só pode ceder algumas partículas. Um pouco mais e será ela quem se sentirá cansada e incapaz de viajar no dia seguinte. Mas até mesmo essa quantia mínima é o bastante para deixá-lo dormir – e, à medida que os dias se passam, Nassun percebe que está produzindo mais prateado de algum modo. É uma mudança bem-vinda: agora ela consegue aliviar melhor a dor dele sem ficar exausta. Toda vez que vê Schaffa cair em um sono profundo e pacífico, ela se sente orgulhosa e boa, embora saiba que não é. Não importa. Ela está determinada a ser uma filha melhor para Schaffa do que foi para Jija. Tudo será melhor até o fim.

Schaffa às vezes conta histórias à noite, enquanto o jantar está cozinhando. Nelas, a Yumenes do passado é um lugar maravilhoso e estranho, tão exótico quanto o fundo do mar. (É sempre a Yumenes do passado. A Yumenes recente está perdida para ele, junto com as lembranças do Schaffa que ele havia sido.) Até a ideia de Yumenes é difícil para Nassun compreender: milhões de pessoas, nenhuma delas fazendeiras nem mineiras nem nada que se encaixe naquilo que a experiência dela contempla, muitas obcecadas com estranhos modismos e políticas e alinhamentos bem mais complexos do que os de casta ou raça. Líderes, mas também as famílias da elite da Liderança Yumenescense. Costas-fortes dos sindicatos e sem sindicatos, variando devido às suas conexões e segurança financeira. Inovadores de famílias muito antigas que competiam para serem mandadas para a Sétima Universidade e Inovadores que apenas construíam e consertavam bugigangas nas favelas da cidade. É estranho perceber que boa parte da estranheza de Yumenes se devia simplesmente ao fato de que ela durou tanto. Ela *tinha* famílias antigas. Livros em suas bibliotecas que eram mais antigos do que Tirimo. Organizações que lembravam, e vingavam, ofensas pequenas de três ou quatro Estações atrás.

Schaffa também lhe conta sobre o Fulcro, embora não muito. Há outra lacuna na memória aqui, tão profunda e insondável quanto um obelisco... embora Nassun não consiga deixar de sondar suas bordas. É um espaço que sua mãe um dia habitou, afinal, e, apesar de tudo, isso a fascina. Mas Schaffa se lembra muito pouco de Essun, mesmo quando Nassun arranja coragem para fazer perguntas diretas sobre o assunto. Ele tenta responder, mas sua fala fica hesitante e a expressão que perpassa seu rosto é sofrida, preocupada, mais pálida do que de costume. Portanto, ela se obriga a fazer essas perguntas devagar, com um intervalo de horas ou dias entre uma e outra, para lhe dar tempo de se recuperar. O que ela descobre é pouco mais do que o que já havia adivinhado sobre a mãe e o Fulcro e a vida antes da Estação. Não obstante, ouvir sobre essas coisas ajuda.

Os quilômetros se passam assim, lembrando coisas e contornando a dor.

As condições nas Antárticas ficam piores a cada dia. A chuva de cinzas não é mais intermitente e a paisagem começou a se transformar em uma natureza morta, com colinas e espinhaços e plantas moribundas esculpidas em branco acinzentado. Nassun começa a sentir falta de ver o sol. Uma noite, eles ouvem os grunhidos do que deve ser a farra de um grande kirkhusa caçando, embora, felizmente, o som seja distante. Um dia, eles passam por um lago cuja superfície tem um tom de cinza espelhado devido às cinzas que flutuam; a água sob a superfície é perturbadoramente parada, considerando que o lago é alimentado por uma correnteza rápida. Embora seus cantis tenham pouca água, Nassun olha para Schaffa, e Schaffa assente, concordando de forma silenciosa e prudente. Visivelmente, não há nada de errado, mas... bem. Sobreviver a uma Estação é uma questão de ter os instintos certos tanto quanto de ter as ferramentas certas. Eles evitam a água parada, e sobrevivem.

Na noite do vigésimo nono dia, eles chegam a um lugar onde a Estrada Imperial se transforma abruptamente em um platô e dá uma guinada repentina para o sul. Nassun sensa que a estrada margeia algo que parece um pouco a borda de uma cratera. Eles chegaram à crista que contorna essa região circular e estranhamente plana, e a estrada segue o cume, formando um arco em torno da área do antigo dano sofrido, retomando seu trajeto em direção ao oeste do outro lado. Mas, no meio do caminho, Nassun enfim contempla uma maravilha.

O Beiço do Velho é um estratovulcão; uma caldeira dentro de uma caldeira. Este é incomum por ser tão formado com tanta perfeição: segundo o que Nassun leu, em geral a caldeira mais antiga, a externa, fica muito danificada pela erupção que cria a caldeira mais recente, a interna. Nesse caso, a caldeira externa está intacta, formando um círculo quase perfeito, embora tenha sofrido bastante erosão pelo tempo e tenha sido coberta por uma floresta; Nassun não consegue ver além da vegetação, na verdade, embora consiga sensá-la com clareza. A caldeira interna é um pouco mais oblonga e brilha tanto a distância que Nassun consegue adivinhar o que aconteceu sem nem precisar sensar. A erupção deve ter sido tão quente, pelo menos em determinado momento, que a formação geológica inteira quase se destruiu. O que sobrou se transformou em vidro, naturalmente temperado o bastante a ponto de nem mesmo séculos de desgaste causarem muito estrago. O vulcão que criou o estratovulcão está extinto agora, sua antiga câmara de magma há muito esvaziada, sem sobrar nem um bocadinho de calor. Um dia, porém, o Beiço foi o local de uma perfuração verdadeiramente impressionante – e horrorosa – na crosta do planeta.

Conforme as instruções de Aço, eles acampam durante a noite a um par de quilômetros do Beiço. De madrugada, Nassun acorda, ouvindo um guincho distante, mas Schaffa a acalma.

— Venho ouvindo isso de vez em quando — diz o Guardião por sobre o crepitar do fogo. Ele insistiu em montar guarda dessa vez, então Nassun ficou com o primeiro turno. — Algo na floresta do Beiço. Não parece estar vindo para cá.

Ela acredita nele. Mas nenhum dos dois dorme bem aquela noite.

De manhã, eles se levantam antes do alvorecer e começam a percorrer a estrada. À luz do começo da manhã, Nassun contempla a dupla cratera ilusoriamente inerte diante deles. De perto, é mais fácil ver que há fissuras nas paredes internas da caldeira a distâncias regulares; alguém pretendia que pessoas pudessem entrar. O solo da caldeira externa está completamente coberto, porém, por uma floresta de plantas amarelo-esverdeadas e ondulantes similares a árvores, que aparentemente sufocou todas as outras formas de vegetação na área. Não dá para sensar nem mesmo o rastro de caça nessa floresta.

A verdadeira surpresa, contudo, está embaixo do Beiço.

— A ruína de civextinta de Aço — ela diz. — É *subterrânea*.

Schaffa olha para ela, surpreso, mas não contesta.

— Na câmara de magma?

— Talvez? — Nassun também não consegue acreditar a princípio, mas o prateado não mente. Ela nota mais uma coisa estranha quando expande sua consciência sensual daquela área. O prateado reflete as perturbações da topografia e da floresta aqui – do mesmo modo que o faz em toda parte. No entanto, aqui o prateado é mais brilhante, de alguma forma, e parece fluir com mais facilidade de planta para planta e de pedra para pedra. Esses prateados se combinam para se tornarem fluxos maiores e deslumbrantes que correm juntos como riachos até a ruína repousar sobre um lago de luz cintilante e agitada. Ela não consegue distinguir os detalhes, há tantos... só um espaço vazio e a impressão de edifícios. É enorme esta ruína. Uma cidade como nenhuma cidade que Nassun já sensou.

Mas ela sensou esse turbilhão torrencial de prateado antes. Não consegue deixar de se virar para o safira vagamente visível a alguns quilômetros de distância. Eles ganharam distância do obelisco, mas ele continua seguindo-os.

— É — responde Schaffa. Ele esteve observando-a sem perder nada enquanto ela fazia as conexões. — Eu não me lembro desta cidade, mas sei de outras como esta. Os obeliscos foram feitos em lugares assim.

Ela chacoalha a cabeça, tentando entender tudo aquilo.

— O que aconteceu com esta cidade? Deve ter tido muita gente aqui um dia.

— A Estação do Estilhaçamento.

Ela inspira. Já ouviu falar dessa Estação, claro, e acreditou nela como as crianças acreditam. Lembra de ter visto o desenho de um artista sobre esse acontecimento em um dos seus livros da creche: raios e pedras caindo do céu, fogo surgindo do chão, figuras humanas minúsculas correndo, condenadas.

— Então foi assim? Um grande vulcão?

— Foi assim *aqui*. — Schaffa contempla a floresta ondulante. — Em outras partes, foi diferente. A Estação do Estilhaçamento se constituiu de cem Estações diferentes, Nassun, por todo o mundo, todas acontecendo de uma vez. É de admirar que uma parte da humanidade tenha sobrevivido.

Do jeito como ele está falando... Parece impossível, mas Nassun morde o lábio.

— O senhor estava... o senhor se lembra?

Ele olha para Nassun, surpreso, depois sorri de um modo que é igualmente cansado e mordaz.

— Não. Acho... *desconfio* que eu tenha nascido algum tempo depois, embora não tenha provas disso. Mas, mesmo que pudesse me lembrar da Estação do Estilhaçamento, estou bastante seguro de que não ia querer lembrar. — Ele suspira, depois chacoalha a cabeça. — O sol nasceu. Vamos pelo menos encarar o futuro e deixar o passado por conta do passado. — Nassun aquiesce, e eles saem da trilha e entram na floresta.

As árvores são coisas estranhas, com folhas compridas e finas, como navalhas de capim alongadas, e troncos estreitos e flexíveis que não crescem a mais de meio metro de distância uns dos outros. Em alguns pontos, Schaffa tem que parar e afastar duas ou três árvores para eles poderem passar. Entretanto, isso dificulta seu avanço e, em pouco tempo, Nassun está sem fôlego. Ela para, pingando de suor, mas Schaffa segue em frente.

— Schaffa — diz ela, prestes a pedir uma pausa.

— Não — retruca ele, afastando outra árvore com um grunhido. — Lembre-se do aviso do comedor de pedra, pequenina. Devemos chegar ao centro da floresta ao cair da noite. Agora ficou claro que precisaremos de cada momento desse tempo.

Ele está certo. Nassun engole em seco, começa a respirar mais fundo para poder ser mais eficaz e depois volta a avançar floresta adentro com ele.

Ela desenvolve um ritmo trabalhando com ele. É boa em encontrar os caminhos mais rápidos em que não precisam afastar árvores e, quando encontra, ele a segue. Quando esses caminhos terminam, porém, ele empurra e chuta e quebra árvores até desobstruir a passagem, ao passo que ela segue. Ela consegue recuperar o fôlego durante essas breves paradas, mas nunca é suficiente. Começa a sentir uma fisgada do lado do corpo. Começa a ter dificuldade de enxergar porque as folhas das árvores ficam soltando um pouco de cabelo dos dois coques, e o suor fez os cachos se alongarem e caírem nos olhos. Ela quer desesperadamente descansar por mais ou menos uma hora. Beber um pouco de água. Comer alguma coisa. No entanto, as nuvens lá em cima ficam mais cinzentas à medida que as horas passam e vai ficando cada vez mais difícil dizer quanto de luz do dia ainda resta.

— Eu posso... — tenta Nassun a certa altura, tentando pensar em como pode usar orogenia, ou o prateado, ou *alguma coisa*, para desobstruir o caminho.

— Não — responde Schaffa, intuindo de algum modo o que ela teria dito. Ele tirou um punhal de vidro preto de algum lugar. Não é uma faca útil para esta situação, embora ele a tenha tornado útil apunhalando cada um dos troncos de árvore antes de derrubá-los com um chute. Isso as faz quebrar com mais facilidade. — Congelar essas árvores tornaria mais difícil passar por elas, e um tremor poderia fazer a câmara de magma embaixo de nós desmoronar.

— O p-prateado, então...

— Não. — Ele para apenas por um instante e se vira para lançar-lhe um olhar duro. Ele não está com a respiração mais pesada, ela nota com grande decepção, embora haja um leve brilho de suor em sua testa. O fragmento de metal o castiga, mas relutantemente ainda lhe dá mais força. — Outros Guardiões podem estar por perto, Nassun. É improvável a esta altura, mas ainda é possível.

A única coisa que Nassun consegue fazer é procurar outra pergunta, porque essa pausa momentânea está lhe dando tempo para recuperar o fôlego.

— Outros Guardiões? — Ah, mas Schaffa falou que todos eles vão para um lugar durante uma Quinta Estação e que é através dessa *estação* sobre a qual Aço lhes falou que eles fazem isso. — O senhor se lembra de alguma coisa?

— De nada mais, infelizmente. — Ele sorri um pouco, de propósito, como se soubesse o que ela está fazendo. — Só que é assim que chegamos lá.

— Chegamos aonde?

O sorriso dele desvanece, sua expressão assumindo aquele vazio familiar e perturbador durante o mais breve instante.

— Garantia.

Só então ela se lembra que o nome completo dele é *Schaffa Guardião Garantia*. Nunca lhe ocorreu perguntar-se onde ficava a comu de Garantia. Mas o que significa o fato de que o caminho para Garantia está em uma cidade enterrada?

— P-por que...

Ele chacoalha a cabeça então, endurecendo a expressão.

— Pare de enrolar. Com esta luz baixa, nem todos os caçadores noturnos vão esperar pela noite. — Ele olha para o céu com uma expressão apenas ligeiramente irritada, como se não ameaçasse suas vidas.

É inútil reclamar que ela já está prestes a desfalecer. É uma Estação. Se ela desfalecer, morre. Então ela se obriga a passar pela fresta que ele abriu e começa a procurar pelo melhor caminho outra vez.

No final das contas, eles conseguem, o que é bom porque, caso contrário, essa se tornaria a história bastante direta de como você descobre que sua filha morreu e deixa o mundo murchar em meio à sua tristeza.

Não chega nem perto disso. De repente, o último trecho de grossas árvores-capim diminui, revelando uma passagem talhada de maneira uniforme no círculo da caldeira interna. As paredes da passagem são bastante elevadas, embora não parecessem tão altas de longe, e a passagem em si é larga o bastante para comportar duas carruagens puxadas por cavalos viajando lado a lado sem aperto. As paredes dessas passagens são cobertas por musgos e algum tipo de vinha arborizada, esta última felizmente morta porque, de outra forma, poderia enredá-los e atrasar seu avanço ainda mais. Em vez disso, eles prosseguem rapidamente, quebrando os galhos secos, e então, de repente, Nassun e Schaffa saem da passagem e topam com uma laje de um material perfeitamente branco que não é nem metal nem pedra. Nassun já viu algo parecido antes, perto de outras ruínas de civextintas; às vezes essa coisa brilha de leve à noite. Essa laje em particular preenche todo o espaço dentro da caldeira interna.

Aço lhes disse que a ruína da civextinta ficava ali no centro... mas a única coisa que Nassun vê diante deles é uma delicada espiral ascendente de metal, ao que parece encaixada diretamente no material branco. Ela fica tensa, tão desconfiada de coisas novas quanto qualquer sobrevivente da Estação. Schaffa, contudo, caminha até lá sem hesitar. Ele para ao lado da estrutura e, por um instante, surge uma expressão estranha em seu rosto, que Nassun supõe ser causada pelo conflito momentâneo entre o que o corpo dele fez por hábito e o que a mente dele não consegue lembrar... mas então ele põe uma das mãos no cacho que há na ponta do metal.

Formas planas e linhas de luz de repente aparecem do nada na pedra ao redor deles. Nassun arqueja, mas elas não fazem nada além de prosseguir e acender outras, espalhando-se e brilhando até uma forma quase retangular se soerguer da pedra aos pés de Schaffa. Segue-se um ligeiro zunido quase inaudível que faz Nassun estremecer e olhar descontroladamente à volta, mas, um instante depois, o material branco diante de Schaffa desvanece. Ele não desliza para o lado, nem abre uma porta; simplesmente some. Mas é uma entrada, Nassun percebe de súbito.

— E aqui estamos — murmura Schaffa. Ele próprio soa um pouco surpreso.

Depois da entrada, há um túnel que faz uma curva gradual, descendo chão adentro e fora de vista. Estreitos painéis retangulares de luz beiram cada lado dos degraus, iluminando o caminho. O pedaço de metal recurvado é um corrimão, ela vê agora, sua percepção se reorientando enquanto ela anda para ficar ao lado de Schaffa. Algo em que se segurar enquanto se desce até as profundezas.

Em uma parte distante da floresta de capim que eles acabaram de atravessar, ouve-se um rangido estridente que Nassun identifica de imediato como o de um animal. Quitinoso, talvez. Uma versão mais próxima e mais alta dos guinchos que eles ouviram na noite anterior. Ela estremece e olha para Schaffa.

— Alguma espécie de gafanhoto, creio eu — ele comenta. Ele tem o maxilar cerrado ao olhar para a passagem que acabaram de atravessar, embora nada se mexa... ainda. — Ou cigarras, talvez. Agora entre. Eu já vi algo parecido com esse mecanismo; ele deve se fechar depois que entrarmos.

Ele faz um gesto para ela ir primeiro para que ele possa proteger a retaguarda. Nassun respira fundo e lembra a si mesma que isso é o que é necessário para criar um mundo que não causará dor a mais ninguém. Depois, ela desce as escadas trotando.

Os painéis de luz acendem cinco ou seis degraus à frente à medida que ela avança, e também apagam três degraus atrás. Quando estão alguns metros abaixo, exatamente como Schaffa havia previsto, o material branco que cobria o compartimento da escada reaparece, interrompendo os demais guinchos vindos da floresta.

Então não resta mais nada além da luz, das escadas e da cidade há muito esquecida em algum lugar lá embaixo.

✦　　✦　　✦

2699: DOIS JAQUETAS PRETAS DO FULCRO FORAM CHAMADOS À COMU DE DEEJNA (DISTRITANTE DE UHER, COSTEIRAS DO OESTE, PERTO DO DERRAME DE BASALTO DE KIASH) QUANDO O MONTE IMHER MOSTROU SINAIS

DE ERUPÇÃO. OS JAQUETAS PRETAS INFORMARAM OS FUNCIONÁRIOS DA COMU QUE A ERUPÇÃO ERA IMINENTE E QUE PROVAVELMENTE SE ALASTRARIA POR TODO O COMPLEXO DE MONTANHAS DE KIASH, INCLUSIVE O LOUCURA (NOME LOCAL PARA O SUPERVULCÃO QUE PROVOCOU A ESTAÇÃO DA LOUCURA; O IMHER FICA NO MESMO PONTO QUENTE). DEPOIS DE DETERMINAR QUE O MONTE IMHER ESTAVA ALÉM DA CAPACIDADE DELES DE DISSIPAR TAL FENÔMENO, OS JAQUETAS PRETAS – UM DE TRÊS ANÉIS, O OUTRO SUPOSTAMENTE DE SETE, EMBORA NÃO USASSE ANÉIS POR ALGUM MOTIVO – TENTARAM MESMO ASSIM DEVIDO AO FATO DE QUE NÃO HAVIA TEMPO SUFICIENTE PARA MANDAR BUSCAR UM OROGENE IMPERIAL DE MAIOR CLASSIFICAÇÃO. ELES CONSEGUIRAM ACALMAR A ERUPÇÃO POR TEMPO SUFICIENTE ATÉ QUE UM OROGENE IMPERIAL SÊNIOR DE NOVE ANÉIS CHEGASSE E O COLOCASSE DE VOLTA EM ESTADO DE DORMÊNCIA. (O TRÊS ANÉIS E O SETE ANÉIS FORAM ENCONTRADOS DE MÃOS DADAS, CARBONIZADOS, CONGELADOS.)

— *NOTAS DO PROJETO DE YAETR INOVADOR DIBARS*

SYL ANAGIST: TRÊS

Fascinante. Tudo isso fica mais fácil de lembrar com a narração... ou talvez eu ainda seja humano, afinal.

✦   ✦   ✦

A princípio, nossa excursão a campo é apenas o ato de andar pela cidade. Passamos os breves anos desde a nossa decantação inicial imersos em sensuna, o senso de energia em todas as suas formas. Uma caminhada do lado de fora nos força a prestar mais atenção em nossos sentidos mais inferiores e, de início, isso é avassalador. Nós hesitamos diante da elasticidade das calçadas de fibras comprimidas sob os nossos sapatos, tão diferente da madeira envernizada dos alojamentos. Espirramos tentando respirar o ar cheio de odores de vegetação pisada, subprodutos químicos e milhares de expirações. O primeiro espirro leva Dushwha às lágrimas. Tapamos os ouvidos para tentar, sem sucesso, obstruir muitas vozes falando e paredes rangendo e folhas farfalhando e maquinário gemendo a distância. Bimniwha tenta gritar por sobre todo esse barulho e Kelenli precisa parar e acalmá-la antes de ela tentar falar normalmente outra vez. Eu me abaixo e solto um gemido de medo dos pássaros que repousam em um arbusto próximo, e sou o mais calmo de nós.

O que nos tranquiliza enfim é ter a chance de contemplar toda a beleza do fragmento plutônico ametista. É uma coisa impressionante, pulsando com aquele lento fluxo de magia do alto do coração da cidade-estação. Todas as estações de ligação de Syl Anagist se adaptaram de forma singular para se adequar ao clima local. Ouvimos falar de estações de ligação no deserto nas quais os edifícios são feitos com suculentas gigantes enrijecidas; estações de ligação no oceano construídas com corais projetados para crescerem e morrerem sob comando. (A vida é sagrada em Syl Anagist, mas às vezes a morte é necessária.) A nossa estação – a estação de ligação do ametista – foi um dia uma floresta primária, então não consigo deixar de pensar que algo da majestade das antigas árvores está no grande cristal. Com certeza isso o torna mais imponente e forte do que outros fragmentos da máquina! Essa sensação é completamente irracional, mas olho para os rostos dos meus companheiros afinadores enquanto olhamos para o fragmento ametista e vejo o mesmo amor ali.

(Contaram-nos histórias de como o mundo era diferente muito tempo atrás. Houve uma época em que as cidades em si não eram apenas mortas, selvas de pedra e metal que não cresciam nem mudavam, mas na verdade eram mortais, envenenando o solo e tornando a água impotável e até mesmo mudando o clima com a sua própria existência. Syl Anagist é melhor, mas não sentimos nada quando pensamos na cidade-estação em si. Ela não significa nada para nós; edifícios cheios de gente que não conseguimos verdadeiramente entender, cuidando de coisas que deveriam importar, mas não importam. Mas os fragmentos? Nós ouvimos suas vozes. Cantamos sua canção mágica. O ametista é parte de nós, e nós somos parte dele.)

— Vou mostrar a vocês três coisas durante este passeio — diz Kelenli quando olhamos para o ametista por tempo suficiente para nos acalmarmos. — Essas coisas foram examinadas pelos condutores, caso isso tenha importância para vocês. — Ela olha para Remwha de modo ostensivo quando diz isso, já que foi ele quem fez o maior escândalo por ter que vir a esse passeio. Remwha finge um suspiro de tédio. Os dois são excelentes atores perante os guardas que nos observam.

Depois, Kelenli nos conduz adiante outra vez. É um contraste tão grande, o comportamento dela e o nosso. Ela caminha com facilidade, a cabeça erguida, ignorando tudo o que não é importante, irradiando confiança e calma. Atrás dela, nós começamos-e-paramos-e-corremos, todos timidamente desajeitados, distraídos com tudo. As pessoas ficam olhando, mas não acho que seja de fato a nossa brancura que lhes parece tão estranha. Acho que nós simplesmente parecemos tolos.

Sempre fui orgulhoso, e o fato de acharem graça me irrita, então me endireito e tento caminhar como Kelenli, embora isso signifique ignorar muitas das maravilhas e das potenciais ameaças à minha volta. Gaewha também percebe, e tenta imitar nós dois. Remwha vê o que estamos fazendo e parece incomodado, enviando uma pequena ondulação pelo ambiente: *Nunca seremos nada a não ser estranhos para eles.*

Respondo com uma irritada pulsação baixa de onda de pressão. *Isso não é sobre eles.*

Ele suspira, mas começa a me imitar também. Os outros seguem o exemplo.

Fomos ao distritante mais ao sul da cidade-estação, onde o ar está impregnado de ligeiros odores de enxofre. Kelenli explica que esse cheiro se deve às plantas de reciclagem de resíduos, que ficam mais densas aqui para onde os encanamentos trazem a água cinza da cidade para perto da superfície. As plantas tornam a água limpa outra vez e espalham folhagens grossas e saudáveis sobre as ruas para resfriá-las, como foram projetadas para fazer... mas nem mesmo os melhores genegenheiros conseguem evitar que as plantas que vivem de resíduos tenham um pouco do odor daquilo de que se alimentam.

— Você pretende nos mostrar a infraestrutura dos resíduos? — Remwha pergunta a Kelenli. — Eu já me sinto mais contextualizado.

— Não exatamente — retruca Kelenli.

Ela vira em uma esquina e então há um edifício morto à nossa frente. Todos nós paramos e olhamos. A hera sobe pelas paredes desse edifício – que são feitas de algum tipo de argila vermelha em formato de tijolos – e em torno de alguns dos seus pilares, que são de mármore. Exceto pela hera, porém, não há *nada* vivo no edifício. Ele é raso e baixo e tem o formato de uma caixa retangular. Não conseguimos sensar nenhuma pressão hidroestática sustentando as paredes; ele deve usar amarrações químicas e de força para mantê-las eretas. As janelas são feitas apenas de vidro e metal, e não vejo nenhum nematocisto crescendo sobre suas superfícies. Como eles mantêm em segurança qualquer coisa lá dentro? As portas são de madeira morta, de um marrom avermelhado escuro e polido, com gravuras de heras esculpidas; lindo, surpreendentemente. Os degraus são de uma suspensão de areia de um monótono branco tostado. (Séculos antes, as pessoas chamavam isso de "concreto".) A coisa toda é incrivelmente obsoleta... no entanto, está intacta e funciona e, por conseguinte, é fascinante por sua singularidade.

— É tão... simétrico — diz Bimniwha, curvando um pouco o lábio.

— É — responde Kelenli. Ela parou diante desse edifício para nos deixar observá-lo. — Mas houve um tempo em que as pessoas achavam que esse tipo de coisa era bonito. Vamos. — Ela começa a andar.

Remwha olha para ela.

— O quê, lá para dentro? A estrutura dessa coisa é segura?

— É. E sim, nós vamos entrar. — Kelenli para e olha para ele, talvez surpresa em perceber que pelo menos parte de sua relutância não era fingimento. Através do ambiente, sinto que ela o toca, que o tranquiliza. Remwha é mais idiota quando está com medo ou com raiva, então o reconforto ajuda; a agitação pontiaguda dos nervos dele começa a se acalmar. Entretanto, ela ainda tem que fazer o teatrinho para os nossos observadores. — Embora eu suponha que você possa ficar do lado de fora, se quiser.

Ela olha para os seus dois guardas, o homem e a mulher de pele marrom que ficam perto dela. Eles não se mantiveram afastados do nosso grupo, ao contrário dos outros guardas que vislumbramos de vez em quando, margeando os arredores.

A Guarda faz cara feia para ela.

— Você sabe que não.

— Foi uma ideia. — Então Kelenli dá de ombros e faz um gesto com a cabeça, apontando o edifício, falando com Remwha agora. — Parece que, na verdade, você não tem escolha. Mas eu prometo que o edifício não vai desmoronar na sua cabeça.

Começamos a andar. Remwha caminha um pouco mais devagar, mas acaba se juntando a nós também.

Aparece um holo-sinal no ar diante de nós quando cruzamos o umbral. Não nos ensinaram a ler e, de qualquer forma, as letras do sinal parecem estranhas, mas então uma voz estrondosa ressoa pelo sistema de áudio do edifício: "Bem-vindos à história da inervação!". Não faço ideia do que isso significa. Do lado de dentro, o edifício tem um cheiro... errado. Seco e empoeirado, o ar está velho, como se não houvesse nada absorvendo o dióxido de carbono. Há outras pessoas aqui, nós vemos, reunidas no grande hall aberto do edifício ou subindo as simétricas escadas gêmeas em espiral, olhando fascinadas para os painéis decorativos esculpidos em madeira que cobrem cada uma das escadas. Elas não olham para nós, distraídas pela estranheza maior dos nossos arredores.

Mas então Remwha pergunta:

— O que é isso?

Seu desconforto, comichando ao longo de toda a nossa rede, faz todos nós olharmos para ele. Ele está franzindo a testa, inclinando a cabeça de um lado para o outro.

— O que é...? — Eu começo a perguntar, mas então ouço? senso? também.

— Vou mostrar a vocês — responde Kelenli.

Ela nos leva mais para o interior do edifício em formato de caixa. Passamos por cristais de exibição, cada um contendo dentro de si um equipamento preservado incompreensível, porém obviamente antigo. Distingo um livro, um rolo de arame e o busto de uma pessoa. Cartazes próximos a cada item explicam sua importância, eu acho, mas não consigo compreender uma explicação suficiente para entender o sentido de tudo isso.

Depois, Kelenli nos leva para um mezanino amplo com um parapeito à moda antiga decorado com madeira. (Isso é particularmente assustador. Devemos confiar em um parapeito fabricado a partir de uma árvore morta, desconectado do sistema de alarme da cidade ou outra coisa para garantir a segurança. Por que não cultivar uma vinha que nos pegaria se caíssemos? Os tempos antigos eram horríveis.) E lá estamos nós, sobre uma enorme câmara aberta, olhando para algo que pertence a este lugar morto tanto quanto nós. Ou seja, nem um pouco.

Meu primeiro pensamento é que se trata de outro motor plutônico – um inteiro, não apenas um fragmento de um todo maior. Sim, há o alto e imponente cristal central; há o soquete a partir do qual ele se desenvolve. Esse motor foi até mesmo ativado; boa parte de sua estrutura paira, zumbindo só um pouco, alguns metros acima do solo. Mas essa é a única parte do motor que faz sentido para mim. Em volta do cristal central flutuam estruturas mais longas e curvadas para dentro; o design como um todo é um tanto floral, um crisântemo estilizado. O cristal central brilha em um tom de dourado pálido, e os cristais de apoio apresentam um tom verde na base, que clareia até ficar branco nas pontas. Encantador, embora estranho de maneira geral.

Entretanto, quando olho para esse motor com algo além dos olhos e o toco com nervos afinados às perturbações da terra, eu arquejo. Pela Morte Cruel, a treliça de magia criada pela estrutura é magnífica! Dezenas de linhas prateadas e filiformes sustentando umas às outras; energias que perpassam espectros e formas todas interligadas e em mudança de estado no que parece uma ordem caótica, mas totalmente controlada. O cristal central cintila de vez em quando, oscilando entre as potencialidades enquanto observo. E é tão pequeno! Nunca vi um motor tão bem construído. Nem mesmo o Motor Plutônico é tão poderoso ou preciso, considerando seu tamanho. Se ele houvesse sido construído de modo tão eficiente quanto esse motor diminuto, os condutores jamais teriam precisado nos criar.

E, no entanto, a estrutura não faz sentido. Não há magia suficiente sendo ministrada ao minimotor para produzir toda a energia que detecto aqui. E chacoalho a cabeça, mas agora consigo ouvir o que Remwha ouviu: um zunido suave e insistente. Múltiplos tons, mesclados e perturbadores, deixando arrepiados os pequenos fios de cabelo da minha nuca... Eu olho para Remwha, que aquiesce, com a expressão tensa.

A magia do motor não tem nenhum propósito que eu consiga ver além de parecer, soar e ser bela. E, de alguma maneira – eu estremeço, entendendo instintivamente, mas resistindo porque isso contradiz tudo o que aprendi sobre as leis tanto da física como da arcanidade –, *de alguma maneira*, essa estrutura está gerando mais energia do que está consumindo.

Olho com as sobrancelhas franzidas para Kelenli, que está me observando.

— Isto não deveria existir — eu digo. Apenas palavras. Não sei de que outra forma articular o que estou sentindo. Choque. Incredulidade? Medo, por algum motivo. O Motor Plutônico é a criação mais avançada da geomagestria já construída. Foi o que os condutores nos disseram repetidas vezes ao longo de todos esses anos desde que fomos decantados... e, todavia. Esse motor diminuto e bizarro que jaz meio esquecido em um museu empoeirado é *mais* avançado. E parece não ter sido construído com nenhum outro propósito a não ser a beleza.

Por que perceber isso me assusta?

— Mas existe — responde Kelenli. Ela se recosta no parapeito, com um ar de humor e preguiça... mas, em meio à harmonia cintilante da estrutura em exposição, eu senso o zunido dela no ambiente.

Pense, ela diz sem palavras. Ela observa a mim em particular. O pensador dela.

Eu olho para os outros ao redor. Quando faço isso, percebo os guardas de Kelenli de novo. Eles ocuparam posições em ambas as extremidades do mezanino, de modo que possam ver tanto o corredor pelo qual viemos como a sala de exposição. Os dois parecem entediados. Kelenli nos trouxe aqui. Fez os condutores concordarem em nos trazer aqui. Quer que vejamos alguma coisa neste motor antigo que seus guardas não veem. O quê?

Dou um passo à frente, colocando as mãos no parapeito morto, e examino atentamente a coisa como se isso fosse ajudar. O que há para concluir? Que ele tem a mesma estrutura fundamental de outros motores plutônicos. Só o seu *propósito* é diferente… não, não. É uma avaliação simples demais. O que é diferente aqui… é filosófico. Atitudinal. O Motor Plutônico é uma ferramenta. Esta coisa? É… *arte*.

E então eu entendo. Ninguém de Syl Anagist construiu isso.

Olho para Kelenli. Tenho que usar palavras, mas os condutores que ouvirem o relato dos guardas não devem ser capazes de adivinhar nada ao ouvi-la.

— *Quem?*

Ela sorri, e meu corpo todo se arrepia com uma onda de algo que não sei como se chama. Sou o pensador dela, e ela está satisfeita comigo, e eu nunca me senti tão feliz.

— Vocês — ela responde, deixando-me completamente confuso. Depois, ela se afasta do parapeito. — Tenho muito mais para mostrar. Vamos.

✦   ✦   ✦

TODAS AS COISAS MUDAM EM UMA ESTAÇÃO.

— *TÁBUA UM, "DA SOBREVIVÊNCIA", VERSÍCULO DOIS*

7

VOCÊ PLANEJA COM ANTECEDÊNCIA

Ykka está mais inclinada a adotar Maxixe Beryl e o pessoal dele do que você esperava. Ela não fica feliz que Maxixe Beryl apresente um caso avançado de infecção de pulmão devido às cinzas, como confirma Lerna depois que todos eles tomaram um banho de esponja e ele fez um exame preliminar. Também não gosta do fato de que quatro membros do pessoal dele têm outros problemas médicos graves, variando desde fístulas até a completa falta de dentes, ou de que Lerna diz sobre todos eles que é incerto se vão sobreviver à realimentação. Mas, como ela informa àqueles de vocês que estão presentes no conselho improvisado bem alto, de modo que qualquer pessoa que esteja ouvindo escute, ela consegue tolerar muita coisa de pessoas que trarão mais suprimentos, conhecimento da área e orogenia de precisão que pode ajudar a salvaguardar o grupo contra ataques. E, ela acrescenta, Maxixe Beryl não precisa viver para sempre. Viver tempo bastante para ajudar a comu será o suficiente para ela.

Ela não acrescenta "*diferente de Alabaster*", o que é gentil (ou pelo menos não é manifestamente cruel) da parte dela. É surpreendente que ela respeite a sua tristeza, e talvez também seja um sinal de que ela está começando a perdoar você. Será bom ter uma amiga de novo. Amigas. De novo.

Isso não basta, é claro. Nassun está viva e você está mais ou menos recuperada do seu coma pós-utilização do Portão, então agora se torna uma batalha diária lembrar-se por que você permanece com Castrima. Às vezes ajuda revisar os motivos para permanecer. Pelo futuro de Nassun, esse é um deles, para que você possa ter um lugar para abrigá-la quando a houver encontrado novamente. Porque você não consegue fazer isso sozinha é o segundo motivo... e não é certo você deixar Tonkee continuar vindo com você, por mais que ela esteja disposta. Não com a sua orogenia comprometida; a longa viagem de volta ao sul seria uma sentença de morte para vocês duas. Hoa não vai conseguir ajudá-la a se vestir, nem a fazer comida, nem a fazer nenhuma das outras coisas para as quais são necessárias duas mãos boas. E o motivo número três, o mais importante deles: você não sabe mais para onde ir. Hoa confirmou que Nassun está em movimento e vem se afastando do local do safira desde que você abriu o Portão do Obelisco. Já era tarde demais para encontrá-la antes mesmo de você acordar.

Mas há esperança. Em uma madrugada, depois que Hoa tirou o fardo de pedra do seu seio esquerdo, ele diz baixinho:

— Acho que sei para onde ela está indo. Se eu estiver certo, ela vai parar logo. — Ele soa inseguro. Não, inseguro não. Preocupado.

Você se senta em um afloramento rochoso a certa distância do acampamento, recuperando-se da... amputação. Não foi tão desconfortável quanto você pensou que seria. Você tirou as camadas de roupa para desnudar o seio que se transformou em pedra. Hoa colocou a mão nele, e o desprendeu do seu corpo suavemente. Você perguntou por que ele não fez isso com o braço e ele respondeu: "Faço o que é mais confortável para você". Depois, ele ergueu o seu seio até os lábios e você decidiu ficar fascinada com a cauterização de pedra lisa e ligeiramente enrugada sobre o ponto onde ficava o seu seio. Dói um pouco, mas você não sabe ao certo se é a dor da amputação ou algo mais existencial.

(Ele precisa de três mordidas para comer o seio de que Nassun mais gostava. Você fica perversamente orgulhosa de alimentar mais alguém com ele.)

Enquanto você desajeitadamente veste outra vez as camisetas e camisas com um braço – preenchendo um dos lados do sutiã com a camiseta mais leve para ele não escorregar –, você investiga aquele sinal de preocupação que ouviu na voz de Hoa antes.

— Você sabe de alguma coisa.

Hoa não responde a princípio. Você pensa que vai ter que lembrá-lo que isso é uma parceria, que você se comprometeu a pegar a Lua e acabar com esta Estação interminável, que você *se importa* com ele, mas que ele não pode continuar escondendo coisas de você dessa maneira... e então ele diz enfim:

— Acredito que Nassun pretende abrir ela mesma o Portão do Obelisco.

Sua reação é visceral e imediata. Puro medo. Provavelmente não é o que você deveria sentir. A lógica seria que você não acreditasse que uma menina de dez anos fosse capaz de um feito que você mal conseguiu realizar. Mas, de certo modo, talvez porque você se lembre da sensação da sua menininha vibrando com um poder azul colérico e de saber, naquele instante, que ela entendia os obeliscos melhor do que você jamais entenderá, você não tem dificuldades em acreditar na premissa central de Hoa – a de que a sua menininha é maior do que você pensava.

— Isso vai matá-la — você diz de forma brusca.

— Muito provavelmente.

Oh, Terra.

— Mas você consegue rastreá-la de novo? Você a perdeu depois de Castrima.

— Sim, agora que ela está afinada com um obelisco.

Outra vez, porém, aquela estranha hesitação na voz dele. Por quê? Por que deveria incomodá-lo o fato de que... Ah.

Ah, em nome da ferrugenta Terra ardente. Sua voz fica trêmula quando você entende.

— O que significa que *qualquer* comedor de pedra consegue "percebê-la" agora. É isso que você está dizendo? — É como Castrima de novo. Cabelo de Rubi e Mármore de Manteiga e Vestido Feio, que você nunca mais veja esses parasitas. Felizmente, Hoa matou a maioria deles. — Sua espécie fica interessada em nós então, certo? Quando começamos a usar os obeliscos ou quando estamos perto de conseguir.

— Sim. — Sem inflexão de voz, essa palavra em voz baixa, mas você o conhece a essa altura.

— Pelos fogos da Terra. Um de vocês *está* atrás dela.

Você achava que os comedores de pedra não eram capazes de suspirar, mas sem dúvida esse é o som que emerge do peito de Hoa.

— Aquele que você chama de Homem Cinza.

Um arrepio frio perpassa o seu corpo. Mas sim. Você já havia adivinhado, na verdade. Havia o quê, três orogenes no mundo que ultimamente aprenderam a se conectar com os obeliscos? Alabaster e você e agora Nassun. Uche, talvez, por pouco tempo... e talvez houvesse até um comedor de pedra espreitando Tirimo naquela época. O maldito ferrugento deve ter ficado terrivelmente desapontado que Uche morreu por filicídio em vez de se transformar em pedra.

Você cerra o maxilar quando um gosto de bile chega à sua boca.

— Ele está manipulando-a. — Para ativar o Portão e se transformar em pedra, de modo que possa ser *comida*. — Foi o que ele tentou fazer em Castrima, forçar Alabaster, ou me forçar, ou... pelas ferrugens, forçar Ykka, qualquer um de nós, a tentar fazer alguma coisa que estivesse além das nossas capacidades de maneira que pudéssemos nos transformar em... — Você põe a mão na marca de pedra do seu seio.

— Sempre existiram aqueles que usam a aflição e o desespero como armas. — Isso é pronunciado em voz baixa, como que com vergonha.

De repente, você está furiosa consigo mesma e com a sua impotência. Saber que você é o verdadeiro alvo da sua própria raiva não a impede de descontar nele.

— Me parece que *todos* vocês fazem isso!

Hoa se posicionou para contemplar o horizonte vermelho apagado, uma estátua prestando homenagem à nostalgia em linhas pensativas e sombreadas. Ele não se vira, mas você ouve mágoa na voz dele.

— Eu não menti para você.

— Não, você só escondeu tanto a verdade que é a mesma merda! — Você esfrega os olhos. Teve que tirar os óculos para vestir a camisa de novo e, agora, caíram cinzas neles. — Sabe de uma coisa? Só... eu não quero ouvir mais nada neste exato momento. Preciso descansar. — Você se levanta. — Me leve de volta.

A mão dele está abruptamente estendida na sua direção.

— Mais uma coisa, Essun.

— Eu te falei...

— Por favor. Você precisa saber. — Ele espera até você ficar em um silêncio furioso. Depois, ele diz: — Jija está morto.

Você fica paralisada.

✦   ✦   ✦

Neste momento, eu lembro a mim mesmo por que continuo contando esta história através dos seus olhos em vez dos meus: porque, externamente, você é muito boa em se esconder. Seu rosto ficou inexpressivo, o olhar mascarado. Mas eu conheço você. *Eu conheço você.* Eis aqui o que há por dentro de você.

✦   ✦   ✦

Você se surpreende por ter ficado surpresa. Surpresa, isto é, e não brava, ou frustrada, ou triste. Apenas... surpresa. Mas isso se deve ao fato de que seu primeiro pensamento depois do alívio de saber que *Nassun está a salvo agora* é...

Não está?

E então você se surpreende por estar com medo. Você não sabe ao certo de quê, mas há uma coisa totalmente amarga na sua boca.

— Como? — você pergunta.

— Nassun — responde Hoa.

O medo aumenta.

— Ela não poderia ter perdido o controle sobre a orogenia dela, ela não perde o controle desde os cinco anos...

— Não foi orogenia. E foi intencional.

Aí está, enfim: o abalo inicial de um terremoto do nível da Fenda dentro de você. Demora um instante para você perguntar em voz alta:

— Ela o *matou*? De propósito?

— Matou.

Você se cala então, atordoada, apreensiva. A mão de Hoa ainda está estendida em sua direção. Uma oferta de respostas. Você não tem certeza de que quer saber, mas... mas pega a mão dele de qualquer forma. Talvez seja em busca de consolo. Não é imaginação que a mão dele envolve a sua e a aperta só um pouquinho de um modo que faz você se sentir melhor. Ainda assim, ele espera. Você fica muito, muito grata pela consideração dele.

— Ele... onde está — você começa quando sente que está pronta. Você não está pronta. — Existe alguma maneira de eu ir para lá?

— Lá?

Você está bastante segura de que ele sabe de qual lugar você está falando. Ele só está se certificando de que *você* saiba o que está pedindo.

Você engole com dificuldade e tenta raciocinar sobre o assunto.

— Eles estavam nas Antárticas. Jija não a manteve na estrada para sempre. Ela teve algum lugar seguro, tempo para ficar mais forte. — Muito mais forte. — Consigo prender a respiração dentro da terra se você... me levar para onde ela... — Mas não. Na verdade, não é para lá que você quer ir. — Me leve para onde *Jija* está. Para... para onde ele morreu.

Hoa não se mexe durante talvez meio minuto. Você percebeu isso sobre ele. Ele demora variadas quantidades de tempo para reagir a deixas convencionais. Às vezes, as palavras dele quase se sobrepõem às suas quando ele responde, e às vezes você acha que ele não a ouviu antes de ele finalmente começar a responder. Você acha que ele não está pensando durante esse tempo ou algo do tipo. Você acha apenas que não significa nada para ele... um segundo ou dez, agora ou depois. Ele a ouviu. Vai acabar respondendo.

Como prova disso, ele começa a se tornar um borrão, embora você veja a lentidão do final do gesto quando ele põe a outra mão sobre você também, prensando você entre as palmas duras. A pressão de ambas as mãos aumenta até o aperto ficar bem firme. Não é desconfortável, mas ainda assim.

— Feche os olhos.

Ele nunca fez essa sugestão antes.

— Por quê?

Ele a leva para dentro da terra. É mais fundo do que você jamais esteve antes, e não é instantâneo dessa vez. Você arqueja inadvertidamente e assim descobre que não precisa prender a respiração, afinal. À medida que a escuridão fica mais densa, ela se ilumina com lampejos vermelhos e então, por apenas um momento, você passa como um borrão por vermelhos e alaranjados fundidos e tem o mais fugaz vislumbre de um espaço aberto oscilante onde algo a distância explode em uma chuva de luminosos fragmentos semilíquidos... e então há escuridão à sua volta outra vez, e então você está em um campo aberto sob um céu levemente nublado.

— Por isso — responde Hoa.

— *Porra* ferrugenta e escamada! — Você tenta soltar a mão e não consegue. — Que merda, Hoa!

A mão de Hoa para de pressionar a sua com tanta força, de maneira que você consegue se soltar. Você cambaleia, afastando-se alguns metros, e então se apalpa em busca de ferimentos. Você está bem... não se queimou até morrer, não foi esmagada pela pressão como deveria ter sido, nem sufocou, nem ao menos ficou abalada. Não muito.

Você se endireita e passa a mão no rosto.

— Tudo bem. Vou realmente ter que lembrar a mim mesma que comedores de pedra não dizem as coisas sem um motivo. Eu nunca quis de fato *ver* os fogos debaixo da Terra.

Mas você está aqui agora, em cima de uma colina que fica em algum tipo de platô. O céu é a sua referência de lugar. A manhã já está mais avançada aqui do que no lugar onde você estava – um pouco depois do amanhecer em vez de antes. Na verdade, o sol está visível, embora de forma tênue através da cortina transparente de nuvens de cinzas lá no alto. (Você se surpreende de sentir a dor da saudade ao ver essa cena.) Mas o fato de poder vê-lo significa que está muito mais longe da Fenda do que alguns momentos antes. Você olha para o oeste, e o leve brilho de um obelisco azul-escuro a distância confirma sua suposição. Este é o ponto onde, mais ou menos um mês atrás, ao abrir o Portão do Obelisco, você sentiu Nassun.

(Naquela direção. Ela foi naquela direção. Mas aquela direção contém milhares de quilômetros quadrados da Quietude.)

Você se vira para descobrir que está em meio a um pequeno aglomerado de prédios de madeira no topo da colina, incluindo uma cabana para provisões construída sobre palafitas, alguns alpendres e o que parecem ser dormitórios ou prédios com salas de aula. Tudo isso é rodeado, no entanto, por uma cerca de basalto colunar organizada e nivelada com precisão. Que um orogene fez isso, canalizando a lenta explosão do grande vulcão sob os seus pés, fica tão claro para você quanto o sol no céu. Mas igualmente óbvio é o fato de que o complexo está vazio. Não há ninguém à vista, e as reverberações de pegadas no chão estão mais distantes, além da cerca.

Curiosa, você caminha até uma interrupção na cerca de basalto, onde uma trilha meio de terra, meio de pedra, desce a encosta. Ao pé da colina há um vilarejo, ocupando o resto do platô. O vilarejo poderia ser qualquer comu em qualquer lugar. Você distingue casas de formatos variados, a maioria com jardins ainda sendo cultivados, vários esconderijos de provisões ainda de pé, algo que parece uma casa de banho,

195

um barracão com uma fornalha. As pessoas andando entre os prédios não olham para cima para notar a sua presença, e por que fariam isso? É um belo dia aqui onde o sol ainda brilha na maior parte do tempo. Eles têm campos para cuidar e – aqueles barquinhos a remo estão amarrados a uma das torres de vigia? – viagens ao mar próximo para organizar. Este complexo, o que quer que seja, não é importante para eles.

Você vira as costas para o vilarejo, e é nesse momento que avista o tormento.

Fica perto da borda do complexo, um pouco elevado em relação ao resto, embora seja visível de onde você está. Quando você sobe a trilha para ver a cavidade do tormento, que é marcada por pedras e tijolos, há o velho hábito de projetar os seus sentidos no solo para encontrar a rocha marcada mais próxima. Não muito longe, talvez apenas 1,5 ou 1,8 metros abaixo. Você vasculha a superfície e encontra os leves entalhes feitos com um cinzel, talvez com um martelo. "QUATRO." É fácil demais: na sua época, as rochas eram marcadas com tinta e números, o que as tornava menos distintivas. No entanto, a rocha é pequena o suficiente para que, sim, qualquer um abaixo de quatro anéis tivesse dificuldade de encontrá-la e identificá-la. Os detalhes do treinamento estão errados, mas acertaram o essencial na mosca.

— Este não pode ser o Fulcro Antártico — você diz, agachando-se para cutucar uma das pedras do círculo. Apenas pedregulhos em vez do belo mosaico de azulejos de que você se lembra, mas eles entenderam a ideia.

Hoa ainda está no ponto onde vocês emergiram do chão, as mãos ainda posicionadas para pressionar a sua, talvez para a viagem de volta. Ele não responde, mas você está em grande parte falando consigo mesma.

— Sempre ouvi dizer que o Fulcro Antártico era pequeno — você continua —, mas isto aqui não é nada. É um acampamento. — Sem Jardim do Anel. Sem edifício Principal. Você também ouviu dizer que os Fulcros Ártico e Antártico eram lindos, apesar do tamanho e da localização remota. Faz sentido: a beleza do Fulcro era a única coisa que a espécie orogene oficial sancionada pelo Estado tinha para mostrar como resultado do seu trabalho. Esse conjunto deplorável de barracões não combina com a ideologia. Além disso... — Está em cima de um vulcão. E perto demais daqueles quietos lá embaixo. — Aquele vilarejo não é Yumenes, cercado de mantenedores de estações de ligação por todos os lados e com a proteção adicional dos mais poderosos orogenes seniores. Um chilique de um grão perturbado poderia transformar essa região inteira em uma cratera.

— Não é o Fulcro Antártico — revela Hoa. A voz dele normalmente é suave, mas ele está virado de costas agora, o que a torna ainda mais suave. — Ele fica mais para o oeste, e foi eliminado. Nenhum orogene vive lá agora.

Claro que foi eliminado. Você cerra o maxilar para conter a tristeza.

— Então isso é o que alguém entende ser uma uma homenagem? Um sobrevivente? — Inadvertidamente, você encontra outro marcador debaixo da terra; um pedregulho redondo, talvez uns quinze metros abaixo. "NOVE" está escrito nele a tinta. Você não tem dificuldade nenhuma para ler. Chacoalhando a cabeça, você se levanta e se vira para explorar o complexo.

Então, você para e fica tensa quando um homem sai mancando de um dos prédios que parecem dormitórios. Ele para também, olhando para você, surpreso.

— Quem ferrugens é você? — pergunta ele com um sotaque antártico perceptível.

Sua consciência mergulha na terra... e depois você a retira de lá. Idiota, você lembra? A orogenia pode matá-la. Além do mais, o homem não está sequer armado. Ele é bastante jovem, provavelmente na casa dos vinte, apesar de já ter entradas no cabelo. O fato de mancar é fácil de entender, e um dos seus sapatos é mais alto do que o outro... ah. O faz-tudo do vilarejo, provavelmente, que veio realizar os cuidados básicos em prédios que talvez sejam necessários de novo algum dia.

— Ah, oi — você gagueja. Depois se cala, sem saber o que dizer a partir daí.

— Oi. — O homem vê Hoa e recua, então olha com o choque manifesto de alguém que só ouviu falar de comedores de pedra em contos de sabedoristas e talvez não acreditasse muito neles. Só então é que ele parece se lembrar de você, franzindo um pouco a testa ao ver cinzas no seu cabelo e na sua roupa, mas fica claro que você não é uma visão tão impressionante quanto a anterior.

— Me diga que aquilo é uma estátua — ele diz para você. Depois ri um pouco, nervoso. — Só que não estava aqui quando subi a colina. Ãhn, oi, eu acho?

Hoa não se dá o trabalho de responder, embora você veja que ele mexeu os olhos para observar o homem em vez de você. Você se prepara e dá um passo à frente.

— Lamento assustá-lo — você diz. — Você é desta comu?

O homem enfim se concentra em você.

— Ah, sim. E você não. — Em vez de demonstrar desconforto, ele pisca. — Outra Guardiã?

Sua pele toda comicha. Por um instante, você tem vontade de gritar "não", e depois o bom senso reassume o controle. Você sorri. Eles sempre sorriem.

— Outra?

O jovem está olhando você de cima a baixo agora, talvez desconfiado. Você não se importa, contanto que ele responda às suas perguntas e não a ataque.

— É — ele diz depois de um momento. — Nós achamos os dois Guardiões mortos depois que as crianças saíram numa viagem de treinamento. — Ele entorta o lábio só um pouco. Você não sabe ao certo se ele não acredita que as crianças foram treinar, se ele está muito incomodado com o caso dos "dois Guardiões mortos" ou se é o lábio torto de costume que as pessoas fazem quando falam sobre roggas, uma vez que é óbvio que é o que devem ser as crianças em questão, se havia Guardiões aqui. — A Chefe disse que poderiam aparecer outros Guardiões um dia desses. Os três que tínhamos apareceram do nada, afinal de contas, em diferentes momentos ao longo dos anos. Você é só uma que chegou atrasada, eu imagino.

— Ah. — É surpreendentemente fácil fingir ser uma Guardiã. Apenas continue sorrindo e não dê informações. — E quando foi que os outros partiram para a… viagem de treinamento?

— Mais ou menos um mês atrás. — O jovem se mexe, assumindo uma postura confortável, e se vira para contemplar o obelisco safira a distância. — Schaffa disse que eles iam longe o suficiente para que a gente não sentisse nenhum tremor secundário do que as crianças fizessem. Imagino que seja bem longe.

Schaffa. O sorriso paralisa no seu rosto. Você não consegue deixar de sibilar o nome.

— *Schaffa.*

O rapaz franze o cenho para você. Definitivamente desconfiado agora.

— É. Schaffa.

Não pode ser. Ele está morto.

— Alto, cabelo preto, olhos branco-gelo, sotaque estranho?

O jovem relaxa um pouco.

— Ah. Você o conhece então?

— Conheço, e muito bem. — É tão fácil sorrir. É mais difícil conter o impulso de gritar, de agarrar Hoa, de exigir que ele mergulhe vocês dois na terra agora, agora, agora, para você poder partir e resgatar a sua filha. A coisa mais difícil de todas é não cair ao chão e se encolher, tentando cerrar a mão que você não tem mais, mas que *dói*; pela Terra Cruel, dói como se estivesse quebrada de novo, uma dor fantasma tão real que os seus olhos comicham com lágrimas de dor.

Orogenes Imperiais não perdem o controle. Você não é uma jaqueta preta há vinte anos e, pelas ferrugens, perde o controle todo o tempo... mas, não obstante, a velha disciplina a ajuda a se recompor. Nassun, a sua bebê, está nas mãos de um monstro. Você precisa entender como isso aconteceu.

— *Muito* bem — você repete. Ninguém acha que repetição é algo estranho, vindo de um Guardião. — Você pode me falar sobre um dos tutelados dele? Uma garota latmediana, de pele marrom, esbelta, de cabelo cacheado e olhos cinzentos...

— Nassun, certo. A menina de Jija. — O rapaz relaxa por completo agora, sem perceber que você ficou proporcionalmente mais tensa. — Pela Terra Cruel, espero que Schaffa a mate enquanto estão viajando.

A ameaça não é contra você, mas, de qualquer forma, sua consciência se precipita outra vez, antes que você a recolha.

Ykka está certa: você realmente precisa parar de seguir esse padrão de *matar tudo*. Pelo menos o seu sorriso não vacilou.

— É mesmo?

— É. Acho que foi ela que fez aquilo... Mas, ferrugens, poderia ter sido qualquer um deles. Aquela garota é só a que me dava mais arrepios. — Ele cerra o maxilar quando enfim percebe a mordacidade do seu sorriso. Mas isso também é algo que ninguém familiarizado com Guardiões questionaria. Ele apenas desvia o olhar.

— "Fez aquilo"? — você pergunta.

— Ah. Acho que você não saberia. Venha, vou lhe mostrar.

Ele se vira e vai mancando até a extremidade norte do complexo. Você segue depois de trocar olhares com Hoa por um momento. Há outra ligeira elevação aqui, culminando em uma área plana que evidentemente já foi utilizada antes para observar as estrelas ou só para contemplar o horizonte; você consegue ver boa parte da paisagem ao redor, que ainda mostra quantidades chocantes de verde sob uma camada relativamente recente e ainda fina de cinzas esbranquiçadas.

Aqui, porém, há algo estranho: uma pilha de escombros. Você pensa a princípio que é uma pilha de reciclagem de vidro; Jija costumava ter uma dessas perto de casa em Tirimo, e os vizinhos deixavam vidro quebrado lá para ele usar nos punhos das facas de vidro. Parte desses escombros parecem ser algo de mais qualidade que apenas vidro; talvez alguém tenha jogado fora alguma pedra semipreciosa não trabalhada. Cores todas misturadas, castanho-claro e cinza e um pouco de azul, mas muito vermelho. Mas há um padrão, algo que faz você parar e inclinar a cabeça e tentar assimilar como um todo o que está vendo. Quando assimila, você nota que as cores e a disposição das pedras na borda mais próxima da pilha se assemelham vagamente a um mosaico. Botas, se alguém houvesse esculpido botas em pedras e depois as houvesse derrubado. Então aquilo seria uma calça, exceto que há um tom esbranquiçado de osso no meio dela e...

Não.

Pelos. Fogos. Sob. A. Terra.

Não. A sua Nassun não fez isso, ela não poderia ter feito, ela...

Ela fez.

O rapaz suspira, interpretando a expressão no seu rosto. Você se esqueceu de sorrir, mas até mesmo um Guardião ficaria sério ao ver isso.

— A gente também demorou um tempo para entender o que estava vendo — diz ele. — Talvez seja algo que você entenda. — Ele olha para você com esperança.

Você apenas chacoalha a cabeça, e o homem suspira.

— Bem. Foi pouco antes de eles partirem. Uma manhã, a gente ouviu algo como um trovão. A gente saiu e o obelisco, aquele azul grande que estava planando por perto fazia algumas semanas, você sabe como eles são, sumiu. Mais tarde naquele dia, o mesmo "*tr-trom*" alto. — Ele bate as mãos ao imitar o som. Você consegue não pular. — E ele voltou. Então, de repente, Schaffa fala para a chefe que precisa levar as crianças para longe. Nenhuma explicação sobre aquele negócio do obelisco. Nenhum comentário de que Nida e Umber, esses são os outros dois, os Guardiões que costumavam administrar este lugar com Schaffa, estão mortos. A cabeça de Umber está esmagada. Nida... — Ele chacoalha a cabeça. A expressão em seu rosto é de pura repugnância. — Sua *nuca* está... mas Schaffa não diz nada. Apenas leva as crianças embora. Muitos de nós estão começando a torcer para que ele nunca as traga de volta.

Schaffa. É nessa parte que você deveria se concentrar. É isso o que importa, não o que já foi, mas o que é... mas você não consegue tirar os olhos de Jija. *Pelas ferrugens ardentes, Jija. Jija.*

✦   ✦   ✦

Eu queria ainda ser de carne, por você. Queria ainda ser um afinador, para poder falar com você através de temperaturas e pressões e reverberações da terra. As palavras são muito pesadas, muito indelicadas para esta conversa. Você gostava de Jija, afinal, até onde seus segredos permitiam. Você achava que ele a amava... e ele amava, até onde os seus segredos permitiam. Acontece que o amor e o ódio não são mutuamente exclusivos, como eu aprendi tanto tempo atrás. Sinto muito.

✦   ✦   ✦

— Schaffa não vai voltar — você se obriga a dizer. Porque você precisa encontrá-lo e matá-lo... mas, mesmo em meio ao medo e ao horror, a razão se impõe. Essa estranha imitação do Fulcro, que não é o verdadeiro Fulcro para onde ele deveria ter levado Nassun. Essas crianças, reunidas e não assassinadas. Nassun, controlando abertamente um obelisco bem o suficiente para fazer *isso*... e, no entanto, Schaffa não a matou. Há algo acontecendo aqui que você não entende.

— Me conte mais sobre este homem — você pede, erguendo o queixo em direção à pilha de joias amontoadas. O seu ex-marido.

O rapaz encolhe os ombros, gerando um ruído de tecido.

— Ah, certo, ãhn. Então, o nome dele era Jija Resistente Jekity. — Porque o homem suspira olhando para a pilha de escombros, você acha que ele não a vê se contrair devido ao nome de comu soar incorreto. — Novo na comu, um britador. Nós temos homens demais, mas precisávamos muito de um britador, então, quando ele apareceu, basicamente nós o teríamos aceitado contanto que não fosse velho ou doente ou *claramente* louco. Sabe? — Ele encolhe os ombros. — Não parecia ter nenhum problema com a garota quando eles chegaram aqui. Eu não saberia que ela era um deles, ela era tão apropriada e educada. Alguém a educou bem. — Você sorri de novo. O perfeito sorriso com o maxilar cerrado de um Guardião. — Só sabíamos o que ela era porque Jija veio para cá, entende. Ouviu os rumores sobre como os roggas podiam... desroggar, eu acho. Recebemos muitos visitantes que perguntam sobre isso.

Você franze o cenho e quase desvia o olhar de Jija. Desroggar?

— Não que isso alguma vez tenha acontecido. — O jovem suspira e arruma a bengala para ficar confortável. — E não que a gente fosse aceitar uma criança que já tivesse sido um deles, certo? E se essa criança crescesse e tivesse alguma coisa de errado com os filhos dela também? É preciso descontaminar a prole de algum modo. Bom, a garota cuidava bem o bastante do pai até algumas semanas atrás. Vizinhos contaram que o ouviram gritar com ela uma noite, e então ela se mudou aqui para cima, para o complexo com as outras crianças. Dava para ver como a mudança meio que... *liberou* algo dentro de Jija. Ele começou a falar consigo mesmo sobre como ela não era mais a filha dele. Xingar em voz alta, volta e meia. Bater nas coisas, paredes e afins, quando achava que a gente não estava olhando.

— E a garota se afastou — ele continuou. — Não posso dizer que eu a culpo; todo mundo ficou pisando em ovos com ele durante algum tempo. Sempre os quietos, não é? Então eu a vi passando mais tempo com Schaffa. Como um patinho, sempre ali à sombra dele. Sempre que ele ficava parado, ela pegava a mão dele. E ele... — O rapaz olha para você com desconfiança. — A gente não costuma ver o seu tipo sendo carinhoso. Mas ele parecia gostar muito dela. Ouvi falar que Schaffa quase matou Jija quando ele partiu para cima dela, na verdade.

Você sente outra pontada na mão que não tem, mas é uma dor mais intermitente dessa vez; não latejante como antes. Porque... ele não teria precisado quebrar a mão de Nassun, teria? Não, não, não. Você mesma fez isso com ela. E Uche foi outra mão quebrada, infligida por Jija. Schaffa a *protegeu* de Jija. Schaffa foi carinhoso com ela, como você tinha dificuldade em ser. E agora tudo dentro de você estremece com o pensamento que se segue, e é necessária a força de vontade que destruiu cidades para manter esse estremecimento no seu íntimo, mas...

Mas...

Quão mais acolhedor o amor condicional e previsível de um Guardião seria para Nassun depois que o amor incondicional dos pais a havia traído repetidas vezes?

Você fecha os olhos por um momento porque acha que os Guardiões não choram.

Com esforço, você pergunta:

— O que é este lugar?

Ele olha para você, surpreso, depois olha para Hoa, um pouco atrás de você.

— Esta é a comu de Jekity, Guardiã. Embora Schaffa e os outros Guardiões... — Ele faz um gesto, mostrando o complexo à sua volta. — Eles chamavam esta parte da comu de "Lua Encontrada".

Claro que chamavam. E é claro que Schaffa já conhecia os segredos do mundo que você pagou com carne e sangue para descobrir.

No seu silêncio, o jovem a observa, pensativo.

— Posso apresentá-la para a chefe. Sei que ela vai ficar feliz de ter Guardiões por perto de novo. É uma boa ajuda contra saqueadores.

Você está olhando para Jija outra vez. Você vê um pedaço de joia à perfeita semelhança de um dedo mindinho. Você conhece esse dedo mindinho. Você beijou esse dedo mindinho…

É demais para você, você não consegue fazer isso, você precisa se controlar, sair daqui antes que desmorone ainda mais.

— Eu… eu p-preciso… — Você respira fundo para se acalmar. — Preciso de algum tempo para avaliar a situação. Será que você poderia ir e avisar sua chefe que virei falar com ela em breve?

O rapaz a olha de soslaio por um instante, mas você agora sabe que não é ruim parecer um pouco excêntrica. Ele está acostumado com a excentricidade à moda dos Guardiões. Talvez por conta disso, ele aquiesce e se afasta, arrastando os pés desajeitadamente.

— Posso fazer uma pergunta?

Não.

— Pode.

Ele morde o lábio.

— O que está acontecendo? Parece que… nada do que está acontecendo ultimamente é normal. Quero dizer, é uma Estação, mas mesmo isso parece errado. Os Guardiões não estão levando os roggas para o Fulcro. Os roggas estão fazendo coisas que ninguém nunca ouviu falar que eles fazem. — Ele aponta em direção à pilha de Jija com o queixo. — Seja qual for a ferrugem que aconteceu lá no norte. Até aquelas coisas no céu, os obeliscos... Está tudo... As pessoas estão falando. Estão dizendo que talvez o mundo não vá voltar ao normal. Nunca mais.

Você está olhando para Jija, mas pensando em Alabaster. Não sabe por quê.

— O normal de uma pessoa é a Estação do Estilhaçamento de outra. — Seu rosto dói de tanto sorrir. É uma arte sorrir de um modo que os outros acreditem, e você é péssima nisso. — Seria ótimo que todos pudéssemos ter o normal, claro, mas pouca gente quis compartilhar. Então agora todos queimamos.

Ele olha para você durante um longo e vagamente horrorizado instante. Depois, balbucia alguma coisa e por fim vai embora, passando longe de Hoa. Já vai tarde.

Você se agacha ao lado de Jija. Ele ficou bonito assim, todo composto de joias e cores. Ficou monstruoso assim. Sob as cores, você percebe o desvario que há nele, formado por fios de magia que seguem em todas as direções. É completamente diferente do que aconteceu com o seu braço e o seu seio. Ele foi fragmentado e reorganizado de forma aleatória, em um nível infinitesimal.

— O que foi que eu fiz? — você pergunta. — O que eu fiz dela?

Os dedos dos pés de Hoa aparecem em sua visão periférica.

— Forte — ele sugere.

Você chacoalha a cabeça. Nassun era forte por conta própria.

— *Viva.*

Você fecha os olhos de novo. É a única coisa que deveria importar, que você trouxe três bebês ao mundo e este, este último e precioso, ainda está respirando. E no entanto.

*Eu a transformei em mim. Que a Terra nos coma, eu a transformei em **mim***.

E talvez seja por isso que Nassun ainda está viva. Mas também, você se dá conta quando olha para o que ela fez com Jija e percebe que não pode se vingar dele por Uche porque *a sua filha fez isso por você*... também é por isso que você tem medo dela.

E aí está: a coisa que você não encarou esse tempo todo, o kirkhusa com cinzas e sangue na focinheira. Jija tinha uma dívida de dor com você pelo seu filho, mas você também, por sua vez, tem uma dívida com Nassun. Você *não* a salvou de Jija. Você *não* estava lá quando ela precisou de você, aqui, literalmente no fim do mundo. Como ousa conjeturar protegê-la? Homem Cinza e Schaffa; ela encontrou protetores melhores. Ela encontrou forças para se proteger.

Você sente tanto orgulho dela. E não se atreve a chegar perto dela nunca mais.

A mão pesada e dura de Hoa pesa sobre o seu ombro bom.

— Não é prudente ficarmos aqui.

Você nega com a cabeça. Deixe que venham as pessoas dessa comu. Deixe que percebam que você não é uma Guardiã. Deixe que um deles enfim perceba como você e Nassun se parecem. Deixe que tragam suas balestras e atiradeiras e...

A mão de Hoa se curva para agarrar seu ombro, firme como uma prensa. Você sabe que vai acontecer e mesmo assim não se dá o trabalho de se preparar quando ele a arrasta para dentro da terra, de volta para o norte. Você mantém os olhos abertos de propósito desta vez, e a vista não a incomoda. Os fogos dentro da terra não são nada em comparação com o que você está sentindo neste exato momento, sendo a mãe fracassada que é.

Vocês emergem do solo em uma parte quieta do acampamento, embora fique perto de um pequeno conjunto de árvores que, pelo cheiro, muitas pessoas aparentemente vêm usando como mictório. Quando Hoa a solta, você começa a se afastar e então para outra vez. Sua mente ficou em branco.

— Não sei o que fazer.

Silêncio da parte de Hoa. Comedores de pedra não se dão o trabalho de executar movimentos ou pronunciar palavras desnecessariamente, e Hoa já deixou claras suas intenções. Você imagina Nassun conversando com o Homem Cinza e ri baixinho, porque ele parece mais animado e falante do que a maioria da espécie dele. Ótimo. Ele é um bom comedor de pedra, para ela.

— Não sei para onde ir — você diz. Você tem dormido na tenda de Lerna ultimamente, mas não é disso que você está falando. Dentro de você, há um amontoado de vazio. Um buraco em carne viva. — Não tenho mais nada agora.

— Você tem comu e os seus — responde Hoa. — Terá um lar quando chegar a Rennanis. Você tem sua vida.

Você tem mesmo essas coisas? "Os mortos não têm desejos", diz o saber das pedras. Você pensa em Tirimo, onde não quis esperar a morte vir até você, e então matou a comu. A morte está sempre com você. A morte é você.

— Eu não morro — Hoa diz para as suas costas curvadas.

Você franze a testa, forçada a sair da melancolia por essa aparente mudança de assunto. Aí você entende: ele está dizendo que você jamais o perderá. Ele não vai se desintegrar como Alabaster. Você nunca será surpreendida pela dor da perda de Hoa da maneira como foi com Corundum ou Innon ou Alabaster, ou agora Jija. Você não pode machucar Hoa de nenhum modo que importe.

— É seguro amar você — você murmura em perplexa constatação.

— É.

Surpreendentemente, isso alivia o nó de silêncio no seu peito. Não muito, mas... mas ajuda.

— Como você aguenta? — você pergunta. É difícil de imaginar. Não ser capaz de morrer mesmo quando quer, mesmo quando tudo o que você conhece e tudo com que você se importa fraqueja e esmorece. Ter que continuar, não importando as condições. Não importando o quanto esteja cansado.

— Seguindo adiante — responde Hoa.

— O quê?

— *Seguindo. Adiante.*

E então ele some para dentro da terra. Para algum lugar por perto, se você precisar dele. Neste exato momento, porém, ele está certo: você não precisa.

Você não consegue pensar. Está com sede, e com fome e, além do mais, cansada. Fede nesta parte do acampamento. O toco do seu braço dói. O seu coração dói mais ainda.

Entretanto, você dá um passo em direção ao acampamento. E depois outro. E outro.

Adiante.

✦   ✦   ✦

2490: Antárticas, perto da costa leste; comu agrícola sem nome cerca de 32 quilômetros ao sul da cidade de Jekity. Um acontecimento inicialmente

DESCONHECIDO FEZ TODO MUNDO NA COMU SE TRANSFORMAR EM VIDRO. (?? É ISSO MESMO? VIDRO, E NÃO GELO? ENCONTRAR FONTES TERCIÁRIAS.) MAIS TARDE, O SEGUNDO MARIDO DA CHEFE FOI ENCONTRADO VIVO NA CIDADE DE JEKITY E DESCOBRIU-SE QUE ERA UM ROGGA. SOB INTENSO INTERROGATÓRIO DA MILÍCIA DA COMU, ELE ADMITIU TER COMETIDO AQUELE ATO DE ALGUM MODO. ALEGOU QUE ERA A ÚNICA FORMA DE IMPEDIR A ERUPÇÃO DO VULCÃO DE JEKITY, EMBORA NENHUM SINAL DE ERUPÇÃO HOUVESSE SIDO OBSERVADO. O INTERROGATÓRIO FOI INTERROMPIDO POR UM COMEDOR DE PEDRA, QUE MATOU DEZESSETE MEMBROS DA MILÍCIA E LEVOU O ROGGA PARA DENTRO DA TERRA; AMBOS DESAPARECERAM.

— NOTAS DE PROJETO DE YAETR INOVADOR DIBARS

8

NASSUN NO SUBTERRÂNEO

A escada branca desce serpenteando durante algum tempo. As paredes do túnel são próximas e claustrofóbicas, mas o ar de alguma maneira não está estagnado. Só o fato de se livrar das cinzas já é novidade suficiente, mas Nassun nota que também não há muita poeira. Isso é estranho, não é? Tudo isso é estranho.

— Por que não tem poeira? — Nassun pergunta enquanto eles andam. Ela fala em tons sussurrados em princípio, mas gradualmente relaxa... um pouco. Ainda é uma ruína de civextinta, afinal, e ela ouviu várias histórias de sabedoristas sobre como esses lugares podem ser perigosos.

— Por que as luzes ainda funcionam? Aquela porta pela qual entramos lá atrás, por que ainda funcionava?

— Não faço ideia, pequenina. — Schaffa agora vai à frente dela ao descer as escadas, baseado na teoria de que qualquer coisa perigosa deveria encontrá-lo primeiro. Nassun não consegue ver seu rosto e precisa avaliar seu humor através dos ombros largos. (Incomoda-a o fato de fazer isso, observá-lo constantemente à procura de mudanças de humor ou alertas de tensão. É outra coisa que ela aprendeu com Jija. Ela parece não conseguir se livrar desse hábito com Schaffa nem com nenhuma outra pessoa.) Ele está cansado, ela consegue ver, mas, fora isso, está bem. Satisfeito, talvez, de que tenham chegado aqui. Desconfiado do que podem encontrar... mas então são dois a desconfiar. — Em ruínas de civextintas, às vezes a resposta é simplesmente "porque sim".

— O senhor... se lembra de alguma coisa, Schaffa?

Uma encolhida de ombros não tão despreocupada quanto deveria.

— Um pouco. Lampejos. O porquê, em vez do quê.

— Então por quê? Por que os Guardiões vêm para cá durante a Estação? Por que não ficam no lugar onde estão e ajudam as comus às quais se juntam como o senhor ajudou Jekity?

Os degraus são sempre um pouquinho largos demais para as passadas de Nassun, mesmo quando ela se mantém do lado da curva interior, que é mais estreita. De tempos em tempos, ela precisa parar e colocar os dois pés em um degrau para descansar, depois andar a passadas largas para alcançá-lo. Ele é constante como batidas de tambor, prosseguindo sem ela... mas, de repente, no exato momento em que ela faz essas perguntas, eles chegam a um patamar em meio à escada. Para grande alívio de Nassun, Schaffa para enfim, sinalizando que podem se sentar e descansar. Ela ainda está encharcada de suor por conta da caminhada frenética pela floresta de capim, embora esteja começando a ficar seca agora que está se movimentando mais devagar. O primeiro gole de água do cantil é doce, e o chão parece confortavelmente frio, apesar de duro. De súbito, ela se sente sonolenta. Bem, é noite lá fora, lá na superfície onde gafanhotos e cigarras agora saltam.

Schaffa vasculha a mochila dele e lhe entrega uma fatia grossa de carne seca. Ela suspira e começa o laborioso processo de mastigá-la. Ele sorri ao ver seu mau humor e, talvez para acalmá-la, finalmente responde à pergunta.

— Nós vamos embora durante uma Estação porque não temos nada a oferecer a uma comu, pequenina. Não posso ter filhos, para começar, o que me torna um candidato menos ideal para ser adotado por uma comunidade. Por mais que eu pudesse contribuir para a sobrevivência de qualquer comu, seu investimento em mim resultaria apenas em ganhos de curto prazo. — Ele encolhe os ombros. — E, sem orogenes para cuidar, nós Guardiões nos tornamos... difíceis de conviver.

Porque a coisa na cabeça deles os faz querer magia o tempo todo, ela se dá conta. E, embora os orogenes produzam quantidades suficientes do prateado para ceder, os quietos não. O que acontece quando um Guardião pega o prateado de um quieto? Talvez seja por isso que os Guardiões vão embora... para ninguém descobrir.

— Como sabe que não pode ter filhos? — ela insiste. Talvez essa seja uma pergunta muito pessoal, mas ele nunca se importou que ela fizesse esse tipo de pergunta. — O senhor já tentou?

Ele está bebendo água do cantil. Quando abaixa o recipiente, parece achar graça.

— Seria mais claro dizer que eu não *deveria* — ele responde. — Guardiões carregam o traço da orogenia.

— Ah. — A mãe ou o pai de Schaffa deve ter sido orogene! Ou talvez seus avós? De qualquer forma, a orogenia não se manifestou nele como se manifestou em Nassun. A mãe dele (ela decide arbitrariamente que era a mãe dele, sem nenhum motivo em particular) nunca precisou treiná-lo, ou ensinar-lhe a mentir, ou quebrar sua mão. — Sortudo — ela murmura.

Ele está erguendo o cantil de novo quando para. Algo perpassa seu rosto. Ela aprendeu a interpretar essa expressão em particular, apesar do fato de ser tão rara. Às vezes, ele se esqueceu de coisas que gostaria de poder lembrar, mas, neste exato momento, está se lembrando de algo que gostaria de poder esquecer.

— Não tão sortudo. — Ele toca a nuca. A rede brilhante, gravada por nervos e composta de luz abrasadora, ainda está ativa... causando-lhe dor, atacando-o, tentando alquebrá-lo. No centro dessa rede está o fragmento do núcleo pétreo que alguém colocou nele. Pela primeira vez, Nassun se pergunta *como* foi colocado. Ela pensa na cicatriz comprida e feia que lhe desce pela nuca e pensa que ele deixa o cabelo comprido para cobri-la. Ela estremece um pouco ao pensar nas implicações dessa cicatriz.

— Eu não... — Nassun tenta tirar o pensamento da imagem de Schaffa gritando enquanto alguém o *corta*. — Eu não entendo os Guardiões. O outro tipo de Guardião, quero dizer. Eu não... eles são horríveis. — E ela não consegue nem começar a imaginar Schaffa sendo como eles.

Ele não responde por algum tempo, enquanto mastigam a refeição. Depois, diz baixinho:

— Os detalhes estão perdidos para mim, os nomes, e a maioria dos rostos. Mas os sentimentos permanecem, Nassun. Eu lembro que *amava* os orogenes de quem era Guardião... ou pelo menos acreditava amá-los. Queria que eles ficassem seguros, mesmo que isso significasse infligir pequenas crueldades para manter as maiores afastadas. Eu sentia que qualquer coisa era melhor do que genocídio.

Nassun franze a testa.

— O que é genocídio?

Ele sorri outra vez, mas é um sorriso triste.

— Se cada orogene é caçado e assassinado, e se torcem o pescoço de cada criança orogene que nasce daí em diante, e se cada um que, como eu, carrega o traço é morto ou efetivamente esterilizado, e se até mesmo a noção de que os orogenes são humanos é negada... isso é genocídio. Matar um povo matando até mesmo a própria *ideia* deles como um povo.

— Ah. — Nassun se sente inexplicavelmente enjoada outra vez. — Mas isso é...

Schaffa inclina a cabeça, admitindo a observação implícita da garota: "Mas isso é o que vem acontecendo".

— Esta é a missão dos Guardiões, pequenina. Nós impedimos que a orogenia desapareça... porque, na verdade, as pessoas deste mundo não sobreviveriam sem ela. Orogenes são essenciais. E, no entanto, porque vocês são essenciais, não se pode permitir que tenham uma *escolha* quanto a esse assunto. Vocês devem ser ferramentas, e ferramentas não podem ser pessoas. Os Guardiões mantêm a ferramenta... e, até onde é possível, ainda retendo a utilidade da ferramenta, matam a pessoa.

Nassun olha de volta para ele, o entendimento movendo-se dentro dela como um tremor de nove graus saído do nada. As coisas que acontecem com os orogenes não acontecem simplesmente. Os Guardiões *fizeram* com que acontecessem após anos e anos de trabalho. Talvez eles tenham sussurrado ideias nos ouvidos de cada chefe guerreiro ou líder antes da época de Sanze. Talvez eles estivessem lá até mesmo durante a Estação do Estilhaçamento... introduzindo-se nos bolsões maltrapilhos e assustados de sobreviventes para lhes dizer a quem culpar por sua miséria, como encontrá-los, e o que fazer com os culpados que encontrassem.

Todos acham que os orogenes são tão assustadores e poderosos, e são. Nassun tem certeza de que poderia aniquilar as Antárticas se realmente quisesse, embora provavelmente precisasse do safira para fazer isso sem morrer. Mas, apesar de todos os seus poderes, ela ainda é só uma menina. Ela tem que comer e dormir como qualquer outra garotinha, em meio a outras pessoas se quiser *continuar* comendo e dormindo. As pessoas precisam de outras pessoas pra viver. E se ela tiver que lutar para viver, lutar contra todas as pessoas em todas as comus? Contra todas as canções e todas as narrativas e a história e os Guardiões e a milícia e a lei imperial e o próprio saber das pedras? Contra um pai que não conseguiu conciliar *filha* e *rogga*? Contra o seu próprio desespero quando ela contempla a gigantesca missão de simplesmente tentar ser feliz?

O que a orogenia pode fazer contra uma coisa dessas? Mantê-la respirando, talvez. Mas respirar nem sempre significa viver, e talvez... talvez o genocídio nem sempre deixe cadáveres.

E agora ela tem mais certeza do que nunca de que Aço estava certo.

Ela olha para Shcaffa.

— Até o mundo queimar. — Foi o que ele disse a ela quando ela lhe contou o que pretendia fazer com o Portão do Obelisco.

Schaffa pisca, depois dá o doce e terrível sorriso de um homem que sempre soube que amor e crueldade são dois lados da mesma moeda. Ele a puxa para perto e beija sua testa, e ela o abraça apertado, tão feliz de ter um pai, enfim, que a ama como deveria.

— Até o mundo queimar, pequenina — ele murmura em seu ouvido. — Claro.

❖   ❖   ❖

De manhã, eles recomeçam a descer a escada em espiral.

O primeiro sinal de mudança é o aparecimento de outro corrimão do outro lado da escadaria. O corrimão é feito de uma substância estranha, um metal claro e reluzente nem um pouco manchado de verdete nem embaçado. Agora, contudo, há dois corrimões, e a escada se torna ampla o bastante para que duas pessoas possam caminhar lado a lado. Depois, a escadaria em espiral começa a ficar mais reta, ainda descendo no mesmo ângulo, mas cada vez fazendo menos curvas, até finalmente estender-se em uma linha até a escuridão.

Após mais ou menos uma hora de caminhada, o túnel de repente se abre, as paredes e o teto desaparecendo. Agora eles descem por um caminho com escadas iluminadas e interligadas que pairam, de algum modo, sem sustentação nenhuma ao ar aberto. Essas escadas não deveriam ser possíveis, apoiadas como estão por nada mais além do corrimão e, ao que parece, umas nas outras… mas não ocorre nenhuma vibração ou rangido enquanto Nassun e Schaffa descem. O que quer que seja o material que constitui os degraus é muito mais forte do que pedras comuns.

E agora eles descem até uma caverna imensa. É impossível ver qual é o seu tamanho no escuro, embora colunas inclinadas de claridade desçam de círculos ocasionais de uma fria luz branca que pontilha o teto da caverna em intervalos irregulares. A luz ilumina… nada. O chão da caverna é uma vasta extensão de espaço vazio cheio de pilhas irregulares e granulosas de areia. Mas agora que estão dentro do que Nassun antes pensou ser uma câmara de magma vazia, ela consegue sensar as coisas com mais clareza e, de repente, percebe o quanto estava errada.

— Isto não é uma câmara de magma — ela diz a Schaffa em tom de espanto. — Não era sequer uma caverna quando esta cidade foi construída.

— O quê?

Ela chacoalha a cabeça.

— Ela não era *fechada*. Deve ter sido... Não sei. Aquilo que sobra quando um vulcão explode por completo.

— Uma cratera?

Ela concorda rapidamente com a cabeça, entusiasmada com a descoberta.

— Ficava a céu aberto naquela época. As pessoas construíram a cidade na cratera. Mas depois houve outra erupção, bem no meio da cidade. — Ela aponta para a frente, para a escuridão; a escadaria vai direto até o que ela sensa como epicentro dessa antiga destruição.

Mas isso não pode estar certo. Outra erupção, dependendo do tipo de lava, deveria simplesmente ter destruído a cidade e preenchido a cratera anterior. Em vez disso, de alguma maneira, a lava *subiu* e *cobriu* a cidade, estendendo-se como uma cobertura e solidificando-se sobre ela de modo a formar esta caverna. Deixando a cidade dentro da cratera mais ou menos intacta.

— Impossível — contesta Schaffa, franzindo o cenho. — Nem mesmo a lava mais viscosa se comportaria dessa forma. Mas... — Sua expressão se anuvia. Outra vez ele está tentando examinar lembranças truncadas e entrecortadas, ou talvez apenas obscurecidas pela idade. Em um impulso, Nassun agarra a mão dele para encorajá-lo. Ele olha para ela, dá um sorriso distraído, e volta a franzir o cenho. — Mas acho que... um orogene *poderia* fazer uma coisa dessas. Seria preciso um orogene com um poder raro, porém, e provavelmente o auxílio de um obelisco. Um dez anéis. Pelo menos.

Nassun, confusa, franze a testa ao ouvir essas palavras. Mas a essência do que ele falou faz sentido: *alguém* fez isso. Nassun olha para o teto da caverna e só então se dá conta de que o que pensava tratar-se de antigas estalactites são, na verdade – ela arqueja –, o que restou de impressões de edifícios que não estão mais lá! Sim, há um ponto que se estreita e que deve haver sido um pináculo; aqui, um arco recurvado; ali, uma esquisitice geométrica composta de raios e curvas que parece estranhamente orgânica, como as lâminas sob o chapéu de um cogumelo. Mas enquanto essas marcas estão fossilizadas por todo o teto da caverna, a lava solidificada em si para alguns metros acima do chão. Só então Nassun percebe que o "túnel" de onde eles saíram também é o resquício de um prédio. Olhando para trás, ela vê que o lado de fora do túnel parece uma das conchas de sépia que seu pai usava para trabalhos minuciosos de britagem; mais sólido e feito do mesmo material branco estranho da laje lá na superfície. Deve ter sido o topo do edifício. Mas, alguns metros abaixo, onde termina a cobertura, o prédio termina também, para dar lugar a essa estranha escada branca. Ela deve ter sido construída algum tempo depois do desastre... mas como? E por quem? E por quê?

Tentando entender o que vê, Nassun olha mais de perto o chão da caverna. A areia em grande parte é clara, embora haja partes sarapintadas de cinza mais escuro e de marrom. Em alguns lugares, pedaços retorcidos de metal ou imensos fragmentos quebrados de algo maior – outros edifícios talvez – despontam em meio à areia como ossos de um túmulo parcialmente desencavado.

Mas isso também está errado, percebe Nassun. Não há material suficiente aqui para configurar os restos de uma cidade. Ela não viu muitas ruínas de civextintas, nem muitas cidades, aliás, mas leu sobre elas e ouviu histórias. Ela tem certeza de que as cidades deveriam ser cheias de construções de pedras e esconderijos de provisões feitos de madeira e talvez portões de metal e ruas pavimentadas. *Esta* cidade não é nada, relativamente falando. Só metal e areia.

Nassun abaixa as mãos, que havia erguido sem pensar enquanto seus sentidos que não são da carne cintilavam e procuravam. Inadvertidamente, ela olha para baixo, o que faz a distância entre o degrau que está pisando e o chão arenoso da caverna se abrir e parecer esticar-se. Isso a faz dar um passo atrás, voltando para mais perto de Schaffa, que coloca uma mão reconfortante em seu ombro.

— Esta cidade — diz Schaffa. Ela olha para ele, surpresa; ele parece pensativo. — Há uma palavra na minha mente, mas não sei o que é. Um nome? Algo que tem sentido em outra língua? — Ele chacoalha a cabeça. — Mas, se esta for a cidade que eu acho que é, ouvi histórias sobre a sua grandeza. Dizem que houve um tempo em que abrigava bilhões de pessoas.

Isso parece impossível.

— Em uma única cidade? De que tamanho era Yumenes?

— Alguns milhões. — Ele sorri ao vê-la boquiaberta, depois fica um pouco sério. — E agora não deve haver muito mais pessoas do que isso em toda a Quietude. Quando perdemos os Equatoriais, perdemos a maior parte da humanidade. Contudo. No passado, o mundo era ainda maior.

Não pode ser. A cratera vulcânica não é tão ampla assim. E, no entanto... Delicadamente, Nassun sensa debaixo da areia e dos escombros, procurando evidências do impossível. A areia é muito mais profunda do que ela pensava. Bem mais abaixo da sua superfície, porém, ela encontra trilhas prensadas em longas linhas retas. Estradas? Alicerces também, embora sejam oblongos ou redondos ou tenham outros formatos: circuitos de ampulheta e grossas curvas em S e declives em forma de bacia. Nenhum quadrado sequer. Ela fica intrigada com a estranha composição desses alicerces e então, de repente, percebe que tudo sensa a algo mineralizado, alcalino. Oh, está petrificado! O que significa que originalmente... Nassun arqueja.

— É madeira — ela diz bruscamente em voz alta. Um alicerce de madeira? Não, é algo *parecido* com madeira, mas também um pouco com o polímero que seu pai costumava fazer, e um pouco com aquela estranha coisa de que é feita a escada onde eles estão, que não é pedra. Todas as estradas que ela consegue sensar são de algo semelhante. — *Poeira.* Tudo aqui embaixo, Schaffa. Não é areia, é poeira! São *plantas*, muitas delas, mortas há tanto tempo que todas secaram e esfarelaram. E... — O olhar dela se volta de novo para a cobertura de lava acima. Como será que deve ter sido? Um clarão vermelho na caverna inteira. O ar quente demais para respirar. Os edifícios duraram mais, tempo suficiente para a lava começar a se resfriar em torno deles, mas todas as pessoas desta cidade teriam assado nas primeiras horas após serem enterradas por uma bolha de fogo.

É isso que há na areia também, então: incontáveis pessoas, cozidas até carbonizarem e se esfarelarem.

— Intrigante — diz Schaffa. Ele se inclina sobre o corrimão, sem se importar com a distância até o chão enquanto contempla a caverna. Nassun sente um aperto no estômago, receando por ele. — Uma cidade construída com plantas. — Então o olhar dele se torna penetrante. — Mas não há nada crescendo aqui agora.

Sim. Foi a outra coisa que Nassun notou. Ela já viajou o bastante agora e viu cavernas suficientes para saber que este lugar deveria ter abundância de vida, como líquenes e morcegos e insetos brancos e cegos. Ela desvia a percepção para o domínio do prateado, procurando delicadas linhas que deveriam estar em toda parte em meio a tanto detrito vivo. Ela as encontra, muitas delas, mas… há algo estranho. As linhas fluem juntas e se concentram, fios minúsculos tornando-se canais mais grossos… muito parecido com o modo como a magia flui dentro de um orogene. Ela nunca viu isso acontecer com plantas ou animais ou com o solo antes. Esses fluxos mais concentrados se juntam e continuam seguindo adiante… na direção para onde a escada está indo. Ela os segue para bem além da escadaria que consegue ver, engrossando, iluminando-se… e então, em algum lugar lá na frente, eles param abruptamente.

— Tem alguma coisa ruim aqui — diz Nassun, sua pele comichando. De repente, ela para de sensar. Não quer sensar o que está mais adiante, por algum motivo.

— Nassun?

— Alguma coisa está *comendo* este lugar. — Ela pronuncia as palavras de maneira brusca, depois se pergunta por que as pronunciou. Mas agora que o fez, sente que foi a coisa certa a dizer. — É por isso que nada cresce. Alguma coisa está absorvendo toda a magia. Sem ela, tudo morre.

Schaffa a observa por um longo instante. Nassun vê que uma das mãos dele está no cabo do punhal de vidro preto, no ponto onde está amarrado na coxa dele. Ela quer rir disso. O que está adiante não é algo que ele possa apunhalar. Ela não ri porque é cruel e porque, de súbito, sente muito medo de que, se começar a rir, talvez não pare.

— Nós não temos que seguir em frente — sugere Schaffa. É um reconforto gentil e extremamente necessário de que ele não perderá o respeito por ela se ela abandonar a missão por medo.

Mas isso incomodaria Nassun. Ela tem seu orgulho.

— N-não. Vamos continuar. — Ela engole em seco. — Por favor.

— Muito bem, então.

Eles continuam. Alguém ou alguma coisa cavou um túnel em meio à poeira, por baixo e ao redor da escada impossível. Enquanto continuam a descer, eles passam por montanhas do material. Neste momento, porém, Nassun vê outro túnel logo em frente. Este assenta-se contra o chão da caverna – até que enfim – e sua abertura é imensa. Arcos concêntricos, cada um deles esculpidos em mármores de diferentes tons, elevam-se bem alto quando a escadaria enfim chega ao chão e se nivela com as pedras ao redor. O túnel se estreita ainda mais; só há escuridão adiante. O chão da entrada é algo que parece verniz, ladrilhado em tons degradês de azul e preto e vermelho-escuro. São cores vivas e lindas, um alívio para os olhos depois de tanto branco e cinza e, no entanto, isso também é impossivelmente estranho. De algum modo, nem um pouco da poeira da cidade foi soprado nem sedimentou nessa entrada.

Dezenas de pessoas poderiam passar por esse arco. Centenas em um minuto. Contudo, agora só uma está aqui, observando-os a partir de um ponto sob uma faixa de mármore rosa que contrasta drasticamente com suas linhas pálidas e incolores. Aço.

Ele não se move enquanto Nassun caminha até ele. (Schaffa vem também, mas mais devagar, tenso.) O olhar cinzento de Aço está fixo em um objeto ao lado dele que não é familiar a Nassun, mas que seria para sua mãe: um pedestal hexagonal que se ergue do chão, como uma coluna de cristal de quartzo fumê cortada ao meio. Sua superfície mais alta é ligeiramente inclinada. A mão de Aço está voltada para ela em um gesto de apresentação. *Para você.*

Então Nassun se concentra no pedestal. Ela estende a mão até ele e a recolhe quando algo se ilumina ao redor da borda, antes que seu dedo possa tocar a superfície inclinada. Marcas em vermelho brilhante flutuam no ar sobre o cristal, estampando símbolos no espaço vazio. Ela não consegue entender o significado, mas a cor a deixa alarmada. Ela olha para Aço, que não se mexeu e parece estar na mesma posição desde que esse lugar foi construído.

— O que a mensagem diz?

— Que o veículo de transporte do qual eu falei atualmente não está funcionando — responde uma voz de dentro do peito de Aço. — Você terá que energizá-lo e dar andamento ao sistema para poder usar a estação.

— Dar... andamento? — Ela tenta entender o que andar tem a ver com ruínas antigas, depois decide continuar com a parte que entende. — Como eu faço para dar energia?

Abruptamente, Aço está em outra posição, de frente para o arco que leva mais para o interior da estação.

— Entre e forneça a energia na raiz. Ficarei aqui e teclarei a sequência de inicialização assim que houver energia suficiente.

— O quê? Eu não...

Seus olhos cinza sobre fundo cinza pousam sobre ela.

— Você verá o que fazer lá dentro.

Nassun morde o lado de dentro da bochecha, olhando para o arco. Está muito escuro lá.

A mão de Schaffa toca seu ombro.

— Eu vou com você, claro.

Claro. Nassun engole em seco e aquiesce, agradecida. Então ela e Schaffa entram na escuridão.

Não fica escuro por muito tempo. Como na escadaria branca, pequenos painéis de luz começam a brilhar nas laterais do túnel à medida que eles avançam. As luzes são fracas e amareladas de um modo que sugere envelhecimento, desgaste ou... bem, *exaustão*. É essa a palavra que surge na mente de Nassun por algum motivo. A luz é suficiente para iluminar as bordas dos azulejos sob os pés deles. Há portas e recessos ao longo das paredes do túnel e, a certa altura, Nassun avista uma engenhoca sobressaindo dela a uns três metros de altura. Parece... o leito de uma carroça? Sem rodas nem parelha, e como se esse leito de carroça fosse feito do mesmo material liso da escada, e como se esse leito corresse sobre alguma espécie de trilho fixado na parede. Parece claramente feito para transportar pessoas; talvez fosse a maneira como as pessoas que não podiam ou não queriam andar se locomoviam? Agora está parado e escuro, para sempre preso à parede onde o último condutor o deixou.

Eles notam a luz azulada peculiar iluminando o túnel mais adiante, mas isso ainda não é um alerta adequado o bastante para prepará-los para o momento em que o caminho faz uma curva à esquerda e eles se veem em uma nova caverna. Essa caverna muito menor não está repleta de poeira, ou pelo menos não muito. O que ela contém, em vez disso, é uma coluna gigantesca de vidro vulcânico de um tom preto azulado sólido.

A coluna é imensa e irregular e impossível. Nassun simplesmente olha, de queixo caído, para essa *coisa* que preenche quase a caverna inteira, do chão ao teto e além. Que é o produto solidificado e rapidamente resfriado do que deve ter sido uma explosão gigantesca fica óbvio de imediato. Que essa é, de alguma forma, a fonte da cobertura de lava que fluiu para a caverna contígua é igualmente indiscutível.

— Entendo — diz Schaffa. Até mesmo ele soa perplexo, sua voz suavizada pelo espanto. — Olhe. — Ele aponta para baixo. É isso o que enfim proporciona a Nassun o ponto focal para estabelecer perspectiva, tamanho e distância. A coisa é enorme, porque agora ela consegue ver fileiras que descem em direção à base, circundando-a em octógonos. Três delas. Na fileira mais externa há edifícios, ela acha. Estão muito danificados, destruídos pela metade, apenas cascas, mas ela sensa de pronto por que eles ainda existem enquanto aqueles na caverna ao lado desmoronaram. O calor que deve ter preenchido esta caverna transformou alguma coisa na construção dos edifícios, endurecendo-os e preservando-os. Algum tipo de batida também causou estragos: todas as construções estão abertas do mesmo lado, de frente para a grande coluna de vidro. Olhando para a coluna de vidro a partir do que parece ser um prédio de três andares, ela estima que a coluna não fica tão longe quanto parece; só é muito maior do que havia suposto inicialmente. Do tamanho de... ah.

— Um obelisco — ela sussurra. E então ela consegue sensar e adivinhar o que aconteceu de forma tão clara como se houvesse estado lá.

Há muito tempo, um obelisco jazia ali, no fundo dessa caverna, uma de suas pontas encravada no chão como algum tipo de planta bizarra. Em algum momento, o obelisco se soltou do poço para flutuar e cintilar como seus colegas sobre a estranha imensidão da cidade... e então alguma coisa deu muito, muito errado. O obelisco... caiu. Onde ele atingiu a terra, Nassun imagina poder ouvir o eco da batida; ele não caiu simplesmente, ele *abriu* caminho no chão, perfurando-o e penetrando fundo e fundo e fundo, impulsionado por toda a força do prateado concentrado em seu núcleo. Nassun não consegue seguir seu rastro por mais do que um ou dois quilômetros abaixo da superfície, mas não há nenhuma razão para acreditar que ele não tenha continuado a perfurar. Até onde, ela não pode imaginar.

E, na sequência, canalizada direto da parte mais liquefeita da terra, veio literalmente uma fonte de fogo da terra para enterrar esta cidade.

Ainda não há nada ao redor que pareça um meio de fornecimento de energia para a estação. Nassun nota, porém, que a iluminação da caverna vem de enormes torres de luz azul perto da base da coluna de vidro. Elas compõem a fileira mais baixa e mais interna da câmara. *Algo* está dando origem àquela luz.

Schaffa também chegou à mesma conclusão.

— O túnel acaba aqui — ele diz, apontando para as torres azuis e a base da coluna. — Não há nenhum outro lugar para onde ir a não ser para o sopé dessa monstruosidade. Mas você tem certeza de que quer seguir os passos de quem quer que tenha feito isso?

Nassun morde o lábio inferior. Ela não tem. É aqui que está a coisa errada que ela sensou de lá da escada, embora ainda não consiga distinguir sua fonte. No entanto...

— Aço quer que eu veja alguma coisa aqui embaixo.

— Você tem certeza de que quer fazer o que ele deseja, Nassun?

Ela não tem. Não dá para confiar em Aço. Mas ela já se comprometeu com o plano de destruir o mundo; o que quer que Aço queira, não pode ser pior do que isso. Então, quando Nassun aquiesce, Schaffa simplesmente inclina a cabeça, concordando, e lhe oferece a mão para poderem descer o acesso até as torres juntos.

Passar pelas fileiras é como passar por um cemitério, e Nassun se sente compelida a ficar em respeitoso silêncio por esse motivo. Entre os edifícios, ela consegue distinguir passarelas carbonizadas, canais de vidro fundido que um dia devem ter abrigado plantas, estranhos postes e estruturas cujo propósito ela não sabe ao certo se conseguiria entender mesmo que não estivessem semiderretidos. Ela decide que esse poste era para amarrar cavalos, e que aquela estrutura é onde os curtidores estendiam o couro para secar. Projetar aquilo que é familiar sobre aquilo que é estranho não funciona muito bem, claro, porque nada sobre esta cidade é normal. Se as pessoas que moravam aqui andavam em montarias, não eram cavalos. Se faziam cerâmica ou ferramentas, elas não eram feitas com argila nem obsidiana, e os artesãos que faziam tais coisas não eram meros britadores. Essas são pessoas que construíram um obelisco, e depois perderam o controle sobre ele. Não há como dizer que maravilhas e horrores preenchiam suas ruas.

Em sua ansiedade, Nassun procura sintonizar o safira, em grande parte apenas para se reassegurar de que consegue fazer isso através de toneladas de lava resfriada e de uma cidade deteriorada que está se petrificando. É tão fácil conectar-se aqui embaixo quanto lá em cima, o que é um alívio. Ele a atrai delicadamente – ou tão delicadamente quanto qualquer obelisco – e, por um instante, ela se deixa arrastar para a sua luz flutuante e líquida. Ela não se assusta por ser arrastada dessa forma: Nassun confia no safira até onde se pode confiar em um objeto inanimado. Foi a coisa que lhe contou sobre o Ponto Central, no final das contas, e agora ela sensa outra mensagem nos interstícios cintilantes de suas linhas apertadas...

— Mais adiante — ela diz de maneira brusca, sobressaltando-se.

Schaffa para e olha para ela.

— O quê?

Nassun precisa chacoalhar a cabeça, trazendo a mente de volta para o seu lugar e tirando-a de todo aquele azul.

— O... o lugar para depositar a energia. Está mais adiante, como Aço disse. Depois do acesso.

— Acesso? — Schaffa se vira, olhando para a passarela em declive. Mais adiante está a segunda fileira: um plano regular e uniforme feito de mais daquele material branco que não é pedra. As pessoas que construíram os obeliscos parecem ter usado essa coisa em todas as suas ruínas mais antigas e duradouras.

— O safira... conhece este lugar — ela tenta explicar. É uma explicação meio desajeitada, tão difícil quanto tentar explicar a orogenia para um quieto. — Não este lugar especificamente, mas algum lugar parecido... — Ela o sintoniza outra vez, pedindo mais informações sem palavras, e quase fica sobrecarregada por uma cintilação azul de imagens, sensações, *crenças*. Sua perspectiva muda. Ela está no centro das três fileiras, não mais em uma caverna, mas diante de um horizonte azul pelo qual nuvens agradáveis se agitam e correm e se desvanecem e ressurgem. As fileiras ao seu redor fervilham de atividades... embora tudo se transforme em um borrão, e o que ela consegue discernir nos poucos instantes de calmaria não faça sentido. Estranhos veículos como a carroça que ela viu no túnel deslizam pelas laterais dos edifícios, seguindo trilhos de luz de diferentes cores. Os edifícios estão *cobertos* de verde, videiras e telhados relvados e flores recurvando-se sobre vigas e paredes. Pessoas, centenas delas, entram e saem deles, e sobem e descem pelas passarelas, em borrões ininterruptos de movimento. Ela não consegue ver seus rostos, mas vislumbra cabelos pretos como o de Schaffa, brincos com tema de videiras artisticamente espiralados, um vestido agitando-se na altura dos tornozelos, dedos cintilando com capas de laca colorida.

E em toda parte, *em toda parte*, está o prateado que há por trás do calor e do movimento, a matéria dos obeliscos. Ele forma teias e flui, convergindo não apenas em fios de água, mas em rios e, quando ela olha para baixo, vê que está em uma poça de prateado líquido, encharcando seus pés...

Nassun cambaleia um pouco quando volta desta vez, e a mão de Schaffa segura seu ombro com firmeza para estabilizá-la.

— Nassun.

— Estou bem — ela diz. Ela não tem certeza disso, mas diz mesmo assim porque não quer que ele fique preocupado. E porque é mais fácil dizer isso do que "Acho que fui um obelisco por um minuto".

Schaffa a circunda para se agachar de frente para ela, colocando as mãos em seus ombros. A preocupação em seu rosto quase, quase, eclipsa as linhas cansadas, certa distração e os outros sinais de luta que estão surgindo sob a sua superfície. Sua dor piorou aqui no subsolo. Ele não disse que piorou, e Nassun não sabe por que está piorando, mas dá para ver.

Mas.

— Não confie nos obeliscos, pequenina — ele diz. Não parece uma coisa nem tão estranha nem tão errada de sair da boca dele quanto deveria parecer. Em um impulso, Nassun abraça Schaffa; ele a estreita nos braços, afagando suas costas para confortá-la. — Nós permitíamos que uns poucos progredissem — ele murmura em seu ouvido. Nassun pisca, lembrando-se da pobre, louca e assassina Nida, que disse a mesma coisa certa vez. — Lá no Fulcro. Permitiram que eu me lembrasse disso porque é importante. Os poucos que chegavam ao status de nove ou dez anéis... eles sempre conseguiam sentir os obeliscos, e os obeliscos podiam senti-los por sua vez. Eles teriam atraído você de um jeito ou de outro. Eles sentem falta de algo, estão incompletos de algum modo, e é isso que precisam que um orogene proporcione.

E em seguida:

— Mas os obeliscos os mataram, minha Nassun — ele diz, encostando o rosto no cabelo dela. Ela está imunda e não toma um banho de verdade desde Jekity, mas as palavras dele afastam esses pensamentos mundanos. — Os obeliscos... eu *lembro*. Eles vão transformá-la, refazê-la, se puderem. É o que aquele comedor de pedra ferrugento quer.

Ele aperta mais os braços por um instante, com um pouco de sua antiga força, e é o sentimento mais lindo do mundo. Ela sabe nesse momento que ele jamais hesitará, jamais deixará de estar lá quando ela precisar, jamais se transformará em um mero ser humano falho. E ela o ama mais que tudo na vida por sua força.

— Sim, Schaffa — ela promete. — Vou tomar cuidado. Não vou deixar que eles ganhem.

Ele, ela pensa, e sabe que ele pensa nisso também. Ela não vai deixar *Aço* ganhar. Pelo menos não sem conseguir o que quer primeiro.

Assim eles se decidem. Quando Nassun se afasta, Schaffa concorda com a cabeça antes de se pôr de pé. Eles voltam a seguir adiante.

A fileira mais interna fica à sombra azulada e escura da coluna de vidro. As torres são maiores do que pareciam a distância; talvez o dobro da altura de Schaffa, três ou quatro vezes a largura dele, e zumbindo ligeiramente agora que

Nassun e Schaffa estão perto o bastante para ouvir. Elas estão dispostas em um círculo ao redor do que deve ter sido a área de repouso de obeliscos, como um amortecedor protegendo as duas fileiras mais externas. Como uma cerca, separando a vida agitada da cidade... disto.

Isto: a princípio, Nassun pensa que é uma moita de espinhos. As videiras com espinhos formam espirais que se enrolam pelo chão e pela superfície interna das torres, preenchendo todo o espaço disponível entre elas e a coluna de vidro em si. Depois ela vê que não são videiras espinhosas: não há folhas. Não há espinhos. Apenas essas espirais recurvadas e retorcidas de algo que parece madeira, mas tem um cheiro um pouco parecido com o de fungo.

— Que estranho — diz Schaffa. — Alguma coisa viva, enfim?

— T-talvez não estejam vivas? — Elas parecem mortas, embora se destaquem por serem patentemente plantas, e não restos esfarelados de ruínas no chão. Nassun não gosta desse lugar, em meio a essas videiras feias e à sombra da coluna de vidro. Será que é para isso que servem as torres, para ocultar a vista grotesca das videiras do resto da cidade? — E talvez tenham brotado aqui depois... do resto.

Então ela pisca, notando algo novo quanto à videira mais próxima. É diferente das outras. As outras estão claramente mortas; murchas, enegrecidas e quebradas em alguns pontos. Esta, contudo, parece talvez estar viva. É viscosa e nodosa em certos lugares, com uma superfície parecida com madeira e que parece antiga e áspera, mas intacta. Escombros abarrotam o chão sobre o qual se encontram; montes cinzentos e poeira, pedaços de tecido seco e apodrecido, e até mesmo parte de uma corda mofada e puída.

Há uma coisa que Nassun se absteve de fazer desde que entrou na caverna da coluna de vidro; há algumas coisas que ela não quer saber. Agora, porém, fecha os olhos e toca o lado de dentro da videira com o sentido do prateado.

De início, é difícil. As células dessa coisa – como *está* viva, é mais como um fungo do que uma planta, mas também há algo artificial e mecânico sobre o modo como foi feita para funcionar – estão tão apertadas que ela não espera ver nenhum prateado entre elas. Mais denso do que a matéria no corpo das pessoas. A organização de sua substância é quase cristalina, na verdade, células alinhadas em pequenas matrizes organizadas que ela nunca viu em nenhum ser vivo antes.

E agora que Nassun olhou nos interstícios da substância da videira, vê que não há nenhum prateado nela. Em vez disso, o que ela tem são... Ela não sabe ao certo como descrever. Espaços negativos? Onde o prateado deveria estar, mas não está. Espaços que *podem ser preenchidos* com o prateado. E, enquanto ela as explora cautelosamente, fascinada, começa a perceber a forma como elas atraem sua percepção cada vez mais até que... com um arquejo, Nassun liberta sua percepção de maneira brusca.

"Você verá o que fazer", Aço dissera. "Deveria ser óbvio."

Schaffa, que se agachou para dar uma espiada no pedaço de corda, para e olha para ela, franzindo o cenho.

— O que foi?

Ela devolve o olhar, mas não tem palavras para contar o que precisa ser feito. As palavras não existem. Mas ela sabe o que precisa fazer. Nassun se aproxima mais da videira viva.

— Nassun — diz Schaffa com a voz tensa e admoestadora devido à apreensão repentina.

— Tenho que fazer isso, Schaffa — ela diz. Ela já está erguendo as mãos. Este é o ponto para o qual todo o prateado da caverna exterior tem vindo, ela se dá conta agora; essas videiras vêm devorando-o. Por quê? Ela sabe por quê, na configuração mais profunda e mais antiga de sua carne.

— Eu preciso, ãhn, energizar o sistema.

Então, antes que Schaffa possa detê-la, Nassun envolve a videira com ambas as mãos.

Não dói. Essa é a armadilha. A sensação que se espalha pelo seu corpo é agradável, na verdade. Relaxante. Se ela não pudesse perceber o prateado, ou a forma como a videira começa instantaneamente a absorver cada fração de prateado do espaço entre as suas células, pensaria que aquilo estava fazendo-lhe bem. Do modo como as coisas vão indo, vai matá-la em instantes.

Mas ela tem acesso a mais prateado do que apenas o dela. Preguiçosamente, em meio à languidez, Nassun sintoniza o safira... e o safira responde de maneira instantânea, fácil.

"Amplificadores", Alabaster os chamava, muito antes de Nassun haver nascido. "Baterias" é como você pensa neles, e como os explicou certa vez a Ykka.

O que Nassun entende dos obeliscos é simplesmente que são *motores*. Ela já viu motores funcionando... os simples objetos de bomba e turbina que regulavam os sistemas geo e hidro lá em Tirimo e, por vezes, objetos mais complexos como o elevador de cereais. O que ela entende sobre motores não chegaria a encher um dedal, mas isto é claro até para uma menina de dez anos: para funcionar, motores precisam de combustível.

Então ela flutua com o azul, e o poder do safira flui através dela. A videira em suas mãos parece arquejar com o fluxo súbito, embora isso seja apenas a sua imaginação, ela tem certeza. Depois, zune em suas mãos, e ela vê como os enormes espaços vazios de suas matrizes se enchem de luz prateada cintilante e fluem, e algo imediatamente desvia essa luz para algum outro lugar...

Um estrépito ruidoso ecoa pela caverna. É seguido por outros estrépitos mais fracos, intensificando-se até formar um ritmo, e depois por um zumbido baixo e crescente. A caverna se ilumina de repente quando as torres azuis ficam brancas e brilham mais, assim como as cansadas luzes amarelas que eles seguiram ao descer o túnel com mosaico. Nassun estremece mesmo estando nas profundezas do safira e, em meia respiração, Schaffa a afasta da videira. As mãos dele tremem quando ele a abraça, mas ele não diz nada e seu alívio é palpável quando deixa Nassun se apoiar nele. De súbito, ela se sente tão esgotada que apenas o aperto dele a mantém de pé.

E, nesse meio tempo, algo vem vindo pelos trilhos.

É uma coisa fantasmagórica, de um verde iridescente como o dos besouros, graciosa e polida e quase silenciosa conforme emerge de algum lugar atrás da coluna de vidro. Nada disso faz sentido aos olhos de Nassun. O bojo desse objeto tem o formato aproximado de uma lágrima, embora sua extremidade mais estreita e pontuda seja assimétrica, a ponta fazendo uma curva que se afasta bastante do chão de um modo que a faz lembrar o bico de um corvo. É enorme, do tamanho de uma casa sem dúvida e, no entanto, flutua alguns centímetros acima do trilho, sem apoio. É impossível adivinhar de que é constituído, embora pareça ter... pele? Sim; de perto, Nassun consegue ver que a superfície da coisa tem a mesma textura levemente enrugada que um couro grosso e bem trabalhado. Em alguns pontos dessa pele ela vislumbra estranhos nódulos irregulares, cada um do tamanho de um punho fechado, talvez; eles parecem não ter propósito visível.

A coisa, contudo, forma um borrão e cintila. Passa de sólido a translúcido e vice-versa, exatamente como um obelisco.

— Muito bem — diz Aço, que aparece de repente diante deles e ao lado da coisa.

Nassun está esgotada demais para estremecer, embora esteja se recuperando. Schaffa aperta mais os ombros dela como reflexo, depois relaxa. Aço ignora os dois. Uma das mãos do comedor de pedra está erguida em direção à estranha coisa flutuante, como um artista orgulhoso mostrando sua última criação.

— Você forneceu ao sistema mais energia do que era absolutamente necessário — ele fala. — O excedente foi para a luz, como pode ver, e outros sistemas, tais como os controles ambientais. Inútil, mas suponho que não faça nenhum mal. Vão gastar a energia em alguns meses, sem nenhuma fonte para proporcionar mais energia.

A voz de Schaffa é muito suave e fria.

— Isso poderia tê-la matado.

Aço ainda está sorrindo. Nassun começa a suspeitar enfim que essa seja a tentativa de Aço de zombar dos sorrisos frequentes dos Guardiões.

— Poderia, se ela não tivesse usado o obelisco. — Não há nenhum sinal de desculpas no tom dele. — Morte é o que costuma acontecer quando alguém carrega o sistema. Porém, orogenes capazes de canalizar magia conseguem sobreviver... assim como Guardiões, que normalmente conseguem absorvê-la de fontes externas.

Magia?, pensa Nassun, momentaneamente confusa.

Mas Schaffa fica tenso. Nassun fica confusa com o acesso de fúria dele a princípio, então se dá conta: Guardiões comuns, do tipo não contaminado, absorvem o prateado da terra e o transmitem às videiras. Guardiões como Umber e Nida provavelmente podiam fazer o mesmo, embora só fossem tentar se servisse aos interesses do Pai Terra. Mas Schaffa, apesar de seu núcleo pétreo, não pode confiar no prateado da Terra, e não pode absorvê-lo à vontade. Se Nassun correu risco em relação à videira, foi por conta da inaptidão de Schaffa.

Ou pelo menos é o que Aço pretende sugerir. Nassun o encara, incrédula, depois se vira para Schaffa de novo. Ela está sentindo parte de sua força voltar.

— Eu sabia que conseguiria — ela diz. Schaffa ainda está com os olhos fixos em Aço. Nassun enrola as mãos na camisa dele e dá um puxão para fazê-lo olhar para ela. Ele pisca e olha para a menina, surpreso. — Eu sabia! E eu não teria *deixado* o senhor fazer aquilo com as videiras, Schaffa. É por minha causa que...

Ela hesita então, a garganta apertada devido a lágrimas iminentes. Parte disso é apenas nervosismo e exaustão. Grande parte, contudo, é o senso de culpa que vem espreitando-a e crescendo dentro dela há meses, extravasando somente agora porque ela está cansada demais para guardar no seu íntimo. É sua culpa que Schaffa tenha perdido tudo: Lua Encontrada, as crianças de quem ele cuidava, a companhia de seus colegas Guardiões, o poder confiável que deveria vir do núcleo pétreo dele, até mesmo um sono tranquilo à noite. Ela é o motivo pelo qual ele está aqui embaixo na poeira de uma cidade morta, e pelo qual eles vão confiar em uma máquina mais antiga do que Sanze e talvez do que a *Quietude* para ir a um lugar impossível e fazer uma coisa impossível.

Schaffa vê tudo isso instantaneamente, com a habilidade de alguém que cuida de crianças há muito tempo. Ele desfranze o rosto, chacoalha a cabeça e se agacha para olhar para ela frente a frente.

— Não — ele diz. — Nada disso é culpa sua, minha Nassun. Não importa o que tenha me custado, e não importa o que ainda custará, sempre lembre que eu... que eu...

Sua expressão vacila. Por um momento fugaz, aquela confusão indistinta e horrível está lá, ameaçando apagar até mesmo esse momento em que ele pretende declarar sua força para ela. Nassun recupera o fôlego e se concentra no prateado que há nele e se enfurece quando vê que o núcleo pétreo dentro dele está ativo outra vez, trabalhando violentamente sobre seus nervos e enredando-se pelo cérebro dele, mesmo agora tentando fazê-lo inclinar para um lado.

"Não", ela pensa em um acesso repentino de ira. Ela agarra os ombros dele e o chacoalha. Ela precisa do corpo todo para fazer isso porque ele é um homem tão grande, mas a chacoalhada o faz piscar e se concentrar em meio à confusão.

— O senhor é Schaffa — ela diz. — O senhor é! E... e o senhor *escolheu*. — Porque isso é importante. É o que o mundo não quer que gente como eles faça. — Você não é mais meu Guardião, você... — Ela ousa falar em voz alta por fim. — É o meu novo pai. Tudo bem? E i-isso significa que somos uma família e... e temos de trabalhar juntos. É o que as famílias fazem, não é? Deixe que *eu* o proteja de vez em quando.

Schaffa olha para ela, então suspira e se inclina para a frente para beijar sua testa. Ele fica ali depois do beijo, o nariz encostado no cabelo dela; Nassun faz um esforço tremendo e não cai no choro. Quando ele finalmente fala, a horrível confusão desvaneceu, bem como desvaneceram até algumas rugas causadas pela dor ao redor dos olhos dele.

— Muito bem, Nassun. *De vez em quando*, você pode me proteger.

Com isso resolvido, ela funga, limpa o nariz em uma das mangas, e depois se vira para encarar Aço. Ele não mudou de posição, então ela se afasta de Schaffa e vai até lá, parando bem em frente a ele. Ele desvia os olhos para acompanhá-la, preguiçosamente lento.

— Não faça isso de novo.

Ela meio que espera que ele responda, com sua voz demasiado astuta: "Fazer o quê?". Em vez disso, ele diz:

— É um erro levá-lo conosco.

Uma onda de frio perpassa o corpo de Nassun, seguida de uma de calor. Isso é uma ameaça ou um alerta? De qualquer forma, ela não gosta. Parece ter cerrado tanto o maxilar que quase morde a língua tentando falar.

— Eu não me importo.

Silêncio como resposta. Era uma concessão? Concordância? Recusa em discutir? Nassun não sabe. Ela tem vontade de gritar para ele: "Diga que não vai machucar Schaffa outra vez!". Apesar de parecer errado gritar com um adulto. No entanto, ela também passou o último ano e meio aprendendo que adultos são pessoas e, às vezes, estão errados e, às vezes, alguém *deveria* gritar com eles.

Mas Nassun está cansada, então, em vez disso, volta para Schaffa, apertando firme a mão dele e encarando Aço, desafiando-o a dizer mais alguma coisa. Mas ele não diz. Ótimo.

A enorme coisa verde meio que ondula então, e todos eles se viram para olhar para ela. Algo está... Nassun estremece, enojada e fascinada. Algo está *brotando* dos estranhos nódulos por toda a superfície da coisa. Cada um tem dezenas de centímetros de comprimento e é estreito, semelhante a plumas, afinando próximo às pontas. Em um instante, há dezenas deles, espiralando-se e ondulando-se levemente em uma brisa imperceptível. *Cílios*, Nassun pensa de repente, lembrando-se de uma figura em um antigo livro de biomestria da creche. Claro. Por que as pessoas que constroem edifícios com plantas não fariam também carruagens que se parecem com gérmenes?

Parte das plumas se movimenta mais rápido do que as outras, aglutinando-se por um momento em um ponto pela lateral da coisa. Depois, todas as plumas tombam, aplainando-se contra a superfície de madrepérola, para revelar uma porta de suave contorno retangular. Mais adentro, Nassun consegue ver uma luz agradável e poltronas que parecem surpreendentemente confortáveis, dispostas em fileiras. Eles viajarão em grande estilo ao outro lado do mundo.

Nassun olha para Schaffa. Ele dá um aceno de cabeça para ela com o maxilar cerrado. Ela não olha para Aço, que não se mexeu e não faz nenhuma tentativa de se juntar a eles.

Depois, eles sobem a bordo, e as plumas entrelaçam a porta, fechando-a assim que passam. Quando se sentam, o grande veículo produz um ruído baixo e ressoante, e começa a se mover.

✦   ✦   ✦

A RIQUEZA NÃO TEM VALOR QUANDO AS CINZAS CAEM.

— *TÁBUA TRÊS, "ESTRUTURAS", VERSÍCULO DEZ*

SYL ANAGIST: DOIS

É uma casa magnífica; compacta, mas projetada com elegância e cheia de móveis bonitos. Nós ficamos olhando para os arcos e as estantes de livros e os corrimões de madeira. Apenas algumas plantas crescem das paredes de celulose, então o ar está seco e velho. Parece o museu. Nós nos aglomeramos na grande sala na parte da frente da casa, com medo de nos mexermos, com medo de tocar em qualquer coisa.

— Você mora aqui? — um dos outros pergunta a Kelenli.

— Às vezes — ela responde. Seu rosto não demonstra nenhuma expressão, mas há algo em sua voz que me preocupa. — Sigam-me.

Ela nos conduz pela casa. Um refúgio maravilhosamente confortável: cada superfície macia e apropriada para se sentar, até mesmo o chão. O que me chama a atenção é que nada é branco. As paredes são verdes e algumas partes são pintadas de um tom de vinho escuro intenso. No cômodo seguinte, as camas estão cobertas por tecidos azuis e dourados de texturas contrastantes. Nada é duro e nada está descoberto e *nunca* pensei que os aposentos onde moro fossem uma prisão, mas agora, pela primeira vez, eu penso.

Pensei muitas coisas novas neste dia, especialmente durante o trajeto a essa casa. Andamos o tempo todo, nossos pés doendo devido à falta de costume e, ao longo de todo o caminho, as pessoas ficavam olhando. Algumas cochichavam. Uma delas estendeu a mão para alisar o meu cabelo quando passava, depois deu uma risadinha quando eu recuei tardiamente. A certa altura, um homem nos seguiu. Era mais velho, com um cabelo grisalho curto quase da mesma textura que o nosso, e começou a dizer coisas raivosas. Algumas das palavras eu não conhecia ("crias dos niess" e "língua de cobra", por exemplo).

Algumas eu conhecia, mas não entendia ("abortos da natureza" e "a gente devia ter exterminado vocês", o que não fazia sentido porque nós fomos feitos de modo muito cauteloso e intencional). Ele nos acusou de mentir, embora nenhum de nós tenha falado com ele, e de só fingir ter ido embora (para algum lugar). Ele disse que os pais dele e os pais dos pais dele haviam lhe ensinado o que era o verdadeiro horror, quem era o verdadeiro inimigo, que monstros como nós éramos os inimigos de todas as pessoas boas e que ele ia se certificar de que nós não machucássemos mais ninguém.

Depois ele se aproximou, com grandes punhos cerrados. À medida que avançávamos aos tropeços, encarando, tão confusos que nem percebíamos que estávamos correndo perigo, alguns dos nossos discretos guardas deixaram a discrição de lado e puxaram o homem para dentro da alcova de um edifício, onde o mantiveram enquanto ele gritava e lutava para se aproximar de nós. Kelenli continuou seguindo em frente o tempo todo, com a cabeça erguida, sem olhar para o homem. Nós fomos atrás dela, sem saber o que mais podíamos fazer e, depois de um tempo, o homem ficou para trás, suas palavras perdidas em meio aos sons da cidade.

Mais tarde, Gaewha, um pouco trêmula, perguntou a Kelenli o que havia de errado com o homem bravo. Kelenli riu baixinho e respondeu:

— Ele é sylanagistino.

Gaewha ficou confusa. Todos lhe enviamos rápidos pulsos para assegurá-la de que estávamos igualmente perplexos: o problema não era ela.

Isso é a vida normal em Syl Anagist, nós entendemos à medida que caminhamos por ela. Pessoas normais em ruas normais. Toques normais que nos fazem nos encolhermos ou nos retesarmos ou recuar rápido. Casas normais com móveis normais. Olhares normais que nos evitam ou que franzem as sobrancelhas ou que cobiçam. A cada vislumbre de normalidade, a cidade nos ensina o quanto somos anormais. Nunca me importei com o fato de sermos meros construtos, genegenheiramente projetados por mestres biomagestres e desenvolvidos em capsídeos de lodo nutriente, decantados já na forma adulta para não precisarmos de cuidados. Eu sentia... orgulho, até agora, do que era. Eu me sentia satisfeito. Mas agora vejo o modo como as pessoas normais olham para nós e meu coração dói. Eu não entendo por quê.

Talvez toda essa caminhada tenha me danificado.

Agora Kelenli nos conduz pela casa requintada. Passamos por uma porta, contudo, e encontramos um enorme jardim espraiado atrás da casa. Descendo as escadas e contornando a trilha de terra, há canteiros de flores por toda parte, sua fragrância convidando a uma aproximação. Não são como os canteiros cultivados com precisão e genegenheiramente projetados do complexo, com flores piscantes de cores coordenadas; o que cresce aqui é silvestre, e talvez inferior: caules aleatoriamente curtos ou compridos e pétalas frequentemente menos do que perfeitas. No entanto... eu gosto delas. O tapete de líquenes que cobre a trilha nos convida a estudá-lo mais de perto, então debatemos em rápidas ondas de pulso enquanto nos agachamos e tentamos entender por que aquilo parece tão macio e agradável aos nossos pés. Uma tesoura pendurada em uma estaca é um convite à curiosidade. Eu resisto ao impulso de reivindicar algumas das flores roxas para mim, embora Gaewha experimente a tesoura e depois tome algumas flores na mão, segurando-as firme e ferozmente. Nunca nos permitiram possuir algo.

Eu observo Kelenli de maneira furtiva, compulsiva, enquanto ela nos vê brincar. A força do meu interesse me confunde e me assusta um pouco, embora eu pareça incapaz de resistir a ela. Sempre soubemos que os condutores fracassaram em nos fazer desprovidos de emoção, mas... bem. *Eu* pensava que estivéssemos acima de tal *intensidade* de sentimento. É nisso que dá ser arrogante. Agora aqui estamos, perdidos em sensações e reações. Gaewha se aninha em um lugar com a tesoura, pronta para defender suas flores até a morte. Dushwha gira em círculos, rindo de forma delirante, não sei ao certo de quê. Bimniwha encurralou um dos nossos guardas e está bombardeando-o de perguntas sobre o que vimos durante a caminhada até aqui; o guarda tem o olhar de uma presa e parece estar esperando que alguém o salve. Salewha e Remwha entram em uma intensa discussão ao se agachar ao lado de um pequeno lago, tentando descobrir se as criaturas que se movem na água são peixes ou sapos. Sua conversa é toda em voz alta, sem nada pela terra.

E eu, tolo que sou, observo Kelenli. Quero entender o que ela pretende que nós aprendamos, seja com aquela coisa de arte no museu, seja com a nossa tarde de idílio no jardim. Seu rosto e seus sensapinae não revelam nada, mas tudo bem. Eu também quero simplesmente olhar para o rosto dela e deleitar-me naquela profunda e poderosa presença orogênica que ela tem. Não faz sentido. Provavelmente é perturbador para ela – embora, caso seja, ela me ignore. Quero que ela olhe para mim. Quero falar com ela. Quero *ser* ela.

Concluo que o que estou sentindo é amor. Mesmo que não seja, a ideia é nova o suficiente para me fascinar, então decido seguir para onde os seus impulsos me levarem.

Depois de algum tempo, Kelenli se levanta e se afasta do local onde perambulamos pelo jardim. No centro dele, há uma pequena estrutura, como uma casa minúscula, mas feita de tijolos em vez do verdestrato de celulose da maioria dos edifícios. Uma hera decidida cresce pela parede mais próxima. Quando ela abre a porta dessa casa, eu sou o único que percebe. No momento em que ela entra, todos os outros param o que quer que estejam fazendo e se levantam para observá-la também. Ela faz uma pausa, achando graça – eu acho – no nosso silêncio repentino e na nossa ansiedade. Então ela suspira e faz um gesto com a cabeça em um silencioso "Venham". Nós saímos correndo para segui-la.

Lá dentro (nós nos amontoamos cuidadosamente ao entrar depois de Kelenli; o lugar é um cubículo), a casinha tem assoalho de madeira e alguns móveis. É quase tão despojada quanto nossas celas no complexo, mas há algumas diferenças importantes. Kelenli se senta em uma das cadeiras e nós percebemos: isso pertence a ela. A *ela*. É sua... cela? Não. Há peculiaridades por todo esse espaço, coisas que oferecem pistas intrigantes sobre a personalidade e o passado de Kelenli. Livros em uma prateleira no canto significam que alguém a ensinou a ler. Uma escova na beira da pia sugere que ela penteia o próprio cabelo (de forma impaciente, a julgar pela quantidade de cabelo nas cerdas). Talvez seja na casa grande que ela deva estar, e talvez ela chegue a dormir lá às vezes. Esta pequena casa no jardim, no entanto, é... o seu lar.

— Eu cresci com o condutor Gallat — diz Kelenli em voz baixa. (Nós nos sentamos no chão e nas cadeiras e na cama em torno dela, extasiados com sua sabedoria.) — Fui educada junto a ele, eu o experimento e ele o controle... da mesma forma como sou o controle para vocês. Ele é comum, exceto por um pingo de ancestralidade indesejada.

Pisco meus olhos branco-gelo e penso nos olhos de Gallat e, de repente, entendo muitas coisas novas. Ela sorri quando fico boquiaberto. Seu sorriso não dura muito, porém.

— Eles, os pais de Gallat, que eu achava que eram meus pais, não me contaram a princípio o que eu era. Frequentei a escola, brinquei, fiz todas as coisas que uma menina sylanagistina normal faz enquanto cresce. Mas eles não me tratavam igual. Por muito tempo, achei que fosse alguma coisa que eu tinha feito. — Seu olhar vai se distanciando, carregando o peso de uma amargura antiga. — Perguntava-me por que eu era tão horrível que nem mesmo os meus pais pareciam me amar.

Remwha se agacha para passar a mão pelas lâminas de madeira do assoalho. Não sei por que ele faz essas coisas. Salewha ainda está lá fora, já que a casinha de Kelenli está abarrotada demais para o gosto dela; ela foi contemplar um pássaro minúsculo e veloz que esvoaça entre as flores. Mas ela ouve através de nós, através da porta aberta da casa. Todos nós precisamos ouvir o que Kelenli diz com a voz e a vibração e o peso constante e profundo de seu olhar.

— Por que eles enganaram você? — pergunta Gaewha.

— O experimento era para ver se eu podia ser humana. — Kelenli sorri para si mesma. Ela está sentada na ponta da cadeira, os cotovelos escorados nos joelhos, olhando para as mãos. — Para ver se eu acabava me tornando decente, se não natural, caso fosse criada entre pessoas decentes e naturais. E então toda conquista minha contava como um êxito sylanagistino, enquanto todas as minhas falhas ou mostras de mau comportamento eram vistas como provas de degeneração genética.

Gaewha e eu nos entreolhamos.

— Por que você seria indecente? — ela pergunta, completamente perplexa.

Kelenli acorda de seu devaneio e olha para nós por um instante e, nesse momento, sentimos o abismo entre nós. Ela pensa em si mesma como uma de nós, o que ela é. Mas ela também pensa em si mesma como uma pessoa. Esses dois conceitos são incompatíveis.

— Pela Morte Cruel — ela diz baixinho, estarrecida, ecoando nossos pensamentos. — Vocês não sabem de nada mesmo, não é?

Nosso guardas se postaram no alto dos degraus que levam ao jardim, fora do alcance da audição. Esse espaço é o que tivemos de mais isolado hoje. É quase certo que esteja grampeado, mas Kelenli parece não se importar, e nós também não. Ela ergue os pés e abraça os joelhos, curiosamente vulnerável para alguém cuja presença nos estratos é tão profunda e densa como uma montanha. Eu, num gesto extraordinariamente ousado, estendo a mão para tocar o seu tornozelo, e ela pisca os olhos e sorri para mim, estendendo a mão para cobrir meus dedos. Eu não entenderia meus sentimentos por séculos.

O contato parece fortalecer Kelenli. Seu sorriso desvanece e depois ela diz:

— Então vou contar a vocês.

Remwha ainda está estudando o assoalho de madeira. Ele esfrega os veios e consegue enviar, através das moléculas de poeira, um: "Será que você deveria?". Fico decepcionado porque é algo que eu deveria ter levado em consideração.

Ela chacoalha a cabeça, sorrindo. Não, ela não deveria.

Mas ela faz isso mesmo assim, através da terra, para sabermos que é verdade.

Lembre-se do que eu lhe disse: a Quietude nessa época é composta de três terras, não uma. Seus nomes, se é que isso importa, são Maecar, Kakhiarar e Cilir. Syl Anagist começou como parte de Kakhiarar, depois Kakhiarar inteira, depois Maecar inteira também. Tudo se tornou Syl Anagist.

Cilir, que fica ao sul, foi um dia uma terra pequena de nada, ocupada por povos pequenos de nada. Um desses grupos era o dos thniess. Era difícil pronunciar o nome deles de forma adequada, então os sylanagistinos os chamavam de niess. As duas palavras não significavam a mesma coisa, mas foi essa última que pegou.

Os sylanagistinos tomaram sua terra. Os niess lutaram, mas depois reagiram como qualquer ser vivo sob ameaça: com uma diáspora, mandando o que havia restado seguir adiante para criar raízes e talvez sobreviver onde pudesse. Os descendentes desses niess se tornaram parte de *todas* as terras, de *todos* os povos, misturando-se com o resto e adaptando-se aos costumes locais. Mas eles conseguiram preservar sua identidade, continuando a falar sua própria língua enquanto tornavam-se fluentes em outras línguas. Mantiveram alguns de seus velhos costumes também... como bifurcar a língua com ácido clorídrico, por motivos conhecidos apenas por eles. E, apesar de terem perdido boa parte da aparência distintiva que advinha do isolamento em sua pequena ilha, muitos mantiveram características suficientes a ponto de, até os dias de hoje, olhos branco-gelo e cabelos soprados de cinzas carregarem certo estigma.

Sim, você entende agora.

Mas o que tornava os niess verdadeiramente diferentes era a sua magia. A magia está em todas as partes do mundo. Todos a veem, a sentem, fluem com ela. Em Syl Anagist, a magia é cultivada em cada canteiro de flor e em cada fileira de árvores e em cada parede coberta de parreiras. Cada casa ou comércio deve produzir sua parte, que então é canalizada por videiras e bombas genegenheiramente projetadas para se tornarem a fonte de energia para uma civilização global. É ilegal matar em Syl Anagist porque a vida é um recurso valioso.

Os niess não acreditavam nisso. A magia não podia ser uma posse, insistiam eles, da mesma maneira como a vida não podia... e, desse modo, eles desperdiçavam ambas construindo (entre muitas outras coisas) motores plutônicos que não faziam nada. Eram apenas... bonitos. Ou instigavam a reflexão, ou eram criados pelo puro prazer de criar. E, no entanto, essa "arte" era mais eficiente e poderosa do que qualquer coisa que os sylanagistinos já houvessem feito.

Como começou? Você deve entender que o medo está na raiz desse tipo de coisa. O povo niess tinha uma aparência diferente, comportava-se de modo diferente, *era* diferente... mas todos os grupos são diferentes uns dos outros. Só as diferenças nunca são suficientes para causar problemas. A assimilação do mundo por parte de Syl Anagist havia acabado um século antes que eu fosse criado; todas as cidades eram Syl Anagist. Todas as línguas haviam se tornado Syl Anagist. Mas não há ninguém tão assustado, ou que tenha medos tão estranhos, quanto os conquistadores. Eles evocam intermináveis fantasmas, aterrorizados com a ideia de que suas vítimas um dia façam com eles o que fizeram com elas... mesmo que, na verdade, as vítimas não deem a mínima para essa mesquinharia e tenham seguido em frente. Os conquistadores vivem com medo do dia em que for exposto o fato de que eles não são superiores, mas que simplesmente tiveram sorte.

Então, quando a magia niess se mostrou mais eficiente do que a sylanagistina, embora os niess não a usassem como uma arma...

Isso foi o que Kelenli nos contou. Talvez tenha começado com rumores de que as íris brancas dos niess lhes davam uma visão deficiente e inclinações perversas e que as línguas bifurcadas dos niess não podiam dizer a verdade. Esse tipo de desdém acontece, assédio cultural, mas as coisas pioraram. Tornou-se fácil para os eruditos construírem uma reputação e uma carreira em torno da noção de que os sensapinae dos niess eram fundamentalmente diferentes de alguma maneira – mais sensíveis, mais ativos, menos controlados, menos civilizados – e que essa era a fonte de sua peculiaridade mágica. Era isso o que os impedia de ser o mesmo tipo de ser humano que todos os demais. Com o tempo: não *tão* humanos quanto todos os demais. Por fim: nem um pouco humanos.

Quando os niess desapareceram, claro, ficou evidente que os lendários sensapinae niess não existiam. Os acadêmicos e biomagestres sylanagistinos tinham muitos prisioneiros para estudar, mas, por mais que tentassem, não conseguiam encontrar nenhuma variação perceptível com relação às pessoas comuns. Isso era intolerável, mais do que intolerável. Afinal de contas, se os niess fossem apenas seres humanos comuns, então o que havia servido de base para apropriações militares, reinterpretação pedagógica e disciplinas inteiras de estudo? Até mesmo o grande sonho, a Geoarcanidade, havia se originado a partir da noção de que a teoria magéstrica sylanagistina (inclusive sua rejeição desdenhosa da eficiência niess como um feliz acaso da fisiologia) era superior e infalível.

Se os niess fossem meros humanos, o mundo construído com base em sua inumanidade desmoronaria.

Então... eles nos criaram.

Nós, os remanescentes cuidadosamente engendrados e desnaturados dos niess, temos sensapinae bem mais complexos do que aqueles das pessoas comuns. Kelenli foi criada primeiro, mas ela não era diferente o bastante. Lembre-se, nós não devemos ser apenas ferramentas, mas mitos. Portanto, nós, as criações posteriores, recebemos características niess exageradas: rostos largos, bocas pequenas, pele quase desprovida de cor, um cabelo que ri dos pentes finos, e todos nós somos tão baixos. Eles tiraram dos nossos sistemas límbicos as substâncias neuroquímicas e, das nossas vidas, a experiência e a linguagem e o conhecimento. E só agora, que fomos feitos à imagem de seu próprio medo, é que ficaram satisfeitos. Eles dizem a si mesmos que, em nós, captaram a quintessência e o poder de quem os niess realmente eram e se parabenizam por ter tornado seus antigos inimigos úteis enfim.

Mas não somos os niess. Não somos sequer os gloriosos símbolos de realização intelectual que eu acreditava que éramos. Syl Anagist foi construída em cima de ilusões, e nós somos resultado de mentiras. *Eles não fazem ideia de quem nós realmente somos.*

Depende de nós, portanto, determinar nosso próprio destino e nosso próprio futuro.

✦ ✦ ✦

Quando Kelenli termina a aula, algumas horas já se passaram. Nós nos sentamos aos seus pés, aturdidos, mudados e mudando devido às suas palavras.

Está ficando tarde. Ela se levanta.

— Vou pegar um pouco de comida e cobertores para nós — ela diz. — Vocês vão ficar aqui esta noite. Vamos visitar o terceiro e último componente da sua missão de afinação amanhã.

Nunca dormimos em nenhum outro lugar que não as nossas celas. É emocionante. Gaewha envia pequenos pulsos de contentamento pelo ambiente, enquanto Remwha produz um zunido constante de satisfação. Dushwha e Bimniwha apresentam de vez em quando picos de ansiedade; será que vamos ficar bem fazendo isso que os seres humanos têm feito ao longo da história (dormir em um lugar diferente)? A dupla se aninha em busca de segurança, embora essa atitude na verdade aumente sua ansiedade durante algum tempo. Não nos permitem tocar com frequência. A dupla se afaga mutuamente, contudo, e isso gradualmente acalma ambas as partes.

Kelenli acha graça no fato de sentirem medo.

— Vocês vão ficar bem, embora eu ache que vão descobrir isso por conta própria de manhã — ela diz. Depois se dirige para a saída. Estou à porta, olhando pelo vidro a Lua que acabou de nascer. Ela me toca porque estou no caminho. Mas eu não me mexo de imediato. Devido à direção para a qual a janela da minha cela está voltada, não consigo ver a Lua com frequência. Quero apreciar sua beleza enquanto posso.

— Por que você nos trouxe para cá? — pergunto a Kelenli, ainda olhando para a Lua. — Por que nos contou essas coisas?

Ela não responde de pronto. Acho que ela também está olhando para a Lua. Em seguida, responde, em uma pensativa reverberação da terra: *Estudei o que pude dos niess e sua cultura. Não sobrou muita coisa, e preciso separar a verdade de to-*

das as mentiras. Mas existia uma... uma prática entre eles. Uma vocação. Pessoas que tinham a tarefa de garantir que a verdade fosse contada.

Franzo a testa, confuso.

— E então... o quê? Você decidiu manter as tradições de um povo morto? — Palavras. Eu sou teimoso.

Ela dá de ombros.

— Por que não?

Chacoalho a cabeça. Estou cansado, perplexo, e talvez um pouco bravo. Este dia acabou com o meu senso de identidade. Passei minha vida inteira sabendo que era uma ferramenta; sim, não uma pessoa, mas pelo menos um símbolo de poder e genialidade e orgulho. Agora sei que sou apenas um símbolo de paranoia e ganância e ódio. É muita coisa com que lidar.

— Esqueça os niess — eu digo de forma brusca. — Eles estão mortos. Não vejo o sentido de tentar se lembrar deles.

Quero que ela fique irritada, mas ela só encolhe os ombros.

— Essa escolha é sua... uma vez que saiba o suficiente para fazer uma escolha consciente.

— Talvez eu não quisesse estar consciente. — Eu encosto no vidro da porta, que está frio e não irrita os meus dedos.

— Você queria ser forte o bastante para dominar o ônix.

Deixo escapar uma risada suave, cansado demais para lembrar que deveria fingir não sentir nada. Tomara que nossos observadores não notem. Mudo para a conversa pela terra, e falo em uma borbulha ácida e pressurizada de amargura, desdém e coração partido. *De que importa?* é o que a borbulha diz. *A Geoarcanidade é uma mentira.*

Ela abala minha autopiedade com uma meiga e inexorável risada sísmica.

— Ah, meu pensador. Eu não esperava melodrama da sua parte.

— O que é melo... — Chacoalho a cabeça e me calo, cansado de não saber das coisas. Sim, estou de mau humor.

Kelenli suspira e toca meu ombro. Estremeço, desacostumado ao calor da mão de outra pessoa, mas ela mantém a mão ali e isso me acalma.

— Pense — ela repete. — O Motor Plutônico funciona? Os seus sensapinae funcionam? Vocês não são o que eles os criaram para ser. Isso anula o que vocês *são*?

— Eu... Essa pergunta não faz sentido. — Mas agora só estou sendo teimoso. Entendo o argumento dela. Não sou o que eles fizeram de mim; sou algo diferente. Sou poderoso de uma forma que eles não esperavam. Eles me criaram, mas não me *controlam*, não totalmente. É por isso que tenho emoções, embora tenham tentado eliminá-las. É por isso que temos a conversa pela terra... e talvez outros dons sobre os quais os nossos condutores não sabem.

Ela dá tapinhas no meu ombro, contente de que eu pareça estar analisando o que ela me disse. Um ponto no chão da casa dela chama por mim; vou dormir tão bem hoje à noite. Mas luto contra a minha exaustão e continuo concentrado nela porque preciso mais dela do que de sono por enquanto.

— Você se vê como um desses... contadores de verdades? — eu pergunto.

— Sabedorista. A última sabedorista niess, se é que tenho o direito de reivindicar isso. — Seu sorriso se desvanece abruptamente e, pela primeira vez, eu me dou conta de quanto cansaço e infortúnios e tristezas seus sorrisos ocultam. — Os sabedoristas eram guerreiros, contadores de histórias, membros da nobreza. Contavam suas verdades em livros e cantigas e através de seus engenhos de arte. Eu apenas... falo. Mas sinto que conquistei o direito de reivindicar parte de sua patente. — *Nem todos os que lutam usam facas, afinal.*

Na conversa pela terra não pode haver nada além da verdade... e às vezes mais verdade do que se quer transmitir. Sinto... alguma coisa em sua tristeza. Uma resistência terrível. Uma tremulação de medo como o contato com o ácido clorídrico. Determinação em proteger... algo. Desaparece, uma vibração esmaecendo, antes que eu consiga identificar.

Ela respira fundo e sorri outra vez. Tão poucos dos seus sorrisos são verdadeiros.

— Para dominar o ônix — ela continua —, você precisa entender os niess. O que os condutores não percebem é que ele reage melhor a uma certa ressonância emocional. Tudo o que estou lhes contando deve ajudar.

Depois, enfim, ela me empurra delicadamente para o lado para poder passar. A pergunta precisa ser feita agora.

— Então o que aconteceu? — eu pergunto devagar. — Com os niess?

Ela para e dá uma risadinha, que, para variar, é genuína.

— Vocês vão descobrir amanhã — ela responde. — Nós vamos vê-los.

Estou confuso.

— Em seus túmulos?

— A vida é sagrada em Syl Anagist — ela diz por sobre o ombro. Ela já passou pela porta; agora continua andando sem se deter ou se virar. — Você não sabe disso? — E então ela some.

É uma resposta que sinto que deveria entender... mas, à minha própria maneira, ainda sou inocente. Kelenli é gentil. Ela me deixa manter essa inocência pelo resto da noite.

* * *

Para: Alma Inovadora Dibars

De: Yaetr Inovador Dibars

Alma, o comitê não pode tirar a minha verba. Olhe, estas são as datas dos incidentes que eu reuni. Olhe para as últimas dez!

2729

2714-2719: Asfixia

2699

2613

2583

2562

2530

2501

2490

2470

2400

2322-2329: Ácida

Será que a Sétima ao menos se interessa pelo fato de que a nossa concepção popular da frequência

DE ACONTECIMENTOS DE NÍVEL DE ESTAÇÃO ESTÁ COMPLETAMENTE ERRADA? ESSAS COISAS NÃO ESTÃO ACONTECENDO A CADA DUZENTOS OU TREZENTOS ANOS. ESTÁ MAIS PARA TRINTA OU QUARENTA! SE NÃO FOSSE PELOS ROGGAS, ESTARÍAMOS MIL VEZES MORTOS. E, COM ESSAS DATAS E AS OUTRAS QUE EU COMPILEI, ESTOU TENTANDO MONTAR UM MODELO DE PREVISÃO PARA AS ESTAÇÕES MAIS INTENSAS. EXISTE UM CICLO AQUI, UM RITMO. NÃO PRECISAMOS SABER COM ANTECEDÊNCIA SE A PRÓXIMA ESTAÇÃO VAI SER MAIS LONGA OU, DE ALGUM MODO, PIOR? COMO PODEMOS NOS PREPARAR PARA O FUTURO SE NÃO RECONHECEMOS O PASSADO?

9

O DESERTO, BREVEMENTE, E VOCÊ

Os desertos são piores do que a maioria dos lugares durante as Estações. Tonkee informa Ykka de que obter água será fácil: os Inovadores de Castrima já montaram várias engenhocas que estão chamando de captadores de orvalho. O sol também não será um problema graças às nuvens de cinzas pelas quais você jamais pensou que teria motivos para agradecer. Vai fazer frio, na verdade, mas menos durante o dia. Talvez vocês até peguem um pouco de neve.

Não, o perigo dos desertos durante uma Estação é simplesmente que quase todos os animais e insetos hibernam bem fundo na areia, onde ainda está quente. Existem aqueles que alegam ter descoberto um método infalível para desenterrar lagartos adormecidos e coisas do tipo, mas normalmente isso é golpe: as comus que beiram o deserto guardam tais segredos zelosamente. As plantas superficiais já terão murchado ou sido comidas por criaturas que se preparavam para a hibernação, não deixando nada acima da superfície além de areia e cinzas. O conselho do saber das pedras sobre entrar em desertos durante uma Estação é apenas: não entre. A menos que queira morrer de fome.

A comu passa dois dias acampada à margem do Merz, preparando-se, embora a verdade seja – como Ykka confidenciou a você quando se sentou com ela, compartilhando seu último mellow – que, na verdade, nenhuma preparação tornará a viagem mais fácil. Pessoas vão morrer. Você não será uma delas; é uma sensação curiosa saber que Hoa a levará embora para Ponto Central se houver algum perigo real. Talvez seja trapaça. Exceto pelo fato de que não é. Exceto que você vai ajudar tanto quanto possível; e, porque você não vai morrer, vai ver muitas das outras pessoas sofrerem. É o mínimo que pode fazer, agora que está empenhada na causa de Castrima. Testemunhar e lutar como os fogos da terra para impedir que a morte reivindique mais do que a sua cota.

Nesse meio tempo, as pessoas que estão trabalhando com a comida nas fogueiras cumprem jornada dupla assando insetos, desidratando tubérculos, transformando as últimas provisões de grãos em bolos, salgando carne. Depois de receberem alimentação suficiente para ter um pouco de força, os sobreviventes do grupo de Maxixe Beryl se mostraram particularmente úteis para encontrar forragem, uma vez que vários deles são da região e se lembram de onde poderia haver fazendas abandonadas ou escombros do tremor que abriu a Fenda que não tenham sido vasculhados demais. Rapidez será essencial: sobreviver significa ganhar a disputa entre a extensão do Merz e os suprimentos de Castrima. Por conta disso, Tonkee – que vem cada vez mais se tornando a porta-voz dos Inovadores, para seu próprio descontentamento – supervisiona uma rápida e simples desmontagem e reconstrução das carroças de suprimentos de acordo com um design mais leve e resistente a choques que se movimentaria mais fácil pela areia do deserto. Os Resistentes e os Reprodutores redistribuem os suprimentos que restam para garantir que a perda de qualquer uma das carroças, se tiver que ser abandonada, não causará algum tipo de escassez crítica.

Na noite anterior à entrada no deserto, você está agachada ao lado de uma das fogueiras, ainda aprendendo desajeitadamente como se alimentar com um único braço, quando alguém se senta ao seu lado. Isso faz você se sobressaltar um pouco e tremer o suficiente para derrubar o pão de milho do prato. A mão que se estende ao alcance da sua vista para pegá-lo é grande e cor de bronze, cortada por cicatrizes de combate, e há um pedaço de seda amarela molhada (agora imunda e esfarrapada, mas ainda possível de reconhecer) enrolado no pulso. Danel.

— Obrigada — você diz na esperança de que ela não vá aproveitar a oportunidade para puxar conversa.

— Dizem que você já foi do Fulcro — ela fala, devolvendo-lhe o pão de milho. Pois é, você não teve essa sorte.

Não deveria surpreendê-la o fato de o povo de Castrima estar fofocando. Você decide não se importar, usando o pão de milho para pegar mais um bocado de cozido. Está particularmente gostoso hoje, engrossado com farinha de milho e cheio da carne macia e salgada que tem sido abundante desde o bosque de pedras. Todos precisam ingerir o máximo de gordura que puderem para se preparar para o deserto. Você não pensa sobre a carne.

— Era — você responde em um tom que espera que soe como um aviso.

— Quantos anéis?

Você faz uma careta de desgosto, considera a possibilidade de explicar os anéis "não oficiais" que Alabaster lhe deu, considera o quanto você progrediu mesmo em relação a esses dois, considera a opção de ser humilde... e então escolhe a exatidão.

— Dez. — Essun Dez-anéis, o Fulcro a chamaria, se os seniores se dessem o trabalho de reconhecer o seu nome atual e se o Fulcro ainda existisse. Se isso vale alguma coisa.

Danel dá um assovio de aprovação. É tão estranho encontrar alguém que saiba sobre essas coisas e dê importância a elas.

— Dizem — continua ela — que você consegue fazer coisas com os obeliscos. Foi assim que nos derrotou em Castrima; eu não fazia ideia que você era capaz de incitar os insetos daquele jeito. Ou prender tantos comedores de pedra.

Você finge não se importar e se concentra no pão de milho. Está só um pouco doce: a equipe da cozinha está tentando gastar o açúcar para abrir espaço para produtos comestíveis com maior valor nutritivo. Está delicioso.

— Dizem — continua Danel, olhando para você de soslaio — que um rogga de dez anéis partiu o mundo lá nos Equatoriais.

Isso não.

— Orogene.

— O quê?

— *Orogene.* — Talvez seja irrelevante. Devido à insistência de Ykka em transformar "rogga" em nome de casta de uso, todos os quietos estão usando a palavra indiscriminadamente, como se não significasse nada. Não é irrelevante. Significa alguma coisa. — "Rogga" não. *Você* não pode dizer "rogga". Não conquistou esse direito.

Silêncio durante algumas respirações.

— Tudo bem — Danel diz então, sem nenhum sinal de que vá pedir desculpas ou que está só agradando você. Ela simplesmente aceita a nova regra. Ela também não volta a insinuar que você é a pessoa que causou a Fenda. — Mas o argumento continua valendo. Você consegue fazer coisas que a maioria dos orogenes não consegue. Né?

— É. — Você sopra um floco de cinza perdido para longe da batata assada.

— Dizem — Danel fala, cravando as mãos nos joelhos e inclinando-se para a frente — que você sabe como pôr fim a esta Estação. Que você vai partir em breve para algum lugar e tentar. E que vai precisar de pessoas para te acompanharem quando partir.

O quê? Você franze a testa, olhando para a batata.

— Você está se oferecendo?

— Talvez.

Você a encara.

— Você *acabou* de ser aceita entre os Costas-fortes.

Danel observa você por mais um instante, sua expressão impenetravelmente estática. Você não percebe que ela está hesitando, tentando decidir se revela ou não algo sobre si a você, até que ela suspira e conta.

— Na verdade, faço parte da casta Sabedorista. Já fui Danel Sabedorista Rennanis. Danel Costa-forte Castrima nunca vai soar correto.

Você deve parecer descrente enquanto tenta visualizá-la com lábios pretos. Ela revira os olhos e os desvia.

— Rennanis não *precisava* de sabedoristas, o chefe dizia. Precisava de soldados. E todos sabem que os sabedoristas são bons de briga, então...

— O quê?

Ela suspira.

— Sabedoristas equatoriais, quero dizer. Aqueles entre nós que vêm das antigas famílias sabedoristas treinam combate corpo a corpo, as artes da guerra, e assim por diante. Isso nos torna mais úteis durante as Estações e na tarefa de defender o conhecimento.

Você não fazia ideia. Mas...

— Defender o *conhecimento*?

Danel mexe um músculo da mandíbula.

— Soldados podem segurar uma comu durante uma Estação, mas foram os contadores de histórias que fizeram Sanze se manter firme durante sete delas.

— Ah. Certo.

Ela faz um esforço palpável para não chacoalhar a cabeça, reprovando o provincialismo latmediano.

— De qualquer forma, é melhor ser general do que bucha de canhão, já que essa foi a única escolha que me deram. Mas tentei não esquecer quem eu realmente sou... — De repente, ela assume um ar de preocupação. — Sabe que eu não consigo mais me lembrar das palavras exatas da Tábua Três? Ou o conto do Imperador Mutshatee. Só dois anos sem histórias e estou perdendo-as. Nunca pensei que fosse acontecer tão rápido.

Você não sabe ao certo o que dizer sobre isso. Ela parece tão deprimida que você quase sente vontade de tranquilizá-la. "Ah, vai ficar tudo bem agora que você não está mais ocupando a sua mente com o massacre em larga escala das Latmedianas do Sul", ou algo do tipo. Mas você acha que não conseguiria dizer isso sem soar um pouco irônica.

Danel cerra o maxilar de um modo um tanto determinado ao lhe lançar um olhar penetrante.

— Mas eu sei quando estou diante de novas histórias sendo escritas.

— Eu... eu não sei nada dessas coisas.

Ela dá de ombros.

— O herói da história nunca sabe.

Herói? Você ri um pouco, e há sarcasmo em sua risada. Você não consegue deixar de pensar em Allia, e em Tirimo, e em Meov, e em Rennanis, e em Castrima. Heróis não invocam enxames de insetos dignos de pesadelos para comer seus inimigos. Heróis não são monstros para suas filhas.

— *Não vou* me esquecer do que sou — continua Danel. Ela apoiou uma das mãos no joelho e se inclinou para a frente, insistente. Em algum momento nos últimos dias, ela obteve uma faca e a usou para raspar as laterais do couro cabeludo. Isso lhe dá uma aparência naturalmente definida e ávida. — Se sou possivelmente a última sabedorista equatorial que restou, então é meu dever ir com você. Para escrever o relato do que acontece... e, se eu sobreviver, garantir que o mundo ouça.

É ridículo. Você a encara.

— Você nem sabe para onde vamos.

— Imaginei que íamos resolver *se* eu vou em primeiro lugar, mas podemos pular para os detalhes, se quiser.

— Não confio em você — você diz, em grande parte por estar exasperada.

— Também não confio em você. Mas não precisamos gostar uma da outra para trabalharmos juntas. — O prato dela está vazio; ela o pega e acena para uma das crianças que está trabalhando na limpeza para vir buscar. — Não é como se eu tivesse motivos para te matar. Desta vez.

E é pior que Danel tenha dito isso; que ela se lembre de que mandou uma Guardiã sem camisa para cima de você e não sinta remorso. Sim, era uma guerra e, sim, você massacrou o exército dela, mas...

— Pessoas como você não precisam de um motivo!

— Acho que você não faz ideia de quem ou o que "pessoas como eu" são. — Ela não está brava; sua declaração foi pragmática. — Mas, se precisa de outros motivos, aqui está mais um: Rennanis é uma merda. Claro, tem comida, água e abrigo; sua chefe está certa de levá-los até lá se for verdade que a cidade está vazia agora. É melhor do que se tornar sem-comu ou reconstruir uma em algum lugar sem provisões. Mas, fora isso, é uma merda. Eu preferiria continuar na estrada.

— Bobagem — você retruca, franzindo o cenho. — Nenhuma comu é tão ruim assim.

Danel bufa amargamente uma única vez. Isso deixa você inquieta.

— Pense no assunto — ela diz por fim e se levanta para ir embora.

✦   ✦   ✦

— Concordo que Danel deveria vir conosco — diz Lerna nas altas horas da noite, quando você lhe conta sobre a conversa. — Ela luta bem. Conhece a estrada. E está certa: não tem motivos para nos trair.

Você está meio sonolenta por causa do sexo. É anticlimático agora que finalmente aconteceu. O que você sente por Lerna jamais será intenso ou livre de culpa. Você sempre vai se sentir velha demais para ele. Mas, bem. Ele pediu a você que mostrasse o seio cortado e você mostrou, pensando que isso marcaria o fim do interesse dele em você. A parte cor de areia é cascuda e áspera em meio ao tom mais suave de marrom do seu torso – como uma casca, embora com a cor e a textura erradas. Seu toque foi delicado quando ele examinou o local e o declarou cicatrizado o suficiente a ponto de não precisar mais de curativos. Você disse a ele que não doía. Você não contou que estava com medo de não conseguir sentir mais *nada*. Que você estava mudando, endurecendo em mais de um sentido, tornando-se nada além da arma na qual todos ficam tentando transformá-la. Você não disse "talvez você fique melhor com um amor não correspondido".

Mas, apesar de você não ter dito nenhuma dessas coisas, depois do exame ele olhou para você e disse:

— Você continua linda.

Ao que parece, você precisava ouvir aquilo mais do que havia se dado conta. E aqui está você agora.

Então você assimila as palavras dele devagar porque ele a fez relaxar e ficar mole e sentir-se humana outra vez, e demora uns bons dez segundos antes de você dizer bruscamente:

— Conosco?

Ele apenas olha para você.

— Merda — você diz e cobre os olhos com o braço.

No dia seguinte, Castrima entra no deserto.

+ + +

Chega um momento de maior dificuldade para vocês.

Todas as Estações são difíceis, "a Morte é a quinta, e ocupa o trono", mas desta vez é diferente. Isto é pessoal. São mil pessoas tentando atravessar um deserto que é mortífero mesmo quando não há chuva ácida caindo do céu aos borbotões. Este é um grupo de marcha forçada ao longo de uma estrada alta sem firmeza e cheia de buracos grandes o bastante para uma casa cair por eles. As estradas altas são construídas para suportarem tremores, mas há um limite, e a Fenda definitivamente o ultrapassou. Ykka decidiu correr o risco porque é mais rápido viajar por uma estrada alta, mesmo que danificada, do que pela areia do deserto, mas essa escolha cobra um preço. Todos os orogenes da comu precisam ficar em alerta, pois qualquer coisa pior do que um microtremor enquanto vocês estão aqui em cima poderia significar um desastre. Um dia, Penty, exausta demais para prestar atenção nos próprios instintos, pisa em um trecho de asfalto rachado que está completamente instável. Outra das crianças rogga a puxa no exato momento em que aquele pedaço grande simplesmente cai pela subestrutura da estrada. Outros são menos cuidadosos e têm menos sorte.

A chuva ácida foi inesperada. O saber das pedras não discute o impacto que as Estações podem ter no clima porque essas coisas são imprevisíveis na maioria das vezes. O que acontece aqui não é de todo surpreendente, porém. Mais ao norte, no equador, a Fenda lança calor e partículas ao ar. Ventos tropicais oriundos do mar e carregados de umidade atingem essa parede disseminadora de nuvens e vertedora de energia, que os transforma em tempestade. Você se lembra de ter se preocupado com a neve. Não. O problema é uma chuva infinita e desgraçada.

(A chuva não é tão ácida quanto de costume. Na Estação do Revira Solo – muito antes de Sanze, você não saberia –, houve chuvas que arrancavam o pelo dos animais e a casca das laranjas. Essa não é nada comparada àquela, diluída como está pela água. Como vinagre. Vocês vão sobreviver.)

Ykka estabelece um ritmo brutal enquanto vocês estão na estrada alta. No primeiro dia, todos acampam bem depois do anoitecer, e Lerna não vem para a tenda depois que você a monta, cansada. Ele está ocupando cuidando de meia dúzia de pessoas que estão mancando porque escorregaram ou torceram o tornozelo, de dois idosos que estão tendo dificuldade para respirar e da mulher grávida. Esses últimos três estão bem, ele lhe diz quando entra enfim no seu saco de dormir, quase ao amanhecer; Ontrag, a ceramista, sobrevive por pirraça, e a mulher grávida tem os familiares e metade dos Reprodutores cuidando dela. O que preocupa são os ferimentos.

— Tenho que contar para Ykka — ele diz enquanto você coloca um pedaço de pão armazenado encharcado pela chuva e uma salsicha azeda na boca dele, depois o cobre e o faz ficar deitado. Ele mastiga e engole quase sem perceber. — Não podemos continuar andando nesse ritmo. Vamos começar a perder pessoas se não...

— Ela sabe — você lhe diz. Você fala da maneira mais delicada que consegue, mas ainda o faz calar-se. Ele fica olhando até você se deitar de novo ao lado dele (desajeitadamente, com apenas um braço, mas com êxito). Por fim, a exaustão vence a angústia e ele dorme.

Você caminha com Ykka um dia. Ela está estabelecendo o ritmo como uma boa líder de comu deveria, não exigindo de ninguém mais do que de si mesma. Na solitária pausa para descanso no meio do dia, ela tira uma bota e você vê que seus pés estão cheios de sangue por conta das bolhas. Você olha para ela, franzindo o cenho, e seu olhar é eloquente o bastante para fazê-la suspirar.

— Nunca achei tempo para pedir botas melhores — ela diz. — Estas estão muito folgadas. Sempre pensei que teria mais tempo.

— Se os seus pés apodrecerem... — você começa, mas ela revira os olhos e aponta para a pilha de suprimentos no meio do acampamento.

Você olha para a pilha, confusa, começa a retomar a bronca, e então para. Pensa. Olha para a pilha de suprimentos de novo. Se cada carroça transporta uma caixa de pão armazenado salgado e outra de salsicha, e se aqueles barris são legumes em conserva, e aqueles são grãos e feijão...

A pilha é tão pequena. Tão pequena para mil pessoas que ainda têm semanas para atravessar o Merz.

Você não fala nada sobre as botas. Mas ela consegue um par de meias extra de alguém; isso ajuda.

Você fica chocada de estar se saindo tão bem. Você não está *saudável*, não exatamente. Seu ciclo menstrual parou, e provavelmente ainda não é a menopausa. Quando você se despe para tomar um banho de bacia, o que é meio que inútil sob chuva constante, mas hábito é hábito, você percebe que as suas costelas ressaltam visivelmente sob a sua pele flácida. Mas isso não se deve apenas a toda essa caminhada; parte se deve ao fato de que você vive se esquecendo de comer. Você se sente cansada ao final do dia, mas é um tipo de sensação distante, alheia. Quando você toca Lerna (não em busca de sexo, você não tem energia para isso, mas ficarem abraçadinhos pelo calor poupa calorias, e ele precisa do conforto), a sensação é boa, mas de uma maneira igualmente alheia. Você sente como se flutuasse acima de si mesma, vendo-o suspirar, ouvindo um outro alguém bocejar. Como se estivesse acontecendo com outra pessoa.

Foi isso que aconteceu com Alabaster, você lembra. Um distanciamento da carne, à medida que deixava de ser carne. Você decide se esforçar mais para comer sempre que tiver oportunidade.

Após três semanas no deserto, como era esperado, a estrada alta dá uma guinada para o oeste. Daquele ponto em diante, Castrima tem que descer ao nível do solo e lutar contra o terreno desértico em um contato próximo e pessoal. É mais fácil, de certo modo, porque pelo menos é pouco provável que o solo se desintegre sob os seus pés. Por outro lado, é mais difícil caminhar na areia do que no asfalto. Todos diminuem o ritmo. Maxixe Beryl justifica seu sustento absorvendo uma quantia suficiente de umidade da camada de areia e cinzas mais acima e congelando-a alguns centímetros abaixo para torná-la mais firme sob os pés de todos. Contudo, fazer isso constantemente o deixa exausto, então ele guarda essa habilidade para os piores trechos. Ele tenta ensinar Temell como fazer o mesmo truque, mas Temell é um selvagem comum: não consegue atingir a precisão necessária. (Você podia ter feito isso pelo menos uma vez. Você não se permite pensar nesse assunto.)

Todos os batedores enviados para tentar encontrar um caminho melhor voltam e relatam a mesma coisa: uma lama ferrugenta de cinzas e areia por toda parte. Não existe um caminho melhor.

Três pessoas foram deixadas para trás na estrada alta, incapazes de continuar andando devido a torções ou ossos quebrados. Você não as conhece. Em tese, eles vão alcançar o grupo quando se recuperarem, mas você não consegue ver como vão se recuperar sem comida nem abrigo. Aqui, no nível do solo, é pior: meia dúzia de tornozelos quebrados, uma perna quebrada e uma distensão nas costas entre os Costas-fortes que puxam as carroças, tudo no primeiro dia. Depois de algum tempo, Lerna para de ir até eles a menos que peçam ajuda. A maioria não pede. Não há nada que ele possa fazer, e todos sabem disso.

Em um dia frio, Ontrag, a ceramista, simplesmente se senta e diz que não está com vontade de prosseguir. Ykka chega a discutir com ela, o que você não esperava. Ontrag passou sua técnica de cerâmica para dois membros mais jovens da comu. Ela não é necessária e já passou da idade de ter filhos faz muito tempo; deveria ser uma escolha fácil para a chefe, segundo as regras do Velho Sanze e os princípios do saber das pedras. Mas, no final das contas, a própria Ontrag tem que mandar Ykka calar a boca e ir embora.

É um sinal de alerta.

— Não consigo mais fazer isso — você ouve Ykka dizer mais tarde, quando vocês perderam Ontrag de vista. Ela caminha pesadamente, seu ritmo estável e rápido como de costume, mas está de cabeça baixa, tufos de cabelo encharcados de cinzas sopradas tampando seu rosto. — Não consigo. Não está certo. Não deveria ser assim. Não deveria ser... pelas ferrugens, ser Castrima é mais do que ser útil, em nome da Terra, ela me *dava aula* na creche, ela conhece *histórias*, pelas ferrugens, eu não *consigo.*

Hjarka Liderança Castrima, que foi ensinada desde cedo a matar uns poucos para que muitos pudessem sobreviver, apenas toca seu ombro e diz:

— Você vai fazer o que tiver que fazer.

Ykka não diz nada nos quilômetros seguintes, mas talvez seja só porque não há nada a dizer.

Os legumes acabam primeiro. Depois a carne. O pão armazenado Ykka tenta racionar a maior quantidade de tempo possível, mas a verdade é que as pessoas não conseguem viajar nesse ritmo sem comer nada. Ela tem que dar a todos pelo menos algumas migalhas por dia. Não é o suficiente, mas é melhor do que nada... até que não haja nada. E, assim mesmo, vocês continuam caminhando.

Na ausência de todo o resto, as pessoas funcionam à base de esperança. Danel conta a todos ao redor de uma fogueira uma noite que, do outro lado do deserto, há outra Estrada Imperial que vocês podem pegar. É fácil viajar por ela até Rennanis. É a região do delta de um rio também, com bom solo, foi um dia o celeiro dos Equatoriais. Há muitas fazendas agora abandonadas nos arredores de qualquer comu. O exército de Danel encontrou boa forragem por ali no caminho para o sul. Se conseguirem atravessar o deserto, vai haver comida.

Se conseguirem atravessar o deserto.

Você conhece o final dessa história. Não conhece? Como poderia estar aqui ouvindo essa história se não conhecesse? Mas, às vezes, é *o modo* como as coisas acontecem, e não só o desfecho, que é o mais importante.

Então é assim que termina: das quase 1.100 almas que entraram no deserto, pouco mais de 850 alcançam a Estrada Imperial.

Durante alguns dias depois disso, a comu efetivamente se dissolve. Pessoas desesperadas, não mais dispostas a esperar as buscas organizadas pelos Caçadores por forragem, saem da estrada cambaleando para escavar o solo ácido, procurando tubérculos semipodres e larvas amargas e raízes de árvores que mal dão para mastigar. A terra por aqui é irregular, sem árvores, metade desértica e metade fértil, há muito despovoada pelos rennanianos. Antes que perca pessoas demais, Ykka ordena que façam acampamento em uma antiga fazenda com muitos celeiros que conseguiram sobreviver à Estação até agora. As paredes, exceto pela estrutura básica, não se mantiveram tão bem, mas também não desmoronaram. Eram os tetos que ela queria, uma vez que a chuva ainda cai aqui na fronteira do deserto, embora seja mais leve e intermitente. É bom enfim dormir no seco.

Três dias dura a pausa de Ykka. Durante esse tempo, as pessoas voltam furtivamente, sozinhas ou de duas em duas, algumas trazendo comida para compartilhar com as outras que estão fracas demais para procurar forragem. Os Caçadores que se dão o trabalho de voltar trazem peixes de um dos braços de rio que fica relativamente perto dali. Um deles encontra a coisa que os salva, a coisa que parece vida depois de toda a morte que ficou para trás: as provisões particulares de fubá da casa de um fazendeiro, lacradas em urnas de barro e escondidas debaixo das tábuas do assoalho da casa arruinada. Vocês não têm nada para misturar com o fubá, nada de leite nem ovos nem carne seca, só água ácida, mas comida é aquilo que alimenta, diz o saber das pedras. Naquela noite, a comu se deleitou com massa de fubá frita. Uma urna rachou e está cheia de cochonilha farinhenta, mas ninguém se importa. Proteína extra.

Muita gente não volta. É uma Estação. Todas as coisas mudam.

Ao final dos três dias, Ykka declara que qualquer um que ainda esteja no acampamento é Castrima; qualquer um que não tenha voltado foi agora jogado às cinzas e se tornou sem-comu. É mais fácil do que especular como podem ter morrido, ou sobre quem poderia tê-los matado. O que restou do grupo desmonta o acampamento. Vocês se dirigem para o norte.

✦   ✦   ✦

Isso foi rápido demais? Talvez as tragédias não devessem ser resumidas de forma tão franca. Eu pretendi ser misericordioso, não cruel. O fato de você ter que vivenciar isso é a crueldade… mas distância e desapego curam. Às vezes.

Eu poderia tê-la levado do deserto. Você não tinha que sofrer como eles. E, no entanto… tornaram-se parte de você, essas pessoas. Seus amigos. Seus companheiros. Você precisava acompanhá-los nessa travessia. Sofrer é a sua cura, pelo menos por enquanto.

Para que você não pense que sou inumano, uma pedra, fiz o que pude para ajudar. Algumas das feras que hibernam sob a areia do deserto são capazes de se alimentar de humanos, sabia disso? Algumas acordaram quando vocês passaram, mas eu as mantive longe. Um eixo de madeira de uma das carroças se dissolveu parcialmente na chuva e começou a vergar, embora nenhum de vocês tenha notado. Eu transmutei a madeira – petrifiquei-a, se preferir pensar assim – para que pudesse durar mais tempo. Fui eu quem removeu o tapete carcomido pelas traças naquela casa de fazenda abandonada para que os seus Caçadores encontrassem o fubá. Ontrag, que não havia contado a Ykka sobre a dor crescente que sentia na lateral do corpo e no peito, ou sobre sua falta de ar, não viveu muito depois que a comu a deixou para trás. Voltei para encontrá-la na noite em que ela morreu e retirei o pouco de dor que ela estava sentindo com uma melodia. (Você ouviu a cantiga. Antimony a cantou para Alabaster uma vez. Vou cantar para você se...) Ela não estava sozinha no final.

Isso reconforta você? Espero que sim. Ainda sou humano, eu lhe disse. Sua opinião importa para mim.

Castrima sobrevive: isso também importa. Você sobrevive. Por enquanto, pelo menos.

E, por fim, algum tempo depois, vocês alcançam a extremidade mais ao sul do território de Rennanis.

✦   ✦   ✦

HONRA EM TEMPOS DE SEGURANÇA, SOBREVIVÊNCIA EM TEMPOS DE AMEAÇA. A NECESSIDADE É A ÚNICA LEI.

— *TÁBUA TRÊS, "ESTRUTURAS", VERSÍCULO QUATRO*

10

Nassun, atravessando o fogo

Tudo isso acontece na terra. Cabe a mim saber e compartilhar com você. Cabe a ela sofrer. Sinto muito.

Dentro do veículo perolado, as paredes são incrustradas com elegantes desenhos de vinhas feitos do que parece ser ouro. Nassun não sabe ao certo se o metal é puramente decorativo ou se tem algum tipo de propósito. Os assentos duros e lisos, que têm um tom pastel e um formato semelhante ao das conchas dos mexilhões que ela comia às vezes em Lua Encontrada, têm almofadas incrivelmente macias. Nassun descobre que são fixos ao chão e, no entanto, é possível virá-los de um lado para o outro ou recliná-los. Ela não consegue imaginar do que as cadeiras são feitas.

Causando-lhe um choque ainda maior, uma voz soa no ar um pouco depois que eles se acomodaram. A voz é feminina, educada, distante e, de certo modo, tranquilizadora. A linguagem é… incompreensível, e não é nem remotamente familiar. Contudo, a pronúncia das sílabas não é diferente da do sanze-mat, e alguma coisa quanto ao ritmo das frases, à sua ordem, adequa-se às expectativas do ouvido de Nassun. Ela desconfia que parte da primeira frase seja uma saudação. Acha que uma palavra que continua sendo repetida ao longo de uma passagem que tem um ar de ordem poderia ser um termo usado para suavizar, como "por favor". O resto, entretanto, é completamente estranho.

A voz só fala por um breve instante, depois se cala. Nassun olha para Schaffa e fica surpresa ao vê-lo franzir a testa, apertando os olhos, concentrado… embora parte disso também seja tensão na mandíbula, e um pouco de palidez a mais em torno dos lábios dele. O prateado está lhe causando mais dor, e deve ser uma dor forte desta vez. Todavia, ele olha para ela com uma expressão semelhante a espanto.

— Eu *me lembro* dessa língua — ele diz.

— Essas palavras estranhas? O que ela falou?

— Que esta... — Ele faz uma careta. — Coisa. Chama--se veímulo. O anúncio diz que partirá desta cidade e começará a viagem para Ponto Central em dois minutos, e chegará lá em seis horas. Disse também alguma coisa sobre outros veículos, outras rotas, viagens de volta para várias... estações de ligação? Não lembro o que isso significa. E ela espera que tenhamos uma boa viagem. — Ele sorri um pouco.

— Ah. — Satisfeita, Nassun balança um pouco as pernas em seu assento. Seis horas para percorrer o caminho todo até o outro lado do mundo? Mas talvez ela não devesse ficar impressionada com isso, já que essas foram as pessoas que construíram os obeliscos.

Parece não haver nada a fazer exceto ficar à vontade. Cuidadosamente, Nassun tira a bolsa de fuga das costas e a pendura no encosto da cadeira. Isso a faz notar que algo parecido com líquen cresce por todo o assoalho, embora não possa ser natural nem acidental; seus brotos se espalham em bonitos padrões regulares. Ela estende um pé e descobre que é macio, como um tapete.

Schaffa fica mais inquieto, andando de um lado para o outro dentro dos confortáveis limites do... veímulo... e tocando seus veios dourados de vez em quando. Ele anda em um ritmo lento e metódico, mas até mesmo isso é incomum da parte dele, então Nassun fica inquieta também.

— Já estive aqui — ele murmura.

— O quê? — Ela o ouviu. Só está confusa.

— Neste veímulo. Talvez neste mesmo assento. Já estive aqui, eu sinto. E aquela língua... não me lembro de tê-la ouvido, e no entanto. — Ele cerra os dentes de repente e enfia os dedos entre os cabelos. — Familiaridade, mas sem, sem... contexto! Sem significado! Há alguma coisa errada com esta viagem. Há alguma coisa errada *e eu não lembro o quê*.

Schaffa está deteriorado desde que Nassun o conheceu, mas esta é a primeira vez que ele lhe *parece* deteriorado. Está falando mais rápido, as palavras atropelando umas às outras. Há uma estranheza na forma como seus olhos passam de um ponto a outro do interior do veímulo que faz Nassun desconfiar que ele está vendo coisas que não existem.

Tentando ocultar sua ansiedade, Nassun estende a mão e dá uma batidinha na cadeira em forma de concha ao seu lado.

— São macias o suficiente para dormir nelas, Schaffa.

É uma sugestão óbvia demais, mas ele se vira para olhar para ela e, por um momento, a tensão perturbada em sua expressão se suaviza.

— Sempre tão preocupada comigo, minha pequenina. — Mas a frase interrompe a agitação, como ela esperava, e ele vem se sentar.

Assim que ele se senta, a voz de mulher fala outra vez, fazendo Nassun sobressaltar-se. Ela está fazendo uma pergunta. Schaffa franze a testa e depois traduz devagar.

— Ela... acho que esta é a voz do *veímulo em si*. Está falando conosco agora, especificamente. Não está apenas anunciando algo.

Nassun se mexe, sentindo-se de repente desconfortável dentro daquela coisa.

— Ele fala? Está vivo?

— Não sei ao certo se a diferença entre criatura viva e objeto sem vida importa para as pessoas que construíram este lugar. Entretanto... — Ele titubeia, depois levanta a voz para dizer, hesitantemente, palavras estranhas ao ar. A voz responde de novo, repetindo algo que Nassun já ouviu antes. Ela não tem certeza de onde algumas das palavras começam e terminam, mas as sílabas são as mesmas. — Ela diz que estamos nos aproximando do... ponto de transição. E pergunta se gostaríamos de... vivenciar? — Ele chacoalha a cabeça, irritadiço. — De ver alguma coisa. Encontrar as palavras na nossa própria língua é mais difícil do que entender o que está sendo falado.

Nassun se contrai, nervosa. Ela coloca os pés em cima da cadeira, com um medo irracional de machucar as entranhas daquela coisa-criatura. Ela não sabe ao certo o que perguntar.

— Ver vai machucar? — "Machucar o veímulo", ela quis dizer, mas não consegue deixar de pensar também em "nos machucar".

A voz fala outra vez antes que Schaffa tenha tempo de traduzir a pergunta de Nassun.

— Não — o veímulo responde.

Nassun se sobressalta, em puro estado de choque, sua orogenia se contraindo de um jeito que teria feito Essun gritar com ela.

— Você disse "Não"? — ela pergunta de maneira brusca, olhando para as paredes do veímulo. Talvez tenha sido uma coincidência.

— O excedente de armazenamento biomagéstrico permite... — A voz volta para a língua antiga, mas Nassun tem certeza de que não imaginou ter ouvido aquelas palavras em uma pronúncia estranha de sanze-mat. —... processando — a voz termina. Ela é tranquilizadora, mas parece vir das próprias paredes, e Nassun se sente incomodada por não ter nada para olhar, nenhum rosto para o qual se voltar enquanto está ouvindo. Como é que aquela coisa está falando sem nem ao menos ter boca nem garganta? Ela imagina os cílios do lado de fora do veículo de alguma forma se esfregando entre si como patas de insetos, e a ideia lhe dá calafrios.

A voz continua:

— Tradução... — Alguma coisa. —... mudança linguística. — Isso parecia sanze-mat, mas ela não sabe o que significa. Continua com mais algumas palavras, incompreensível outra vez.

Nassun olha para Schaffa, que também está franzindo o cenho, alarmado.

— Como respondo o que ela estava perguntando antes? — ela sussurra. — Como digo que quero ver aquilo sobre o que ela estava falando?

Em resposta, embora Nassun não houvesse tido a intenção de fazer essa pergunta diretamente ao veímulo, a parede uniforme diante deles de súbito escurece, formando pontos redondos e pretos, como se na superfície houvesse brotado de repente um fungo feio. Esses pontos se espalham e se fundem rapidamente até metade da parede estar tomada pela escuridão, como se estivessem olhando por uma janela para as entranhas da cidade, mas fora do veímulo não há nada para ver exceto a escuridão.

Em seguida, a luz aparece na parte de baixo dessa janela, que é uma janela de fato, ela se dá conta; de algum modo, toda a parte da frente do veímulo ficou transparente. A luz, em painéis retangulares como aqueles que revestiam a escada que vinha da superfície, acende-se e projeta-se para a escuridão à frente e, através de sua iluminação, Nassun consegue ver paredes formando arcos à sua volta. Outro túnel, este com largura suficiente apenas para o veímulo e curvas em meio a escuras paredes rochosas surpreendentemente rústicas, dada a predileção dos construtores de obeliscos por superfícies inteiramente lisas. O veímulo se move de forma constante pelo túnel, embora não com rapidez. Impulsionado por seus cílios? Por algum outro meio que Nassun não consegue imaginar? Ela se vê ao mesmo tempo fascinada e um pouco entediada, se é que isso é possível. Parece impossível que uma coisa que anda tão devagar possa levá-los ao outro lado do mundo em seis horas. Se todas essas horas vão ser assim, seguindo um trilho branco e plano em meio a um túnel rochoso e preto com nada com que se ocupar a não ser a inquietação de Schaffa e uma voz sem corpo, vai parecer demorar muito mais.

Então a curva do túnel termina em uma linha reta e, lá na frente, Nassun vê o buraco pela primeira vez.

O buraco não é grande. Não obstante, há alguma coisa nele que é imediata e visceralmente impressionante. Jaz no centro de uma caverna abobadada, cercado por mais painéis de luz, que foram colocados no chão. À medida que o veímulo se aproxima, essas luzes passam do branco para o vermelho vivo de uma maneira que Nassun conclui ser outro sinal de alerta. Pelo buraco abaixo há uma escuridão profunda. Instintivamente, ela sensa, tentando captar suas dimensões... mas não consegue. A circunferência do buraco, sim; tem apenas uns seis metros de largura. Um círculo perfeito. A profundidade, contudo... ela franze a testa, desencolhe-se na cadeira, concentra-se. O safira comicha em sua mente, convidando-a a usar seu poder, mas ela resiste; há demasiadas coisas neste lugar que reagem ao prateado, à *magia*, de uma maneira que ela não entende. E, de qualquer forma, ela é uma orogene. Sensar a profundidade de um buraco deveria ser fácil... mas este buraco se estende fundo, bem fundo, para além de seu alcance.

E os trilhos do veímulo seguem direto até o buraco e para além de sua borda.

Que é como deveria ser, não é? O objetivo é chegar a Ponto Central. No entanto, Nassun não consegue evitar um acesso de medo que é forte o bastante a ponto de beirar o pânico.

— Schaffa! — Ele imediatamente pega a mão dela. Ela agarra a mão dele com firmeza, sem medo de machucá-lo. A força dele, que só foi usada para protegê-la, jamais como ameaça, é um reconforto desesperadamente necessário neste exato momento.

— Já fiz isso antes — ele diz, mas soa inseguro. — Eu sobrevivi.

Mas o senhor não lembra como, ela pensa, sentindo um tipo de pavor para o qual não conhece a palavra.

(A palavra é "premonição".)

Então eles chegam à borda e o veímulo vira. Nassun arqueja e agarra os braços da cadeira… mas, estranhamente, não há vertigem. O veímulo não acelera; seu movimento para por um instante, na verdade, e Nassun tem um breve vislumbre de alguns dos cílios formando um borrão nas extremidades do seu campo de visão enquanto, de algum modo, ajustam a trajetória de seguir *adiante* para seguir *para baixo*. Algo mais se ajustou com essa mudança, de modo que Nassun e Schaffa não caem para fora dos assentos; Nassun descobre que suas costas e seu traseiro continuam acomodados na cadeira com a mesma firmeza de antes, embora isso seja impossível.

E, nesse ínterim, o leve zunido dentro do veímulo que, até o momento, fora baixo demais para ser mais do que um som subliminar, de repente começa a ficar mais alto. Mecanismos invisíveis reverberam mais rápido em um inconfundível padrão de aceleração. Quando o veímulo completa sua virada, a vista se enche de escuridão de novo, mas, desta vez, Nassun sabe que é o negrume profundo do poço. Não há mais nada à frente. Só abaixo.

— Lançamento — diz a voz dentro do veímulo.

Nassun arqueja e agarra a mão de Schaffa com mais força enquanto é puxada para trás pelo movimento. Não é tanto impulso quanto ela *deveria* estar sentindo, entretanto, porque todos os seus sentidos lhe dizem que eles acabaram de disparar a uma velocidade enorme, andando muito, muito mais rápido até mesmo do que um cavalo corre.

Adentrando a escuridão.

De início, a escuridão é absoluta, embora interrompida de tempos em tempos por um anel de luz que passa em forma de borrão enquanto eles se precipitam pelo túnel. A velocidade continua a aumentar; no momento, esses anéis passam tão rápido que são apenas lampejos. Leva três lampejos para Nassun ser capaz de discernir o que está vendo e sensando, e depois só uma vez ela observa um anel enquanto eles passam: *janelas*. Há janelas nas paredes do túnel, iluminadas pela luz. Há um espaço habitável aqui embaixo, pelo menos nos primeiros quilômetros. Depois, os anéis param e o túnel passa a não ser nada além de escuridão por algum tempo.

Nassun sensa uma mudança iminente um momento antes de o túnel se iluminar de repente. Eles conseguem ver uma luz nova e rósea que entremeia as paredes rochosas do túnel. Ah, claro: eles desceram tanto que parte da rocha derreteu e brilha em um tom de vermelho vivo. Essa nova luz pinta o interior do veímulo de cor de sangue e faz a filigrana dourada ao longo das paredes parecer pegar fogo. A vista dianteira é indistinta em princípio, apenas vermelho em meio a cinza e marrom e preto, mas Nassun entende instintivamente o que está vendo. Eles entraram no manto, e o medo dela enfim começa a se atenuar em meio à fascinação.

— A astenosfera — ela murmura. Schaffa franze o cenho para ela, mas dar nome ao que vê aliviou seu medo. Nomes têm poder. Ela morde o lábio, então finalmente solta a mão de Schaffa para se levantar e se aproximar da janela dianteira. De perto, é mais fácil dizer que o que ela está vendo é só uma ilusão, de certa forma... diamantes minúsculos e coloridos subindo pela camada interior do veímulo, como um borrão, para formar um mosaico de imagens em movimento. Como funciona? Ela não consegue nem começar a imaginar.

Fascinada, ela estende a mão para o alto. A camada interior do veímulo não solta calor, embora ela saiba que eles já estão em um nível do subsolo onde a carne humana deveria queimar em um instante. Quando toca a imagem na vista dianteira, ela ondula bem de leve em torno do seu dedo, como ondas na água. Colocando a mão inteira em um rebuliço de cor marrom avermelhada, ela não consegue deixar de sorrir. A apenas alguns metros, do outro lado da camada do veímulo, está a terra ardente. Ela está *tocando* a terra ardente, a pouquíssima distância. Ela levanta a outra mão, pressiona a bochecha contra as placas lisas. Aqui, nesta estranha engenhoca de civextinta, ela é parte da terra, talvez mais do que qualquer orogene antes dela jamais tenha sido. A terra é *ela*, está *nela*, ela está na *terra*.

Quando Nassun olha por sobre o ombro para Schaffa, ele está sorrindo, apesar das linhas de dor ao redor dos olhos. É diferente de seu sorriso habitual.

— O quê? — ela pergunta.

— As famílias da Liderança de Yumenes acreditavam que os orogenes um dia dominaram o mundo — ele conta. — Que a missão delas era impedir que a sua espécie retomasse todo esse poder. Achavam que vocês seriam governantes monstruosos para o mundo, fazendo com as pessoas comuns o que os outros fizeram com vocês se algum dia tivessem a chance. Não acho que eles estivessem certos sobre nada disso... e no entanto. — Ele faz um gesto enquanto ela fica ali, iluminada pelo fogo da terra. — *Olhe* para você, pequenina. Se você é o monstro que eles imaginaram que fosse... você também é gloriosa.

Nassun o ama tanto.

É por isso que ela desiste da ilusão de poder e volta para se sentar ao lado dele. Mas, quando ela se aproxima, vê por quanta tensão ele está passando.

— A sua cabeça está doendo muito.

O sorriso dele desvanece.

— É suportável.

Preocupada, ela põe as mãos nos ombros dele. Dezenas de noites aliviando sua dor tornaram isso fácil de fazer... mas, desta vez, quando ela envia o prateado para dentro dele, o clarão branco e quente de linhas entre as células dele não desaparece. Na verdade, elas brilham *mais*, tão bruscamente que Schaffa fica tenso e se afasta dela, levantando-se para começar a perambular de novo. Ele estampou um sorriso no rosto, mais um ritual enquanto vagueia inquieto para um lado e para o outro, mas Nassun é capaz de notar que as endorfinas do sorriso não estão fazendo nada.

Por que as linhas ficaram mais brilhantes? Nassun tenta entender isso examinando a si mesma. Nada do prateado está diferente: ele flui em suas linhas claramente delineadas de costume. Ela volta seu olhar prateado para Schaffa... e só então percebe algo chocante.

O veímulo é *feito* de prateado, e não apenas de linhas delgadas dele. O prateado cerca-o, permeia-o. O que ela percebe é uma onda da substância, reverberando em faixas em torno dela e de Schaffa, começando no nariz do veículo e fechando-se atrás. Esse revestimento de magia, ela entende de súbito, é o que está repelindo o calor e mantendo a pressão, virando as linhas de força dentro do veímulo de modo que a gravidade exerça força em direção ao assoalho e não em direção ao centro da terra. As paredes são apenas uma carcaça; algo em sua estrutura torna mais fácil para o prateado fluir e se conectar e formar treliças. A filigrana dourada ajuda a estabilizar a agitação de energias na frente do veículo... ou pelo menos é o que Nassun supõe, uma vez que não consegue entender todas as formas como esses mecanismos *mágicos* trabalham juntos. É simplesmente complexo demais. É como andar dentro de um obelisco. É como ser carregada pelo vento. Ela não fazia ideia de que o prateado pudesse ser tão incrível.

Mas há alguma coisa além do milagre das paredes do veímulo. Alguma coisa fora dele.

De início, Nassun não sabe ao certo o que está percebendo. Mais luzes? Não. Ela está olhando tudo de maneira errada.

É o prateado, igual ao que flui entre suas próprias células. É *um único fio de prateado*... e, no entanto, ele é titânico, corrupiando entre uma espiral de rocha mole e quente e uma bolha de água causticante de alta pressão. Um único fio de prateado... e é mais comprido do que o túnel que eles atravessaram até agora. Ela não consegue encontrar nenhuma das pontas. É mais largo do que a circunferência do veímulo por uma diferença perceptível. Contudo, fora isso, é tão claro e concentrado como qualquer uma das linhas dentro da própria Nassun. A mesma coisa, só que... imensa.

E Nassun *entende* então, ela *entende*, de modo tão repentino e devastador que seus olhos se abrem de uma vez e ela tropeça para trás com a força da compreensão, trombando com outra cadeira e quase caindo antes de agarrá-la para se manter de pé. Schaffa solta um ruído baixo de frustração e se vira em uma tentativa de reagir ao sobressalto dela... mas o prateado dentro do corpo dele brilha tanto que, quando explode, ele se dobra, segurando a cabeça e gemendo. Ele está sentindo dor demais para cumprir sua missão como Guardião, ou para agir com base em sua preocupação por ela, porque o prateado no corpo dele tornou-se tão brilhante quanto aquele imenso fio lá fora no magma.

Magia, Aço chamou o prateado. A coisa que existe sob a orogenia, que é feita de coisas vivas ou que um dia viveram. Esse prateado das profundezas do Pai Terra passa por entre os fragmentos montanhosos da substância dele exatamente da mesma forma como se enlaça entre as células de uma coisa viva que respira. E isso ocorre porque *um planeta* é uma coisa viva que respira, ela sabe disso agora com a certeza do instinto. Todas as histórias sobre o Pai Terra estar vivo são reais.

Mas se o manto é o corpo do Pai Terra, por que o prateado dele está ficando mais brilhante?

Não. Oh, não.

— Schaffa — Nassun sussurra. Ele geme; ele se dobrou sobre um dos joelhos, soltando arfadas curtas enquanto segura a cabeça. Ela quer ir até ele, quer reconfortá-lo, quer ajudá-lo, mas fica onde está, respirando rápido demais devido ao pânico cada vez maior que sente por saber de súbito o que está por vir. Mas ela quer negar. — Schaffa, p-por favor, essa coisa na sua cabeça, o pedaço de ferro, o senhor chamou de núcleo pétreo, Schaffa... — Sua voz está agitada. Ela não consegue recuperar o fôlego. O medo quase fechou sua garganta. Não. Não. Ela não entendeu, mas agora entende e não faz ideia de como parar aquilo. — *Schaffa, de onde vem isso, esse núcleo pétreo na sua cabeça?*

A voz do veímulo fala outra vez naquela língua da saudação, e depois continua, indecente em sua cortesia imparcial.

—... uma maravilha, disponível apenas... — Alguma coisa. —... rota. Este veímulo... — Alguma coisa. —... centro, iluminado... — Alguma coisa. —... para o seu deleite.

Schaffa não responde. Mas Nassun consegue sensar a resposta à sua pergunta agora. Ela consegue *senti-la* conforme o tênue e insignificante prateado que percorre seu próprio corpo repercute... mas é uma repercussão leve, do *seu* prateado, gerado por sua própria carne. O prateado em Schaffa, em todos os Guardiões, é gerado pelo núcleo pétreo alojado em seus sensapinae. Ela estudou essa pedra algumas vezes até onde foi capaz enquanto Schaffa dormia e ela lhe fornecia magia. É ferro, mas diferente de qualquer ferro que já tivesse sensado. Estranhamente denso. Estranhamente energético, embora parte seja a magia que o ferro canaliza para dentro dele a partir de... algum lugar. Estranhamente vivo.

E quando todo o lado direito do veímulo se dissolve para deixar seus passageiros vislumbrarem a maravilha raras vezes vista que é o centro do planeta desinibido, ele já incandesce diante dela: um sol prateado subterrâneo, tão brilhante que ela precisa semicerrar os olhos, tão pesado que percebê-lo machuca seus sensapinae, tão poderoso em sua magia que faz a conexão prolongada do safira parecer trêmula e fraca. É o núcleo da Terra, a fonte dos núcleos pétreos e, diante dela, é um mundo em si mesmo, engolindo a janela e aumentando ainda mais à medida que eles se aproximam.

Não parece rocha, Nassun pensa vagamente em meio ao pânico. Talvez seja apenas o bruxuleio do metal derretido e da magia ao redor de todo o veímulo, mas a imensidão diante de si parece tremeluzir quando tenta se concentrar nela. Há alguma coisa sólida ali; à medida que se aproximam, Nassun consegue detectar anomalias pontilhando a superfície da esfera brilhante, minúsculas em contraste... mesmo quando ela se dá conta de que são obeliscos. Várias dezenas deles, encravados no centro do mundo como agulhas em uma alfineteira. Mas eles não são nada. Nada.

E Nassun não é nada. Nada diante disso.

"É um erro levá-lo", Aço dissera a respeito de Schaffa.

O pânico toma conta. Nassun corre até Schaffa quando ele cai, batendo no chão. Ele não grita, embora sua boca esteja aberta e seus olhos branco-gelo estejam arregalados e os músculos de todos os seus membros estejam retesados enquanto ela luta para fazê-lo recostar-se. Um braço agitado bate contra sua clavícula, jogando-a para trás, e segue-se um lampejo de dor terrível, mas Nassun mal pensa nisso antes de voltar às pressas para perto dele. Ela agarra o braço dele com seus dois braços e tenta segurá-lo porque ele está estendendo as mãos em forma de garra em direção à cabeça, arranhando com as unhas o couro cabeludo e o rosto.

— Schaffa, não! — ela grita. Mas ele não pode ouvi-la.

Então o veímulo escurece por dentro.

Ele continua se movendo, embora mais devagar. Na verdade, eles entraram no elemento semissólido do núcleo, a rota do veímulo deslizando por sua superfície... porque é claro que as pessoas que construíram os obeliscos se regozijariam de sua capacidade de perfurar o planeta por diversão. Ela consegue sentir o brilho daquele sol prateado e agitado por toda a sua volta. Atrás dela, porém, a parede que forma uma janela de repente começa a apresentar um brilho fraco. Há alguma coisa tocando o lado de fora do veímulo, pressionando seu revestimento de magia.

Lentamente, com Schaffa contorcendo-se em silenciosa agonia no seu colo, Nassun se vira para encarar o núcleo da Terra.

E aqui, dentro do santuário do seu centro, a Terra Cruel também a percebe.

Quando a Terra fala, não o faz exatamente com palavras. Isso é uma coisa que você já sabe, mas que Nassun só descobre nesse momento. Ela sensa os significados, ouve as vibrações com os ossos dos ouvidos, expele-as através da pele com um calafrio, sente-as tirar lágrimas de seus olhos. É como afogar-se em energia e sensação e emoção. *Dói.* Lembre-se: a Terra quer matá-la.

Mas lembre-se também: Nassun a quer igualmente morta.

Então ela diz com microtremores que acabarão causando um tsunami em alguma parte do hemisfério sul: *Olá, pequena inimiga.*

(Essa é uma ideia aproximada, você se dá conta. É o máximo que a jovem mente da garota consegue suportar.)

E quando Schaffa sufoca e começa a ter convulsões, Nassun agarra seu corpo arruinado pela dor e olha para a parede de escuridão enferrujada. Ela não está mais com medo; a fúria a empederniu. Ela é tão filha da mãe dela.

— Deixe-o em paz — ela diz com raiva. — *Deixe-o em paz agora mesmo.*

O núcleo do planeta é feito de metal, derretido e, no entanto, comprimido até se solidificar. Existe certa maleabilidade nele. A superfície da escuridão vermelha começa a ondular e mudar enquanto Nassun observa. Surge algo que, por um instante, ela não consegue processar. Um padrão familiar. Um *rosto*. É só a sugestão de uma pessoa, olhos e boca, a sombra de um nariz... mas então, por apenas um momento, os olhos apresentam um formato distinto, os lábios alinhados e detalhados, uma pinta surgindo debaixo dos olhos, *que se abrem.*

Ninguém que ela conheça. Só um rosto... onde não deveria haver nenhum. E, enquanto Nassun olha para ele, um pavor nascente afastando aos poucos a raiva, ela vê outro rosto... e outro, mais rostos aparecendo todos de uma vez para preencher a vista. Cada um deles é afastado quando outro surge mais abaixo. Dezenas. Centenas. Este tem papada e aparência cansada, aquele é inchado como se houvesse chorado, aquele está de boca aberta e gritando em silêncio, como Schaffa. Alguns olham para ela suplicantes, articulando com os lábios palavras que ela não conseguiria entender mesmo que as pudesse ouvir.

Todos eles ecoam, porém, o divertimento de uma presença maior. *Ele é meu.* Não uma voz. Quando a Terra fala, não é em palavras. No entanto.

Nassun pressiona os lábios, sintoniza o prateado de Schaffa e corta impiedosamente o maior número de tentáculos cravados no corpo dele que consegue, bem em torno do núcleo pétreo. Não funciona como de costume quando usa o prateado para cirurgias. As linhas prateadas em Schaffa se recompõem quase que instantaneamente e latejam com muito mais intensidade quando são restabelecidas. Schaffa estremece a cada vez. Ela o está machucando. Está piorando as coisas.

Não há outra escolha. Ela envolve o núcleo pétreo dele com seus próprios fios para realizar a cirurgia que ele não permitiu que ela fizesse alguns meses antes. Se encurtar a vida dele, pelo menos ele não sofrerá pelo resto dela.

Mas outra reverberação de divertimento faz o veímulo estremecer, e uma labareda de prateado resplandece dentro de Schaffa e ignora seus fios insignificantes. A cirurgia fracassa. O núcleo pétreo jaz firme como sempre entre os lobos dos sensapinae dele, como o parasita que é.

Nassun chacoalha a cabeça e procura ao redor alguma coisa, qualquer coisa, que possa ajudar. Ela se distrai momentaneamente com as borbulhas e mudanças de rostos na superfície da escuridão enferrujada. Quem são essas pessoas? Por que estão aqui em um turbilhão em meio ao centro da Terra?

Obrigação, responde a Terra, em ondulações de calor e de pressão esmagadora. Nassun cerra os dentes, lutando contra o peso de seu desdém. *O que foi roubado, ou emprestado, deve ser recompensado.*

E Nassun não tem como deixar de entender isso também, aqui dentro do abraço da Terra, com seu significado vibrando através dos ossos. O prateado – a magia – vem da vida. Aqueles que criaram os obeliscos buscavam explorar a magia, e conseguiram. E como conseguiram. Eles a usaram para construir maravilhas além da imaginação. Mas depois quiseram mais magia do que apenas aquela que suas vidas, ou que eras acumuladas de vida e morte na superfície da Terra, podiam propiciar. E quando viram quanta magia abundava logo abaixo daquela superfície, pronta para pegarem...

Nunca lhes passou pela cabeça que tanta magia, tanta *vida*, pudesse ser um indicativo de... consciência. A Terra não fala com palavras, afinal; e talvez, Nassun se dá conta, tendo visto coisas demais do mundo para ainda ter muito de sua inocência de criança, talvez esses construtores da grande rede de obeliscos não costumassem respeitar vidas diferentes das suas próprias. Não tão diferentes, na verdade, das pessoas que administram os Fulcros, ou dos saqueadores, ou de seu pai. Então, onde deveriam ter visto um ser vivo, eles viram apenas mais uma coisa a explorar. Quando deveriam ter pedido permissão, ou deixado em paz, eles violaram.

Para alguns crimes, não existe justiça adequada... somente reparação. Então, para cada milímetro de vida drenado da camada abaixo da pele da Terra, a Terra arrastou um milhão de restos humanos para o seu centro. Os corpos apodrecem no solo, afinal, e o solo jaz sobre placas tectônicas, as quais passam por um processo infinito de convecção pelo manto... e ali, dentro de si mesma, a Terra come tudo o que eles eram. É justo, a Terra conclui... friamente, com uma raiva que ainda estremece das profundezas para rachar a pele do planeta e desencadear Estação após Estação. É correto. A Terra não começou esse ciclo de hostilidades, ela não roubou a Lua, não cavou debaixo da pele de nenhuma outra pessoa nem pegou pedaços de sua carne ainda viva para guardar como troféus ou ferramentas, não conspirou para escravizar humanos em um pesadelo interminável. Ela não começou essa guerra, mas, pelas ferrugens, ela *terá. O que. Lhe. Devem.*

E, ah. Será que Nassun não entende isso? Suas mãos apertam a camisa de Schaffa, tremendo enquanto seu ódio hesita. Será que ela não consegue se identificar com a situação?

Pois o mundo lhe tirou tantas coisas. Ela teve um irmão um dia. E um pai, e uma mãe que ela também entende, mas gostaria de não entender. E um lar, e sonhos. O povo da Quietude há muito lhe roubou a infância e qualquer esperança de um futuro real e, por conta disso, ela está tão brava que não consegue pensar nada além de "ISSO PRECISA PARAR" e "EU VOU ACABAR COM ISSO"...

... ela própria, então, não se identifica com a ira da Terra Cruel?

Ela se identifica.

Que a Terra a coma, ela se identifica.

Schaffa se aquietou em seu colo. Uma de suas pernas está úmida; ele urinou nas calças. Os olhos dele ainda estão abertos, e ele respira em arfadas curtas. Seus músculos retesados ainda têm espasmos de vez em quando. Todos sucumbem, se a tortura continua por tempo suficiente. A mente suporta o insuportável indo para outro lugar. Nassun está passando dos dez anos de idade para os cem, mas viu o suficiente da crueldade do mundo para saber disso. Seu Schaffa. Foi embora. E talvez nunca, nunca mais volte.

O veímulo avança, acelerado.

A vista começa a clarear de novo quando sai do núcleo. As luzes interiores retomam seu brilho agradável. Os dedos de Nassun repousam frouxos sobre as roupas de Schaffa agora. Ela olha para a massa agitada do núcleo até a substância da parede ficar opaca outra vez. A vista dianteira permanece, mas também começa a escurecer. Eles entraram em outro túnel, este mais largo que o primeiro, com sólidas paredes pretas refreando de algum modo o turbilhão de calor do núcleo externo e do manto. Agora, Nassun sente que o veímulo está inclinado para cima, afastando-se do núcleo.

Dirigindo-se de novo para a superfície, mas, desta vez, do outro lado do planeta.

Nassun sussurra para si mesma, já que Schaffa foi embora.

— Isso tem que parar. Vou acabar com isso. — Ela fecha os olhos; os cílios, molhados, grudam. — Eu prometo.

Ela não sabe para quem está fazendo essa promessa. Na verdade, não importa.

Não muito depois, o veímulo chega a Ponto Central.

SYL ANAGIST: UM

Eles levam Kelenli embora de manhã.

É inesperado, pelo menos de nossa parte. Além disso, não tem nada a ver conosco, nós percebemos sem demora. O condutor Gallat chega primeiro, embora eu veja vários condutores de alta patente conversando na casa mais acima do jardim. Ele não parece aborrecido quando chama Kelenli e fala com ela em um tom de voz baixo, porém determinado. Todos nos levantamos, vibrando culpa, embora não tenhamos feito nada de errado, apenas passamos a noite deitados em um chão duro, ouvindo o estranho som da respiração e dos ocasionais movimentos dos outros. Observo Kelenli, temendo por ela, querendo protegê-la, embora esse desejo seja incipiente; não sei qual é o perigo. Ela se mantém ereta e aprumada, como um deles, enquanto fala com Gallat. Senso a tensão dela, como uma falha geológica a ponto deslizar.

Eles estão do lado de fora da casinha do jardim, a uns cinco metros de distância, mas ouço Gallat levantar a voz por um instante.

— Por quanto tempo mais você pretende continuar com essa bobagem? Dormir na cabana?

— Algum problema? — pergunta Kelenli calmamente.

Gallat é o condutor de patente mais alta. É também o mais cruel. Achamos que ele não faz de propósito. É só que parece não entender que é possível ser cruel conosco. Somos os afinadores da máquina; nós mesmos precisamos ser afinados para o bem do projeto. O fato de que esse processo às vezes causa dor ou medo ou se somos descomissionados para o canteiro de roseiras bravas é... um detalhe.

Nós nos perguntamos se o próprio Gallat tem sentimentos. Ele tem, eu vejo isso quando ele recua agora, seu rosto contorcido pela mágoa, como se as palavras de Kelenli fossem algum tipo de golpe.

— Eu fui bom com você — ele diz. Sua voz vacila.

— E eu sou grata. — Kelenli não mudou nem um pouco a inflexão de voz, nem um músculo da face. Ela parece e soa, pela primeira vez, como uma de nós. E, como fazemos com tanta frequência, os dois estão tendo uma conversa que não tem nada a ver com as palavras que saem de suas bocas. Eu verifico: não há nada no ambiente a não ser as fracas vibrações de suas vozes. E no entanto.

Gallat olha para ela. Então a mágoa e a raiva desvanecem de seu rosto, substituídas pelo cansaço. Ele vira as costas e diz bruscamente:

— Preciso de você de volta ao laboratório hoje. Há oscilações na rede outra vez.

O rosto de Kelenli se mexe enfim, franzindo as sobrancelhas.

— Me disseram que eu tinha três dias.

— A Geoarcanidade é mais importante do que os seus planos de lazer. — Ele dá uma olhada para a casinha onde eu e os outros estamos reunidos e me pega olhando para ele. Eu não desvio o olhar, em grande parte porque estou tão fascinado com a angústia dele que não penso nisso. Ele parece constrangido por um breve instante, depois irritado. Ele diz a ela, com seu costumeiro ar de impaciência: — A biomagestria só consegue fazer escaneamentos à distância fora do complexo, mas eles dizem que, na verdade, estão detectando um interessante esclarecimento de fluxo na rede dos afinadores. O que quer que você venha fazendo com eles obviamente não é um desperdício de tempo. Então vou levá-los aonde quer que você estava planejando ir hoje. Aí você pode voltar para o complexo.

Ela olha para nós. Para mim. *Meu pensador.*

— Deve ser um passeio suficientemente tranquilo — ela responde a ele enquanto olha para mim. — Eles precisam ver o fragmento de motor local.

— O ametista? — Gallat olha para ela. — Eles vivem à sombra desse motor. Eles o veem constantemente. Como isso vai ajudar?

— Não viram o soquete. Eles precisam entender seu processo de crescimento por completo; mais do que em teoria. — De repente, ela vira as costas para mim e para ele e começa a andar até a casa grande. — Apenas mostre isso a eles, depois pode deixá-los no complexo e estará terminado.

Entendo exatamente por que Kelenli falou nesse tom desdenhoso e por que não se deu o trabalho de se despedir antes de ir embora. Não é diferente do que nós fazemos quando temos que ver ou sensar outro da nossa rede ser punido; fingimos não dar importância. (*Tetlewha. Sua música não tem tom, mas não silenciou. De onde você canta?*) Isso diminui a punição para todos e impede que os condutores, em sua raiva, concentrem-se em outro. Contudo, entender isso e não sentir nada enquanto ela se afasta são duas coisas diferentes.

O condutor Gallat fica muito mal-humorado depois disso. Ele nos manda pegar nossas coisas para podermos ir. Não temos nada, embora alguns de nós precisemos eliminar os excrementos antes de partir e todos precisem de comida e água. Ele deixa os necessitados usarem o pequeno banheiro de Kelenli ou uma pilha de folhas lá fora, nos fundos (eu sou um desses; é muito estranho me agachar, mas também é uma experiência profundamente enriquecedora), depois diz para ignorarmos nossa fome e nossa sede e o acompanharmos, então nós o fazemos. Ele nos conduz muito rápido, embora nossas pernas sejam mais curtas do que as dele e ainda estejam doendo por conta do dia anterior. Ficamos aliviados ao ver o veímulo que ele requisitou, quando chega, para podermos nos sentar e sermos levados de volta para o centro da cidade.

Os outros condutores seguem conosco e com Gallat. Eles ficam conversando com ele e nos ignorando; ele dá respostas curtas, monossilábicas. Eles lhe perguntam sobretudo a respeito de Kelenli: se ela é sempre tão intransigente, se ele acredita que seja uma falha imprevista de genegenharia, por que ele se dá o trabalho de permitir que ela contribua com o projeto quando ela é, para todos os efeitos, apenas um protótipo obsoleto.

— Porque ela estava certa em todas as sugestões que fez até agora — ele responde de forma brusca após a terceira pergunta. — Que é o exato motivo pelo qual desenvolvemos os afinadores, no final das contas. Sem eles, o Motor Plutônico precisaria de outros setenta anos de aprimoramento antes que pudéssemos sequer fazer um teste de lançamento. Quando os sensores de uma máquina são capazes de lhe dizer exatamente o que está errado e exatamente como fazer a coisa toda funcionar de modo mais eficiente, é estupidez não prestar atenção.

Isso parece apaziguá-los, então eles o deixam em paz e voltam a conversar... embora uns com os outros, não com ele. Estou sentado perto do condutor Gallat. Percebo como o desdém dos outros condutores na verdade aumenta a tensão dele, fazendo a raiva irradiar pela pele assim como o calor residual da luz do sol irradia de uma rocha muito depois do anoitecer. Sempre houve uma dinâmica estranha na relação entre os condutores; nós procuramos decifrá-los o melhor possível, embora não entendêssemos de fato. Agora, porém, graças à explicação de Kelenli, lembro que Gallat tem uma "ascendência indesejável". Nós fomos feitos assim, mas ele simplesmente nasceu com pele pálida e olhos branco-gelo – traços comuns entre os niess. Ele não é niess; os niess desapareceram. Há outras raças, raças sylanagistinas, de pele pálida. Os olhos sugerem, no entanto, que em algum ponto da história de sua família (um ponto distante, ou não teriam permitido que ele frequentasse a escola e recebesse assistência médica e tivesse sua atual posição de prestígio), alguém fez filhos com um niess. Ou não: esse traço poderia ser uma mutação aleatória ou uma casualidade da pigmentação. Mas, ao que parece, ninguém pensa dessa forma.

É por isso que, embora Gallat trabalhe com mais empenho e passe mais horas no complexo do que qualquer outra pessoa e esteja no comando, os outros condutores o tratam como se ele fosse menos do que é. Se ele não passasse adiante esse favor em suas relações conosco, eu sentiria pena dele. Da maneira como as coisas são, tenho medo dele. Sempre tive medo dele. Mas, por Kelenli, decido ser corajoso.

— Por que está bravo com ela? — eu pergunto. Minha voz é suave e difícil de ouvir em meio ao zumbido do ciclo metabólico do veímulo. Poucos entre os outros condutores percebem o meu comentário. Nenhum deles se importa. Escolhi bem o momento da pergunta.

Gallat se sobressalta, depois olha para mim como se nunca houvesse me visto.

— O quê?

— Kelenli. — Levanto os olhos para encará-lo, embora tenhamos aprendido ao longo do tempo que os condutores não gostam disso. Eles acham o contato visual desafiador. Mas eles também nos esquecem mais rápido quando não olhamos para eles, e eu não quero ser esquecido neste momento. Quero que ele *sinta* esta conversa, mesmo que seus sensapinae fracos e primitivos não consigam lhe dizer que meu ciúme e meu ressentimento tenham elevado a temperatura do lençol freático da cidade em dois graus.

Ele me encara, furioso. Eu olho de volta para ele impassivelmente. Sinto tensão na rede. Os outros, que, é claro, perceberam o que os condutores ignoram, de repente temem por mim... mas quase me distraio quanto à preocupação deles devido à diferença que, de súbito, percebo em nós. Gallat está certo: nós *estamos* mudando, ficando mais complexos, nossa influência ambiente está aumentando, como consequência das coisas que Kelenli nos mostrou. Será que isso é um aprimoramento? Ainda não sei ao certo. No momento, estamos confusos, quando antes éramos em maior parte unificados. Remwha e Gaewha estão irritados comigo por correr esse risco sem procurar consenso primeiro – essa imprudência, imagino eu, é meu próprio sintoma de mudança. Bimniwha e Salewha estão irracionalmente bravas com Kelenli devido à estranha maneira pela qual está me afetando. Dushwha se cansou de todos nós e só quer ir para casa. Por trás de sua irritação, Gaewha teme por mim, mas também sente pena, porque acho que ela entende que minha imprudência é sintoma de alguma outra coisa. Concluí que estou apaixonado, mas o amor é um doloroso redemoinho de ponto quente sob a minha superfície em um lugar onde antes havia estabilidade, e não gosto disso. Afinal, um dia acreditei ser a melhor ferramenta já criada por uma grande civilização. Agora, descobri que sou um equívoco remendado por ladrões paranoicos que estavam aterrorizados com a própria mediocridade. Não sei como me sentir, *a não ser* imprudente.

Mas nenhum deles está irritado com Gallat por ser perigoso demais para se ter uma simples conversa. Há algo de muito errado nisso.

— O que faz você pensar que estou bravo com Kelenli? — Gallat enfim pergunta. Abro minha boca para ressaltar a tensão em seu corpo, seu estresse vocal, a expressão em seu rosto, e ele produz um som que mostra irritação. — Deixa pra lá. Sei como vocês processam a informação. — Ele suspira. — Imagino que esteja certo.

Estou definitivamente certo, mas sei que não devo lembrá-lo do que ele não quer saber.

— Você quer que ela more na sua casa. — Eu não tinha certeza de que era a casa de Gallat até a conversa daquela manhã. Mas deveria ter adivinhado; a casa tinha o mesmo cheiro que ele. Nenhum de nós é bom no uso de outros sentidos que não a sensuna.

— É a casa *dela* — ele responde de forma brusca. — Ela cresceu lá, assim como eu.

Kelenli me contou isso. Criada junto com Gallat, pensando que era normal, até que alguém finalmente lhe contou por que seus pais não a amavam.

— Ela fazia parte do projeto.

Ele concorda com um aceno de cabeça, a boca contorcida de amargura.

— E eu também. Uma criança humana era um controle necessário, e eu tinha... características úteis para a comparação. Eu pensei nela como minha irmã até nós dois completarmos quinze anos. Então eles nos contaram.

Tanto tempo. E, contudo, Kelenli deve ter desconfiado que era diferente. O brilho prateado da magia flui à nossa volta, por dentro de nós, como a água. Todos podem sensá-

-la, mas nós, afinadores, a vivemos. Ela vive em nós. Ela não pode ter jamais pensado ser normal.

Gallat, porém, teria ficado totalmente surpreso. Talvez sua visão do mundo tenha virado completamente de cabeça para baixo assim como a minha agora. Talvez ele tenha se atrapalhado – e se atrapalhe – do mesmo modo, lutando para conciliar seus sentimentos com a realidade. Sinto uma empatia repentina por ele.

— Nunca a maltratei. — A voz de Gallat ficou suave, e não sei ao certo se ainda está falando comigo. Ele cruzou os braços e as pernas, fechando-se enquanto olha firmemente por uma das janelas do veímulo sem ver nada. — Nunca a tratei como um... — De súbito, ele pisca e estreita os olhos para olhar para mim. Eu começo a aquiescer para mostrar que entendo, mas algum instinto me avisa para não fazer isso. Eu simplesmente olho de volta para ele. Ele relaxa. Não sei por quê.

Ele não quer que você o ouça dizer "como um de vocês", Remwha assinala, zumbindo irritado com a minha estupidez. *E não quer que você saiba o que significa, se ele disser isso. Ele reafirma a si mesmo que não é como as pessoas que tornaram a própria vida dele mais difícil. É uma mentira, mas ele precisa dela, e precisa que sustentemos essa mentira. Ela não deveria ter nos contado que somos niess.*

Nós não somos *niess*, mando num pulso gravitacional. Em grande parte, estou aborrecido com o fato de que ele tenha tido que salientar isso. O comportamento de Gallat é óbvio, agora que Remwha explicou.

Para eles, nós somos. Gaewha manda essa mensagem em um único microtremor cujas reverberações ela destrói, de maneira que sensamos apenas um silêncio frio depois. Paramos de discutir porque ela está certa.

— Dei a ela tanta liberdade quanto pude — Gallat continua, alheio à nossa crise de identidade. — Todos sabem o que ela é, mas eu permiti que ela tivesse os mesmos privilégios que qualquer mulher normal teria. Claro que há restrições, limitações, mas é algo razoável. Não posso ser visto como permissivo se... — Ele vai parando de falar e mergulha nos próprios pensamentos. Mexe alguns músculos ao longo do maxilar, frustrado. — Ela age como se não pudesse entender isso. Como se *eu* fosse o problema, não o mundo. Estou tentando ajudá-la! — Então ele solta o ar em uma expiração pesada de frustração.

Contudo, nós ouvimos o bastante. Mais tarde, quando processarmos tudo isso, eu direi aos outros: *Ela quer ser uma pessoa.*

Ela quer o impossível, dirá Dushwha. *Gallat acha melhor possuí-la ele próprio do que permitir que Syl Anagist o faça. Mas, para ela ser uma pessoa, precisa deixar de ser... uma posse. De qualquer pessoa.*

Então Syl Anagist precisa deixar de ser Syl Anagist, acrescentará Gaewha com tristeza.

Sim. Todos eles estão certos também, meus colegas afinadores... mas isso não significa que o desejo de Kelenli de ser livre esteja errado. Ou que alguma coisa é impossível só porque é muito, muito difícil.

O veímulo para em uma parte da cidade que, surpreendentemente, parece familiar. Eu vi essa área apenas uma vez e, no entanto, reconheço o padrão das ruas e as flores das vinhas em uma parede de verdestrato. A qualidade da luz que atravessa o ametista à medida que o sol se inclina para se pôr desperta em mim um sentimento de nostalgia e alívio que um dia aprenderei que se chama saudade de casa.

Os outros condutores saem e voltam para o complexo. Gallat acena para nós. Ele ainda está irritado e quer que isso acabe. Então nós o seguimos e aos poucos vamos ficando para trás porque nossas pernas são mais curtas e nossos músculos queimam, até que finalmente ele percebe que nós e nossos guardas estamos uns três metros atrás dele. Ele para a fim de nos deixar alcançá-lo, mas cerra o maxilar e, com uma das mãos, dá batidinhas rápidas nos braços cruzados.

— Andem logo — ele diz. — Quero fazer testes de ativação esta noite.

Nós sabemos que não devemos reclamar. Uma distração costuma ser útil, porém.

— Estamos andando depressa para ver o quê? — pergunta Gaewha.

Gallat chacoalha a cabeça, impaciente, mas responde. Como Gaewha havia planejado, ele anda mais devagar para poder falar conosco, o que nos permite andar mais devagar também. Desesperadamente recuperamos o fôlego.

— O soquete onde este fragmento cresceu. Disseram o básico a vocês. No momento, cada fragmento funciona como central de energia para uma estação de ligação de Syl Anagist: absorvendo magia, catalisando-a, devolvendo um pouco para a cidade e armazenando o excedente. Até o Motor ser ativado, é claro.

De repente ele para, distraído pelo que há à nossa volta. Chegamos à área restrita ao redor da base do fragmento: um parque de três níveis com alguns prédios administrativos e uma parada na linha do veímulo que (pelo que nos contam) faz uma viagem semanal para Ponto Central. É tudo muito utilitário e um pouco entediante.

No entanto. Sobre nós, preenchendo o céu até onde a vista alcança, está o fragmento ametista. Apesar da impaciência de Gallat, todos paramos e olhamos para ele, admirados.

Vivemos à sua sombra colorida e fomos feitos para responder às suas necessidades e controlar a sua produtividade. Ele é nós; nós somos ele. Contudo, raras vezes conseguimos vê-lo assim, diretamente. As janelas em nossas celas apontam todas no sentido oposto a ele. (Conectividade, harmonia, campo de visão e eficiência das formas de onda; os condutores não querem arriscar uma ativação acidental.) É uma coisa magnífica, penso, tanto em seu estado físico como em sua superposição mágica. Ele brilha nesse último estado, uma treliça cristalina quase totalmente carregada com a energia mágica armazenada que em breve usaremos para ativar a Geoarcanidade. Quando houvermos mudado os sistemas de energia do mundo, do sistema limitado de armazenamento e geração dos obeliscos para os fluxos ilimitados dentro da terra, e quando Ponto Central estiver totalmente conectado para regulá-los, e quando o mundo houver enfim realizado o sonho dos grandes líderes e pensadores de Syl Anagist...

... bem. Nesse momento, eu e os outros não seremos mais necessários. Ouvimos tantas coisas sobre o que vai acontecer quando o mundo se libertar da escassez e da carência. Pessoas vivendo para sempre. Viagens para outros mundos, muito além da nossa estrela. Os condutores nos asseguraram que não seremos mortos. Seremos celebrados, na verdade, como o apogeu da magestria e como representações vivas do que a humanidade pode alcançar. Ser venerado não é algo a almejar? Não deveríamos estar orgulhosos?

Mas, pela primeira vez, penso em que tipo de vida eu poderia querer para mim se tivesse escolha. Penso na casa onde Gallat mora: enorme, bonita, fria. Penso na casa de Kelenli no jardim, que é pequena e cercada por pequenas magias que crescem. Penso em morar com Kelenli. Sentar aos seus pés todas as noites, conversar com ela o quanto eu quiser em todas as línguas que conheço, sem medo. Penso nela sorrindo sem amargura e essa ideia me dá um prazer incrível. Depois, sinto vergonha, como se não tivesse o direito de imaginar essas coisas.

— Perda de tempo — murmura Gallat, olhando para o obelisco. Eu estremeço, mas ele não percebe. — Bem. Aqui está. Não faço ideia de por que Kelenli queria que vocês vissem isso, mas agora estão vendo.

Nós o admiramos como fora solicitado.

— Podemos... chegar mais perto? — pergunta Gaewha. Vários de nós gememos através da terra: nossas pernas doem e estamos com fome. Mas ela responde, frustrada. *Já que estamos aqui, é melhor aproveitar ao máximo.*

Como que concordando, Gallat suspira e começa a andar, descendo o caminho em declive em direção à base do ametista, firmemente alojado em seu soquete desde a primeira infusão do meio de cultura. Eu já tinha visto o topo do fragmento ametista perdido em meio a nuvens em movimento e às vezes emoldurado pela luz branca da Lua, mas esta parte é nova para mim. Ao redor de sua base estão as torres de transformação que, sei por conta do que me ensinaram, desviam parte da magia da fornalha geradora no núcleo do ametista. Essa magia – uma fração minúscula da incrível quantidade que o Motor Plutônico é capaz de produzir – é redistribuída através de incontáveis conduítes para casas e edifícios e maquinários e estações de abastecimento de veímulos por toda a cidade-estação-de-ligação. Acontece o mesmo em todas as cidades-estações-de-ligação de Syl Anagist em todo o mundo: 256 fragmentos no total.

Uma estranha sensação chama a minha atenção... a coisa mais estranha que já sensei. Algo difuso... alguma coisa ali por perto gera uma força que... chacoalho a cabeça e paro de andar.

— O que é isto? — eu pergunto antes de levar em consideração se é prudente falar de novo com Gallat nesse estado de humor.

Ele para, olha feio para mim, depois aparentemente entende a confusão no meu rosto.

— Ah, imagino que vocês estejam perto o suficiente para detectar daqui. Isso é só a retroalimentação das linhas de absorção.

— E o que são as "linhas de absorção"? — pergunta Remwha, agora que eu quebrei o gelo. Isso faz Gallat olhar para ele com uma irritação ligeiramente maior. Todos ficamos tensos.

— Pela Morte Cruel — Gallat suspira enfim. — Tudo bem, é mais fácil mostrar do que explicar. Venham.

Ele acelera outra vez e, desta vez, nenhum de nós ousa reclamar apesar de estarmos arrastando as pernas doloridas com baixa glicose no sangue e um pouco de desidratação. Seguindo Gallat, chegamos à fileira mais baixa, cruzamos o trilho do veímulo e passamos entre duas das enormes torres que zunem.

E ali... ficamos destruídos.

Para além das torres – o condutor Gallat nos explica em um tom de indisfarçada impaciência – está o sistema de ativação e tradução do fragmento. Ele passa para uma explicação técnica detalhada que nós absorvemos, mas não ouvimos de fato. Nossa rede, o sistema quase constante de conexões por meio das quais nós seis nos comunicamos, estimamos a saúde uns dos outros e ressoamos avisos ou nos tranquilizamos com canções de reconforto, ficou totalmente muda e estática. Isso é choque. Isso é horror.

A essência da explicação de Gallat é esta: os fragmentos não poderiam ter iniciado a geração de magia por conta própria décadas atrás quando foram criados. Coisas não vivas e inorgânicas como o cristal são inertes para a magia. Portanto, a fim de ajudar os fragmentos a iniciarem o ciclo gerador, magia bruta precisava ser usada como catalisador. Todo motor precisa de ignição. Entrando nas linhas de absorção: elas parecem vinhas grossas e encaracoladas, retorcendo-se e ondulando-se para formar um emaranhado natural em torno da base do fragmento. E, enredados nessas vinhas...

"Nós vamos vê-los", Kelenli me disse quando perguntei a ela onde estavam os niess.

Eles ainda estão vivos, eu sei de imediato. Embora se estendam inertes em meio ao emaranhado de vinhas (deitados sobre as vinhas, enrolados entre elas, envoltos nelas, perfurados por elas nos pontos onde as vinhas crescem transpassando a carne), é impossível não sensar os delicados fios de prateado correndo entre as células da mão deste, ou dançando ao longo dos pelos das costas daquele ali. Alguns deles nós conseguimos ver respirando, embora o movimento seja muito lento. Muitos vestem roupas maltrapilhas apodrecidas com os anos, alguns estão nus. O cabelo e as unhas não cresceram, e seus corpos não produziram excrementos que possamos ver. Nem podem sentir dor, eu senso instintivamente; isso, pelo menos, é uma gentileza. É porque as linhas de absorção tiram deles toda a magia da vida, exceto o mínimo necessário para mantê-los vivos. Mantê-los vivos os mantêm gerando mais.

Estas são as roseiras bravas. Quando éramos recém-decantados, ainda aprendendo como usar a linguagem que havia sido inscrita em nossos cérebros durante a fase de crescimento, uma das condutoras nos contou para onde seríamos mandados se nos tornássemos incapazes de trabalhar por algum motivo. Isso foi quando havia catorze de nós. Seríamos recolhidos, ela disse, para um lugar onde ainda poderíamos servir ao projeto indiretamente. "É tranquilo lá", a condutora disse. Eu lembro com clareza. Ela sorriu enquanto dizia. "Vocês vão ver."

As vítimas das roseiras bravas estão aqui há anos. Décadas. Há centenas deles à vista, e outros milhares escondidos se o emaranhado de linhas de absorção se estende ao redor de toda a base do ametista. Milhões, quando multiplicados por 256. Não conseguimos ver Tetlewha ou os outros, mas sabemos que eles também estão aqui em algum lugar. Ainda vivos e, no entanto, não vivos.

Gallat termina enquanto olhamos em silêncio.

— Então, depois de preparar o sistema, quando o ciclo gerador estiver estabelecido, só ocasionalmente há necessidade de outra preparação. — Ele suspira, entediado com a própria voz. Nós encaramos em silêncio. — As linhas de absorção armazenam magia para qualquer necessidade possível. No Dia do Lançamento, cada reservatório deve ter aproximadamente 37 lamotires armazenados, o que é três vezes...

Ele para. Suspira. Aperta a ponte do nariz.

— Isso não tem propósito. Ela está brincando com você, seu tolo. — É como se ele não visse o que estamos vendo. Como se essas vidas armazenadas e transformadas em componentes não significassem nada para ele. — Chega. Está na hora de levarmos todos vocês de volta para o complexo.

Então vamos para casa.

E começamos, enfim, a fazer planos.

✦ ✦ ✦

Debulhe bem

Alinhe o inimigo

Entrarão para o estoque de trigo!

Esmague mais

Mantenha-os calados:

Já é meio caminho andado!

Arranque a língua

E os olhos atentos

Jamais pare antes dos lamentos!

Gritos nem imagens

Ficam na memória

É esse o caminho para a vitória!

— Cantiga infantil pré-Sanze popular nos distritantes de Yumenes, Haltolee, Nianon e Ewech, de origem desconhecida. Existem muitas variantes. Esse parece ser o texto padrão.

11

VOCÊ ESTÁ QUASE EM CASA

Os guardas da estação de ligação parecem de fato achar que podem lutar quando você e os outros castrimenses saem da chuva de cinzas. Você imagina que o seu grupo realmente pareça um bando de saqueadores maior do que o de costume, dadas as suas roupas sujas de cinzas e corroídas pelo ácido e a sua aparência esquelética. Ykka sequer tem tempo de pedir a Danel que tente persuadi-los antes que comecem a atirar com suas balestras. Para a sorte de vocês, eles são péssimos atiradores; para o azar de vocês, a lei das médias está do lado deles. Três castrimenses são atingidos pelas setas antes que você perceba que Ykka não faz ideia de como usar uma espiral como escudo... mas depois você lembra que também não pode fazer isso, não sem Consequências. Então você grita para Maxixe Beryl e ele o faz com a precisão de um diamante, transformando as setas que chegam em flocos de madeira, não muito diferente de como você começou as coisas em Tirimo naquele último dia.

Ele não é tão habilidoso agora quanto você era naquela época. Parte da espiral permanece em torno dele; ele apenas estende e reestrutura a extremidade da frente para formar uma barreira entre Castrima e os grandes portões de escória vulcânica da estação de ligação. Felizmente, não há ninguém na frente dele (depois que você gritou para as pessoas saírem do caminho). Depois, com um último peteleco de cinética redirecionada, ele despedaça os portões e congela os portadores das balestras antes de deixar a espiral se desfazer. Então, enquanto os Costas-fortes de Castrima entram em disparada e cuidam das coisas, você vai até Maxixe Beryl e o encontra estendido no leito da carroça, ofegante.

— Desleixado — você diz, pegando uma das mãos dele e puxando-a para si, já que não pode friccioná-la entre as suas. Você consegue sentir a baixa temperatura da pele dele através de quatro camadas de roupa. — Deveria ter fixado aquela espiral a uns três metros de distância, pelo menos.

Ele resmunga, fechando os olhos. Sua energia se foi, mas isso provavelmente se deve ao fato de que fome e orogenia não são uma boa combinação.

— Faz dois anos que não preciso fazer nada mais sofisticado do que apenas congelar pessoas. — Então ele encara você, furioso. — Vejo que *você* nem se deu o trabalho.

Você sorri cansadamente.

— Porque sabia que você dava conta. — Depois, você tira uma camada de gelo do leito da carroça para ter um lugar onde se sentar até o fim da luta.

Quando ela acaba, você dá um tapinha em Maxixe Beryl (que adormeceu) e então se levanta para ir encontrar Ykka. Ela está lá dentro, perto dos portões com Esni e outros dois Costas-fortes, todos eles olhando para o minúsculo estábulo, admirados. Há uma *cabra* lá, olhando para todos com indiferença enquanto mastiga um pouco de palha. Você não vê uma cabra desde Tirimo.

Mas uma coisa de cada vez.

— Certifiquem-se de que não matem o médico ou os médicos — você diz a Ykka e Esni. — Eles provavelmente estão entrincheirados com o mantenedor da estação. Lerna não vai saber como cuidar do mantenedor: são necessárias habilidades especiais. — Você faz uma pausa. — Se ainda estiver empenhada nesse plano.

Ykka aquiesce e olha para Esni, que por sua vez assente e olha para outra mulher, que encara um jovem, que então corre para o complexo da estação de ligação.

— Quais são as chances de o médico matar o mantenedor? — pergunta Esni. — Por misericórdia?

Você resiste ao impulso de dizer "A misericórdia é para pessoas". Esse modo de pensar precisa morrer, mesmo que você esteja pensando assim com amargura.

— Pequenas. Explique pela porta que você não planeja matar quem se render, se achar que isso vai ajudar. — Esni manda outro mensageiro para fazer isso.

— Claro que ainda estou empenhada no plano — afirma Ykka. Ela está esfregando o rosto, deixando rastros nas cinzas. Sob as cinzas há apenas mais cinzas, mais profundamente impregnadas. Você está se esquecendo de como é a cor natural dela e não consegue mais distinguir se ela está usando maquiagem nos olhos. — Digo, a maioria de nós consegue lidar com tremores de uma forma controlada, até as crianças a esta altura, mas... — Ela olha para o alto. — Bom. Tem *aquilo*. — Você segue o olhar dela, mas já sabe o que vai ver. Você vem tentando não ver. Todos vêm tentando.

A Fenda.

Deste lado do Merz, o céu não existe. Mais ao sul, as cinzas que a Fenda expele tiveram tempo de subir à atmosfera e se diluir um pouco, formando as nuvens ondulantes que têm dominado o céu como você o conhece pelos últimos dois anos. Mas aqui. Aqui você tenta olhar para cima, mas, antes mesmo que os seus olhos alcancem o céu, o que os atrai é algo como um paredão de cor preta e vermelha em ebulição lenta sobre toda a parte visível do horizonte norte. Em um vulcão, o que você está vendo seria chamado de uma coluna de erupção, mas a Fenda não é só um respiradouro solitário. São mil vulcões colocados de ponta a ponta, uma linha contínua de fogo da terra e caos de uma costa da Quietude a outra. Tonkee vem tentando fazer todos chamarem o que estão vendo pelo termo apropriado: "pirocumulonimbus", um paredão maciço de tempestade composto por uma nuvem de cinzas e fogo e raios. Você já ouviu as pessoas usando um termo diferente, no entanto: simplesmente "a Parede". Você acha que o nome vai pegar. Você desconfia, na verdade, que, se alguém ainda estiver vivo em uma ou duas gerações para batizar essa Estação, eles a chamarão de algo como "a Estação da Parede".

Você consegue ouvir, leve, porém onipresente. Um ronco da terra. Um grunhido baixo e incessante no seu ouvido médio. A Fenda não é só um tremor: é a divergência dinâmica e ainda em curso de duas placas tectônicas ao longo de uma falha geológica recentemente criada. Os tremores secundários da Fenda inicial não cessarão durante anos. Seus sensapinae estão tinindo há dias agora, avisando-a para se preparar ou correr, contraindo-se com a necessidade de *fazer alguma coisa* quanto à ameaça sísmica. Você sabe que não deve, mas aí está o problema: todos os orogenes de Castrima estão sensando o que você está sensando. Sentindo o mesmo impulso de reagir. E, a menos que sejam orogenes de alta patente em anéis, com a precisão do Fulcro e capazes de atrelar outros orogenes igualmente qualificados antes de ativar uma antiga rede de artefatos de civextinta, *fazer alguma coisa* irá matá-los.

Então Ykka está aceitando agora uma verdade que você entendeu desde que acordou com um braço de pedra: para sobreviver em Rennanis, Castrima precisará dos mantenedores das estações de ligação. Precisará cuidar deles. E, quando esses mantenedores morrerem, Castrima terá que encontrar alguma maneira de substituí-los. Ninguém está falando sobre essa última parte ainda. Uma coisa de cada vez.

Depois de algum tempo, Ykka suspira e olha para a entrada do prédio.

— Parece que a luta terminou.

— Parece que sim — você concorda. O silêncio se prolonga. Ela tensiona um músculo do maxilar. Você acrescenta:

— Vou com você.

Ela encara você.

— Não precisa fazer isso. — Você contou a ela sobre a primeira vez que viu um mantenedor de estação de ligação. Ela ouviu o horror ainda presente na sua voz.

Mas não. Alabaster lhe mostrou o caminho, e você não se esquiva mais da missão que ele outorgou a você. Você vai virar a cabeça do mantenedor, deixar que Ykka veja a cicatriz na nuca, explicar sobre o processo de lesão. Você precisará mostrar a ela como o arame minimiza as escaras. Porque, se for fazer essa escolha, precisa saber exatamente o preço que ela (e Castrima) deverá pagar.

Você vai fazer isso; fazê-la ver essas coisas, obrigar a si mesma a encará-las de novo, porque essa é *toda* a verdade sobre o que os orogenes são. A Quietude teme a sua espécie por um bom motivo, é verdade. Entretanto, também deveria reverenciar a sua espécie por um bom motivo e escolheu fazer apenas uma dessas coisas. Ykka, mais do que ninguém, precisa ouvir tudo.

Ela cerra o maxilar, mas aquiesce. Esni observa vocês duas, curiosa, mas depois dá de ombros e vira as costas enquanto você e Ykka entram no complexo da estação juntas.

+   +   +

A estação de ligação tem um depósito totalmente abastecido, que você supõe que deveria ser um local de armazenamento auxiliar para a própria comu. É mais até do que uma Castrima faminta e sem comu consegue comer e inclui itens que todos estavam cada vez mais desesperados para obter, como frutos vermelhos e amarelos secos e legumes enlatados. Ykka impede as pessoas de transformarem a ocasião em um banquete improvisado – vocês ainda têm que fazer as provisões durarem até sabe a Terra quando –, mas isso não evita que o grosso da comu entre em um clima quase festivo conforme todos se abrigam para passar a noite com a barriga cheia pela primeira vez em meses.

Ykka coloca guardas na entrada da câmara do mantenedor da estação ("Ninguém além de nós precisa ver essa merda", ela declarara e, por essas palavras, você desconfia que ela não quer que nenhum dos quietos da comu comecem a ter ideias) e no depósito. Ela coloca uma guarda tripla com a cabra. Uma garota Inovadora de uma comu agrícola foi designada para descobrir como ordenhar a criatura. Ela consegue. A mulher grávida, que perdeu um membro da família no deserto, recebe o direito de tomar leite primeiro. Talvez seja inútil. Fome e gravidez também não combinam, e ela diz que faz dias que o bebê não se mexe. Provavelmente é melhor que ela o perca agora, se for perder o bebê, aqui onde Lerna tem antibióticos e instrumentos esterilizados disponíveis e pode ao menos salvar a vida da mãe. Mesmo assim, você a vê pegar a canequinha de leite quando lhe entregam e tomá-lo apesar de fazer careta devido ao gosto. Ela tem uma expressão determinada. Há uma chance. É o que importa.

Ykka também coloca monitores no banheiro da estação de ligação. Eles não são guardas exatamente, mas são necessários porque muitas pessoas em Castrima vêm de comus latmedianas pequenas e rústicas e não sabem como a água encanada funciona. Além disso, algumas pessoas estavam ficando debaixo do jato quente durante uma hora ou mais, chorando enquanto as cinzas e o resto da areia do deserto saía de suas peles ressecadas pelo ácido. Agora, depois de dez minutos, os monitores gentilmente tiram as pessoas e as levam até os bancos nas laterais do cômodo, onde podem continuar chorando enquanto os outros têm a sua vez.

Você toma banho e não sente nada, exceto que está limpa. Quando reivindica um canto do refeitório da estação (cuja mobília foi retirada para que várias centenas de pessoas possam passar a noite livres de cinzas), você se senta em cima do seu saco de dormir, recostada contra a parede de escória vulcânica, deixando seus pensamentos vagarem. É impossível não notar a montanha à espreita dentro da pedra bem atrás de você. Você não o chama porque as outras pessoas de Castrima desconfiam de Hoa. Ele é o único comedor de pedra ainda por perto, e eles lembram que os comedores de pedra não são um grupo neutro e inofensivo. Contudo, você estende a mão para trás e dá uma batidinha na parede. A montanha se remexe um pouco e você sente alguma coisa, uma cutucada forte, na região lombar. Mensagem recebida e respondida. É surpreendente como esse momento particular de contato faz com que se sinta bem.

Você precisa sentir outra vez, você pensa enquanto observa uma dúzia de pequenas cenas se desenrolarem à sua frente. Duas mulheres discutem sobre quem vai comer o último pedaço de fruta seca de sua cota da comu. Dois homens, um pouco adiante delas, trocam sussurros furtivos enquanto um passa ao outro uma pequena esponja macia – do tipo que os equatoriais gostam de usar para se limpar depois da evacuação. Todos apreciam seus pequenos luxos quando a sorte lhes proporciona. Temell, o homem que agora dá aulas às crianças orogenes da comu, está enfurnado no meio delas enquanto ronca no saco de dormir. Um menino está encolhido contra a sua barriga; enquanto isso, os pés vestidos de meias de Penty repousam em sua nuca. Do outro lado da sala, Tonkee está de pé com Hjarka... ou melhor, Hjarka está segurando suas mãos e tentando persuadi-la a dançar algum tipo de dança lenta enquanto Tonkee fica imóvel e tenta apenas revirar os olhos e não sorrir.

Você não sabe ao certo onde está Ykka. Provavelmente passando a noite em um dos galpões ou tendas lá fora, se você a conhece bem, mas você espera que ela deixe um dos amantes ficar com ela desta vez. Ela tem um grupo rotativo de mulheres e homens jovens, alguns compartilhados com outros parceiros e alguns solteiros que parecem não se importar que Ykka os use para alívio ocasional de estresse. Ykka precisa disso agora. Castrima precisa cuidar de sua chefe.

Castrima precisa, e você precisa e, exatamente quando do você pensa isso, Lerna aparece do nada e se acomoda ao seu lado.

— Tive que dar um fim em Chetha — ele diz em voz baixa. Chetha, você sabe, é um dos três Costas-fortes atingidos pelos rennanianos... ironicamente, ela própria era uma ex-rennaniana, recrutada para o exército junto com Danel.

— Os outros dois provavelmente vão sobreviver, mas a flecha perfurou o intestino de Chetha. Teria sido lento e horrível. Mas tem bastante analgésico aqui. — Ele suspira e esfrega os olhos. — Você viu aquela... coisa... na cadeira de arame.

Você assente, hesita, depois estende a mão para tocar a dele. Ele não é particularmente carinhoso, você ficou aliviada ao descobrir, mas precisa de pequenos gestos às vezes.

Um lembrete de que não está sozinho e de que nem tudo é irremediável. Com essa finalidade, você diz:

— Se eu conseguir fechar a Fenda, talvez você não precise cuidar dos mantenedores das estações de ligação. — Você não tem certeza se isso é verdade, mas espera que seja.

Ele aperta de leve a sua mão. É fascinante perceber que ele nunca inicia o contato entre vocês. Ele espera você oferecer, depois responde aos seus gestos com a mesma intensidade que você deu ao esforço. Respeitando seus limites, que são afiados e sensíveis. Você jamais soube, em todos esses anos, que ele era tão observador... mas deveria ter imaginado. Ele descobriu que você era orogene só de observá-la anos atrás. Você decide que Innon teria gostado dele.

Como se ele houvesse escutado seus pensamentos, Lerna olha para você, e o olhar dele é de preocupação.

— Eu estava pensando em não te contar uma coisa — ele fala. — Ou melhor, não chamar a atenção para uma coisa que você provavelmente escolheu não notar.

— Que introdução.

Ele sorri um pouco, depois suspira e olha para as suas mãos dadas, o sorriso desvanecendo. O momento se atenua; a tensão cresce dentro de você, pois isso é tão atípico dele. Mas por fim ele suspira.

— Quanto tempo faz desde a sua última menstruação?

— Quanto... — Você para de falar.

Merda.

Merda.

Em meio ao seu silêncio, Lerna suspira e recosta a cabeça contra a parede.

Você tenta inventar desculpas na sua própria cabeça. Desnutrição. Esforço físico extraordinário. Você tem 44 anos de idade... você acha. Não consegue lembrar em que mês estão. As chances são menores do que era a de Castrima sobreviver ao deserto. Mas... as suas menstruações foram fortes e regulares a vida inteira, parando apenas em três ocasiões anteriores. Três ocasiões *significativas*. Foi por isso que o Fulcro decidiu usá-la para procriar. Orogenia meio decente e um bom quadril latmediano.

Você sabia. Lerna está certo. De alguma forma, você notou. E então escolheu não notar porque...

Lerna está em silêncio ao seu lado já faz algum tempo, observando a comu relaxar, a mão dele frouxa sobre a sua.

— Entendo que você precisa terminar aquela sua questão em Ponto Central dentro de um prazo, estou correto? — ele pergunta bem baixinho.

Ele usa um tom muito formal. Você suspira, fechando os olhos.

— Está.

— Em breve?

Hoa lhe disse que o *perigeu* – quando a Lua está mais próxima – será em alguns dias. Depois disso, ela passará da Terra e pegará velocidade, catapultando-se de novo para as estrelas distantes ou onde quer que tenha estado esse tempo todo. Se você não pegá-la agora, não a pegará mais.

— Sim — você responde. Você está cansada. Você... está sofrendo. — Muito em breve.

É uma coisa que vocês não discutiram e provavelmente deveriam ter discutido pelo bem da relação. É uma coisa que você nunca teve que discutir porque não havia nada a ser dito.

— Usar todos os obeliscos uma vez fez isto com o seu braço — Lerna diz.

Você olha desnecessariamente para o cotoco.

— É. — Você sabe aonde ele quer chegar com essa conversa, então decide pular para o final. — Foi você quem perguntou o que eu ia fazer em relação à Estação.

Ele suspira.

— Eu estava zangado.

— Mas não errado.

A mão dele se contrai um pouco sobre a sua.

— E se eu pedisse para você não fazer isso?

Você não dá risada. Se desse, seria um riso amargo, e ele não merece. Em vez disso, você suspira e vira para se deitar, empurrando-o até ele fazer a mesma coisa. Ele é um pouco mais baixo do que você, então você é a conchinha externa. Isso, é claro, coloca o seu rosto em contato com o cabelo cinzento dele, mas ele também se serviu do chuveiro, então você não se importa. Ele está cheiroso. Um cheiro saudável.

— Você não pediria — você diz, a boca quase encostada no couro cabeludo dele.

— Mas e se eu pedisse? — É uma pergunta cansada e sem entusiasmo. Ele não está falando sério.

Você beija a nuca dele.

— Eu diria "tudo bem", e então seríamos três, e ficaríamos todos juntos até morrermos com os pulmões cheios de cinzas.

Ele pega a sua mão outra vez. Não foi você quem começou desta vez, mas esse fato não a incomoda.

— Promete — ele diz.

Ele não espera a sua resposta antes de adormecer.

✦　　✦　　✦

Quatro dias depois, vocês chegam a Rennanis.

A boa notícia é que vocês não estão mais sendo assolados pela chuva de cinzas. A Fenda está perto demais, e a Parede está ocupada carregando as partículas mais leves para cima: vocês nunca mais vão ter que se preocupar com isso. O que vocês têm em contrapartida são rajadas periódicas repletas de material incendiário: lapilli, pedaços minúsculos de material vulcânico que são grandes demais para serem aspirados com facilidade, mas ainda estão queimando quando caem no chão. Danel diz que os rennanianos as chamavam de chuvas de faíscas e, em grande parte, são inofensivas, embora as pessoas devessem manter cantis sobressalentes de água em pontos estratégicos por toda a caravana caso alguma das faíscas ateasse fogo e ardesse lentamente.

Mais impressionante do que a chuva de faíscas, contudo, é o modo como os relâmpagos dançam no horizonte sobre a cidade, assim tão perto da Parede. Os Inovadores estão entusiasmados com isso. Tonkee diz que existe todo tipo de uso para relâmpagos consistentes. (Esse comentário teria feito você ficar olhando para ela se não houvesse vindo de Tonkee.) Mas nenhum deles atinge o chão... apenas os edifícios mais altos, todos os quais foram equipados com para-raios pelos antigos moradores da cidade. É inofensivo. Vocês só vão ter que se acostumar.

Rennanis não é bem o que você estava esperando. Ah, é uma cidade enorme: estilo equatorial por toda parte, sistema hidro ainda funcionando com água de poço filtrada fluindo tranquilamente e muros altos de obsidiana preta que trazem gravuras terríveis do que acontece com os inimigos da cidade. Seus edifícios não são tão bonitos nem tão impressionantes como os de Yumenes, mas Yumenes era a maior de todas as cidades equatoriais, e Rennanis mal merecia o título.

— Só meio milhão de pessoas — você se lembra de ouvir alguém zombando uma vida atrás. Mas, duas vidas atrás, você nasceu em um humilde vilarejo das Latmedianas do Norte e, para o que sobrou de Damaya, Rennanis ainda é uma tremenda vista a se contemplar.

Há menos de mil de vocês para ocupar uma cidade que um dia abrigou centenas de milhares. Ykka ordena a todos que ocupem um pequeno complexo de prédios próximo a um dos campos verdes da cidade. (Há dezesseis.) Os antigos habitantes convenientemente marcaram os edifícios da cidade com um código de cores baseado em sua estabilidade estrutural, já que a cidade não sobreviveu à Fenda completamente ilesa. Sabe-se que os prédios marcados com um X verde são seguros. Um X amarelo quer dizer que qualquer dano poderia significar um desmoronamento, especialmente se outro grande tremor atingir a cidade. Os prédios marcados com vermelho estão claramente danificados e são perigosos, embora você veja sinais de que eles eram habitados também, talvez por aqueles dispostos a aceitar qualquer abrigo em vez de serem mandados às cinzas. Há mais edifícios marcados com um X verde do que o suficiente para Castrima, então todas as famílias têm a oportunidade de escolher apartamentos mobiliados, seguros e que ainda têm sistemas hidro e geo funcionando.

Há vários bandos descontrolados de galinhas correndo de um lado para o outro, e mais cabras, as quais, na verdade, estiveram procriando. As plantações dos campos verdes estão todas mortas, entretanto, tendo passado meses sem ser irrigadas e cuidadas entre o momento em que você matou os rennanianos e o momento em que Castrima chegou. Apesar disso, os estoques contêm várias sementes de dente-de-leão e outros alimentos comestíveis resistentes e que sobrevivem com pouca luz, inclusive itens equatoriais básicos como inhame. Nesse meio tempo, os esconderijos de provisões da cidade estão transbordando de pães armazenados, queijos, linguiças picantes salpicadas de gordura, grãos e frutas, ervas e folhas conservadas em óleo e outros. Parte desses itens é mais fresca do que o resto, trazida de volta pelo exército saqueador. Tudo isso é mais do que o povo de Castrima conseguiria comer se desse um banquete toda noite pelos próximos dez anos.

É incrível. Mas há alguns problemas.

O primeiro é que é mais complicado operar a unidade de tratamento de água de Rennanis do que qualquer um esperava. Ela está funcionando automaticamente e não quebrou até agora, mas ninguém sabe como operar o maquinário se ele quebrar. Ykka dá aos Inovadores a tarefa de descobrir isso ou inventar uma alternativa utilizável se o equipamento falhar. Tonkee está extremamente irritada. "Eu estudei durante seis anos na Sétima para aprender a tirar merda da água de esgoto?", ela disse. Mas, apesar das reclamações, está trabalhando nisso.

O segundo problema é que Castrima não tem como proteger os muros da cidade. A cidade simplesmente é grande demais, e há muito poucos de vocês. Vocês estão protegidos, por enquanto, pelo fato de que ninguém vem para o norte se puder evitar. Todavia, se alguém vier para conquistá-la, nada ficará entre a comu e a conquista exceto o muro.

Não há solução para esse problema. Nem mesmo os orogenes conseguem fazer tanto no sentido bélico, aqui à sombra da Fenda, onde a orogenia é perigosa. O exército de Danel era o excedente da população de Rennanis e atualmente está alimentando uma profusão de fervilhões lá no sudeste das Latmedianas do Sul... não que você fosse querê-los por aqui mesmo, tratando vocês como os intrusos que são. Ykka ordena aos Reprodutores que aumentem a produção para o nível de reposição, mas, mesmo que eles recrutem todos os membros saudáveis da comu para auxiliar, Castrima não terá pessoas suficientes para defender a comu por gerações. Não há nada a fazer exceto proteger ao menos a porção da cidade que a comu ocupa agora o melhor que puder.

— E se outro exército aparecer — você pega Ykka murmurando —, vamos apenas convidá-los a entrar e designar um quarto para cada um. Isso deve resolver.

O terceiro problema – e o maior, existencialmente, se não logisticamente – é este: Castrima precisa viver em meio aos cadáveres daqueles que conquistou.

As estátuas estão por toda parte. De pé nas cozinhas dos apartamentos lavando a louça. Deitadas em camas que vergaram ou quebraram sob seu peso de pedra. Subindo os degraus do parapeito para assumir o posto de outras estátuas na vigia. Sentadas nas cozinhas comunitárias tomando chá que há muito secou e se transformou em borra. Elas são bonitas à sua maneira, com rebeldes cabeleiras de quartzo fumê e pele lisa de jaspe e roupas de turmalina ou turquesa ou granada ou citrino. Suas expressões são sorrisos ou olhos revirados ou bocejos de tédio... porque a poderosa onda de choque do Portão do Obelisco que os transformou foi rápida, felizmente. Eles sequer tiveram tempo para sentir medo.

No primeiro dia, todos rodeiam as estátuas com cautela. Tentam não se sentar no campo de visão delas. Fazer qualquer outra coisa seria... desrespeitoso. E no entanto. Castrima sobreviveu tanto a uma guerra que essas pessoas iniciaram quanto à vida de refugiados decorrentes dela. Seria igualmente desrespeitoso para com os mortos de Castrima deixar que a culpa ofuscasse essa verdade. Então, depois de um ou dois dias, as pessoas começam simplesmente a... *aceitar* as estátuas. Na verdade, não dá para fazer nenhuma outra coisa.

Mas algo nessa situação incomoda você.

Você se vê vagando uma noite. Há um prédio marcado com X amarelo que não fica muito longe do complexo, e é lindo, com uma fachada coberta por entalhes de vinhas e temas florais, alguns brilhando com uma lâmina de ouro a descascar. A lâmina reflete a luz e cintila um pouco quando você anda, seus ângulos de reflexo mudando para criar a ilusão geral de um edifício coberto com uma vegetação viva e em movimento. É um edifício mais antigo do que a maioria dos edifícios de Rennanis. Você gosta, embora não saiba ao certo por quê. Você sobe para a cobertura, encontrando apenas os costumeiros apartamentos habitados por estátuas pelo caminho. A porta está destrancada e permanece aberta; talvez alguém estivesse no telhado quando a Fenda se abriu. Você se certifica de que há um para-raios a postos antes de passar pela porta, claro; este é um dos edifícios mais altos da cidade, embora tenha só seis ou sete andares no total. (*Só*, escarnece Syenite. *Só?*, pensa Damaya, admirada. *É, só*, você responde bruscamente às duas para fazê-las se calarem.) Há não apenas um para-raios, mas também uma caixa d'água vazia, então, contanto que você não encoste em uma superfície metálica nem se demore nas imediações do para-raios, você provavelmente não vai morrer. Provavelmente.

E ali, posicionado de frente para o paredão de nuvens da Fenda como se houvesse sido construído lá em cima, olhando para o norte desde quando os temas florais eram novos, Hoa espera.

— Não há tantas estátuas aqui quanto deveria haver — você diz quando para ao lado dele.

Você não consegue deixar de seguir o olhar de Hoa. Daqui, você ainda não consegue ver a Fenda em si: parece que há uma floresta morta e alguns espinhaços montanhosos entre a cidade e o monstro. Porém, a Parede é ruim o bastante.

E talvez um horror existencial seja mais fácil de encarar do que outro, mas você se lembra de usar o Portão do Obelisco nessas pessoas, mudando a magia entre as células dessa gente e transmudando suas partes infinitesimais de carbono para silicato. Danel lhe contou como Rennanis era populosa... tanto que tinha que mandar para fora um exército conquistador para sobreviver. Agora, entretanto, a cidade não está abarrotada de estátuas. Há sinais de que esteve em algum momento: estátuas profundamente concentradas em conversas com companheiros que parecem estar faltando, apenas duas pessoas em uma mesa para seis. Em um dos maiores edifícios marcados com um X verde, há uma estátua nua na cama, de boca aberta e com o pênis permanentemente ereto e quadril projetado para cima, as mãos posicionadas nos lugares exatos para agarrar as pernas de alguém. Mas ele está sozinho. A piada horrível e mórbida de alguém.

— Minha espécie é oportunista ao se alimentar — diz Hoa.

Pois é, é exatamente isso que você temia que ele dissesse.

— E, ao que parece, absurdamente famintos? Tinha muita gente aqui. A maioria deve ter sumido.

— Nós também guardamos recursos extras para mais tarde, Essun.

Você esfrega o rosto com a mão que sobrou, tentando, sem sucesso, *não* imaginar uma gigantesca despensa de comedores de pedras em algum lugar, agora cheia de estátuas de cores brilhantes.

— Pela Terra Cruel. Por que gasta tempo comigo então? Eu não sou uma refeição tão... *fácil* como aquelas.

— Membros inferiores da minha espécie precisam se fortalecer. Eu não. — Há uma mudança muito ligeira na voz de Hoa. A essa altura você o conhece; isso é desdém. Ele é uma criatura orgulhosa (até mesmo ele admite). — Eles foram mal feitos, são fracos, pouco mais que feras. Nós estávamos muito sozinhos naqueles primeiros anos e, de início, não sabíamos o que estávamos fazendo. Os famintos são o resultado da nossa falta de jeito.

Você hesita porque na verdade não quer saber... mas já faz alguns anos que não é covarde. Então se prepara, vira para ele e depois diz:

— Você está criando outro agora. Não está? A partir de... de mim. Se não tem a ver com alimentação para você, então é... reprodução. — Uma reprodução horripilante, se depende da morte de um ser humano por petrificação. E deve ter algo além de apenas transformar as pessoas em pedras. Você pensa no kirkhusa na hospedaria, e em Jija, e na mulher que você matou em Castrima. Você pensa em como a atingiu, em como a *destruiu* com magia por fazê-la reviver o assassinato de Uche, o que não chega a ser um crime. Mas Alabaster não ficou igual, no final das contas, ao que você fez com a mulher. Ela era uma coleção reluzente de joias de cores brilhantes. Ele era um pedaço feio de pedra marrom... e, no entanto, a pedra era feita de maneira primorosa, elaborada com precisão, *cuidadosa*, enquanto a mulher era uma bagunça desordenada sob sua beleza superficial.

Hoa se cala em resposta à sua pergunta, o que é uma resposta por si só. E então você enfim se lembra. Antimony, alguns momentos depois de você fechar o Portão do Obelisco, mas antes de você entrar em um estado de letargia mágico-traumática. Ao lado dela, outro comedor de pedra, estranho em sua brancura, perturbador em sua familiaridade. Ah, Terra Cruel, você não quer saber, mas...

— Antimony usou aquele... — Pedaço diminuto de pedra marrom. — Usou *Alabaster.* Como matéria-prima para... para, pelas ferrugens, para criar outro comedor de pedra. E ela o fez parecido com *ele.* — Você odeia Antimony de novo.

— Ele escolheu a própria forma. Todos nós escolhemos.

Isso desfaz a sua espiral de fúria. Você sente um nó no estômago, desta vez por outro motivo que não asco.

— Aquele... então...— Você precisa respirar fundo. — Então é *ele?* Alabaster. Ele é... Ele é... — Você não consegue se obrigar a pronunciar a expressão.

Num piscar de olhos Hoa encara você, a expressão compassiva, mas também de algum modo expressando um alerta.

— A treliça nem sempre se forma perfeitamente, Essun — ele diz. Seu tom de voz é delicado. — Mesmo quando se forma, sempre há... perda de dados.

Você não faz ideia do que isso significa e, entretanto, está tremendo. Por quê? Você não sabe. Você ergue a voz.

— Hoa, se aquele é Alabaster, se eu puder falar com ele...

— Não.

— *Pelas ferrugens, por que não?*

— Porque precisa ser uma escolha dele em primeiro lugar. — Uma voz mais dura aqui. Uma reprimenda. Você se contrai. — Principalmente porque somos frágeis no início, como todas as criaturas novas. Leva séculos para nós, para a nossa *identidade*... resfriar. Até mesmo a menor pressão, como você exigindo que ele corresponda às suas necessidades em vez das necessidades dele, pode danificar a forma final da personalidade.

Você dá um passo para trás, o que a surpreende porque não havia percebido que estava se aproximando do rosto dele. E então você se deixa cair. Alabaster está vivo, mas não está. Será que o Alabaster Comedor de Pedra é remotamente o mesmo o homem de carne e osso que você conheceu? Será que isso ainda importa, agora que ele passou por uma transformação tão completa?

— Então eu o perdi de novo — você murmura.

Hoa não parece se mexer a princípio, mas segue-se um breve rodopio de vento ao seu lado e, de repente, uma mão dura toca as costas da sua mão macia.

— Ele viverá pela eternidade — diz Hoa de modo tão suave quanto sua voz cavernosa permite. — Enquanto a Terra existir, algo da pessoa que ele era existirá também. Você é que ainda corre o risco de se perder. — Ele faz uma pausa. — Mas, se você escolher não terminar o que começamos, eu vou entender.

Você ergue a cabeça e então, talvez somente pela segunda ou terceira vez, você acha que o entende. Ele sabe que você está grávida. Talvez ele soubesse antes de você saber, embora você não consiga imaginar o que isso significa para ele. Ele também sabe o que está por trás dos seus pensamentos sobre Alabaster e está dizendo... que você não está sozinha. Que você *tem* alguma coisa. Você tem Hoa, e Ykka e Tonkee e talvez Hjarka, *amigos*, que a conhecem em toda a sua monstruosidade rogga e a aceitam apesar disso. E você tem Lerna... o silenciosamente exigente e incansável Lerna, que não desiste e não tolera suas desculpas e não finge que o amor exclui a dor. Ele é o pai de outra criança que provavelmente será linda. Todos os seus filhos foram até agora. Belos e poderosos. Você fecha os olhos para o arrependimento.

Mas isso traz os sons da cidade aos seus ouvidos, e você fica perplexa ao ouvir uma risada que o vento traz, alta o bastante para ser propagada de lá do nível do solo, provavelmente ao redor de uma das fogueiras comunitárias. O que faz você lembrar que tem *Castrima* também, se quiser. Essa comu ridícula de pessoas desagradáveis que impossivelmente ainda estão juntas, pela qual você lutou e que lutou por você em troca, por mais que tenha sido a contragosto. Isso faz você sorrir.

— Não — você diz. — Vou fazer o que precisa ser feito.

Hoa contempla você.

— Você tem certeza.

Claro que tem. Nada mudou. O mundo está partido e você pode consertá-lo; foi o que Alabaster e Lerna a incumbiram de fazer. Castrima é *mais* uma razão para você fazer isso, não uma a menos. E já está na hora de você deixar de ser covarde e ir encontrar Nassun. Mesmo que ela odeie você. Mesmo que você a tenha deixado para encarar um mundo terrível sozinha. Mesmo que você seja a pior mãe do mundo... você fez o melhor que pôde.

E talvez signifique que você esteja escolhendo um dos seus filhos, o que tem mais chance de sobreviver, em detrimento do outro. Mas isso não é diferente do que as mães tiveram que fazer desde o princípio dos tempos: sacrificar o presente na esperança de um futuro melhor. Se o sacrifício desta vez foi maior do que a maioria deles... Tudo bem. Que seja. Esse é o trabalho de uma mãe também, afinal, e você é a ferrugenta de uma dez anéis. Você vai cuidar disso.

— Então o que estamos esperando? — você pergunta.

— Só você — responde Hoa.

— Certo. Quanto tempo nós temos?

— O perigeu é daqui a dois dias. Posso levá-la a Ponto Central em um.

— Tudo bem. — Você respira fundo. — Preciso me despedir de algumas pessoas.

— Posso levar outros conosco — diz Hoa com perfeita e branda casualidade.

Ah.

Você quer, não quer? Não ficar sozinha no final. Ter a presença calma e implacável de Lerna às suas costas. Tonkee ficará furiosa por não ter a chance de ver Ponto Central se você a deixar para trás. Hjarka ficará furiosa se você levar Tonkee sem ela. Danel quer narrar a transformação do mundo por motivos desconhecidos de sabedoristas equatoriais.

Ykka, contudo…

— Não. — Você fica séria e suspira. — Estou sendo egoísta outra vez. Castrima precisa de Ykka. E todos eles sofreram demais.

Hoa apenas olha para você. Como ferrugens ele consegue expressar tanta emoção com um rosto de pedra? Mesmo que essa emoção seja um ceticismo mordaz quanto à sua conversa mole sobre autoabnegação. Você ri… uma vez, e a risada sai enferrujada. Faz algum tempo.

— Acho — diz Hoa lentamente — que, se você ama alguém, não escolhe como eles vão corresponder ao seu amor.

Há tantas camadas nos estratos dessa afirmação.

Mas tudo bem. Certo. Isso não é só sobre você, e nunca foi. Todas as coisas mudam em uma Estação; e uma parte de você está enfim cansada da narrativa da mulher solitária e vingativa. Talvez Nassun não fosse a única para a qual você precisava arranjar um lar. E talvez nem mesmo você devesse tentar mudar o mundo sozinha.

— Então vamos perguntar a eles — você diz. — E depois vamos buscar a minha menininha.

✦   ✦   ✦

PARA: YAETR INOVADOR DIBARS

DE: ALMA INOVADORA DIBARS

PEDIRAM-ME QUE O INFORMASSE DE QUE A SUA VERBA FOI CORTADA. VOCÊ DEVE RETORNAR IMEDIATAMENTE À UNIVERSIDADE DA FORMA MAIS BARATA POSSÍVEL.

E JÁ QUE EU O CONHEÇO, VELHO AMIGO, DEIXE-ME ACRESCENTAR O SEGUINTE: VOCÊ ACREDITA EM LÓGICA. VOCÊ ACHA QUE MESMO OS NOSSOS ESTIMADOS COLEGAS SÃO IMUNES AO PRECONCEITO, OU À POLÍTICA, DIANTE DE FATOS CONCRETOS. É POR ISSO QUE NÃO VÃO PERMITIR QUE VOCÊ CHEGUE NEM A UM QUILÔMETRO DE DISTÂNCIA DO COMITÊ DE VERBAS E CONCESSÕES, NÃO IMPORTA QUANTOS MESTRADOS VOCÊ RECEBA.

NOSSAS VERBAS VÊM DO VELHO SANZE. DE FAMÍLIAS TÃO ANTIGAS QUE, EM SEUS ACERVOS, ELAS TÊM LIVROS MAIS ANTIGOS DO QUE TODAS AS UNIVERSIDADES... E ELAS NÃO NOS DEIXAM TOCÁ-LOS. COMO VOCÊ ACHA QUE ESSAS FAMÍLIAS CONSEGUEM SER TÃO ANTIGAS, YAETR? POR QUE

Sanze durou tanto tempo? Não é por conta do saber das pedras.

Você não pode abordar pessoas desse tipo e pedir que financiem um projeto de pesquisa que transforma os roggas em heróis! Simplesmente não pode. Elas vão desmaiar e, quando acordarem, vão pedir que alguém o mate. Vão destruir você da mesma maneira como destruiriam qualquer ameaça à subsistência e ao legado delas. Sim, eu sei que não é isso que você acha que está fazendo, mas é.

E, se isso não for o suficiente, eis um fato que pode ser lógico o suficiente até mesmo para você: os Guardiões estão começando a fazer perguntas. Não sei por quê. Ninguém sabe o que impele esses monstros. Mas foi por isso que votei junto à maioria do comitê, mesmo que signifique que você me odiará de agora em diante. Quero você vivo, velho amigo, não morto em uma viela com um punhal de vidro cravado no coração. Sinto muito.

Boa viagem.

12

Nassun não está sozinha

Ponto Central é um lugar silencioso. Nassun se dá conta disso quando o veímulo no qual ela atravessou o planeta chega a sua estação correspondente, do outro lado do mundo. Essa estação se localiza em um dos estranhos edifícios inclinados que circundam o imenso buraco no meio de Ponto Central. Ela grita por ajuda, grita por alguém, grita, quando a porta do veímulo se abre e ela arrasta o corpo mole e sem reação de Schaffa pelos corredores silenciosos e depois pelas ruas silenciosas. Ele é grande e pesado, então, embora tente de várias maneiras usar magia para ajudar a arrastar o peso dele – o que faz muito mal; a magia não é para ser usada para algo tão grosseiro e localizado, e sua concentração é insuficiente no momento –, ela só consegue arrastá-lo por um quarteirão mais ou menos além do complexo antes de cair também, exausta.

+ + +

Algum dia ferrugento, algum ano ferrugento

Encontrei esses livros em branco. Eles não são feitos de papel. É algo mais grosso. Não dobra com facilidade. Talvez isso seja bom, caso contrário teria se transformado em pó a essa altura. Vai preservar as minhas palavras pela eternidade! Rá! Vai durar mais que a minha ferrugenta sanidade.

Não sei o que escrever. Innon daria risada e me diria para escrever sobre sexo. Então tudo bem: eu bati uma hoje, pela primeira vez desde que A. me arrastou para este lugar. Pensei nele quando estava na metade e não consegui gozar. Talvez eu esteja velho demais? É o que Syen diria. Ela só está brava porque eu ainda sou capaz de engravidá-la.

Estou me esquecendo do cheiro do Innon. Tudo tem cheiro de mar aqui, mas não é como o mar de Meov. Águas diferentes? Innon tinha o cheiro da água de lá. Toda vez que o vento sopra, eu perco mais um pouco dele.

Ponto Central. Como odeio este lugar.

✦   ✦   ✦

Ponto Central não é exatamente uma ruína. Quer dizer, não está arruinada, e não está desabitada.

Na superfície do mar aberto e infinito, a cidade é uma anomalia com edifícios... não muito altos se comparados a Yumenes, recentemente perdida, ou a Syl Anagist, perdida há mais tempo. Todavia, Ponto Central é singular, tanto entre as culturas do passado como entre as culturas do presente. As estruturas de Ponto Central são solidamente construídas, de metal inoxidável e estranhos polímeros e outros materiais que conseguem resistir aos frequentes ventos que dominam este lado do mundo, carregados de sal e fortes como furacões. As poucas plantas que crescem aqui nos parques construídos há tanto tempo não são mais as coisas adoráveis, exclusivas e próprias de estufas que os construtores de Ponto Central privilegiavam. As árvores de Ponto Central – descendentes híbridas e selvagens do paisagismo original – são coisas enormes e lenhosas contorcidas em formatos artísticos pelo vento. Elas saíram há muito de seus canteiros e envoltórios organizados e agora se retorcem sobre as calçadas de fibra comprimida. Diferente da arquitetura de Syl Anagist, aqui há muito mais ângulos acentuados, destinados a minimizar a resistência dos edifícios ao vento.

Mas há mais coisas na cidade além do que pode ser visto. Ponto Central fica no cume de um enorme vulcão subterrâneo em escudo, e os primeiros quilômetros do buraco em seu centro na verdade estão alinhados a um complexo de alojamentos, laboratórios e fábricas esvaziados. Essas construções subterrâneas, originalmente destinadas a abrigar os geomagestres e genegenheiros de Ponto Central, há muito foram transformadas para atender a um propósito completamente diferente... porque esse avesso do Ponto Central é Garantia, onde os Guardiões são feitos e onde moram entre as Estações.

Falaremos mais sobre isso depois.

Acima da superfície de Ponto Central, no entanto, é fim de tarde, sob um firmamento cujas nuvens são escassas em meio a um céu surpreendentemente azul e resplandecente. (As Estações que começam na Quietude raramente têm grande impacto no clima neste hemisfério, ou pelo menos não até vários meses ou anos depois.) Como convém a esse dia brilhante, há pessoas nas ruas ao redor de Nassun enquanto ela luta e chora, mas elas não se mexem para ajudar. Em sua maioria, não se mexem para nada... pois são comedores de pedra, com lábios de mármore róseo e cintilantes olhos de mica e tranças entrelaçadas em pirita dourada ou em quartzo claro. Ficam nos degraus de edifícios que não veem pés humanos há dezenas de milhares de anos. Sentam-se nos peitoris de pedra ou de metal cujas janelas começaram a se deformar sob a pressão de um peso incrível aplicado no decorrer de décadas. Uma está sentada com os joelhos dobrados e os braços apoiados neles, recostada em uma árvore cujas raízes cresceram em torno dela; a parte de cima dos seus braços e do seu cabelo está forrada de musgo. Ela observa Nassun, apenas seus olhos se mexendo, com algo que poderia ser interesse.

Todos eles observam, sem fazer nada, enquanto essa criança humana barulhenta e de movimentos rápidos soluça em meio ao vento carregado de sal até ficar exausta e então simplesmente se senta ali, amontoada, com os dedos ainda enroscados no tecido da camisa de Schaffa.

✦   ✦   ✦

Outro dia, mesmo (?) ano

Não vou escrever sobre Innon ou Coru. Está proibido de agora em diante.

Syen, ainda consigo senti-la… não sensar, sentir. Existe um obelisco aqui, acho que é um espinélio. Quando estabeleço uma ~~conequ~~ conexão com ele, é como se eu pudesse sentir qualquer coisa conectada a eles. O ametista está seguindo Syen. Eu me pergunto se ela sabe.

Antimony diz que Syen conseguiu chegar ao continente e está ~~vagu~~ vagando. Será que é por isso que sinto como se estivesse vagando? Ela foi a única coisa que sobrou, mas ela ma… merda.

Este lugar é ridículo. Será que Anniemony estava certa de que é um jeito de acionar o Portão do Obelisco sem o cab de controle? (Ônix. Poderoso demais, não posso arriscar, ativaria o alinhamento rápido demais e aí quem iria fazer a segunda mudança de traje?) Mas os ferrugentos que o construíram colocaram tudo nakele buraco idiota. A. me contou um pouco sobre isso. Grande projeto uma ova. Mas ver é pior ainda. Essa cidade ferrugenta inteira é a cena de um crime. Andei por aí e achei tubos muito grandes seguindo pelo fundo do oceano. ~~en~~ ENORMES, prontos

para bombear alguma coisa *do buraco até o continente. Magia, diz Antimony, será que eles precisavam mesmo de tanta?????
Mais do que o Portão!*

Pedi a Tinimony para me levar para dentro do buraco hoje e ela disse não. O que é que tem no buraco, hein? O que é que tem no buraco.

✦   ✦   ✦

Quase ao pôr do sol, aparece outro comedor de pedra. Aqui, entre a variedade colorida e elegantemente vestida do seu povo, ele se destaca ainda mais com sua cor cinza e seu peito despido: Aço. Ele fica parado perto de Nassun por vários minutos, talvez esperando que ela alce o olhar e note sua presença, mas ela não o faz. Logo ele diz:

— Os ventos do oceano podem ser frios à noite.

Silêncio. As mãos dela apertam e desapertam a roupa de Schaffa, não exatamente de forma espasmódica. Ela só está cansada. Ela está agarrada a ele desde o centro da Terra.

Após mais algum tempo, conforme o sol se aproxima do horizonte, Aço diz:

— Há um apartamento habitável em um edifício a dois quarteirões daqui. A comida guardada nele ainda deve estar própria para consumo.

— Onde? — pergunta Nassun. Sua voz está rouca. Ela precisa de água. Há um pouco em seu cantil, e um pouco no cantil de Schaffa, mas ela não abriu nenhum dos dois.

Aço muda sua postura, apontando. Nassun ergue a cabeça para acompanhar e vê uma rua estranhamente reta e aparentemente pavimentada em direção ao horizonte. Cansada, ela se levanta, agarra melhor a roupa de Schaffa e começa a arrastá-lo de novo.

✦ ✦ ✦

Quem está no buraco, o que há no buraco, aonde o buraco leva, em que buraco eu me meti?

CPs trouxeram comidas melhores hoje porque não como o suficiente. Tão especial, entrega fressssca do outro ado do mundo. Vou secar as sementes e plantá-las. Vou me lembrar de rasparrrr o tomate que joguei em A.

A linguagem do livro parece quase com Sanze-mat. Caracteres semelhantes? Precursores? Algumas palavras eu quase reconheço. Algumas são etúrpico antigo, outras são hladdac, uma antiga dinastia Regwo. Gostaria que Shinash estivesse aqui. Ele gritaria se me visse colocando os pés em livros mais antigos do que o tempo. Sempre tão fácil de provocar. Sinto saudade dele.

Sinto saudade de todo mundo, até das pessoas ferrugentas do Fulcro (!). Sinto falta de vozes que saem de bocas ferrugentas. SYENITE conseguia me fazer comer, sua pedra falante. SYENITE ligava minimamente para mim e não só com o fato de que eu poderia consertar este mundo que pouco me importa. SYENITE deveria estar aqui comigo, ~~eu daria qualquer coisa para tê-la aqui comigo~~

Não. Ela devia me esquecer e esquecer ~~In~~ Meov. Encontrar algum tolo chato com quem ela queira de fato se deitar. Ter uma vida chata. Ela merece isso.

✦ ✦ ✦

A noite cai durante o tempo que Nassun leva para chegar ao edifício. Aço se reposiciona, aparecendo diante de um prédio estranho e assimétrico em forma de cunha e cuja extremidade alta está de frente para o vento. O teto inclinado do prédio, a sotavento, está coberto por um emaranhado de vegetação enorme e retorcido. Há bastante terra no telhado, mais do que provavelmente teria se acumulado por conta do vento ao longo dos anos. Parece planejado, embora tenha crescido demais. No entanto, em meio à bagunça, Nassun consegue ver que alguém fez um jardim. Recentemente; as plantas também cresceram demais, com novas plantas surgindo a partir de frutas que caíram e de vinhas negligenciadas que se dividiram, mas, considerando a relativa ausência de ervas daninhas e as fileiras ainda organizadas, esse jardim não pode estar sem cuidados há mais de um ou dois anos. A Estação agora tem quase dois anos de duração.

Mais tarde. A porta do edifício abre sozinha, deslizando para um lado quando Nassun se aproxima. Fecha sozinha também, depois de ela conseguir arrastar Schaffa lá para dentro. Aço entra, apontando para o andar de cima. Ela arrasta Schaffa para o pé da escada e depois se deixa cair ao lado dele, trêmula, cansada demais para continuar pensando ou andando.

O coração de Schaffa ainda está forte, ela pensa, enquanto faz do peito dele travesseiro. Com os olhos fechados, ela quase consegue imaginar que ele a está abraçando em vez de ser ela quem o abraça. É um conforto irrisório, mas suficiente para permitir que ela durma sem sonhos.

✦   ✦   ✦

O outro lado do mundo fica
do outro lado do buraco.

N
Ã
O

F
I
C
A
?

+ + +

De manhã, Nassun arrasta Schaffa escada acima. Felizmente, o apartamento já é no segundo andar: a porta da escadaria dá direto nele. Tudo lá dentro é estranho aos olhos dela e, no entanto, familiar quanto ao seu propósito. Há um sofá, embora seu encosto fique em uma das extremidades do longo assento em vez de ficar atrás dele. Há cadeiras, uma delas fundida com algum tipo de mesa grande e inclinada. Para desenhar, talvez. A cama, no cômodo anexo, é a coisa mais estranha: uma grande e ampla almofada hemisférica de cores brilhantes sem lençóis nem travesseiros. Entretanto, quando Nassun se deita nela, hesitante, descobre que se aplaina e acolhe seu corpo de um modo que é incrivelmente confortável. É quente também... esquentando debaixo dela até as dores de dormir em uma escadaria fria desaparecerem. Fascinada mesmo sem querer, Nassun examina a cama e fica chocada ao perceber que está *cheia* de magia, que inclusive a cobriu. Fios de prateado vagueiam sobre o seu corpo, determinando seu desconforto ao tocar seus nervos e depois reparando seus hematomas e arranhões; outros fios agitam as partículas da cama até que a fricção as aqueça; outros fios mais vasculham sua pele em busca de descamações secas e partículas de poeira infinitesimais e as limpam. É semelhante ao que ela faz quando usa o prateado para curar ou cortar coisas, mas, de alguma maneira, automático. Ela não consegue imaginar quem faria uma cama que consegue fazer magia. Não consegue imaginar por quê. Não consegue compreender como alguém poderia ter convencido todo esse prateado a fazer essas coisas boas, mas é isso que está acontecendo. Não é à toa que quem construiu os obeliscos precisava de tanto prateado, se o usavam no lugar de lençóis, banhos de banheira ou deixar o corpo se recuperar com o tempo.

Nassun descobre que Schaffa se sujou. Ter que tirar a roupa dele e limpá-lo usando panos maleáveis que ela encontra no banheiro a deixa envergonhada, mas seria pior deixá-lo cercado pela própria sujeira. Os olhos dele se abriram de novo, embora ele não se mexa enquanto ela trabalha. Eles abriram durante o dia, e fecham de noite, mas, embora Nassun converse com ele (implore para ele acordar, peça para ele ajudá-la, diga que precisa dele), Schaffa não responde.

Ela o coloca na cama, deixando um pouco de pano debaixo do seu traseiro despido. Coloca a água dos cantis aos pingos em sua boca e, quando a água acaba, cautelosamente tenta pegar mais da estranha bomba da cozinha. Não há alavancas nem maçanetas na bomba, mas, quando ela coloca seu cantil debaixo da torneira, sai água. Ela é uma menina diligente. Primeiro, usa o pó que está em sua bolsa de fuga para fazer uma xícara de segura com a água, para verificar se há contaminantes. A segura se dissolve, mas permanece opaca e branca, então ela mesma bebe aquela xícara e leva mais água para Schaffa. Ele bebe prontamente, o que provavelmente significa que estava de fato com sede. Ela lhe dá passas que primeiro deixa de molho na água, e ele mastiga e engole, embora devagar e sem muita energia. Ela não cuidou bem dele.

Vai cuidar melhor, decide, e se dirige para o jardim para pegar comida para os dois.

✦   ✦   ✦

Syenite me disse a data. Seis anos. Já faz seis anos? Não é de admirar que ela esteja tão brava. Ela me falou para pular em um buraco, já que faz tanto tempo. Ela não quer mais me ver. Que coração tão duro. Eu disse para ela que sentia muito. Isso é culpa minha, tudo isso.

Culpa minha. Minha Lua. Ativei a chave reserva hoje. (Linhas de visão, linhas de força, três por três por três? Uma estruturação cúbica, como uma boa e pequena treliça de cristal.) A chave abre o Portão. Mas é perigoso trazer tantos obeliscos para Yumenes; há Guardiões por toda parte. Não teria tempo antes de eles me pegarem. Melhor fazer uma chave sobressalente com os orogenes, e quem posso usar? Quem é suficientemente forte? Syen não é; chega perto, mas não o bastante. Innon não é. Coru é, mas não consigo encontrá-lo. De qualquer forma, ele é só um bebê, não está certo. Bebês. Muitos bebês. Os mantenedores das estações de ligação? Os mantenedores das estações de ligação!

Não. Eles já sofreram o suficiente. Em vez disso, vou usar os seniores do Fulcro.

Ou os mantenedores das estações de ligação.

Por que eu deveria fazer isso aqui? Tampa o buraco. Mas fazer isso lá… Pega Yumenes. Pega o Fulcro. Pega um monte de Guardiões.

Pare de me encher o saco, mulher. Vai falar para o Innon te foder ou qualquer coisa. Você sempre fica tão mal-humorada quando não transa. Vou pular no buraco amanhã.

✦   ✦   ✦

Torna-se uma rotina.

Ela cuida de Schaffa de manhã, depois sai à tarde para explorar a cidade e encontrar coisas de que eles precisam. Não é necessário dar banho em Schaffa, nem limpar os excrementos dele de novo; espantosamente, a cama cuida disso também. Então Nassun pode passar seu tempo falando com ele, e pedindo que ele acorde, e dizendo-lhe que não sabe o que fazer.

Aço desaparece outra vez. Ela não se importa.

Outros comedores de pedra aparecem de tempos em tempos, ou pelo menos ela sente o impacto de suas presenças. Ela dorme no sofá e, certa manhã, acorda e descobre que está coberta por uma manta. É só uma coisa simples e cinza, mas é quente, e ela fica agradecida. Quando começa a cortar uma das linguiças para tirar a gordura com a intenção de fazer sebo (as velas de sua bolsa de fuga estão acabando), ela encontra um comedor de pedra na escada com os dedos curvados, chamando-a com um gesto. Quando ela o segue, ele para ao lado de um painel coberto de símbolos curiosos. O comedor de pedra aponta um em particular. Nassun o toca e ele se inflama com o prateado, resplandecendo com um brilho dourado e enviando fios que viajam sobre sua pele. O comedor de pedra diz algo em uma língua que Nassun não entende antes de sumir, mas, quando ela volta ao apartamento, ele está mais quente e suaves luzes brancas se acenderam no teto. Tocar quadrados na parede faz as luzes se apagarem.

Uma tarde, ela entra no apartamento e encontra um comedor de pedra agachado ao lado de uma pilha de coisas que parecem ter vindo das provisões de uma comu: sacos de juta cheios de raízes leguminosas e cogumelos e frutas secas, uma peça grande de queijo branco azedo, sacos de carne seca misturada com sebo e frutas secas, bolsas de arroz e feijão desidratados, e uma preciosidade: um pequeno barril de sal. O comedor de pedra desaparece quando Nassun se aproxima da pilha, então ela não consegue nem agradecer. Precisa soprar as cinzas de cima de tudo antes de guardar.

Nassun deduz que o apartamento, assim como o jardim, deve ter sido usado até pouco tempo atrás. Os detritos da vida de outra pessoa estão por toda parte: calças grandes demais para ela nas gavetas, uma cueca ao lado delas. (Certo dia, elas são substituídas por roupas que servem em Nassun. Outro comedor de pedra? Ou talvez a magia do apartamento seja ainda mais sofisticada do que ela pensava.) Há livros empilhados em um dos cômodos, muitos dos quais são de Ponto Central – ela está começando a reconhecer a aparência peculiar, organizada e não exatamente natural das coisas do lugar. Alguns, porém, têm uma aparência normal, com capas de couro rachado e páginas que ainda fedem a elementos químicos e tinta de caneta. Alguns dos livros estão em uma língua que ela não consegue ler. Algo costeiro.

Um deles, contudo, é feito do material de Ponto Central, mas suas páginas em branco foram escritas à mão em Sanze-mat. Nassun o abre, senta-se e começa a ler.

✦   ✦   ✦

ENTREI
NO BURACO
NÃO
não me enterre
por favor NÃO, Syen, eu te amo, eu sinto muito, me mantenha a
salvo, me proteja que eu te protejo, ninguém é tão forte quanto você,
eu gostaria tanto que você estivesse aqui, por favor NÃO

+   +   +

Ponto Central é uma cidade em natureza morta.

Nassun começa a perder a noção do tempo. Os comedores de pedra falam com ela ocasionalmente, mas a maioria deles não sabe sua língua, e ela não ouve o suficiente da língua deles para captar alguma coisa. Ela os observa às vezes, e fica fascinada ao perceber que alguns estão realizando tarefas. Observa uma mulher de malaquita verde de pé no meio das árvores agitadas pelo vento e só mais tarde se dá conta de que a mulher está segurando um galho para cima e para um lado para fazê-lo crescer de um modo em particular. Todas as árvores, que parecem agitadas pelo vento e, no entanto, são um pouco exageradas demais, um pouco artísticas demais na forma como se esticam e se curvam, foram modeladas assim. Deve levar anos.

E, perto do limite da cidade, ao pé de uma daquelas coisas estranhas semelhantes a hastes que despontam da água na extremidade daquele lugar (não são bem píeres, apenas pedaços de metal que não fazem sentido), outro comedor de pedra fica todos os dias com uma das mãos erguida. Nassun por acaso está por perto quando o comedor de pedra se transforma em um borrão e segue-se um borrifo de água e de repente sua mão erguida segura pelo rabo um peixe enorme, tão grande quanto ele mesmo, e que se mexe. Sua pele de mármore brilha devido à umidade. Nassun não tem que estar em nenhum lugar em especial, então se senta para ver. Depois de algum tempo, um mamífero do oceano (Nassun já leu sobre eles, são criaturas que parecem peixes, mas respiram ar) se aproxima furtivamente da extremidade daquele lugar. Ele tem a pele cinza e formato tubular; há dentes afiados em sua mandíbula, mas são pequenos. Quando desponta da água, Nassun vê que é muito velho, e algo nos movimentos de busca que faz com a cabeça a faz perceber que ficou cego. Também há antigas cicatrizes em sua testa; alguma coisa causou uma lesão grave na cabeça da criatura. O animal dá uma cutucada no comedor de pedra, que, é claro, não se mexe, e depois mordisca o peixe na mão dele, arrancando pedaços e engolindo-os até o comedor de pedra soltar o rabo. Quando termina, a criatura produz um som complexo e estridente, como... pios? Ou uma risada. Então ela desliza mais para dentro da água e vai embora.

O comedor de pedra bruxuleia e vira-se para Nassun. Curiosa, Nassun se põe de pé para ir até lá falar com ele. Mas, até ela se levantar, ele já sumiu.

Isto é o que ela vem a entender: existe vida aqui entre essas pessoas. Não é a vida que ela conhece, ou uma vida que ela escolheria, mas é vida mesmo assim. Isso a reconforta já que não tem mais Schaffa para lhe dizer que ela é boa e está em segurança. Esse reconforto, e o silêncio, dão-lhe tempo para ficar de luto. Ela não entendia, até este momento, que precisava disso.

✦   ✦   ✦

Eu decidi.

É errado. Está tudo errado. Algumas coisas estão tão arruinadas que não podem ser consertadas. Você tem é que acabar de destruí-las, limpar os destroços e começar de novo. Antimony concorda. Alguns dos outros CPs também concordam. Alguns não. Que vão para as ferrugens estes aí. Eles liquidaram a minha vida para que eu me tornasse a arma deles, então é isso que vou ser. Minha escolha. Meu mandamento. Faremos em Yumenes.

Um mandamento é gravado em pedra.

Perguntei por Syen hoje. Não sei por que ainda me importo. Mas Antimony a tem vigiado (por mim?). Syenite está morando numa merda de comu pequena nas Latmedianas do Sul, eu esqueço o nome, fazendo-se de professora de creche. Bancando a quieta felizinha. Casada com dois novos filhos. Quem diria. Não sei ao certo a filha, mas o filho está atraindo o água-marinha.

Incrível. Não é de admirar que o Fulcro nos tenha feito procriar. E nós realmente fizemos uma criança linda apesar de tudo, não fizemos? Meu menino.

Não vou deixar que eles encontrem o seu menino, Syen. Não vou deixar que o levem, e queimem o cérebro dele, e o coloquem na cadeira de arame. Também não vou deixar que encontrem a sua menina, se ela for uma de nós, ou mesmo que ela tenha potencial para ser Guardiã. Não vai restar nada do Fulcro quando eu terminar. O que se seguirá não será bom, mas será ruim para todos: ricos e pobres, equatoriais e sem-comu, sanzeds e árticos, agora todos saberão. Todas as estações são uma Estação para nós. O apocalipse nunca acaba. Eles poderiam ter escolhido um tipo diferente de igualdade. Todos nós poderíamos ter ficado seguros e confortáveis juntos, sobrevivendo juntos, mas eles não queriam isso. Agora ninguém vai ficar a salvo. Talvez seja o necessário para eles finalmente perceberem que as coisas têm que mudar.

Aí vou desativá-lo e colocar a Lua de volta. (Não deve me transformar em pedra, o primeiro ajuste da trajetória. ~~A menos que eu subestime~~ Não deve.) Pelas ferrugens, é a única coisa pra que sirvo mesmo.

Depois disso… vai depender de você, Syen. Tornar as coisas melhores. Sei que te falei que não era possível, que não existia uma maneira de tornar o mundo melhor, mas eu estava errado. Vou parti-lo porque eu estava errado. Começar de novo, você estava certa, mudá-lo. Torná-lo melhor para os filhos que você ainda tem. Criar um mundo onde Corundum poderia ter sido feliz. Criar um mundo onde pessoas como nós, você e eu e Innon e o nosso doce menino, nosso lindo menino, poderíamos permanecer inteiros.

Antimony diz que talvez eu consiga ver esse mundo. Isso nós veremos. Pelas ferrugens. Estou procrastinando. Ela está esperando. Volto para Yumenes hoje.

Por você, Innon. Por você, Coru. Por você, Syen.

✦ ✦ ✦

À noite, Nassun consegue ver a Lua.

Foi aterrorizante na primeira noite em que ela olhou para fora, notou uma estranha brancura pálida delineando as ruas e as árvores da cidade e depois ergueu os olhos e viu uma grande esfera branca no céu. Para ela, a esfera é enorme; maior que o sol, muito maior do que as estrelas, seguida por um ligeiro rastro de luminescência que ela não sabe tratar-se da gaseificação do gelo que aderira à superfície lunar no decorrer de seu trajeto. A coloração *branca* é a verdadeira surpresa. Ela sabe muito pouco sobre a Lua, só o que Schaffa lhe contou. É um satélite, ele disse, a filha perdida do Pai Terra, uma coisa cuja luz reflete o sol. Levando esse fato em consideração, ela esperava que fosse amarela. Incomoda-a ter estado tão errada.

Incomoda-a mais ainda o fato de que há um *buraco* naquela coisa, quase exatamente no centro: uma grande escuridão profunda como o pontinho da pupila de um olho. É pequeno demais para ter certeza por enquanto, mas Nassun acha que, talvez, se ela olhar por tempo suficiente, verá estrelas do outro lado através desse buraco.

De certo modo, faz sentido. O que quer que tenha acontecido eras atrás para causar a perda da Lua certamente foi catastrófico em múltiplos níveis. Se a Terra sofreu a Estação do Estilhaçamento, então o fato de que a Lua também tem cicatrizes parece normal e correto. Com o polegar, Nassun esfrega a palma da mão, onde a mãe quebrou seus ossos uma vida atrás.

E, no entanto, quando fica no jardim do telhado e olha por tempo suficiente, ela começa a achar a Lua bonita. É um olho branco-gelo, e ela não tem motivos para pensar mal de olhos assim. Como o prateado quando rodopia e forma uma espiral dentro de algo semelhante a uma concha de caracol. Isso a faz pensar em Schaffa – que ele está cuidando dela à sua própria maneira – e a faz sentir-se menos sozinha.

Com o tempo, Nassun descobre que pode usar os obeliscos para ter uma noção da Lua. O safira está do outro lado do mundo, mas há outros aqui acima do oceano, atraídos mais para perto em resposta ao seu chamado, e ela vem explorando e domando cada um deles à sua vez. Os obeliscos a ajudam a sentir (não sensar) que a Lua em breve estará no ponto mais próximo. Se ela a deixar seguir, a Lua vai passar e começar a diminuir rapidamente até desaparecer do céu. Ou ela pode abrir o Portão, puxá-la e mudar tudo. A crueldade do status quo ou o conforto do esquecimento. A escolha parece clara para ela... exceto por uma coisa.

Uma noite, enquanto Nassun contempla sentada a grande esfera branca, ela diz em voz alta:

— Foi de propósito, não foi? Você não ter me contado o que aconteceria com Schaffa. Para poder se livrar dele.

A montanha que esteve por perto se mexe ligeiramente, posicionando-se atrás dela.

— Eu tentei alertá-la.

Ela se vira para olhar para ele. Ao ver a expressão dela, ele solta uma leve risada, que soa autodepreciativa. Mas a risada para quando ela diz:

— Se ele morrer, vou te odiar mais do que odeio o mundo.

É uma guerra de desgaste, ela começa a perceber, e ela vai perder. Nas semanas (?) ou meses (?) desde que chegaram a Ponto Central, o estado de Schaffa se deteriorou visivelmente, sua pele desenvolvendo um tom pálido feio, seu cabelo quebradiço e opaco. As pessoas não foram feitas para ficarem deitadas sem se mexer, piscando, mas não pensando, durante semanas a fio. Ela teve que cortar o cabelo dele mais cedo. A cama limpa a sujeira do cabelo, mas ele ficou oleoso e, nos últimos tempos, está sempre embaraçando; no dia anterior, parte dele deve ter enroscado no braço de Schaffa enquanto ela se esforçava para colocá-lo de barriga para cima, cortando a circulação dele de uma maneira que ela não notou. (Ela o cobriu com um lençol, embora a cama seja quente e não seja necessário. Incomoda-a o fato de ele estar sem roupa e sem dignidade.) Esta manhã, quando ela por fim percebeu o problema, o braço estava pálido e um pouco cinzento. Ela soltou o braço, friccionou-o na esperança de trazer a cor de volta, mas a situação não parece boa. Ela não sabe o que vai fazer se realmente houver algo errado com o braço dele. Ela pode perdê-lo inteiro desse modo, devagar mas indubitavelmente, pequenos pedaços dele morrendo porque ela tinha só quase nove anos quando essa Estação começou e agora tem só quase onze e cuidar de inválidos não foi algo que lhe ensinaram na creche.

— Se ele sobreviver — responde Aço em sua voz inexpressiva —, nunca mais viverá um momento sem agonia. — Ele faz uma pausa, os olhos cinzentos fixos no rosto dela, ao passo que Nassun reverbera as palavras dele, juntas à própria negação e ao próprio pavor de que Aço esteja certo.

Nassun se põe de pé.

— Eu p-preciso saber como consertá-lo.

— Não é possível.

Ela cerra os punhos. Pela primeira vez no que parecem séculos, parte dela se projeta nos estratos à sua volta. No caso, isso é o vulcão em escudo debaixo de Ponto Central... mas quando ela o "toca" orogenicamente, descobre, com alguma surpresa, que ele está *ancorado* de algum modo. Isso a distrai por um momento, uma vez que ela tem que alterar sua percepção para o prateado... e ali encontra sólidos e cintilantes pilares de magia cravados nos alicerces do vulcão, fixando-o no lugar. Ele ainda está ativo, mas nunca vai entrar em erupção devido àqueles pilares. É tão estável quanto um leito de rocha, apesar daquele buraco no centro descendo até o coração da Terra.

Ela deixa esse fato de lado como algo irrelevante e por fim expressa em voz alta um pensamento que vem se formando em sua mente ao longo de todos esses dias em que morou nessa cidade de pessoas de pedra.

— Se... se eu o transformar em um comedor de pedra, ele vai sobreviver. E não sentirá dor. Certo? — Aço não responde. No silêncio que se prolonga, Nassun morde o lábio.

— Então você precisa me dizer como... como torná-lo como você. Aposto que consigo fazer isso se usar o Portão. Posso fazer qualquer coisa com o Portão. Exceto...

Exceto. O Portão do Obelisco não faz coisas pequenas. Da mesma forma como Nassun sente, sensa, *sabe* que o Portão a torna temporariamente onipotente, ela também sabe que não pode usá-lo para transformar apenas um homem. Se ela transformar Schaffa em um comedor de pedra... todos os seres humanos do planeta se modificarão da mesma maneira. Cada comu, cada bando de sem-comu, cada andarilho faminto: dez mil cidades de natureza morta, em vez de uma só. O mundo inteiro será como Ponto Central.

Mas será que isso é uma coisa tão terrível assim? Se todos forem comedores de pedra, não haverá mais orogenes e quietos. Sem mais crianças para morrer, sem mais pais para assassiná-las. As Estações poderiam ir e vir, e não teriam importância. Ninguém nunca mais morreria de fome. Tornar o mundo todo pacífico como Ponto Central... não seria bondade?

O rosto de Aço, que estava erguido em direção à Lua até mesmo enquanto seus olhos a observavam, agora gira lentamente para encará-la. É sempre perturbador vê-lo se mexer devagar.

— Você sabe qual é a sensação de viver para sempre?

Nassun pisca, desconcertada. Ela estava esperando uma briga.

— O quê?

O luar transformou Aço em uma coisa de sombras gritantes, preto e branco contra a penumbra do jardim.

— Eu perguntei — ele diz, e sua voz é quase agradável — se você sabe qual é a sensação de viver para sempre. Como eu. Como o seu Schaffa. Você tem ideia de quantos anos ele tem? Você *se importa*?

— Eu... — Prestes a dizer que sabe, Nassun hesita. Não. Essa é uma coisa que ela nunca levou em consideração. — Eu... eu não...

— Eu calcularia — continua Aço — que os Guardiões duram habitualmente três ou quatro mil anos. Você consegue imaginar essa quantidade de tempo? Pense nos últimos dois anos. A sua vida desde o começo da Estação. Imagine outro ano. Você consegue fazer isso, não consegue? Cada dia aqui em Ponto Central parece um ano, ou pelo menos é o que a sua espécie me diz. Agora coloque esses três anos juntos e imagine-os *vezes mil*. — A ênfase que ele coloca nessas palavras é nítida e enunciada com precisão. Mesmo sem querer, Nassun se sobressalta.

Mas também mesmo sem querer... ela pensa. Nassun se sente velha, na idade cansada do mundo de quase onze anos. Tanta coisa aconteceu desde o dia em que chegou em casa e encontrou seu irmãozinho morto no chão. Ela é uma pessoa diferente agora, quase não é mais Nassun; às vezes, ela fica surpresa ao perceber que "Nassun" ainda é o seu nome. Quantas outras diferenças ela apresentará em três anos? Dez? Vinte?

Aço faz uma pausa até ver uma mudança na expressão dela... alguma evidência, talvez, de que ela esteja ouvindo-o. Depois ele diz:

— Porém, tenho motivos para acreditar que o seu Schaffa é muito, muito mais velho do que a maioria dos Guardiões. Ele não chega a ser da primeira geração; todos esses morreram já faz muito tempo. Não seria possível. Mas ainda assim ele é um dos primeiros. As línguas, sabe, é assim que sempre dá para saber. Eles nunca chegam a perdê-las, mesmo depois de esquecerem os nomes que receberam ao nascer.

Nassun se lembra de como Schaffa sabia a língua do veículo que cruza a terra. É estranho pensar que ele nasceu quando aquela língua ainda era falada. Isso significa que ele... ela nem consegue imaginar. O Velho Sanze teoricamente tem sete Estações de idade, oito se se contar a Estação atual. Quase três mil anos. O ciclo de retorno e recuo da Lua é muito mais velho do que isso, e Schaffa se lembra disso também, então... sim. Ele é muito, muito velho. Ela franze a testa.

— É difícil encontrar um deles que realmente consiga ir tão longe — continua Aço. Sem tom é casual, coloquial; ele poderia estar falando sobre os antigos vizinhos de Nassun em Jekity. — O núcleo pétreo lhes causa tanta dor, sabe. Eles ficam cansados, depois se tornam descuidados, e então a Terra começa a contaminá-los, consumindo sua vontade. Eles não costumam durar muito depois que esse processo começa. A Terra os usa, ou seus colegas Guardiões os usam, até que acabe a sua utilidade e um lado ou outro os matem. É uma prova da força do seu Schaffa o fato de ele ter vivido muito mais. Ou a prova de alguma outra coisa, talvez. O que mata o resto, sabe, é perder as coisas que as pessoas comuns precisam para serem felizes. Imagine como é isso, Nassun. Ver todos com quem você se preocupa e que você ama morrerem. Ver o seu lar morrer e ter que encontrar um novo lar... de novo e de novo e de novo. Imagine nunca se atrever a se aproximar de outra pessoa. Nunca ter amigos, porque você vai viver mais do que eles. Você se sente sozinha, pequena Nassun?

Ela esqueceu a raiva.

— Sim — ela admite antes que possa pensar em não fazer isso.

— Imagine sentir-se solitária para sempre. — Há um sorriso muito ligeiro nos lábios dele, ela vê. O sorriso esteve ali o tempo todo. — Imagine morar aqui em Ponto Central para sempre, sem ninguém para conversar além de mim... quando eu me der o trabalho de responder. Qual você acha que vai ser a sensação, Nassun?

— Horrível — ela responde. Em voz baixa agora.

— É. Então, eis aqui a minha teoria: acredito que o seu Schaffa tenha sobrevivido por amar aqueles que estavam sob seus cuidados. Você, e outros como você, aliviaram a solidão dele. Ele realmente ama você, nunca duvide disso.

— Nassun engole uma pontada fraca de dor. — Mas ele também precisa de você. Você o mantém feliz. Você o mantém *humano*; caso contrário, o tempo o teria transformado há muito em outra coisa.

Em seguida, Aço se mexe outra vez. É inumano por conta da estabilidade, Nassun enfim se dá conta. As pessoas são rápidas nos grandes movimentos, mas mais lentas para ajustes delicados. Aço faz tudo no mesmo ritmo. Vê-lo se mexer é como ver uma estátua derreter. Mas então ele fica de braços estendidos, como se dissesse: "Olhe para mim".

— Eu tenho quarenta mil anos — diz Aço. — Arredondando alguns milênios a mais ou a menos.

Nassun olha fixamente para ele. As palavras são como os balbucios que o veímulo dizia... quase compreensível, mas na verdade não. Irreal.

Mas qual é a sensação?

— Você vai morrer quando abrir o Portão — diz Aço depois de dar um tempo para Nassun assimilar o que ele disse. — Ou, se não morrer nesse momento, vai morrer algum tempo depois. Algumas décadas, alguns minutos, é tudo a mesma coisa. E, o que quer que faça, Schaffa vai perder você. Ele vai perder a única coisa que o manteve humano enquanto a Terra se esforçava para devorar a vontade dele. Ele também não vai encontrar ninguém mais para amar... não aqui. E não será capaz de voltar à Quietude a menos que esteja disposto a correr o risco de passar pela rota das Profundezas da Terra de novo. Então, quer ele fique curado de algum modo, quer você o transforme em um da minha espécie, ele não terá escolha a não ser seguir em frente, sozinho, ansiando eternamente pelo que jamais terá outra vez.

— Devagar, Aço abaixa os braços. — Você não faz ideia de como é isso.

E então, de repente, surpreendentemente, ele está bem diante de Nassun. Sem borrão, sem aviso, apenas um piscar de olhos e ele está *ali*, inclinando-se à altura da cintura para colocar o rosto bem diante do dela, tão perto que ela sente a corrente de ar que ele deslocou e o cheiro de argila e consegue até mesmo ver que as íris dos olhos dele têm estrias de tom cinza.

— MAS EU TENHO — ele grita.

Nassun tropeça ao dar um passo para trás e grita. Entre uma piscada e outra, no entanto, Aço volta à sua posição anterior, ereto, braços ao lado do corpo, um sorriso no rosto.

— Então pense com cuidado — diz Aço. Sua voz volta a ter um tom coloquial, como se nada houvesse acontecido.

— Pense com algo mais do que o egoísmo de uma criança, pequena Nassun. E pergunte a si própria: mesmo que eu pudesse ajudá-la a salvar aquele saco de merda controlador e sádico que atualmente se passa por sua figura paterna adotiva, por que eu faria isso? Nem mesmo o meu inimigo merece esse destino. Ninguém merece.

Nassun ainda está tremendo.

— Tal-talvez Schaffa queira viver — ela responde corajosamente, num impulso.

— Talvez. Mas será que ele *deveria*? Será que alguém deveria, para sempre? Essa é a questão.

Ela sente a ausência do peso de incontáveis anos, e fica indiretamente envergonhada de ser uma criança. Mas, em seu âmago, ainda é uma criança gentil, e é impossível para ela ouvir a história de Aço sem sentir outra coisa além da habitual raiva que tem dele. Ela desvia o olhar, trêmula.

— Eu... sinto muito.

— Eu também. — Segue-se um momento de silêncio. Durante esse tempo, Nassun se recompõe aos poucos. Quando ela se concentra nele outra vez, o sorriso de Aço já desapareceu.

— Não posso detê-la quando você já tiver aberto o Portão — ele diz. — Eu manipulei você, sim, mas a escolha, no final das contas, ainda é sua. No entanto, reflita. Até o Pai Terra morrer, eu vivo, Nassun. Essa foi a punição dele para nós: nós nos tornamos parte dele, nossos destinos acorrentados. A Terra não se esquece nem daqueles que cravaram uma faca em suas costas... nem daqueles que colocaram a faca em nossas mãos.

Nassun pisca ao ouvir "nossas". Mas perde esse pensamento em meio à tristeza de perceber que é impossível consertar Schaffa. Até agora, parte dela nutriu a esperança irracional de que Aço, como adulto, tinha todas as respostas, inclusive algum tipo de cura. Agora ela sabe que sua esperança foi uma tolice. Uma infantilidade. Ela é uma criança. E agora o único adulto em quem já foi capaz de confiar vai morrer nu e machucado e indefeso, sem jamais poder se despedir.

É demais para suportar. Ela se agacha, abraçando os joelhos com um dos braços e cobrindo a cabeça com o outro de modo que Aço não a *veja* chorar, mesmo que ele saiba que é exatamente isso o que está acontecendo.

Ele ri baixinho ao ver isso. Surpreendentemente, a risada não parece cruel.

— Você não atinge nada deixando qualquer um de nós vivo — ele diz — a não ser crueldade. Tire os monstros destroçados que somos do nosso tormento, Nassun. A Terra, Schaffa, eu, você... todos nós.

Depois ele desaparece, deixando Nassun sozinha sob a branca Lua nascente.

SYL ANAGIST: ZERO

Um momento no presente, antes que eu fale outra vez sobre o passado.

Em meio às sombras quentes e fumegantes e à pressão insuportável de um lugar que não tem nome, abro os olhos. Não estou mais sozinho.

Da pedra sai outro de minha espécie. Seu rosto é anguloso, frio, tão aristocrático e elegante quanto o rosto de qualquer estátua deveria ser. Ela mudou o resto, mas manteve a palidez de sua cor original; enfim me dou conta disso, após dezenas de milhares de anos. Todas essas recordações me deixaram nostálgico.

Como símbolo disso, digo em voz alta:

— Gaewha.

Ela se mexe ligeiramente, chegando tão próximo quanto qualquer um de nós chega de uma expressão de... reconhecimento? Surpresa? Nós fomos irmãos um dia. Amigos. Desde então, rivais, inimigos, estranhos, lendas. Ultimamente, aliados cautelosos. Vejo-me contemplando parte do que fomos, mas não o todo. Eu me esqueci do todo, assim como ela.

— Esse era o meu nome? — pergunta ela.

— Quase isso.

— Hum. E você era...?

— Houwha.

— Ah. Claro.

— Você prefere Antimony?

Outro movimento ligeiro, o equivalente a dar de ombros.

— Não tenho preferência.

Eu penso "nem eu", mas é mentira. Eu jamais teria dado a você meu novo nome, Hoa, se não em homenagem ao que me lembro daquele nome antigo. Mas estou divagando.

— Ela está empenhada na mudança — digo.

Gaewha, Antimony, quem quer e o que quer que ela seja agora, responde:

— Eu percebi. — Ela faz uma pausa. — Você se arrepende do que fez?

É uma pergunta boba. Todos nós nos arrependemos daquele dia de diferentes maneiras e por diferentes razões. Mas eu respondo:

— Não.

Espero um comentário em resposta, mas acho que realmente não há mais nada a ser dito. Ela produz ruídos mínimos, acomodando-se à rocha. Ficando à vontade. Ela pretende esperar aqui comigo. Estou feliz. Algumas coisas são mais fáceis quando não as enfrentamos sozinhos.

❖ ❖ ❖

Há coisas que Alabaster nunca lhe contou sobre si mesmo.

Sei dessas coisas porque o estudei; ele faz parte de você, afinal. Mas nem todo professor precisa que cada protegido conheça todos os seus tropeços durante a jornada até a maestria. Qual seria o objetivo? Nenhum de nós chegou aqui do dia para a noite. Existem estágios no processo de ser traído pela sua sociedade. Uma pessoa é tirada de sua posição de complacência pela descoberta da diferença, pela hipocrisia, por maus tratos inexplicáveis ou incoerentes. O que se segue é um período de confusão… de desaprender o que se pensava ser a verdade. Mergulhar na nova verdade. E depois é preciso tomar uma decisão.

Alguns aceitam seu destino. Engolem o orgulho, esquecem a verdade real, abraçam a falsidade com tudo o que têm a oferecer… porque, eles concluem, o que eles podem oferecer não é muito. Se uma sociedade inteira se dedicou à sua subjugação, afinal, então eles certamente a merecem? Mesmo que não mereçam, contra-atacar é doloroso demais, impossível demais. Pelo menos desse jeito existe algum tipo de paz. Por um momento fugaz.

A alternativa é exigir o impossível. Não é certo, eles murmuram, choram, gritam; o que fizeram com eles não é certo. Eles *não* são inferiores. Eles não merecem isso. E então é a sociedade que precisa mudar. Também pode haver paz dessa maneira, mas não sem haver conflito antes.

Ninguém alcança esse ponto sem um ou dois passos em falso.

Quando Alabaster era jovem, ele amava com facilidade e de forma casual. Ah, ele sentia raiva, mesmo naquela época, claro que sentia. Até crianças percebem quando não são trata-das de forma justa. Contudo, ele escolhera cooperar, por ora.

Ele conheceu um homem, um acadêmico, durante uma missão que o Fulcro lhe designara. O interesse de Alabaster era libidinoso: o acadêmico era bem bonito, e encantadora-mente tímido em resposta aos flertes dele. Se o acadêmico não houvesse se ocupado de escavar o que descobriram ser um esconderijo de antigo saber, não haveria mais nada para contar. Alabaster o teria amado e o teria deixado, talvez com remorso, mais provavelmente sem ressentimentos.

Em vez disso, o acadêmico mostrou a Alabaster suas descobertas. Originalmente, havia mais do que apenas três tábuas de saber das pedras, Alabaster contou a você. Além disso, a atual Tábua Três foi reescrita por Sanze. Na verdade, ela foi reescrita *de novo* por Sanze; ela fora reescrita várias vezes antes dessa. A Tábua Três original falava de Syl Anagist, sabe, e de como a Lua foi perdida. Por muitos motivos, esse conhecimento foi considerado inaceitável repetidas vezes ao longo dos milênios. Ninguém quer mesmo encarar o fato de que o mundo é o que é porque um povo arrogante e egocêntrico tentou pôr uma coleira no ferrugento do planeta. E ninguém estava pronto para aceitar que a solução dessa confusão toda era simplesmente deixar os orogenes viverem e crescerem e fazerem o que nasceram para fazer.

Para Alabaster, o conhecimento do esconderijo do saber das pedras foi avassalador. Ele fugiu. Foi demais para ele saber que tudo isso acontecera antes. Que ele era descendente de um povo abusado, que os antepassados desse povo também foram, por sua vez, abusados, que *o mundo como ele o conhecia não podia funcionar sem forçar alguém à servidão*. Naquela época, ele não conseguia ver um fim para aquele ciclo, nenhuma forma de exigir o impossível da sociedade. Então ele se afastou e fugiu.

A Guardiã dele o encontrou, claro, a três distritantes de distância de onde ele deveria estar e sem ter a menor noção de para onde estava indo. Em vez de quebrar a mão dele (eles usam técnicas diferentes com orogenes de muitos anéis como Alabaster), a Guardiã Leshet o levou a uma taverna e pagou-lhe uma bebida. Ele chorou enquanto bebia vinho e confessou a ela que não conseguia suportar muito mais do mundo como ele era. Ele tentou se submeter, tentou aceitar as mentiras, mas *não era certo*.

Leshet o acalmou e o levou de volta ao Fulcro e, por um ano, deram tempo para Alabaster se recuperar. Para aceitar novamente as regras e o papel que foram criados para ele. Ele esteve contente durante esse ano, creio eu; em todo caso, Antimony acredita que sim, e ela é quem o conhecia melhor nessa época. Ele se acalmou, fez o que era esperado dele, fez três filhos e até se ofereceu para ser instrutor para os orogenes juniores com mais anéis. Ele nunca teve a chance de realizar essa última atividade, no entanto, porque os Guardiões já haviam decidido que Alabaster não poderia ficar sem punição por ter fugido. Quando ele conheceu um dez anéis mais velho chamado Hessionite e se apaixonou por ele...

Eu já lhe disse que eles usam métodos diferentes com orogenes de muitos anéis.

Eu também fugi um dia. De certo modo.

+   +   +

É o dia seguinte ao nosso retorno da missão de afinação de Kelenli, e eu estou diferente. Olho pela janela de nemátodo para o jardim de luz roxa e ele não me parece mais bonito. O piscar das flores-estrelas brancas me permite saber que algum genegenheiro as fez, atando-as à rede de energia da cidade de maneira que pudessem receber um pouco de magia. De que outra forma conseguiriam aquele efeito bruxuleante? Vejo os adornos feitos de vinhas nos edifícios ao redor e sei que, em algum lugar, um biomagestre está tabulando quantos lamotires de magia podem ser coletados a partir de tal beleza. A vida é sagrada em Syl Anagist... sagrada e lucrativa e útil.

Então estou pensando nisso, e estou de mau humor, quando um dos condutores juniores entra. Condutora Stahnyn é o seu nome e, normalmente, eu gosto dela. Ela é jovem o bastante para não ter adquirido ainda os piores hábitos dos condutores mais experientes. E agora, quando me viro para encará-la com os olhos que Kelenli abriu, noto algo novo nela. Uma aspereza nos seus traços, a pequenez de sua boca. Sim, é muito mais sutil do que os olhos branco-gelo do condutor Gallat, mas eis aqui outra sylanagistina cujos ancestrais claramente não entendiam o objetivo do genocídio.

— Como está se sentindo hoje, Houwha? — ela pergunta, sorrindo e olhando para o bloco de anotações ao entrar.

— Disposto a fazer um exame médico?

— Estou disposto a fazer uma caminhada — eu digo. — Vamos para o jardim.

Stahnyn se sobressalta, piscando para mim.

— Houwha, você sabe que isso não é possível.

Eles mantêm uma segurança tão frouxa sobre nós, eu percebi. Sensores para monitorar os nossos sinais vitais, câmeras para monitorar os nossos movimentos, microfones para gravar os nossos sons. Alguns dos sensores monitoram nosso uso de magia... e nenhum deles, nem mesmo um, consegue medir ao menos um décimo do que realmente fazemos. Eu me sentiria insultado se não houvessem me mostrado como é importante para eles que nós sejamos inferiores. Criaturas inferiores não precisam de um monitoramento melhor, não é? As criações da magestria sylanagistina não podem ter habilidades que a ultrapassem. Impensável! Ridículo! Não seja tolo.

Tudo bem, *estou* me sentindo insultado. E não tenho mais paciência para a condescendência educada de Stahnyn.

Então encontro as linhas de magia que se dirigem às câmeras e as entrelaço com as linhas de magia que se dirigem aos seus próprios cristais de armazenamento, então as amarro. Agora, as câmeras vão mostrar só a gravação que fizeram nas últimas horas... que consiste, em grande parte, em imagens minhas olhando pela janela, carrancudo. Faço a mesma coisa com o equipamento de áudio, tomando o cuidado de apagar a última conversa entre eu e Stahnyn. Faço tudo isso com menos de um piscar da minha vontade porque fui projetado para afetar máquinas do tamanho de arranha-céus; câmeras não são nada para mim. Uso mais magia para me conectar com os outros para contar uma piada.

Os outros, porém, sensam o que estou fazendo. Bimniwha sente um pouco do meu humor e imediatamente alerta os demais... porque normalmente eu sou o bonzinho. Era eu quem, até pouco tempo, acreditava na Geoarcanidade. Em geral, Remwha é o rancoroso. Mas, neste exato momento, Remwha está friamente calado, digerindo o que descobrimos. Gaewha está calada também, em desespero, tentando imaginar como exigir o impossível. Dushwha está se abraçando em busca de conforto e Salewha está dormindo demais. O alerta de Bimniwha cai em ouvidos cansados, absortos, e é ignorado.

Enquanto isso, o sorriso de Stahnyn começou a vacilar, já que ela percebe agora que estou falando sério. Ela muda de postura, colocando as mãos no quadril.

— Houwha, isto não é engraçado. Entendo que vocês tiveram a chance de sair outro dia...

Refleti sobre a melhor maneira de fazê-la se calar.

— O condutor Gallat sabe que você o acha atraente?

Stahnyn fica paralisada, arregalando os olhos. Olhos castanhos, no caso dela, mas ela gosta de branco-gelo. Eu vi como ela olha para Gallat, embora nunca tenha dado muita importância. Na verdade, não dou importância agora. Mas imagino que achar olhos niess atraentes seja tabu em Syl Anagist, e nem Gallat nem Stahnyn podem dar-se o luxo de serem acusados dessa perversão em particular. Gallat demitiria Stahnyn ao ouvir o primeiro rumor sobre isso... mesmo que o rumor viesse de mim.

Caminho até ela. Ela se afasta um pouco, franzindo o cenho diante da minha audácia. Não nos impomos; nós, construtos. Nós, ferramentas. Meu comportamento é anômalo de um modo que ela deveria denunciar, mas não foi isso que a deixou tão preocupada.

— Ninguém me ouviu dizer isso — eu digo a ela muito delicadamente. — Ninguém pode ver o que está acontecendo nesta sala neste exato momento. Relaxe.

Seu lábio inferior treme só um pouquinho antes de ela falar. Eu me sinto mal, só um pouquinho, por tê-la deixado tão perturbada.

— Você não pode ir longe. T-tem uma deficiência de vitamina... Você e os outros foram feitos assim. Sem comida especial, a comida que servimos a vocês, morrerão em apenas alguns dias.

Só agora me ocorre que Stahnyn pensa que pretendo fugir.

Só agora me ocorre *fugir*.

O que a condutora me disse não é uma barreira intransponível. É bastante fácil roubar comida para levar comigo, embora eu fosse morrer quando a comida acabasse. Minha vida seria curta independentemente. Mas o que me preocupa de verdade é que não tenho aonde ir. O mundo inteiro é Syl Anagist.

— O jardim — eu repito finalmente. Essa será a minha grande aventura, a minha fuga. Considero a possibilidade de rir, mas o hábito de parecer não ter emoções me impede de fazê-lo. Na verdade, não quero ir a lugar algum, para ser sincero. Só quero sentir que tenho algum controle sobre a minha vida, mesmo que por alguns instantes. — Quero ver o jardim por cinco minutos. É só.

Stahnyn muda o apoio de um pé para o outro, visivelmente infeliz.

— Eu poderia perder meu posto por causa disso, principalmente se algum dos condutores seniores vir. Eu poderia ser *presa*.

— Talvez eles lhe deem uma boa janela com vista para um jardim — eu sugiro. Ela estremece.

E então, porque a deixei sem escolha, ela me conduz para fora da minha cela e para o andar de baixo e para fora.

O jardim de flores púrpuras parece estranho a partir deste ângulo, eu descubro, e é uma coisa completamente diferente cheirar as flores-estrelas de perto. Elas têm um cheiro estranho... estranhamente doce, quase açucarado, com um toque de fermentação por baixo, onde algumas das flores mais velhas murcharam ou foram esmagadas. Stahnyn está irrequieta, olhando demais ao redor, enquanto eu passeio devagar, desejando não precisar dela ao meu lado. Mas é um fato: não posso simplesmente perambular pela área do complexo sozinho. Se guardas ou serventes ou outros condutores nos virem, pensarão que Stahnyn está em missão oficial, e não me interrogarão... se ela parar quieta.

Mas então eu paro abruptamente atrás de uma melodiosa árvore-aranha. Stahnyn para também, franzindo a testa e claramente se perguntando o que está acontecendo... e aí ela também vê o que eu vi e fica paralisada.

Mais adiante, Kelenli saiu do complexo e se postou entre dois arbustos encaracolados, sob um arco de rosas brancas. O condutor Gallat a seguiu até o lado de fora. Ela está de braços cruzados. Ele está atrás dela, gritando às suas costas. Não estamos perto o suficiente para ouvir o que ele está falando, embora seu tom irritado seja incontestável. Seus corpos, porém, contam uma história tão clara quanto os estratos.

— Ah, não — sussurra Stahnyn. — Não, não, não. Nós devíamos…

— Não — eu murmuro. Eu quis dizer *não se mexa*, mas, de qualquer maneira, ela se aquieta, então pelo menos consegui passar a mensagem.

E então ficamos ali, vendo Kelenli e Gallat brigarem. Não consigo ouvir nem um pouco da voz dela, e me ocorre que ela *não pode* erguer a voz para ele: não é seguro. Mas, quando ele a agarra e a puxa para fazê-la ficar de frente para ele, ela automaticamente põe uma das mãos sobre a barriga. A mão na barriga é uma coisa rápida. Gallat a solta na mesma hora, aparentemente surpreso com a reação dela e com a própria violência, e ela coloca de novo a mão ao lado do corpo com um movimento suave. Acho que ele não percebeu. Eles voltam a discutir e, desta vez, Gallat faz um gesto largo com as mãos, como que oferecendo algo. Existe súplica na postura dele, mas percebo como suas costas estão tensas. Ele implora… mas acha que não deveria implorar. Dá para ver que, quando a súplica falhar, ele vai recorrer a outras táticas.

Fecho os olhos, sofrendo ao passo que finalmente, finalmente entendo. Kelenli é uma de nós de todas as formas que importam, e sempre foi.

Aos poucos, porém, ela se endireita. Abaixa a cabeça, finge uma rendição relutante, diz alguma coisa em resposta. Não é de verdade. A terra reverbera com sua raiva e seu medo e sua má vontade. No entanto, parte da tensão nas costas de Gallat se dissipa. Ele sorri, faz um gesto mais aberto. Volta a se aproximar dela, pega seus braços, fala com ela delicadamente. Fico admirado que ela tenha desarmado a raiva dele com tanta eficácia. É como se ele não visse o modo como os olhos dela desviam enquanto ele está falando, ou como ela não corresponde quando ele a puxa mais para perto. Ela sorri em reação a algo que ele diz, mas, mesmo a uns quinze metros de distância, posso ver que ela está encenando. Decerto ele deve ser capaz de ver isso também? Mas estou começando a entender que as pessoas acreditam no que querem acreditar, não no que está ali para ser visto e tocado e sensado de fato.

Então, tranquilizado, ele se vira para ir embora... felizmente por uma trilha do jardim diferente daquela onde Stahnyn e eu estamos à espreita no momento. A postura dele mudou por completo: seu humor está visivelmente melhor. Eu deveria ficar feliz com isso, não deveria? Gallat lidera o projeto. Quando ele está feliz, todos nós ficamos mais seguros.

Kelenli fica olhando para ele até ele sumir. Depois vira a cabeça e olha diretamente para mim. Stahnyn engasga ao meu lado, mas ela é uma tola. Claro que Kelenli não vai nos denunciar. Por que ela faria isso? Sua encenação nunca foi para Gallat.

Depois ela também sai do jardim, seguindo Gallat.

Foi uma última lição. Aquela de que eu precisava mais, eu acho. Peço a Stahnyn para me levar de volta para a minha cela, e ela praticamente geme de alívio. Quando já estou de volta e desembaracei as magias do equipamento de vigilância, e me despedi de Stahnyn com um delicado lembrete para não ser tola, eu me deito no meu sofá para refletir sobre essa descoberta recente. Ela está dentro de mim, uma fagulha fazendo tudo ao redor arder e soltar fumaça.

✦   ✦   ✦

E então, várias noites após termos voltado da missão de afinação de Kelenli, a fagulha ateia fogo em todos nós.

É a primeira vez que todos nos reunimos desde o passeio. Entrelaçamos nossas presenças em uma camada de carvão frio, o que talvez seja apropriado, uma vez que Remwha envia um zumbido que atravessa todos nós como areia triturada entre fissuras. Soa/parece/sensa como as linhas de absorção, as roseiras bravas. Também é um eco do vazio de estase na nossa rede, onde Tetlewha – e Entiwha, e Arwha, e todos os outros – um dia existiu.

Isso é o que nos espera quando tivermos dado a Geoarcanidade a eles, ele diz.

É, Gaewha responde.

Ele faz outro zumbido. Nunca o sensei tão zangado. Ele passou os dias desde o nosso passeio ficando cada vez mais zangado. Mas o restante de nós também... e agora é a hora de exigirmos o impossível. *Nós não deveríamos dar nada a eles*, ele declara, e então sinto a decisão dele aguçar-se, tornar-se perversa. *Não. Nós deveríamos devolver o que eles pegaram.*

Misteriosos pulsos de impressão e ação em escala menor se propagam pela nossa rede: um plano enfim. Uma maneira de criarmos o impossível, se não podemos exigi-lo. O tipo certo de sobrecarga de energia no momento certo, depois que os fragmentos houverem sido lançados, mas antes que o Motor tenha sido empregado. Toda a magia armazenada dentro dos fragmentos – o equivalente a décadas, o equivalente a uma civilização, o equivalente a milhões de vidas – voltará para os sistemas de Syl Anagist. Primeiro, ela queimará os canteiros de roseiras bravas e suas lamentáveis plantas, permitindo que os mortos finalmente descansem. Em seguida, uma rajada de magia passará por nós, os componentes mais frágeis da grande máquina. Nós morreremos quando isso acontecer, mas a morte é melhor do que o que eles pretendiam para nós, então estamos satisfeitos.

Quando estivermos mortos, a magia do Motor Plutônico aumentará de forma irrestrita por todos os conduítes da cidade, queimando-os de modo irreparável. Todas as estações de ligação de Syl Anagist fecharão: veímulos morrendo a não ser que tenham geradores de emergência, luzes se apagando, máquinas parando, todas as infinitas conveniências da magestria moderna apagadas da mobília e dos equipamentos e dos cosméticos. Gerações de esforço gastas na preparação da Geoarcanidade serão perdidas. Os fragmentos cristalinos do Motor se tornarão muitas pedras enormes, quebradas e queimadas e inúteis.

Nós não precisamos ser tão cruéis quanto eles. Podemos instruir os fragmentos para descerem longe da maioria das áreas habitadas. Somos os monstros que eles criaram e mais, mas, na morte, seremos o tipo de monstro que queremos ser.

E estamos de acordo então?

Sim. Remwha, com fúria.

Sim. Gaewha, com tristeza.

Sim. Bimniwha, com resignação.

Sim. Salewha, com indignação.

Sim. Dushwha, com cansaço.

E eu, pesado como o chumbo, digo *sim*.

Então estamos de acordo.

Apenas para mim mesmo eu penso "não", vendo Kelenli com os olhos da mente. Mas, às vezes, quando o mundo é duro, o amor tem que ser mais duro ainda.

+ + +

Dia do Lançamento.

Eles nos trazem alimentos: proteína com uma porção de fruta fresca e doce, e uma bebida que nos dizem ser uma iguaria popular: seg, que fica com cores bonitas quando vários suplementos vitamínicos são acrescentados a ela. Uma bebida especial para um dia especial. É farinhenta. Eu não gosto. Depois, é hora de viajar para o Polo Zero.

Eis aqui como funciona o Motor Plutônico, em breves e simples palavras.

Primeiro, nós despertaremos os fragmentos, que repousaram em seus soquetes durante décadas, canalizando energia de vida através de cada estação de ligação de Syl Anagist... e armazenando parte dela para usar depois, inclusive aquela que lhes foi suprida à força por meio das roseiras bravas. No entanto, eles alcançaram agora um nível excelente de armazenamento e geração, cada um deles se tornando um motor arcano independente em si mesmo. Agora, quando os invocarmos, os fragmentos se levantarão de seus soquetes. Reuniremos o poder deles em uma rede estável e, depois que o fizermos repercutir em um refletor que ampliará e concentrará ainda mais a magia, nós o verteremos no ônix. O ônix direcionará essa energia direto para o núcleo da Terra, causando uma sobrecarga, que o ônix então desviará para os ávidos conduítes de Syl Anagist. A Terra se tornará efetivamente um imenso motor plutônico também, com o dínamo que é seu núcleo jorrando muito mais magia do que recebe. A partir daí, o sistema se autoperpetuará. Syl Anagist se alimentará da vida do próprio planeta para sempre.

(Ignorância é um termo inadequado para isso. É verdade, ninguém pensava na Terra como algo vivo naqueles tempos... mas *deveríamos* ter imaginado. Magia é o produto derivado da vida. O fato de haver magia na Terra para tomarmos... Todos nós deveríamos ter imaginado.)

Tudo o que fizemos até agora foi mero treino. Jamais poderíamos ter ativado o Motor Plutônico inteiro aqui na Terra... demasiadas complicações envolvendo a obliquidade dos ângulos, a velocidade e resistência do sinal, a curvatura dos hemisférios. Tão estranhamente redondos, os planetas. Nosso *alvo* é a Terra, afinal; linhas de visão, linhas de força e atração. Se ficarmos no planeta, a única coisa que realmente podemos afetar é a Lua.

É por isso que o Polo Zero nunca esteve na Terra.

Portanto, de madrugada somos trazidos a um tipo singular de veímulo, sem dúvida genegenheiramente fabricado a partir de gafanhotos ou algo semelhante. Ele tem asas de diamante, mas também grandes patas de fibra de carbono, fumegando agora com a energia armazenada em bobinas. Enquanto os condutores nos embarcam nesse veímulo, vejo que outros estão sendo preparados. Um grupo grande pretende vir conosco assistir à conclusão do grande projeto. Eu me sento onde me mandam sentar, e todos somos afivelados com cintos porque a propulsão do veímulo pode às vezes superar a inércia geomagéstrica e... hmm. Basta dizer que o lançamento pode ser um tanto alarmante. Não é nada comparado a mergulhar no coração de um fragmento vivo e pulsante, mas suponho que os humanos achem que é uma coisa grandiosa e incrível. Nós seis ficamos sentados, imóveis e frios com senso de propósito enquanto eles tagarelam à nossa volta e o veímulo salta para a Lua.

Na Lua, está a pedra da lua... um cabochão branco maciço e iridescente incrustado no fino solo cinzento do lugar. É o maior dos fragmentos, do tamanho de uma estação de ligação de Syl Anagist; a Lua inteira é seu soquete. Disposto em torno de suas extremidades está um complexo de edifícios, cada um deles vedado contra a escuridão sem ar, e que não são muito diferentes dos edifícios dos quais acabamos de sair. Eles só estão na Lua. Este é o Polo Zero, onde se fará história.

Somos levados para dentro, onde a equipe permanente do Polo Zero está enfileirada pelos corredores e nos olha com orgulhosa admiração, como se admiram instrumentos feitos com precisão. Somos conduzidos até berços que se parecem exatamente com os berços usados todos os dias para as nossas práticas – embora, desta vez, cada um de nós seja levado a uma sala separada do complexo. Ao lado de cada sala está a câmara de observação dos condutores, conectada por uma janela de cristal transparente. Estou acostumado a ser observado enquanto trabalho... mas não estou acostumado a ser trazido à sala de observação em si, como está acontecendo hoje pela primeira vez.

Ali estou eu, baixo e vestido de forma simples e nitidamente desconfortável em meio a pessoas altas, vestidas com trajes luxuosos e complexos, enquanto Gallat me apresenta como "Houwha, nosso melhor afinador". Essa declaração por si só prova que ou os condutores realmente não fazem ideia de como funcionamos ou que Gallat está nervoso e está procurando algo para dizer. Talvez as duas coisas. Dushwha ri na forma de microtremor em cascata (os estratos da Lua são ralos, poeirentos e sem vida, mas não são tão diferentes dos da Terra) enquanto eu fico ali, murmurando saudações agradáveis, como esperam que eu faça. Talvez seja isso que Gallat realmente queira dizer: sou o afinador que finge melhor se importar com os disparates dos condutores.

Algo chama a minha atenção, no entanto, enquanto as apresentações são feitas em meio a conversas amenas e eu me concentro em dizer a coisa certa na hora certa. Eu me viro e noto uma coluna de estática perto do fundo da sala, zunindo ligeiramente e bruxuleando com suas próprias energias plutônicas, gerando o campo que mantém estável algo lá dentro. E, flutuando sobre sua superfície de cristal lapidado...

Há uma mulher na sala que é mais alta e está vestida com trajes mais elaborados do que todos os demais. Ela segue meu olhar e pergunta a Gallat:

— Eles sabem sobre a sondagem?

Gallat estremece e olha para mim, depois para a coluna de estática.

— Não — ele responde. Ele não chama a mulher pelo nome nem por um título, mas seu tom de voz é muito respeitoso. — Contaram-lhes apenas o necessário.

— Imagino que contexto seja necessário, mesmo para a sua espécie. — Gallat se irrita ao ser comparado a nós, mas não diz nada em resposta. A mulher parece achar graça. Ela se inclina para perscrutar meu rosto, embora eu não seja *tão* mais baixo do que ela. — Você gostaria de saber o que é este artefato, pequeno afinador?

Eu imediatamente a odeio.

— Sim, por favor — respondo.

Ela toma a minha mão antes que Gallat possa detê-la. Não é desconfortável. Sua pele é seca. Ela me leva para perto da coluna de estática, de modo que agora posso dar uma boa olhada naquela coisa que flutua acima ela.

A princípio, acho que o que estou vendo não passa de um pedaço esférico de ferro, planando alguns centímetros acima da superfície da coluna de estática e sendo iluminada pelo brilho branco que emana dela. É só um pedaço de ferro, sua superfície trincada com linhas oblíquas e tortuosas. Um fragmento de meteorito? Não. Percebo que a esfera está se mexendo; girando devagar em um eixo norte-sul ligeiramente inclinado. Olho para os símbolos de alerta ao redor da borda da coluna e vejo indicadores de extremo calor e pressão, e um aviso de advertência quanto a romper o campo de estática. Dentro, dizem os indicadores, ela recriou o ambiente natural do objeto.

Ninguém faria isso por um simples pedaço de ferro. Pisco, ajusto minha percepção para a sensunal e a magia e recuo rapidamente quando uma luz branca abrasadora resplandece sobre mim e atravessa meu corpo. A esfera de ferro está *repleta* de magia: fios concentrados, trincados, sobrepostos uns aos outros, alguns deles até mesmo estendendo-se para além de sua superfície e para fora e... para longe. Não consigo seguir aqueles que se prolongam para além da sala: eles se estendem para pontos fora do meu alcance. Contudo, posso ver que se distendem em direção ao céu por algum motivo. E, escrito nos fios agitados que consigo ver... Eu franzo a testa.

— Ela está zangada — eu comento. E é familiar. Onde foi que vi algo parecido com isso, essa magia, antes?

A mulher pisca para mim.

— Houwha... — Gallat chia entre respirações.

— Não — diz a mulher, erguendo a mão para acalmá-lo. Ela se concentra em mim outra vez com um olhar que é atento agora, e curioso. — O que você disse, pequeno afinador?

Eu a encaro. Ela obviamente é importante. Talvez eu devesse estar com medo, mas não estou.

— Aquela coisa está zangada — eu digo. — *Furiosa*. Ela não quer estar aqui. Vocês a pegaram de algum outro lugar, não pegaram?

Outros na sala perceberam essa conversa. Nem todos são condutores, mas todos olham para a mulher e para mim com um desconforto e uma confusão palpáveis. Ouço Gallat prendendo a respiração.

— Pegamos — ela me responde enfim. — Fizemos uma perfuração para sondagem em uma das estações de ligação das Antárticas. Depois enviamos sondas que pegaram essa lasca do núcleo mais interno. É uma amostra do próprio coração do planeta. — Ela sorri, orgulhosa. — A riqueza da magia no núcleo é exatamente o que tornará possível a Geoarcanidade. Essa sondagem é a razão pela qual construímos Ponto Central, e os fragmentos, e vocês.

Olho para a esfera de ferro novamente e fico espantado que a mulher permaneça tão perto daquilo. *Ela está zangada*, penso outra vez sem saber muito bem por que essas palavras me vêm à mente. *Ela fará o que tiver que fazer.*

Quem? Fará o quê?

Chacoalho a cabeça, inexplicavelmente irritado, e me viro para Gallat.

— Não deveríamos começar?

A mulher ri, encantada. Gallat olha feio para mim, mas relaxa um pouquinho quando se torna óbvio que a mulher está achando graça. Todavia, ele diz:

— Sim, Houwha. Acho que deveríamos. Se não se importar...

(Ele se dirige à mulher usando algum título e algum nome. Eu esquecerei ambos com o passar do tempo. Em quarenta mil anos, eu me lembrarei apenas da risada da mulher, e de como ela não considera Gallat diferente de nós, e de como ela fica imprudentemente perto de uma esfera de ferro que irradia pura malícia... e magia suficiente para destruir cada edifício de Polo Zero.

E me lembrarei de como eu também ignorei todos os alertas possíveis sobre o que estava por vir.)

Gallat me leva de volta para a sala com o berço, onde sou convidado a me acomodar em minha cadeira de arame. Meus membros são atados, o que jamais entendi, pois, quando estou no ametista, mal percebo meu corpo, muito menos o mexo. A seg fez meus lábios formigarem de uma forma que sugere que um estimulante foi adicionado. Eu não precisava. Sintonizo os outros e os encontro firmes como o granito em sua decisão. Sim.

Surgem imagens na parede de visualização à minha frente, mostrando a esfera azul da Terra, cada um dos berços dos outros cinco afinadores, e uma imagem de Ponto Central com o ônix pronto, pairando sobre o local. De suas imagens, os outros afinadores me olham de volta. Gallat se aproxima e finge verificar pontos de contato da cadeira de arame, que servem para enviar medições para a divisão de Biomagestria.

— Você vai controlar o ônix hoje, Houwha.

De outro prédio do Polo Zero, sinto o pequeno tremor de surpresa de Gaewha. Estamos muito afinados uns aos outros hoje.

— Kelenli controla o ônix — eu digo.

— Não controla mais. — Gallat mantém a cabeça abaixada enquanto fala, estendendo o braço desnecessariamente para verificar minhas correias, e me lembro dele estendendo o braço da mesma maneira para puxar Kelenli para perto de novo, no jardim. Ah, eu entendo agora. Todo esse tempo ele teve medo de perdê-la... para nós. Com medo de torná-la apenas mais uma ferramenta aos olhos dos seus superiores. Será que vão deixá-lo ficar com ela depois da Geoarcanidade? Ou será que ele teme que ela também seja jogada nas roseiras bravas? Deve temer. Por que outro motivo fazer uma mudança tão significativa na nossa configuração no dia mais importante da história humana?

Como que para confirmar minha suposição, ele diz:

— A biomagestria diz que vocês agora mostram compatibilidade mais do que suficiente para manter a conexão pela quantidade de tempo necessária.

Ele está me observando, esperando que eu não vá protestar. Percebo de repente que eu *posso* protestar. Com tanta vigilância sobre cada decisão de Gallat hoje, pessoas importantes notarão se eu insistir que a nova configuração é má ideia. Eu posso, apenas levantando a voz, tirar Kelenli de Gallat. Posso destruí-lo como ele destruiu Tetlewha.

Mas esse é um pensamento bobo e sem propósito, pois como posso exercer meu poder sobre *ele* sem causar sofrimento a *ela*? Vou causar sofrimento suficiente a ela de qualquer forma quando nós voltarmos o Motor Plutônico contra si mesmo. Ela deve sobreviver à convulsão inicial de magia; mesmo que esteja em contato com qualquer um dos mecanismos que fluem, ela tem habilidade mais do que suficiente para desviar a energia de retorno. Então, na sequência, será apenas mais uma sobrevivente, transformada em semelhante no sofrimento. Ninguém saberá o que ela é de fato... ou seu bebê, se ele acabar sendo como ela. Como nós. Nós a teremos libertado... para lutar pela sobrevivência junto com todo o resto. Mas isso é melhor do que a ilusão de segurança em uma jaula dourada, não é?

Melhor do que qualquer coisa que você poderia ter dado a ela, penso sobre Gallat.

— Tudo bem — eu digo. Ele relaxa minimamente.

Gallat sai da minha câmara e volta para a sala de observação com os outros condutores. Estou sozinho. Nunca estou sozinho: os outros estão comigo. Chega o sinal de que devemos começar, e o momento parece prender a respiração. Nós estamos prontos.

Primeiro, a rede.

Afinados como estamos, é fácil, prazeroso, modular nossos fluxos de prateado e anular nossa resistência. Remwha faz o papel de parelha, mas ele quase não precisa incitar qualquer um de nós a ressonar mais alto ou mais baixo ou a seguir no mesmo ritmo; nós estamos alinhados. Todos queremos a mesma coisa.

Lá no céu e, no entanto, facilmente ao nosso alcance, a Terra parece zunir também. Quase como uma coisa viva. Nós fomos a Ponto Central e voltamos durante o nosso treinamento inicial: viajamos pelo manto e vimos os fluxos maciços de magia que jorram naturalmente do núcleo de ferro e níquel do planeta. Explorar essa fonte sem fundo será a maior proeza humana de todos os tempos. No passado, esse pensamento teria me deixado orgulhoso. Agora compartilho isso com os outros e *uma centelha de flocos de mica e pedras trêmulas*, expressando divertimento amargo, se propaga entre todos nós. Eles nunca acreditaram que fôssemos humanos, mas vamos provar, com nossas ações de hoje, que somos mais do que ferramentas. Mesmo que não sejamos humanos, somos *pessoas*. Eles jamais poderão nos negar isso de novo.

Chega de frivolidades.

Primeiro, a rede; depois, os fragmentos do Motor precisam ser reunidos. Sintonizamos o ametista porque é o mais próximo no globo. Embora estejamos a um mundo de distância, sabemos que ele emite uma nota baixa e contida; sua matriz de armazenamento brilha e transborda de energia quando mergulhamos para cima em seu fluxo torrencial. Ele já parou de sugar os últimos resíduos das roseiras bravas em suas raízes, tornando-se um sistema fechado em si mesmo; agora, parece quase vivo. Quando o estimulamos a sair da latência e entrar em atividade ressonante, ele começa a pulsar e depois, enfim, a tremeluzir em padrões que imitam vida, como o disparo de neurotransmissores ou as contrações peristálticas. Ele *está* vivo? Eu me pergunto isso pela primeira vez, uma pergunta desencadeada pelas lições de Kelenli. É uma coisa constituída de matéria de alto nível, mas coexiste simultaneamente com uma coisa constituída de magia de alto nível feita à sua imagem... e tirada dos corpos de pessoas que um dia riram e se enfureceram e cantaram. Será que resta algo de suas vontades no ametista?

Se restar... será que os niess aprovariam o que nós, seus filhos caricaturais, pretendemos fazer?

Não posso mais dispensar nem um pouco de tempo para esses pensamentos. A decisão foi tomada.

Então expandimos essa sequência inicial em nível macroscópico para toda a rede. Nós sensamos sem sensapinae. Nós *sentimos* a mudança. Sabemos intuitivamente... porque fazemos parte desse motor, componentes do maior prodígio da humanidade. Na Terra, no coração de cada estação de ligação de Syl Anagist, sinais ecoam pela cidade e torres de alerta irradiam avisos vermelhos que podem ser vistos de longe à medida que, um a um, os fragmentos começam a vibrar e tremeluzir e se soltar dos soquetes. Minha respiração acelera quando eu, ressonante com cada um deles, sinto a primeira separação entre um cristal e uma pedra mais rústica, o arrastamento à medida que pousamos e começamos a pulsar com a mudança de estado da magia e então começamos a ascender...

(Há um espasmo aqui, rápido e quase imperceptível nesse momento inebriante, embora gritante através das lentes da memória. Alguns dos fragmentos nos machucam, só um pouquinho, quando se soltam dos soquetes. Sentimos um raspão de metal que não deveria estar lá, um arranhão de agulhas contra a nossa pele cristalina. Sentimos cheiro de ferrugem. É uma dor que passa rápido e é esquecida sem demora, como com qualquer agulha. Só mais tarde nos lembraremos, e lamentaremos.)

... ascender, zunir e virar. Respiro fundo à medida que os soquetes e as paisagens urbanas à volta deles desaparecem lá embaixo. Syl Anagist troca para sistemas de energia de reserva: eles devem durar até a Geoarcanidade. Mas são irrelevantes essas preocupações mundanas. Eu fluo, voo, *caio* para cima na luz que se precipita e que é roxa ou índigo ou malva ou dourada, o espinélio e o topázio e o granada e o safira... tantos, tão brilhantes! Tão vivos com o poder que se acumula.

(Tão *vivos*, penso outra vez, e esse pensamento envia um tremor ao longo da rede porque Gaewha estava pensando nisso também, e Dushwha; é Remwha que nos repreende com uma fissura como a de uma falha de rejeito transcorrente: *Seus tolos, vamos morrer se vocês não se concentrarem!* Então deixo de lado esse pensamento.)

E... ah, sim, enquadrado ali na tela, centralizado em nossa percepção como um olho observando sua presa: o ônix. Posicionado, como Kelenli ordenou que ficasse da última vez, sobre Ponto Central.

Não estou nervoso, digo a mim mesmo enquanto o sintonizo.

O ônix não é como os outros fragmentos. Até mesmo a pedra da lua é inativa em comparação; ela é apenas um espelho, afinal. Mas o ônix é poderoso, assustador, a escuridão mais sombria, incognoscível. Enquanto os outros fragmentos precisam ser procurados e ativamente integrados, ele agarra minha consciência no instante em que me aproximo, tentando me arrastar mais para o fundo de suas desenfreadas correntes de prateado em convecção. Quando me conectei com ele antes, o ônix me rejeitou, da mesma forma como rejeitou todos os outros em suas respectivas vezes. Os melhores magestres de Syl Anagist não conseguiam entender por quê... mas agora, quando me ofereço e o ônix me reivindica, de repente eu sei. *O ônix está vivo.* O que era apenas uma pergunta nos outros fragmentos foi respondido aqui: ele me *sensa.* Ele me aprende, tocando-me com uma presença que, de súbito, é inegável.

E, no exato momento em que percebo isso e tenho tempo suficiente para me perguntar temerosamente o que essas presenças pensam de mim, seu patético descendente feito a partir da fusão de seus genes com o ódio daqueles que os destruíram...

... percebo enfim um segredo da magestria que até mesmo os niess simplesmente aceitavam em vez de entender. Isso é magia, afinal, não ciência. Sempre haverá partes que ninguém consegue compreender. Mas agora eu sei: coloque magia suficiente em algo não vivo e esse algo se torna vivo. Coloque vidas suficientes em uma matriz de armazenamento e elas retêm um tipo de vontade coletiva. Elas se *lembram* do horror e da atrocidade através do que quer que haja restado delas – suas almas, se quiser.

Então o ônix cede a mim agora porque, ele sensa finalmente, eu também conheci a dor. Abriram meus olhos para a minha própria exploração e degradação. Estou com medo, é claro, e com raiva, e magoado, mas o ônix não desdenha desses sentimentos dentro de mim. Ele procura alguma outra coisa, contudo, algo mais, e por fim encontra, aninhado em um pequeno nó ardente por trás do meu coração: determinação. Eu me comprometi a transformar todas essas coisas erradas em algo certo.

É isso que o ônix quer. *Justiça*. E, porque eu quero isso também...

Abro meus olhos de carne.

— Ativei o cabochão de controle — relato aos condutores.

— Confirmado — diz Gallat, olhando para a tela onde a Biomagestria monitora nossas conexões neuroarcânicas. Nossos observadores começam a aplaudir, e eu sinto repentino desprezo por eles. Seus instrumentos desajeitados e seus sensapinae simples e fracos lhes contaram enfim o que é tão óbvio para nós quanto respirar. O Motor Plutônico está funcionando.

Agora que todos os fragmentos decolaram, cada um deles ascendendo para zunir e bruxulear e pairar sobre 256 cidades-estações e pontos de energia sísmica, nós começamos a sequência de intensificação. Entre os fragmentos, os amortecedores de fluxo de cor clara iniciam primeiro, depois reaproveitamos os tons de joias mais escuros dos geradores. O ônix reconhece a inicialização em sequência com um único estrondo pesado cujas ondas se propagam pelo Oceano Hemisférico.

Minha pele está repuxando, meu coração está batendo acelerado. Em algum lugar, em outra existência, eu cerrei os punhos. *Nós* cerramos, ao longo da insignificante separação de seis corpos diferentes e 256 braços e pernas e um grande coração negro pulsante. Fico boquiaberto (ficamos boquiabertos) quando o ônix se alinha perfeitamente para explorar a fonte incessante de magia-da-terra onde o núcleo está exposto bem, bem lá embaixo. Eis aqui o momento para o qual fomos feitos.

Agora, nós deveríamos dizer. Isto, aqui, *conectar*, e vamos prender os fluxos de pura magia do planeta a um ciclo interminável de prestação de serviço à humanidade.

Porque foi para isso que os sylanagistinos realmente nos fizeram: para confirmar uma filosofia. A vida é sagrada em Syl Anagist... como deveria ser, pois a cidade queima a vida como o combustível para a sua glória. Os niess não foram o primeiro povo devorado por sua boca, apenas a última e mais cruel exterminação entre muitas. Mas, para uma sociedade construída com base na exploração, não existe ameaça maior do que não restar mais ninguém para oprimir. E agora, se mais nada for feito, Syl Anagist terá outra vez que encontrar um modo de dividir seu povo em subgrupos e criar razões para haver conflito entre eles. Não há magia suficiente para ser tomada só das plantas e da fauna genegenheiramente projetada; *alguém* precisa sofrer se for para o resto desfrutar do luxo.

É melhor a terra, Syl Anagist argumenta. É melhor escravizar um grande objeto inanimado que não pode sentir dor e que não vai se opor. É melhor a Geoarcanidade. Mas esse argumento ainda é falho porque, basicamente, Syl Anagist é insustentável. É um parasita, seu apetite por magia cresce a cada gota que devora. O núcleo da Terra não é ilimitado. Um dia, mesmo que leve cinquenta mil anos, esse recurso também se esgotará. E, então, tudo morrerá.

O que estamos fazendo é inútil e a Geoarcanidade é uma mentira. E, se ajudarmos Syl Anagist a prosseguir por essa via, teremos dito: *O que fizeram conosco foi certo e natural e inevitável.*

Não.

Então. *Agora*, dizemos em vez disso. Isto, aqui, conectar: dos fragmentos claros aos escuros, de todos os fragmentos ao ônix, e do ônix... de volta a Syl Anagist. Nós tiramos a pedra da lua inteiramente do circuito. Agora, todo o poder armazenado nos fragmentos atingirá a cidade e, quando o Motor Plutônico morrer, Syl Anagist também morrerá.

Começa e termina muito antes que os instrumentos dos condutores cheguem a registrar um problema. Com os outros unidos a mim e nossa melodia silenciada enquanto paramos e esperamos que o ciclo de realimentação nos atinja, percebo que estou contente. Será bom não morrer sozinho.

✦   ✦   ✦

Mas.

Mas.

Lembre-se. Nós não fomos os únicos que escolheram contra-atacar naquele dia.

Isso é algo de que só me darei conta mais tarde, quando visitar as ruínas de Syl Anagist, olhar para soquetes vazios e vir agulhas de ferro projetando-se das paredes. Esse é um inimigo que entenderei somente depois de ter sido humilhado e refeito aos seus pés... mas vou explicar agora para que você aprenda com o meu sofrimento.

Eu falei para você, não faz tanto tempo, sobre uma guerra entre a Terra e a vida sobre a sua superfície. Eis aqui um pouco de psicologia inimiga: a Terra não vê diferença entre nenhum de nós. Orogene, quieto, sylanagistino, niess, futuro, passado... para ela, humanidade é humanidade. E, mesmo que outros houvessem ordenado o meu nascimento e desenvolvimento, mesmo que a Geoarcanidade tenha sido um sonho de Syl Anagist desde muito antes de os meus condutores nascerem, mesmo que eu estivesse apenas seguindo ordens, mesmo que nós seis pretendêssemos contra-atacar... a Terra não se importou. Todos nós éramos culpados. Todos cúmplices do crime de tentar escravizar o próprio planeta.

Porém, agora, tendo nos declarado todos culpados, a Terra atribuiu sentenças. Aqui, pelo menos, estava um tanto disposta a dar o crédito pela intenção e pelo bom comportamento.

Eis aqui o que lembro, e as peças que juntei posteriormente, e o que acredito. Mas lembre-se – nunca se esqueça – que esse foi apenas o começo da guerra.

+ + +

Nós percebemos a ruptura primeiro como um fantasma na máquina.

Uma presença ao nosso lado, *dentro* de nós, intensa e invasiva e imensa. Ela tira o ônix do meu domínio antes que eu saiba o que está acontecendo e silencia os nossos sinais perplexos de *O quê?* e *Há algo errado* e *Como isso aconteceu?* com uma de onda de choque de conversa pela terra tão assombrosa quanto a Fenda um dia será para vocês.

Olá, pequenos inimigos.

Na câmara de observação dos condutores, finalmente soam os alarmes. Nós estamos paralisados em nossas cadeiras de arame, gritando sem palavras e recebendo respostas de algo além da nossa compreensão, então a Biomagestria só percebe que há um problema quando, de repente, 9% do Motor Plutônico – 27 fragmentos – desliga. Não vejo o condutor Gallat ofegar e trocar um olhar horrorizado com os outros condutores e seus estimados convidados; isso é especulação, conhecendo o que conheço dele. Imagino que, em algum momento, ele se vira para um console para abortar o lançamento. Também não vejo a esfera de ferro atrás deles pulsar e inchar e estilhaçar, destruindo o campo de estática e bombardeando todos na câmara com fragmentos de ferro quentes e pontiagudos como agulhas. Eu *ouço* a gritaria que se segue conforme os fragmentos de ferro sobem queimando pelas veias e artérias e o silêncio nefasto que vem em seguida, mas tenho meus próprios problemas para resolver neste momento em particular.

Remwha, ele que era o mais perspicaz, tira-nos à força do nosso estado de choque com a percepção de que *alguma outra coisa está controlando o Motor*. Não há tempo para se perguntar quem ou por quê. Gaewha percebe como e avisa freneticamente: os 27 fragmentos "desligados" ainda estão ativos. Na realidade, eles formaram um tipo de sub-rede... uma chave reserva. Foi assim que a outra presença conseguiu tirar o controle do ônix. Agora, todos os fragmentos, que geram e contêm a maior parte do poder do Motor Plutônico, estão sob o controle de uma entidade externa e hostil.

Sou uma criatura orgulhosa no meu âmago. Isso é intolerável. O ônix foi dado a *mim* para *eu* controlar... então eu o pego de novo e o meto nas conexões que constituem o Motor, removendo o falso controle de imediato. Salewha destrói as ondas de choque de magia que esse distúrbio violento causa para que elas não ricocheteiem por todo o Motor e desencadeiem uma ressonância que... bem, na verdade não sabemos o que essa ressonância faria, mas seria ruim. Eu me mantenho firme enquanto essa ação reverbera, meus dentes cerrados no mundo real, ouvindo enquanto meus irmãos gritam ou rosnam comigo ou arquejam em meio aos tremores secundários após a turbulência inicial. Tudo é confusão. No mundo de carne e sangue, as luzes das nossas câmaras se apagaram, deixando apenas painéis de energia brilhando nas extremidades das salas. Os sinais de alerta são incessantes e, em outra parte em Polo Zero, posso ouvir equipamentos estalando e chocalhando com a sobrecarga que colocamos no sistema. Os condutores, gritando na câmara de observação, não podem nos ajudar... não que algum dia isso tenha sido uma possibilidade. Não sei o que está acontecendo, não de verdade. Só sei que é uma batalha, cheia de confusão momento a momento como são todas as batalhas e, a partir desse instante, nada fica muito claro...

Aquela presença estranha que nos atacou puxa com força o Motor Plutônico, tentando tirar o nosso controle mais uma vez. Eu grito com ela com uma fúria de *rachadura de magma e ebulição de gêiser* sem palavras. *Saia daqui!* Eu me enfureço. *Deixe-nos em paz!*

Vocês começaram isso, a coisa sibila nos estratos, tentando de novo. Quando essa tentativa fracassa, porém, ela rosna, frustrada... e depois trava aqueles 27 fragmentos que desligaram misteriosamente. Dushwha sente a tentativa da entidade hostil e tenta pegar alguns dos 27, mas os fragmentos escapam do seu domínio como se estivessem impregnados de óleo. Isso é bem próximo da verdade, figurativamente falando; alguma coisa contaminou esses fragmentos, deixando-os sujos e quase impossíveis de pegar. Talvez consigamos pegá-los com esforço conjunto, um a um... mas não há tempo. E, até lá, o inimigo controla os 27.

Impasse. Nós ainda temos o ônix. Controlamos os outros 229 fragmentos, que estão prontos para disparar o pulso de retorno que destruirá Syl Anagist... e a nós mesmos. Nós adiamos isso, contudo, porque não podemos deixar as coisas assim. De onde vem essa entidade, tão brava e tão incrivelmente poderosa? O que ela vai fazer com os obeliscos que controla? Longos instantes se passam em silêncio contido. Não posso falar pelos outros, mas eu, pelo menos, começo a acreditar que não haverá mais ataques. Sempre fui tão tolo.

Em meio ao silêncio vem o desafio cheio de divertimento e malícia do nosso inimigo, rilhando em magia e ferro e pedra.

Queimem para mim, diz o Pai Terra.

+   +   +

Tenho que fazer algumas conjeturas sobre parte do que aconteceu na sequência, mesmo após ter passado tantas eras procurando respostas.

Não posso narrar mais nada porque, nesse momento, foi tudo quase instantâneo, e confuso, e devastador. A Terra muda apenas gradualmente, até que um dia muda rápido. E, quando contra-ataca, ela o faz com muita determinação.

Eis aqui o contexto. Aquela primeira sondagem que deu início ao projeto da Geoarcanidade também alertou a Terra quanto aos esforços humanos no sentido de tomar controle dela. Ao longo das décadas que se seguiram, ela estudou seu inimigo e começou a entender o que pretendíamos fazer. O metal era seu instrumento e aliado; por esse motivo, nunca confie no metal. Ela mandou lascas de si mesma para a superfície para examinar os fragmentos em seus soquetes... pois aqui, pelo menos, a vida estava armazenada no cristal, compreensível para uma entidade de matéria inorgânica de um modo que a simples carne não era. Apenas gradualmente ela aprendeu a assumir o controle de vidas humanas individuais, embora isso exigisse o intermédio dos núcleos pétreos. Sem isso, somos criaturas tão pequenas e tão difíceis de pegar. Vermes tão insignificantes, exceto pela nossa infeliz tendência de às vezes nos tornarmos perigosamente significantes. Os obeliscos, no entanto, eram uma ferramenta mais útil. Fácil de ser voltada contra nós, como qualquer arma manuseada de modo negligente.

Destruição pelo fogo. Você se lembra de Allia? Imagine aquele desastre vezes 256. Imagine a Quietude perfurada em cada ponto onde havia uma estação de ligação e em cada local onde havia atividade sísmica, e no oceano também: centenas de pontos quentes e bolsões de gás e reservas de petróleo comprometidos, e todo o sistema de placas tectônicas desestabilizado. Não existe palavra para tal catástrofe. Ela tornaria a superfície do planeta líquida, evaporando os oceanos e esterilizando tudo do manto para cima. O mundo, para nós e para qualquer criatura que pudesse algum dia no futuro evoluir e ferir a Terra, acabaria. A Terra em si, contudo, ficaria bem.

Nós poderíamos deter esse processo. Se quiséssemos.

Não vou dizer que não nos sentimos tentados quando confrontados com a escolha entre permitir a destruição de uma civilização ou de toda a vida no planeta. O destino de Syl Anagist estava selado. Não se engane: nós queríamos selá-lo. A diferença entre o que a Terra queria e o que nós queríamos era puramente uma questão de escala. Mas *qual* é o modo como o mundo acaba? Nós, afinadores, morreríamos; a distinção pouco me importava naquele momento. Nunca é prudente fazer essa pergunta a pessoas que não têm nada a perder.

Exceto. *Eu* tinha algo a perder. Naqueles instantes eternos, eu pensei em Kelenli e em seu filho.

Portanto, foi assim que a minha vontade prevaleceu dentro da rede. Se você tem alguma dúvida, vou dizer com todas as palavras agora: fui *eu* que escolhi o modo como o mundo acabou.

Fui eu que assumi o controle do Motor Plutônico. Nós não podíamos impedir a Destruição pelo Fogo, mas podíamos inserir um atraso na sequência e redirecionar a pior parte de sua energia. Depois da interferência da Terra, o poder era volátil demais para simplesmente o despejarmos de volta em Syl Anagist como havíamos planejado originalmente; isso teria feito o trabalho da Terra por nós. Toda essa quantia de energia cinética tinha que ser consumida em algum lugar. Em nenhum lugar do planeta, se eu quisesse que a humanidade sobrevivesse... mas aqui estavam a Lua e a pedra da lua, prontas e esperando.

Eu estava com pressa. Não havia tempo para pensar duas vezes. O poder não podia *ser refletido* a partir da pedra da lua, como era pretendido: isso só aumentaria o poder da Destruição pelo Fogo. Em vez disso, rosnando, peguei os outros e os forcei a me ajudar – eles estavam dispostos, só que lentos – e nós estilhaçamos o cabochão da pedra da lua.

No instante seguinte, o poder atingiu a pedra partida, não conseguiu ser refletido e começou a cavar seu caminho pela Lua. Mesmo com isso para mitigar o golpe, a força do impacto em si foi devastadora. Mais do que suficiente para tirar a Lua de órbita.

A repercussão do mau uso do Motor deveria simplesmente ter nos matado, mas a Terra ainda estava lá, o fantasma na máquina. Enquanto nos contorcíamos nas dores da morte, com todo o Polo Zero caindo aos pedaços à nossa volta, ela assumiu o controle outra vez.

Eu disse que ela nos responsabilizou pelo atentado contra sua vida, e responsabilizou... mas, de alguma maneira, talvez através de seus anos de estudo, ela entendeu que éramos ferramentas de outros e não atores por nossa própria vontade. Lembre-se também de que a Terra não nos entende por completo. Ela olha para os seres humanos e vê criaturas frágeis de vidas curtas, estranhamente desligadas em substância e consciência do planeta do qual suas vidas dependem, que não entendem o dano que tentaram causar... talvez *porque* elas têm vidas tão curtas e frágeis e desligadas. E então ela escolheu para nós o que lhe pareceu uma punição fermentada com significado: nos tornou parte dela. Em minha cadeira de arame, gritei enquanto onda após onda de alquimia trabalhava no meu corpo, transformando minha carne em magia bruta, viva, solidificada e que parece pedra.

Nós não ficamos com a pior parte: essa foi reservada para aqueles que mais ofenderam a Terra. Ela usou os fragmentos de núcleo pétreo para assumir controle direto desses vermes mais perigosos... mas isso não funcionou como pretendido. A vontade humana é mais difícil de prever do que a carne humana. O propósito nunca foi que eles continuassem.

Não descreverei o choque e a confusão que senti naquelas primeiras horas após a minha modificação. Jamais serei capaz de responder a pergunta sobre como retornei da Lua à Terra; lembro-me apenas de um pesadelo em que caía e queimava interminavelmente, que pode ter sido um delírio. Não vou pedir que você imagine como eu me senti ao me encontrar de repente sozinho, e sem melodia, depois de passar uma vida cantando para outros como eu. Isso foi justo. Eu aceito; admito meus crimes. Tenho procurado compensá-los. Mas...

Bem. O que está feito está feito.

Naqueles últimos momentos antes de nos transformarmos, conseguimos cancelar o comando de Destruição pelo

Fogo para os 229. Alguns fragmentos se despedaçaram devido ao estresse. Outros morreriam nos milênios subsequentes, suas matrizes danificadas por forças arcanas incompreensíveis. A maioria entrou em estado de espera e continuou vagando durante milênios sobre um mundo que não precisava mais do seu poder... até que, ocasionalmente, uma das criaturas frágeis lá embaixo pudesse enviar um pedido de acesso confuso e sem direção.

Não pudemos impedir os 27 da Terra. Conseguimos, entretanto, inserir um atraso em suas treliças de comando: cem anos. O que as histórias entenderam errado foi apenas o tempo, entende? Cem anos depois que a filha do Pai Terra foi roubada dele, 27 obeliscos desceram ardendo em chamas até o núcleo do planeta, deixando feridas incandescentes por toda a sua pele. Não foi o fogo purificador que a Terra buscava, mas ainda assim foi a primeira e a pior Quinta Estação... a que vocês chamam de Estação do Estilhaçamento. A humanidade sobrevive porque cem anos não são nada para a Terra, ou mesmo para a amplidão da história humana, mas, para aqueles que sobreviveram à queda de Syl Anagist, foi tempo suficiente para se prepararem.

A Lua, sangrando destroços de uma ferida em seu coração, desvaneceu em um período de dias.

E...

Nunca mais vi Kelenli ou seu filho. Envergonhado demais do monstro que eu havia me tornado, nunca os procurei. Mas ela sobreviveu. De vez em quando eu ouvia o atrito e o resmungo de sua voz de pedra e os de seus vários filhos à medida que iam nascendo. Eles não estavam totalmente sozinhos; com o resto de sua tecnologia magéstrica, os sobreviventes de Syl Anagist decantaram mais alguns afinadores e os usaram para construir abrigos, planos B, sistemas de alerta e proteção. Aqueles afinadores acabavam morrendo, porém, quando sua utilidade terminava ou quando outros os culpavam pela ira da Terra. Só os filhos de Kelenli, que não sobressaíam, cuja força se escondia em plena vista, continuaram. Só restou dos niess o legado de Kelenli, na forma dos sabedoristas que iam de povoado em povoado alertando sobre o holocausto que estava por vir e ensinando os outros como cooperar, adaptar-se e lembrar-se.

Mas funcionou. Vocês sobrevivem. Eu também sou responsável por isso, não sou? Fiz o melhor que pude. Ajudei onde pude. E agora, meu amor, nós temos uma segunda chance.

É hora de você acabar com o mundo outra vez.

+   +   +

2501: MUDANÇA DE FALHA GEOLÓGICA AO LONGO DAS PLACAS MÍNIMA E MÁXIMA: MACIÇA. UMA ONDA DE CHOQUE VARREU METADE DAS LATMEDIANAS DO NORTE E DAS ÁRTICAS, MAS PAROU NA BORDA EXTERIOR DA REDE EQUATORIAL DE ESTAÇÕES DE LIGAÇÃO. OS PREÇOS DOS ALIMENTOS AUMENTARAM DRASTICAMENTE NO ANO SEGUINTE, MAS A FOME FOI EVITADA.

— *NOTAS DE PROJETO DE YAETR INOVADOR DIBARS*

13

Nassun e Essun, do lado escuro do mundo

O sol está se pondo quando Nassun decide mudar o mundo.

Ela passou o dia encolhida ao lado de Schaffa, usando as roupas velhas dele, ainda salpicadas de cinzas, sentindo o cheiro dele e desejando coisas que não são possíveis. Por fim, ela se levanta e muito cuidadosamente lhe dá o resto do caldo de legumes que fez. Ela lhe dá bastante água também. Mesmo depois que houver arrastado a Lua para uma rota de colisão, vai demorar alguns dias até a Terra ser destruída. Ela não quer que Schaffa sofra muito durante esse tempo, uma vez que ela não vai mais estar por perto para ajudá-lo.

(Ela é uma criança tão boa em seu âmago. Não fique brava com ela. Ela só consegue fazer escolhas dentro de seu limitado número de experiências, e não é culpa dela que tantas dessas experiências tenham sido horríveis. Em vez disso, fique admirada com a facilidade com que ela ama, com a profundidade com que ela ama. Amor suficiente para mudar o mundo! Ela aprendeu a amar desse jeito *em algum lugar*.)

Enquanto ela usa um pano para limpar o caldo que escorreu dos lábios dele, projeta sua consciência para o alto e começa a ativar a rede. Aqui, em Ponto Central, ela consegue fazer isso mesmo sem o ônix, mas a inicialização vai levar tempo.

— Um mandamento é gravado em pedra — ela diz solenemente a Schaffa. Os olhos dele estão abertos de novo. Ele pisca, talvez em reação ao som, embora ela saiba que isso não tem nenhum significado.

As palavras são algo que ela leu no estranho livro escrito à mão... aquele que lhe contou como usar uma rede menor de obeliscos como "chave reserva" para subverter o poder do ônix sobre o Portão. O homem que escreveu o livro provavelmente era louco, como ficou demonstrado pelo fato de que ele aparentemente amava a mãe de Nassun muito tempo atrás. Isso é estranho e errado e, no entanto, não a surpreende. Apesar de o mundo ser grande como é, Nassun está começando a perceber que ele também é bem pequeno. As mesmas histórias, repetindo os mesmos ciclos. Os mesmos finais, de novo e de novo. Os mesmos erros repetidos eternamente.

— Algumas coisas *estão* quebradas demais para serem consertadas, Schaffa. — Inexplicavelmente, ela pensa em Jija. A dor dessa lembrança a silencia por um momento. — Eu... eu não posso fazer as coisas melhorarem. Mas pelo menos posso garantir que as coisas ruins acabem. — Tendo dito isso, ela se levanta para sair.

Ela não vê o rosto de Schaffa se virar, como a Lua deslizando dentro da sombra, para vê-la sair.

+ + +

É madrugada quando você decide mudar o mundo. Você ainda está dormindo no saco de dormir que Lerna trouxe para o telhado do edifício com um X amarelo. Você e ele passaram a noite sob a caixa-d'água, ouvindo o estrondo constante da Fenda e o estalo de relâmpagos ocasionais. Você provavelmente deveria ter feito sexo ali mais uma vez, mas não pensou nisso e ele não sugeriu, então ah, bem. De qualquer forma, isso já lhe causou problemas suficientes. Você não tinha nada que ter confiado apenas na meia-idade e na desnutrição como contraceptivos.

Ele observa enquanto você se levanta e se alonga, e esta é uma coisa que você nunca vai entender por completo, nem vai se sentir confortável com ela: a admiração no olhar dele. Ele faz você se sentir uma pessoa melhor do que você é. E isso faz você lamentar, de novo, incessantemente, que não possa ficar para ver o filho dele nascer. A bondade constante e incansável de Lerna é uma coisa que deveria ser preservada no mundo de alguma maneira. Que pena.

Você não fez por merecer a admiração dele. Mas pretende.

Você desce as escadas e para. Ontem à noite, além de Lerna, você avisou Tonkee e Hjarka e Ykka que havia chegado a hora; que você partiria de manhã, depois do desjejum. Você deixou a questão sobre se elas podiam vir ou não implícita e em aberto. Se elas se oferecerem, é uma coisa, mas você não vai pedir. Que tipo de pessoa você seria para pressioná-las a correr esse tipo de risco? Elas enfrentarão riscos suficientes, assim como o resto da humanidade, do modo como as coisas estão.

Você não estava contando com encontrar todos eles no saguão do edifício marcado com um X amarelo quando desce as escadas. *Todos eles* ocupados, guardando sacos de dormir e bocejando e fritando linguiça e reclamando em voz alta que alguém tomou todo o chá ferrugento. Hoa está lá, perfeitamente posicionado para ver você descendo as escadas. Há um sorriso um tanto convencido em seus lábios de pedra, mas isso não a surpreende. Mas Danel e Maxixe Beryl sim, ela de pé e fazendo algum tipo de exercício de artes marciais em um canto enquanto ele fatia outra batata para colocar na panela... e sim, ele fez uma fogueira no lobby do edifício porque é o que as pessoas sem-comu fazem às vezes. Algumas janelas estão quebradas; a fumaça está saindo por elas. Hjarka e Tonkee são uma surpresa também; elas ainda estão dormindo, deitadas juntas em uma pilha de peles de animal.

Mas quem você realmente, realmente não estava esperando entrar era Ykka, sua expressão marcada por um pouco da sua antiga audácia e com os olhos perfeitamente maquiados outra vez. Ela dá uma olhada ao redor do saguão, abrangendo você junto com o resto, e coloca as mãos no quadril.

— Peguei vocês ferrugentos em má hora?

— Você não pode — você diz bruscamente. É difícil falar. Nó na garganta. Ykka em especial; você olha para ela. Pela Terra Cruel, ela está usando aquele colete de pele outra vez. Você achou que ela o havia deixado em Castrima-de-baixo. — Você não pode vir. A comu.

Ykka revira os olhos exageradamente pintados.

— Bem, foda-se você também. Mas você está certa, eu não vou. Só vim para me despedir de você e de quem mais for junto. Eu devia era pedir para alguém matar vocês, já que estão efetivamente se atirando às cinzas, mas suponho que podemos ignorar essa pequena formalidade por enquanto.

— O quê, nós não podemos voltar? — Tonkee pergunta de forma abrupta. Ela se sentou enfim, embora esteja nitidamente inclinada, e com o cabelo bastante retorcido. Hjarka, murmurando imprecações por ter sido acordada, levantou-se e entregou a ela um prato de guisado de batata da pilha que Maxixe Beryl já cozinhou.

Ykka olha para ela.

— Você? Você vai viajar para uma ruína enorme e perfeitamente preservada de construtores de obeliscos. Nunca mais vou ver você. Mas claro, suponho que poderia voltar, se Hjarka conseguisse te trazer à razão. Eu preciso *dela*, pelo menos.

Maxixe Beryl boceja alto o bastante para chamar a atenção de todos. Ele está nu, o que lhe permite ver que ele enfim parece melhor... ainda quase esquelético, mas metade da comu está assim atualmente. Ele está tossindo menos e seu cabelo está começando a ficar mais cheio, embora, até o momento, ainda esteja naquele estágio hilário de penugem espetada antes que o cabelo de cinzas sopradas desenvolva peso suficiente para cair decentemente. É a primeira vez que você vê os cotocos das pernas dele descobertos, e só agora você percebe que as cicatrizes são certinhas demais para terem sido causadas por algum saqueador sem-comu usando um serrote. Bem, cabe a ele contar essa história. Você lhe diz:

— Não seja idiota.

Maxixe Beryl parece levemente aborrecido.

— Não vou ser. Mas *poderia*.

— Não, pelas ferrugens, você não poderia — Ykka diz com rispidez. — Eu já te disse, nós precisamos de um rogga do Fulcro aqui.

Ele suspira.

— Tudo bem. Mas não há motivo para eu não poder ao menos me despedir de você. Agora pare de fazer perguntas e venha comer alguma coisa. — Ele estende o braço para pegar as roupas e começa a vesti-las. Obedientemente, você vai até a fogueira para comer algo. Sem enjoos matinais ainda; já é uma sorte.

Enquanto come, você observa a todos e fica impressionada, e também um pouco frustrada. Claro que é comovente que eles tenham vindo assim para se despedir. Você está contente, não pode nem fingir que não está. Quando foi que você partiu de um lugar dessa maneira: abertamente, sem violência, em meio a risadas? Parece... você não sabe o que parece. Bom? Você não sabe o que fazer com isso.

Contudo, você espera que mais deles decidam ficar para trás. Do modo como as coisas estão, Hoa vai arrastar uma ferrugenta caravana pela terra.

Mas, quando olha para Danel, você pisca, surpresa. Ela cortou o cabelo outra vez: parece mesmo não gostar dele comprido. Raspou as laterais de novo e... passou tinta preta nos lábios. Só a Terra sabe onde ela encontrou tinta, ou talvez ela mesma tenha feito com carvão e gordura. Mas, de repente, fica difícil vê-la como a general Costa-forte que era. Não era. De alguma forma, entender que você vai enfrentar um destino que uma sabedorista equatorial quer registrar para a posteridade muda as coisas. Agora não é mais uma caravana. Pelas ferrugens, é uma missão.

Essa ideia faz você soltar meio que um riso fungado, e todos param o que estão fazendo para encará-la.

— Não é nada — você diz, fazendo um gesto e colocando o prato vazio de lado. — É só que... merda. Venham então, quem for junto.

Alguém trouxe a mochila de Lerna, que ele coloca em silêncio, observando você. Tonkee pragueja e começa a se apressar para se preparar enquanto Hjarka pacientemente a ajuda. Danel usa um trapo para enxugar o suor do rosto.

Você se aproxima de Hoa, que moldou o rosto em uma expressão de divertimento irônico, e fica ao lado dele para suspirar diante de toda essa confusão.

— Você consegue levar toda essa gente?

— Contanto que eles permaneçam em contato comigo ou com alguém que está me tocando, sim.

— Me desculpe. Eu não esperava por isso.

— Não esperava?

Você olha para ele, mas então Tonkee – ainda mastigando

alguma coisa e colocando a mochila nos ombros com o braço bom – pega a mão dele que está erguida, embora pare e fique olhando descaradamente, fascinada. Esse momento passa.

— Então como vai funcionar? — Ykka anda de um lado a outro da sala, observando todos e cruzando os braços. Ela está visivelmente mais agitada do que o de costume. — Você chega lá, pega a Lua, coloca na posição, e depois o quê? A gente vai ver algum sinal de mudança?

— A Fenda vai esfriar — você diz. — Isso não vai mudar muita coisa em curto prazo porque já há cinzas demais no ar. Esta Estação vai ter que transcorrer, e vai ser ruim não importa o que aconteça. Talvez a Lua até piore as coisas. — Você consegue sensá-la já atraindo o planeta; é, você tem certeza de que ela vai piorar as coisas. Mas Ykka aquiesce. Ela consegue sensar também.

Mas há uma ponta solta de longo prazo que você não conseguiu descobrir sozinha.

— Se eu conseguir fazer isso, restaurar a Lua... — Você encolhe os ombros e olha para Hoa.

— Isso abre espaço para negociação — ele diz com sua voz cavernosa. Todos param para encará-lo. Pelos estremecimentos, você sabe quem está acostumado com comedores de pedra e quem não está. — E, talvez, uma trégua.

Ykka faz uma careta.

— Talvez? Então vocês passaram por tudo isso e não conseguem nem saber ao certo se isso vai acabar com as Estações? Pela Terra Cruel.

— Não — você admite. — Mas vai acabar com *esta* Estação. — Disso você tem certeza. Isso, por si só, faz valer a pena.

Ykka se acalma, mas volta e meia fica murmurando coisas para si mesma. É assim que você descobre que ela quer ir também... mas você fica muito feliz que ela pareça ter se convencido do contrário. Castrima precisa dela. Você precisa saber que Castrima estará aqui depois que você partir.

Finalmente, todos estão prontos. Você pega a mão direita de Hoa com a sua mão esquerda. Não tem nenhum outro braço para dar para Lerna, então ele envolve a sua cintura com o braço; quando você olha para ele, ele acena com a cabeça, firme, determinado. Do outro lado de Hoa estão Tonkee e Hjarka e Danel, de mãos dadas.

— Isso vai dar errado, não vai? — pergunta Hjarka. Do grupo todo, só ela parece nervosa. Danel está irradiando calma, finalmente em paz consigo mesma. Tonkee está tão entusiasmada que não consegue parar de sorrir. Lerna está apenas encostado em você, firme como sempre é.

— Provavelmente! — responde Tonkee, saltitando um pouco.

— Essa parece uma ideia espetacularmente ruim — diz Ykka. Ela está recostada contra uma parede da sala, braços cruzados, vendo o grupo se reunir. — Quero dizer, Essie *tem* que ir, mas o resto... — Ela chacoalha a cabeça.

— Você viria, se não fosse a chefe? — pergunta Lerna. Cai um silêncio. Ele sempre solta os maiores pedregulhos desse jeito, de forma discreta e do nada.

Ela faz uma carranca e o encara. Depois, lança a você um olhar que é cauteloso e talvez um pouco constrangido antes de suspirar e se afastar da parede. Mas você viu. Você está com um nó na garganta de novo.

— Ei — você diz antes que ela possa escapar. — Yeek.

Ela olha feio para você.

— *Odeio* esse apelido ferrugento.

Você ignora isso.

— Você me disse algum tempo atrás que tinha um estoque de seredis. A gente ia ficar bêbada depois que eu derrotasse o exército de Rennanis. Lembra?

Ykka pisca, depois um sorriso se espalha lentamente pelo rosto dela.

— Você estava em coma ou algo parecido. Bebi tudo sozinha.

Você olha feio para ela, surpresa por descobrir que está verdadeiramente irritada. Ela ri na sua cara. Lá se vão as despedidas carinhosas.

Mas... bem. É bom de qualquer modo.

— Fechem seus olhos — diz Hoa.

— Ele não está brincando — você acrescenta, como alerta. Mas você mantém os seus abertos enquanto o mundo fica escuro e estranho. Você não sente medo. Você não está sozinha.

✦   ✦   ✦

É noite. Nassun está no que pensa ser o campo verde de Ponto Central. Não é – uma cidade construída antes das Estações não teria necessidade de tal coisa. É só um lugar próximo ao enorme buraco que é o coração de Ponto Central. Em torno do buraco há edifícios estranhamente inclinados, como as torres que ela viu em Syl Anagist... mas estes são imensos, da altura de vários andares e da largura de um quarteirão cada um. Ela descobriu que, quando chega muito perto desses edifícios, que não têm portas nem janelas que ela possa ver, são acionados alertas compostos de palavras e símbolos em vermelho vivo, a vários metros de altura, brilhando no ar sobre a cidade. Piores são os alarmes sonoros baixos e roucos que ecoam pelas ruas... não são altos, mas são insistentes, e fazem seus dentes parecerem moles e coçarem. (Ela olhou dentro do buraco, apesar de tudo isso. É enorme comparado àquele da cidade subterrânea, sua circunferência muitas vezes maior que a daquele, tão grande que ela levaria uma hora ou mais para completar uma volta ao redor dele. No entanto, apesar de toda a sua grandeza, apesar da evidência de uma façanha da genharia há muito perdida pela humanidade, Nassun não consegue se sentir impressionada. O buraco não alimenta ninguém, não propicia abrigo contra as cinzas nem contra ataques. Ele nem ao menos a assusta... embora isso não signifique nada. Depois da viagem pela cidade subterrânea e pelo núcleo do planeta, depois de perder Schaffa, nada jamais vai assustá-la outra vez.)

O ponto que Nassun encontrou é um pedaço perfeitamente circular de chão pouco além do raio de alertas do buraco. É um solo estranho, ligeiramente macio ao toque e flexível sob os seus pés, diferente de qualquer material que ela já tenha tocado... mas, aqui em Ponto Central, esse tipo de experiência não é raro. Não há nenhum solo de verdade nesse círculo, com exceção de um pouco de terra soprada pelo vento e empilhada nas bordas; algumas ervas marinhas se enraizaram aqui, e há um tronco ressecado e espichado de um broto morto que fez o melhor que pôde antes de definhar muitos anos atrás. Isso é tudo.

Vários comedores de pedra apareceram ao redor do círculo, ela nota quando se posiciona no seu centro. Nenhum sinal de Aço, mas deve haver uns vinte ou trinta outros nas esquinas ou nas ruas, sentados em escadas, recostados contra paredes. Alguns viraram a cabeça ou os olhos enquanto ela passava, mas ela os ignorou e ignora. Talvez eles tenham vindo para testemunhar a história. Talvez alguns sejam como Aço, esperando pôr um fim à sua existência horrivelmente interminável; talvez aqueles que a ajudaram o tenham feito por conta disso. Talvez estejam apenas entediados. Ponto Central não é a mais empolgante das cidades.

Nada importa, neste exato momento, exceto o céu noturno. E, nesse céu, a Lua está começando a nascer.

Ela está baixa na linha do horizonte, aparentemente maior do que estava na noite anterior e com aparência oblonga devido às distorções do ar. Branca e estranha e redonda, ela quase parece não valer toda a dor e toda a luta que sua ausência simbolizou para o mundo. E no entanto... ela atrai tudo o que existe de orogene dentro de Nassun. Ela atrai o planeta inteiro.

É hora então de o planeta retribuir a atração.

Nassun fecha os olhos. Eles estão todos em volta de Ponto Central agora... a chave reserva, três por três por três, 27 obeliscos que ela passou as últimas semanas tocando e domando e persuadindo a ficar em órbita ali por perto. Ela ainda consegue sentir o safira, mas ele está longe e não está à vista; ela não pode usá-lo, e ele demoraria meses para chegar se ela o invocasse. Mas estes outros servirão. É estranho ver tantas dessas coisas juntas no céu depois de uma vida inteira tendo um obelisco só – ou nenhum – à vista em dado momento. É mais estranho ainda senti-los todos conectados a ela, zumbindo em velocidades ligeiramente diferentes, seus reservatórios de poder com profundidades ligeiramente diferentes. Os mais escuros são mais profundos. Não dá pra saber por quê, mas é uma diferença perceptível.

Nassun ergue as mãos, abrindo os dedos em uma imitação inconsciente da mãe. Com muito cuidado, ela começa a conectar cada um dos 27 obeliscos: um a um, depois esses dois a outros dois, depois outros. Ela é compelida por linhas de visão, linhas de força, estranhos instintos que exigem relações matemáticas que ela não entende. Cada obelisco sustenta a treliça que se forma em vez de interrompê-la ou anulá-la. É semelhante a colocar cavalos em uma parelha, mais ou menos, quando você tem um com o passo naturalmente rápido e outro que acompanha pesadamente. Isso é emparelhar 27 cavalos de corrida temperamentais... mas o princípio é o mesmo.

E é lindo o momento em que todos os fluxos param de lutar contra Nassun e adotam uma marcha sincronizada. Ela inspira, sorrindo mesmo sem querer, sentindo prazer pela primeira vez desde que o Pai Terra destruiu Schaffa. Deveria ser assustador, não deveria? Tanto poder. Mas não é. Ela cai para cima em meio a torrentes de cinza ou verde ou malva ou branco claro; partes suas para as quais ela nunca soube o nome se mexem e se ajustam em uma dança de 27 partes. Ah, é tão lindo! Se ao menos Schaffa pudesse...

Espere.

Algo faz os cabelos da nuca de Nassun se arrepiarem. É perigoso perder a concentração agora, então ela se obriga a tocar metodicamente cada obelisco por vez e colocá-los de volta em algo como um estado de inatividade. Em sua maioria, eles toleram isso, embora o opala dê alguns pinotes e ela tenha que forçá-lo a entrar em latência. Porém, quando todos enfim estão estáveis, ela abre os olhos com cautela e olha ao redor.

A princípio, as ruas pretas e brancas iluminadas pela lua estão como antes: silenciosas e estáticas apesar da multidão de comedores de pedra que se reuniu para vê-la trabalhar. (Em Ponto Central, é fácil sentir-se sozinho no meio de uma multidão.) Então ela nota... movimento. Algo... *alguém*... espreitando de sombra em sombra.

Surpresa, Nassun respira e dá um passo em direção a esse vulto que se move.

— O-olá?

O vulto cambaleia em direção a uma espécie de coluna pequena cujo propósito Nassun jamais entendeu, embora pareça haver uma em cada esquina da cidade. Quase caindo enquanto se segura na coluna em busca de apoio, o vulto estremece e ergue o olhar ao ouvir a voz dela. Olhos branco--gelo dardejam Nassun a partir das sombras.

Schaffa.

Acordado. Movendo-se.

Sem pensar, Nassun começa a andar a passos largos, depois a correr até ele. O coração dela está na boca. Ela ouviu falar sobre coisas desse tipo e não deu importância antes – era só poesia, só bobagem –, mas agora sabe o que significa ao passo que sua boca fica tão seca que ela consegue sentir o próprio pulso através da língua. Sua visão fica borrada.

— Schaffa!

Ele está a mais ou menos dez metros de distância, perto de uma das construções em forma de torre que circundam o buraco de Ponto Central. Perto o bastante para reconhecê-la... e, no entanto, não há nada em seu olhar que pareça saber quem ela é. Muito pelo contrário. Ele pisca e depois sorri de um modo lento e frio que a faz parar aos tropeços com uma profunda inquietação que lhe contrai a pele.

— Sch-Schaffa? — ela diz outra vez. Sua voz sai bem fininha em meio ao silêncio.

— *Olá, pequena inimiga* — responde Schaffa com uma voz que reverbera por Ponto Central e pela montanha debaixo da cidade e pelo oceano em um raio de mais de mil quilômetros.

Então ele se vira para a construção em forma de torre atrás de si. Uma abertura alta e estreita aparece quando ele a toca; ele entra meio cambaleando, meio tropeçando. A abertura desaparece atrás dele em um instante.

Nassun grita e se lança atrás dele.

+ + +

Você está nas profundezas do manto, no meio do caminho para o outro lado do mundo, quando sente a ativação de parte do Portão do Obelisco.

Ou pelo menos sua mente interpreta isso, a princípio, até você controlar o susto e se projetar para confirmar o que está sentindo. É difícil. Aqui nas profundezas do solo, existe *tanta* magia; tentar filtrar o que quer que esteja acontecendo na superfície é como tentar ouvir um riacho distante em meio a cem cachoeiras retumbantes por perto. Fica pior à medida que Hoa os leva mais para o fundo, até que finalmente você tem que "fechar os olhos" e parar de perceber a magia por completo... porque há algo imenso por ali que está "cegando" você com seu brilho. É como se houvesse um sol subterrâneo, branco-prateado e girando com uma concentração incrivelmente intensa de magia... mas você também consegue sentir Hoa desviando bastante dele, embora isso signifique que a viagem no geral vai levar mais tempo do que o absolutamente necessário. Você terá que lhe perguntar por quê mais tarde.

Você não consegue ver muita coisa além de turbilhões vermelhos aqui nas profundezas. A que velocidade vocês estão indo? Sem pontos de referência, é impossível dizer. Hoa é uma sombra intermitente na vermelhidão ao seu lado, tremeluzindo nas raras ocasiões em que você o vislumbra... mas você provavelmente também está tremeluzindo. Ele não está perfurando a terra, mas sim tornando-se parte dela e transportando as partículas do seu ser em torno das partículas da terra, tornando-se uma forma de onda que você consegue sensar como se fosse som ou luz ou calor. É perturbador o bastante sem que você pense no fato de que ele está fazendo isso com você também. Você não consegue sentir nada desse jeito exceto um pouco de pressão da mão dele, e uma insinuação de tensão do braço de Lerna. Não há nenhum som além do zumbido onipresente, nenhum cheiro de enxofre ou de nenhuma outra coisa. Você não sabe se está respirando e não sente necessidade de ar.

Mas o despertar distante de múltiplos obeliscos a deixam em pânico, quase a fazem tentar se afastar de Hoa para poder se concentrar, embora – idiota – isso não fosse apenas matá-la, mas *aniquilá-la*, transformando-a em cinzas e depois vaporizando as cinzas e depois incendiando o vapor.

— Nassun! — você grita, ou tenta gritar, mas as palavras se perdem naquele estrondo profundo. Não há ninguém para ouvi-la gritar.

Exceto. Que há.

Algo se mexe à sua volta... ou, só agora você percebe, você está se mexendo em relação àquilo. É uma coisa na qual não pensa até acontecer de novo, e você acha que sente Lerna sacudir ao seu lado. Então finalmente lhe ocorre olhar para os fogos prateados dos corpos dos seus companheiros, que pelo menos você consegue distinguir em relação à densa substância vermelha da terra ao seu redor.

Há uma chama de forma humana ligada à sua mão, pesada como uma montanha na sua percepção enquanto avança depressa: Hoa. No entanto, ele está se movendo de modo estranho, mudando de tempos em tempos para um lado ou para outro. Foi isso que você percebeu antes. Ao lado de Hoa, há brilhos tênues, delicadamente entalhados. Um tem uma interrupção perceptível no fluxo do prateado de um braço: esse tem que ser Tonkee. Você não consegue distinguir Hjarka de Danel porque não consegue ver cabelo ou tamanho relativo ou nada tão detalhado, como dentes. Apenas o fato de saber que Lerna está mais perto de você é o que o distingue. E, para além de Lerna...

Algo passa rápido como um lampejo, pesado como uma montanha e brilhante por conta da magia, com formato humano, mas não humano. E não é Hoa.

Outro lampejo. Alguma coisa passa em disparada em uma trajetória perpendicular, interceptando-o e afastando-o, mas existem mais. Hoa se lança para um lado outra vez, e um novo lampejo erra o alvo. Mas passa perto. Lerna parece se contrair ao seu lado. Será que ele consegue ver isso também?

Você verdadeiramente espera que não, porque agora entende o que está acontecendo. Hoa está se *esquivando*. E você não pode fazer nada, nada, a não ser confiar nele para mantê-los a salvo dos comedores de pedra que estão *tentando separar você dele*.

Não. É difícil concentrar-se quando você está com tanto medo assim... quando você foi fundida à rocha semissólida de alta pressão do manto do planeta, e quando todos os que você ama vão morrer de uma maneira horrível e lenta se você fracassar em sua missão, e quando você está cercada por correntezas de magia que são muito mais fortes do que qualquer coisa que você já tenha visto, e quando você está sob o ataque de comedores de pedra assassinos. Mas. Você não passou a sua infância aprendendo a se esforçar sob ameaça em vão.

Meros fios de magia não são suficientes para deter comedores de pedra. Os rios sinuosos dessa substância na terra são a única coisa que você tem à mão. Procurar tocar um deles é como mergulhar sua consciência em um tubo de lava e, por um instante, você se distrai pensando se essa será a sensação se Hoa soltar: um lampejo terrível de calor e dor, depois o esquecimento. Você deixa isso de lado. Uma lembrança lhe vem à mente. Meov. Inserindo uma cunha de gelo em um penhasco, fendendo-o no momento exato para esmagar um navio cheio de Guardiões...

Você molda a sua vontade em forma de cunha e a encrava na torrente de magia mais próxima, uma coisa gigantesca e crepitante em espiral. Funciona, mas a sua mira sai errada; magia se esparrama por toda parte e Hoa precisa se esquivar de novo, desta vez dos seus esforços. Merda! Você tenta de novo, concentrando-se desta vez, deixando os seus pensamentos se soltarem. Você já está na terra, vermelha e quente em vez de escura e cálida, mas qual é a diferença? Você ainda está no tormento, só que em um tormento literal em vez de um mosaico simbólico. Você precisa direcionar a sua cunha *para cá* e mirá-la *ali* ao passo que outro lampejo de montanha com formato de pessoa começa a acompanhar vocês e acelera para a matança...

... no exato momento em que você desloca um riacho do prateado mais puro e mais brilhante diretamente para a rota dele. Não acerta. Você ainda não mira bem. No entanto, você vislumbra o comedor de pedra parar quando a magia resplandece bem diante do nariz dele. Aqui na vermelhidão profunda é impossível ver expressões, mas você imagina que a criatura ficou surpresa, talvez até alarmada. Você espera que sim.

— A próxima é para você, seu maldito ferrugento filho de um canibal! — você tenta gritar, mas não está mais em um espaço puramente físico. O som e o ar são irrelevantes. Você *imagina* as palavras, então, e espera que o ferrugento em questão entenda o espírito da coisa.

O que você não imagina, contudo, é que os vislumbres rápidos e fugazes de comedores de pedra vão parar. Hoa continua avançando, mas não há mais ataques. Muito bem, então. É bom ter alguma utilidade.

Ele está subindo mais rápido agora que está desimpedido. Seus sensapinae começam a perceber a profundidade como uma coisa racional e calculável outra vez. O vermelho intenso se transforma em marrom intenso, depois passa para um tom frio de preto intenso. E então...

Ar. Luz. Solidez. Você se torna *real* de novo, de carne e sangue e inalterada por outra matéria, sobre uma estrada entre edifícios estranhos e lisos, altos como obeliscos sob um céu noturno. O retorno das sensações é impressionante, profundo... mas nada comparado ao absoluto choque que você sente quando olha para cima.

Porque você passou os últimos dois anos sob um céu com quantidades variáveis de cinzas e até agora não fazia ideia de que a Lua havia voltado.

É um olho branco-gelo contra a escuridão, um mau presságio escrito de maneira gigantesca e aterrorizante contra a tapeçaria de estrelas. Você consegue ver o que ela é, mesmo sem sensá-la: uma rocha redonda imensa. Ilusoriamente pequena contra a vastidão do céu. Você acha que vai precisar dos obeliscos para sensá-la por completo, mas consegue ver em sua superfície coisas que talvez sejam crateras. Você já atravessou crateras. As crateras da Lua são grandes o bastante para ver daqui, grandes o bastante para levar *anos* para atravessar a pé, e isso lhe revela que a coisa toda é incompreensivelmente enorme.

— Puta merda — diz Danel, o que faz você tirar os olhos do céu. Ela está de quatro, como que agarrada ao chão e agradecida por sua solidez. Talvez ela esteja lamentando ter escolhido o dever agora, ou talvez não houvesse entendido, antes dessa experiência, que ser uma sabedorista poderia ser tão horrível e perigoso quanto ser general. — Puta merda! Puta merda!

— Então é isso. — Tonkee. Ela está olhando para a Lua também.

Você se vira para ver a reação de Lerna...

Lerna. O espaço ao seu lado, onde ele se segurava em você, está vazio.

— Eu não esperava o ataque — diz Hoa. Você não consegue se virar para ele. Não consegue virar as costas para o *espaço vazio* onde Lerna deveria estar. A voz de Hoa tem seu costumeiro tom sem inflexão e cavernoso de tenor... mas será que ele está abalado? Chocado? Você não quer que ele esteja chocado. Você quer que ele diga algo do tipo: "Mas é claro que eu consegui manter todos a salvo, Lerna está logo ali, não se preocupe".

Em vez disso, ele diz:

— Eu deveria ter imaginado. As facções que não querem paz... — Ele vai parando de falar. Cala-se, como qualquer pessoa comum que não encontra as palavras.

— Lerna. — Aquele último solavanco. Aquele que você achou que haviam errado por pouco.

Não é o que deveria ter acontecido. Você é quem está se sacrificando nobremente pelo futuro do mundo. Era para *ele* sobreviver a isso.

— O que aconteceu com ele? — Essa é Hjarka, que está de pé, mas inclinada, com as duas mãos sobre os joelhos, como se estivesse pensando em vomitar. Tonkee está esfregando a lombar como se isso fosse ajudar de algum modo, mas a atenção de Hjarka está em você. Ela está franzindo a testa, e você vê o momento em que ela percebe do que vocês estão falando e muda para uma expressão de choque.

Você se sente... entorpecida. Não aquela ausência de sensações que vem do fato de estar se transformando em uma estátua. Isso é diferente. Isso é...

— Eu nem achava que o amava — você murmura.

Hjarka estremece, mas se endireita e respira fundo.

— Todos nós sabíamos que essa poderia ser uma viagem só de ida.

Você chacoalha a cabeça... confusa?

— Ele é... Ele *era*... tão mais novo do que eu. — Você esperava que ele vivesse mais do que você. Era assim que *deveria* ser. Você deveria morrer sentindo-se culpada por deixá-lo para trás e matar o filho dele que ainda estava por nascer. Ele deveria...

— *Ei.* — A voz de Hjarka sobe um tom. Mas você conhece essa expressão. É um olhar de Liderança, ou um olhar lembrando que você é a líder aqui. Mas é isso mesmo, não é? É você quem está chefiando esta pequena expedição. Foi você quem não forçou Lerna ou qualquer um deles a ficar em casa. Foi você quem não teve coragem de fazer isso sozinha da forma como deveria muito bem ter feito se realmente não quisesse que eles se machucassem. A morte de Lerna é culpa sua, não de Hoa.

Você para de olhar para eles e involuntariamente leva a mão ao cotoco do braço. Isso é irracional. Você estava esperando feridas de batalha, marcas de queimadura, alguma outra coisa para mostrar que perdeu Lerna. Mas está tudo bem. Você está bem. Você olha de novo para os outros; todos eles também estão bem, porque batalhas com comedores de pedra não são coisas das quais se escapa com meras feridas na carne.

— É um *pré-guerra*. — Enquanto você fica ali, desolada, Tonkee se vira meio de costas para Hjarka, o que é um problema porque, nesse momento, Hjarka está apoiada nela. Hjarka resmunga e passa um braço em torno do pescoço de Tonkee para mantê-la no lugar. Tonkee parece não notar de tão arregalados que estão os seus olhos enquanto ela olha ao redor. — Maldita Terra comedora, olhem para este lugar. Totalmente intacto! Não está escondido de modo algum, não tem estruturas de defesa ou camuflagem, mas também não tem espaço verde suficiente para torná-lo autossuficiente... — Ela pisca. — Eles teriam precisado de remessas regulares de suprimentos para sobreviver. Este lugar *não foi construído para a sobrevivência*. Isso significa que é de antes do Inimigo! — Ela pisca de novo. — As pessoas que viviam aqui devem ter vindo da Quietude. Talvez exista algum meio de transporte por aqui que ainda não vimos. — Ela se perde em pensamentos, murmurando algo para si mesma enquanto agacha para passar o dedo na substância de que é feito o chão.

Você não se importa. Mas você não tem tempo para lamentar a perda de Lerna ou odiar a si mesma, não agora. Hjarka está certa. Você tem um trabalho a fazer.

E você viu as outras coisas no céu além da Lua; as dezenas de obeliscos que pairam tão perto, tão devagar, com sua energia contida, nenhum deles reconhecendo o seu toque quando você tenta sintonizá-los. Eles não são seus. Mas, embora tenham sido arranjados e preparados, emparelhados uns aos outros de uma forma que você imediatamente reconhece como Má Notícia, eles não estão fazendo nada. Algo os colocou em espera. Concentração. Você pigarreia.

— Hoa, onde está ela?

Quando você olha para ele, vê que ele assumiu uma nova postura: expressão alheia, o corpo ligeiramente voltado para o sul e o leste. Você segue o olhar dele e vê algo que, de início, deixa-a admirada: um amontoado de edifícios, de seis ou sete andares pelo que você pode ver, em formato de cunha e de características inexpressivas. É fácil distinguir que eles formam um anel, e é fácil adivinhar o que há no coração desse anel, muito embora você não possa ver devido ao ângulo dos edifícios. Mas Alabaster lhe contou, não contou? *A cidade existe para conter o buraco.*

Sua garganta fecha, impedindo sua respiração.

— Não — Hoa diz. Tudo bem. Você se obriga a respirar. Ela não está no buraco.

— Onde então?

Hoa se vira para olhar para você. Ele faz isso lentamente. Os olhos dele estão arregalados.

— Essun... ela entrou em Garantia.

+   +   +

Ponto Central, o que está em cima, é como Garantia, o que está embaixo.

Nassun corre por corredores entalhados em obsidiana, de teto baixo e claustrofóbicos. Está quente aqui embaixo... não opressivamente quente, mas o calor é próximo e onipresente. O calor do vulcão, irradiando do seu núcleo através da velha rocha. Ela consegue sensar ecos do que foi feito para criar este lugar porque foi orogenia, não magia, embora tenha sido uma orogenia mais precisa e poderosa do que qualquer coisa que ela já viu. Mas ela não se importa com nada disso. Ela precisa encontrar Schaffa.

Os corredores estão vazios, a parte superior iluminada por mais daquelas estranhas luzes retangulares que ela viu na cidade subterrânea. Não há mais nada neste lugar que se pareça com aquele. O design da cidade subterrânea passava a sensação de ter sido feito com calma. Há sinais de beleza no modo como a estação foi construída que sugerem que ela foi desenvolvida gradualmente, parte por parte, com tempo para contemplar cada fase da construção. Garantia é um lugar escuro, utilitário. À medida que Nassun desce por rampas em declive e passa por salas de conferência, salas de aula, refeitórios e saguões, ela vê que todos eles estão vazios. Os corredores daquela instalação foram abertos a pancadas e patadas a partir do vulcão em escudo em um período de dias ou semanas... às pressas, embora não esteja claro por quê. Nassun consegue distinguir a natureza apressada do lugar, de alguma maneira, para o seu próprio espanto. O medo impregnou as paredes.

Mas nada disso importa. Schaffa está aqui em algum lugar. Schaffa, que mal se moveu durante semanas e, no entanto, de alguma forma, está correndo agora, seu corpo impulsionado por algo que não a própria mente. Nassun rastreia o prateado dele, impressionada que ele tenha conseguido chegar tão longe nos instantes que ela levou para reabrir a porta que ele usou e depois, quando a porta não abriu para ela, para usar o prateado para abri-la à força. Mas agora ele está ali adiante e...

... outros também. Ela para por um momento, ofegando, sentindo-se desconfortável de repente. Muitos deles. Dezenas... não. Centenas. E todos são como Schaffa, seus prateados mais tênues, mais estranhos, e também sustentados a partir de algum outro lugar.

Guardiões. Então este é o lugar para onde eles vão durante as Estações... mas Schaffa disse que vão matá-lo porque ele está "contaminado".

Não vão, não. Ela cerra os punhos.

(Não lhe passa pela cabeça que eles vão matá-la também. Na verdade, passa sim, mas "Não vão, não" ocupa mais espaço no escopo da realidade dela.)

Quando Nassun passa correndo por uma porta no alto de uma pequena escada, porém, o corredor próximo de súbito dá em uma câmara estreita, mas de teto muito alto. É alto o suficiente a ponto de o teto quase se perder na escuridão, e seu comprimento se estender para além de onde a vista consegue alcançar. E, ao longo de todas as paredes dessa câmara, em fileiras organizadas que se empilham até o teto, há dezenas... centenas... de estranhos buracos quadrados. Isso a faz lembrar dos compartimentos em um ninho de vespas, exceto que o formato está errado.

E em cada um deles há um corpo.

Schaffa não está muito longe. Em algum lugar desta sala, não mais avançando. Nassun também para, a apreensão enfim suplantando sua forte necessidade de encontrá-lo. O silêncio faz sua pele comichar. Ela não consegue evitar sentir medo. A analogia do ninho de vespas ficou com ela e, de certo modo, ela tem medo de olhar para as celas e encontrar um verme a encarando, talvez em cima do cadáver de alguma criatura (pessoa) da qual é parasita.

Inadvertidamente, ela olha para a cela mais próxima. Mal chega a ser maior do que os ombros do homem lá dentro, que parece estar adormecido. Ele é jovem, de cabelo grisalho, um latmediano, vestindo o uniforme vinho de que Nassun ouviu falar, mas nunca viu. Está respirando, embora devagar. A mulher na cela ao lado da dele está usando o mesmo uniforme, embora seja completamente diferente em todos os outros aspectos: uma costeira do leste de pele completamente negra, cabelos que foram trançados ao longo do couro cabeludo em padrões intrincados e lábios vinho escuro. Há o mais leve dos sorrisos nesses lábios... como se, mesmo durante o sono, ela não conseguisse perder esse hábito.

Adormecidos, mais do que adormecidos. Nassun segue o prateado que há nas pessoas que estão nas celas, sondando seus nervos e circulação, e entende que cada um deles está em algo como um coma. Mas ela pensa que talvez comas normais não sejam assim. Nenhuma dessas pessoas parece estar ferida ou doente. E, dentro de cada Guardião, há aquele fragmento de núcleo pétreo... inativo aqui, em vez de agitando-se raivosamente como aquele em Schaffa. Estranhamente, os fios de prateado em cada Guardião estão se estendendo para aqueles à sua volta. Formando uma rede. Sustentando uns aos outros, talvez? Carregando uns aos outros para realizar algum tipo de trabalho da forma como uma rede de obeliscos faz? Ela não consegue determinar.

(O propósito nunca foi que eles continuassem.)

Mas então, do centro da sala abobadada, talvez uns trinta metros à frente, ela ouve um nítido zumbido metálico.

Ela se sobressalta e se afasta das celas aos tropeços, lançando um olhar rápido e assustado ao redor para ver se o barulho despertou qualquer um dos ocupantes das celas. Eles não se mexem. Ela engole em seco e chama baixinho:

— Schaffa?

Sua resposta, ecoando pela câmara alta, é um gemido baixo e familiar.

Nassun avança aos tropeços, prendendo a respiração. É ele. No meio da estranha câmara há engenhocas organizadas em fileiras. Cada uma consiste de uma cadeira anexada a um complexo arranjo de arame prateado composto de voltas e barras; ela nunca viu nada como aquilo. (Você já.) Cada engenhoca parece grande o bastante para acomodar uma pessoa, mas estão todas vazias. E – Nassun chega mais perto para ver melhor, depois estremece – cada uma se apoia em uma coluna de pedra que possui um mecanismo indecentemente complicado. É impossível não notar os minúsculos bisturis, os delicados acessórios de variados tamanhos semelhantes a fórceps, e outros instrumentos com o claro propósito de cortar e furar...

Em algum lugar ali por perto, Schaffa geme. Nassun afasta da mente as coisas cortantes e desce correndo fileira abaixo.

... e para diante da única cadeira de arame ocupada da sala.

A cadeira foi ajustada de alguma maneira. Schaffa está acomodado nela, mas de barriga para baixo, seu corpo suspenso pelos fios, seu cabelo cortado dividido ao redor do pescoço. O mecanismo atrás da cadeira voltou à vida, estendendo-se para cima e sobre o corpo dele de uma forma que parece predatória para ela... mas já está se retraindo quando ela se aproxima. Os instrumentos ensanguentados desaparecem dentro do mecanismo; ela ouve mais zumbidos leves. Limpeza, talvez. Um acessório minúsculo, semelhante a uma pinça, permanece, entretanto, segurando um prêmio que ainda brilha ligeiramente com o sangue de Schaffa. Um pequeno fragmento de metal irregular e escuro.

Olá, pequena inimiga.

Schaffa está imóvel. Nassun olha para o corpo dele, trêmula. Não consegue se forçar a mudar sua percepção de volta para os fios de prateado, para a *magia*, para ver se ele está vivo. A ferida ensanguentada bem no alto de sua nuca foi cuidadosamente suturada, bem em cima da cicatriz antiga sobre a qual ela sempre pensava. Ainda está sangrando, mas fica claro que a ferida foi aberta rapidamente e fechada quase com a mesma rapidez.

Como a criança que deseja que o monstro debaixo da cama não exista, Nassun deseja que as costas e as laterais do corpo de Schaffa se mexam.

Elas se mexem quando ele puxa o ar.

— N-Nassun — ele murmura.

— Schaffa! Schaffa. — Ela se ajoelha e vai para a frente para olhar para o rosto dele por baixo da engenhoca de arame, sem se importar com o sangue ainda pingando do rosto e das laterais da nuca. Seus olhos, seus lindos olhos branco-gelo, estão entreabertos... e são *ele* desta vez! Ela percebe isso e cai no choro. — Schaffa? O senhor está bem? Está bem mesmo?

A fala dele está lenta e enrolada. Nassun não vai pensar sobre o porquê.

— Nassun. Eu. — A expressão do rosto dele muda mais devagar ainda, um maremoto nas sobrancelhas enviando um tsunami de lenta percepção para o resto. Ele arregala os olhos. — Estou. Sem dor.

Ela toca o rosto dele.

— Aquela... aquela coisa não está mais dentro de você, Schaffa. Aquela coisa de metal.

Ele fecha os olhos e ela sente um aperto no estômago, mas então a ruga desaparece da testa dele. Ele sorri de novo... e, pela primeira vez desde que Nassun o conheceu, não existe nem um pouco de tensão ou falsidade no sorriso. Ele não está sorrindo para aliviar sua dor ou os temores dos outros. Ele abre a boca. Nassun consegue ver todos os dentes dele. Ele está *rindo*, embora debilmente; está chorando também, de alívio e alegria, e é a coisa mais linda que ela já viu. Ela coloca as duas mãos no rosto dele, sem se esquecer da ferida na nuca, e encosta a testa na dele, sacudindo com a tênue risada dele. Ela o ama. Ela simplesmente o ama tanto.

E porque ela está tocando-o, porque o ama, porque está tão afinada às necessidades e às dores dele e ao propósito de fazê-lo feliz, sua percepção passa para o prateado. Ela não faz por querer. Ela só quer usar os olhos para apreciar o ato de vê-lo retribuindo o olhar, e o de suas mãos tocarem a pele dele, e o de seus ouvidos ouvirem a voz dele.

Mas ela é orogene e não consegue mais desligar a sensuna, da mesma forma como não pode desligar a visão ou a audição ou o tato. E é por isso que seu sorriso vacila e sua alegria desvanece porque, no momento em que vê como a rede de fios dentro dele já está começando a desvanecer, ela não pode mais negar que ele está morrendo.

É um processo lento. Ele poderia durar algumas semanas ou meses, talvez até um ano, com o que restou. Mas, enquanto todos os outros seres vivos produzem fartamente o seu próprio prateado quase por acidente, fazendo-o fluir e hesitar e obstruir tudo entre as células, não há nada entre as células dele a não ser um pouquinho. O que sobrou de prateado nele flui pelo sistema nervoso, e ela consegue ver um vazio gritante e escancarado onde costumava ser o núcleo da rede de prateado dele, nos sensapinae. Sem o núcleo pétreo, como ele a alertou, ele não vai durar muito.

Os olhos de Schaffa acabaram se fechando. Ele está dormindo, exausto por ter arrastado seu corpo enfraquecido pelas ruas. Mas não foi ele quem fez isso, foi? Nassun se põe de pé, tremendo, mantendo as mãos nos ombros de Schaffa. A cabeça pesada dele pressiona o peito dela. Ela olha para o pequeno fragmento de metal com amargura, entendendo de imediato por que o Pai Terra fez isso com ele.

Ele sabe que ela pretende trazer a Lua para baixo, e que isso criará um cataclismo muito pior do que o Estilhaçamento. Ele quer viver. Ele sabe que Nassun ama Schaffa e que, até agora, ela via a destruição do mundo como a única maneira de dar paz ao Guardião. Agora, contudo, ele refez Schaffa, oferecendo-o a Nassun como uma espécie de ultimato vivo.

Agora ele está livre, a Terra escarnece com esse gesto sem palavras. *Agora ele pode ter paz sem morte. E, se você quiser que ele viva, pequena inimiga, só há um modo.*

Aço nunca disse que não podia ser feito, apenas que não deveria ser feito. Talvez Aço esteja errado. Talvez, como comedor de pedra, Schaffa não fique sozinho e triste para sempre. Aço é cruel e horrível, por isso ninguém quer ficar com ele. Mas Schaffa é bom e gentil. Com certeza ele encontrará outra pessoa a quem amar.

Especialmente se todo mundo for comedor de pedra também.

A humanidade, ela decide, é um preço baixo a se pagar pelo futuro de Schaffa.

✦   ✦   ✦

Hoa disse que Nassun foi para o subsolo, para Garantia, onde ficam os Guardiões, e o pânico que isso lhe causa traz um gosto azedo à boca enquanto você circunda o buraco a passos largos, procurando uma forma de entrar. Você não ousa pedir a Hoa que simplesmente a transporte até ela: os aliados do Homem Cinza espreitam por toda parte agora, e eles a matarão tão seguramente quanto mataram Lerna. Os aliados de Hoa estão presentes também; você tem uma lembrança turva de ver duas montanhas que estavam correndo colidirem, uma tirando a outra do caminho. Mas, até essa questão com a Lua estar resolvida, ir para dentro da Terra é perigoso demais. Todos os comedores de pedra estão aqui, você sensa: mil montanhas do tamanho de um humano em Ponto Central e debaixo de sua superfície, algumas delas observando você correr pelas ruas procurando sua filha. Todas as facções antigas e batalhas particulares chegarão a um ponto crítico esta noite, de um jeito ou de outro.

Hjarka e os outros seguiram você, embora mais devagar; eles não sentem o seu pânico. Enfim você avista uma construção em forma de torre que foi aberta... *cortada*, ao que parece, como que com uma faca enorme: três golpes irregulares e então alguém fez a porta cair para o lado de fora. A porta tem trinta centímetros de espessura. Mas, para além dela, há um corredor amplo e de teto baixo que desce para a escuridão.

Alguém está saindo dele, contudo, quando você chega lá e para aos tropeços.

— Nassun! — você diz bruscamente, porque é ela.

A garota emoldurada pela porta é vários centímetros mais alta do que você se lembrava. Seu cabelo está mais comprido agora, preso em duas tranças que caem por trás dos ombros. Você mal a reconhece. Ela para ao ver você, com uma ligeira ruga de confusão entre as sobrancelhas, e você percebe que ela está tendo dificuldade de reconhecê-la também. O reconhecimento vem, e ela olha como se você fosse a última coisa no mundo que ela esperava ver. Porque você é.

— Oi, Mamãe — Nassun diz.

14

EU, NO FINAL DOS DIAS

ou testemunha do que se segue. Vou lhe contar tal como foi.

Observo você e sua filha encararem uma à outra pela primeira vez em dois anos, através de um abismo de provações. Só eu sei o que vocês duas passaram. Cada uma de vocês pode julgar a outra apenas com base nas presenças, nas ações e nas cicatrizes, pelo menos por enquanto. Você: muito mais magra do que a mãe que ela viu pela última vez quando decidiu faltar à creche um dia. O deserto desgastou você, ressecando sua pele; a chuva ácida descoloriu seus cachos, deixando-os com um tom de castanho mais claro do que deveria ser, e os fios brancos aparecem mais. As roupas dependuradas em seu corpo também foram descoloridas pelas cinzas e pelo ácido, e a manga direita vazia da sua camisa foi atada em um nó; ela balança, nitidamente esvaziada, enquanto você recupera o fôlego. E outra parte da primeira impressão que Nassun tem de você pós-Fenda: atrás de você há um grupo de pessoas que olham para Nassun, algumas delas com uma desconfiança palpável. Você, no entanto, demonstra apenas angústia.

Nassun está tão imóvel quanto um comedor de pedra. Ela cresceu apenas dez centímetros desde a Fenda, mas, para você, parece que foram trinta. Você consegue ver que a adolescência está chegando... cedo, mas essa é a natureza da vida em tempos difíceis. O corpo tira vantagem da segurança e da abundância quando pode, e os nove meses que passou em Jekity foram bons para ela. Ela provavelmente vai começar a menstruar no próximo ano, se conseguir encontrar comida suficiente. Mas as maiores mudanças não são materiais. A desconfiança no olhar dela, nada parecida com a timidez reservada de que você se lembra. A postura dela: os ombros para trás, os pés apoiados no chão e retos. Você disse a ela para arrumar a postura um milhão de vezes e sim, ela parece tão alta e forte agora com a postura reta. Tão lindamente forte.

A orogenia dela repousa sobre a sua consciência como um peso sobre o mundo, firme como uma rocha e precisa como uma broca de diamante. Pela Terra Cruel, você pensa. Ela sensa exatamente como você.

Acaba antes de começar. Você sente isso tão seguramente quanto sensa a força dela, e ambas as coisas a deixam desesperada.

— Eu estava procurando você — você diz. Você ergueu a mão sem pensar. Seus dedos se abrem e se contraem e abrem outra vez em um gesto que é metade avidez, metade súplica.

Ela semicerra os olhos.

— Eu estava com o Papai.

— Eu sei. Eu não conseguia te encontrar. — É redundante, óbvio; você odeia a si mesma por balbuciar. — Você... está bem?

Ela desvia o olhar, preocupada, e você fica incomodada com o fato de que a preocupação dela claramente não é você.

— Eu preciso... o meu Guardião precisa de ajuda.

Você fica tensa. Nassun ouviu de Schaffa sobre como ele era antes de Meov. Ela sabe, em sua mente, que o Schaffa que você conheceu e o Schaffa que ela ama são pessoas completamente diferentes. Ela viu um Fulcro e a forma como ele desvirtuava seus detentos. Ela se lembra de como você costumava ficar tensa mesmo ao ver de relance a cor vinho... e enfim, aqui no fim do mundo, ela entende por quê. Ela conhece você melhor agora do que jamais conheceu antes em sua vida.

E no entanto. Para ela, Schaffa é o homem que a protegeu de saqueadores... e do pai dela. É o homem que a acalmou quando ela estava com medo, que a colocava na cama de noite. Ela o viu lutar contra sua própria natureza brutal, e contra a Terra em si, a fim de ser o pai de que ela precisava. Ele a ajudou a aprender como amar a si mesma pelo que ela é. A mãe dela? Você. Não fez nenhuma dessas coisas.

E nesse momento contido, enquanto você luta contra a lembrança de Innon caindo aos pedaços e da dor intensa de ossos quebrados em uma mão que você não tem mais, com "Nunca diga não para mim" ecoando na sua cabeça, ela intui aquilo que você negou até agora: que é impossível. Não pode haver nenhuma relação, nenhuma confiança, entre você e ela porque vocês duas são o que a Quietude e a Estação as tornaram. Que Alabaster estava certo e que algumas coisas estão quebradas demais para serem consertadas. Não há nada a fazer a não ser destruí-las totalmente, por misericórdia.

Nassun chacoalha a cabeça enquanto você fica ali, contraindo-se. Ela desvia o olhar. Chacoalha a cabeça outra vez. Os ombros dela se curvam um pouco, não devido à preguiça, mas ao cansaço. Ela não culpa você, mas também não espera nada de você. E, neste exato momento, você apenas está no meio do caminho.

Então ela se vira para ir embora, e isso lhe causa um choque que a tira de seu estado de fuga.

— Nassun?

— Ele precisa de ajuda — ela repete. A cabeça está baixa e os ombros, tensos. Ela não para de andar. Você inspira e começa a segui-la. — Tenho que ajudá-lo.

Você sabe o que está acontecendo. Sentiu isso, receou isso, o tempo todo. Atrás de você, você ouve Danel deter as demais. Talvez ela pense que você e sua filha precisam de espaço. Você as ignora e corre atrás de Nassun. Você pega o ombro dela, tenta fazê-la virar.

— Nassun, o que... — Ela chacoalha o ombro para se libertar de você com tanta força que você cambaleia. Seu equilíbrio ficou abalado desde que você perdeu o braço, e ela está mais forte do que era antes. Ela não percebe que você quase cai. Ela continua andando. — Nassun! — Ela nem olha para trás.

Você está desesperada para conseguir a atenção dela, para fazê-la reagir, alguma coisa. Qualquer coisa. Você procura e então diz, com ela de costas para você:

— Eu... eu... eu sei sobre Jija!

Isso a faz vacilar até parar. A morte de Jija ainda é uma ferida aberta dentro dela que Schaffa limpou e suturou, mas que não fechará por algum tempo. O fato de você saber o que ela fez a faz curvar-se de vergonha. O fato de ter sido necessário, autodefesa, frustra-a. O fato de você tê-la lembrado disso agora transforma a vergonha e a frustração em raiva.

— Eu *tenho* que ajudar Schaffa — ela diz outra vez. Endireita os ombros de um jeito que você reconhece de cem tardes nos seus tormentos improvisados e de quando ela tinha dois anos e aprendeu a palavra "não". Não dá para argumentar com ela quando fica assim. As palavras se tornam irrelevantes. As ações significam mais. Mas que ações poderiam possivelmente expressar a desordem dos seus sentimentos neste exato momento? Você olha para os outros sem poder fazer nada. Hjarka está segurando Tonkee; o olhar de Tonkee está fixo no céu e na reunião de mais obeliscos do que você jamais viu em sua vida inteira. Danel está um pouco mais distante do resto, mãos atrás das costas, lábios pretos mexendo-se no que você reconhece como um exercício mnemônico de sabe-dorista para ajudá-la a absorver tudo o que vê e ouve, palavra a palavra. Lerna...

Você esqueceu. Lerna não está aqui. Mas, se estivesse, você suspeita, ele estaria alertando-a. Ele era médico. Feridas de família não estavam propriamente dentro da sua esfera de atuação... mas qualquer um consegue ver que alguma coisa aqui infeccionou.

Você corre atrás dela de novo.

— Nassun. Nassun, pelas ferrugens, olhe para mim quando eu falo com você! — Ela ignora você, e é um tapa na cara; mas do tipo que clareia a sua mente, e não do tipo que faz você querer brigar. Tudo bem. Ela não vai ouvir você até que tenha ajudado... Schaffa. Você deixa para trás esse pensamento, embora seja como arrastar-se em uma lama cheia de ossos. Tudo bem. — D-deixe-me ajudar você!

Isso faz Nassun de fato diminuir o ritmo e depois parar. A expressão dela é desconfiada, tão desconfiada, quando ela se vira para trás.

— Me ajudar?

Você olha para além dela e vê que ela estava se dirigindo a outra das construções em forma de torre... essa tem uma escada larga com corrimão que sobe pela lateral inclinada. A vista do céu deve ser excelente lá do alto... Irracionalmente, você conclui que tem que impedi-la de subir até lá.

— É. — Você estende a mão outra vez. *Por favor.* — Me diz do que você precisa. Eu vou... Nassun. — Você está sem palavras. Deseja que ela sinta o que você sente. — Nassun.

Não está funcionando. Ela diz em um tom de voz tão duro quanto pedra:

— Preciso usar o Portão do Obelisco.

Você hesita. Eu já lhe disse isso semanas atrás, mas aparentemente você não *acreditou*.

— O quê? Você não pode.

Você está pensando: *isso vai matar você*.

Ela cerra a mandíbula.

— Eu vou.

Ela está pensando: *eu não preciso da sua permissão*.

Você chacoalha a cabeça, incrédula.

— Para fazer *o quê?* — Mas é tarde demais. Já chega para ela. Você disse que ia ajudar, mas depois hesitou. Ela é filha de Schaffa também, no fundo do coração dela; pelos fogos da Terra, dois pais e *você* entre todas as pessoas para moldá-la, é de espantar que ela tenha saído do jeito que saiu? Para ela, hesitação é a mesma coisa que "não". Ela não gosta quando as pessoas dizem "não" para ela.

Então Nassun dá as costas para você de novo e diz:

— Não venha mais atrás de mim, Mamãe.

Você, claro, imediatamente começa a segui-la outra vez.

— Nassun...

Ela se vira com violência. Ela está na terra, você sensa, e está no ar, você vê as linhas de magia e, de repente, as duas forças se entrelaçam de um modo que você não consegue nem sequer entender. A substância do chão de Ponto Central, que é de metal e fibras prensadas e substâncias para as quais você não tem um nome, disposta em camadas sobre rocha vulcânica, sobe e desce sob os seus pés. Por conta de um velho hábito, de anos suprimindo as birras orogênicas dos seus filhos, você reage ao mesmo tempo em que cambaleia, fixando uma espiral no chão que você pode usar para interromper a orogenia dela. Não funciona porque ela não está usando apenas orogenia.

Mas ela sensa e estreita os olhos. Os *seus* olhos cinzentos, como as cinzas. E, um instante depois, uma parede de obsidiana brota do chão à sua frente, rompendo a fibra e o metal da infraestrutura da cidade, formando uma barreira entre você e ela que abrange a passagem.

A força dessa turbulência joga você no chão. Quando você para de ver estrelas e a poeira se dissipa o suficiente, você olha para a parede, chocada. A sua filha fez isso. Com você.

Alguém põe a mão em você e você se contrai. É Tonkee.

— Não sei se já passou pela sua cabeça — ela diz, puxando seu braço para você se levantar —, mas a sua filha parece ter *o seu temperamento*. Então, sabe, talvez você não devesse ser tão insistente.

— Eu nem sei o que ela fez — você murmura, atordoada, embora agradeça a Tonkee com um aceno de cabeça por tê-la ajudado a se levantar. — Aquilo não foi... eu não... — Não havia nenhuma precisão ao estilo Fulcro no que Nassun fez, embora você tenha ensinado a ela os princípios fundamentais do lugar. Você coloca a mão contra a parede, confusa, e sente as centelhas remanescentes de magia dentro de sua substância, dançando de partícula em partícula enquanto desvanecem. — Ela está *mesclando* magia e orogenia. Nunca vi nada parecido antes.

Eu já. Nós chamamos de afinação.

Enquanto isso. Não mais impedida por você, Nassun subiu os degraus da torre. Ela está no alto agora, cercada por símbolos de alerta de um vermelho intenso que giram e dançam no ar. Uma brisa pesada e um pouco sulfurosa sopra do grande buraco de Ponto Central, erguendo os fios de cabelo soltos das duas tranças. Ela se pergunta se o Pai Terra está aliviado por tê-la manipulado para poupar a vida dele.

Schaffa viverá se ela transformar todas as pessoas do mundo em comedores de pedra. É a única coisa que importa.

— Primeiro, a rede — ela diz, alçando os olhos ao céu. Os 27 obeliscos bruxuleiam do estado sólido ao mágico em uníssono quando ela os reativa. Ela estende as mãos afastadas diante de si.

No chão, abaixo de onde ela está, você se encolhe quando sensa – sente; está afinada com – a ativação de 27 obeliscos, rápida como um relâmpago. Eles agem como um só neste instante, vibrando de forma tão poderosa juntos que os seus dentes comicham. Você se pergunta por que Tonkee não está fazendo caretas como você, mas Tonkee é apenas uma quieta.

Mas não é burra, e esse é o trabalho da vida dela. Enquanto você olha para a sua filha, espantada, ela estreita os olhos, observando os obeliscos.

— Três elevado ao cubo — ela murmura. Você chacoalha a cabeça, emudecida. Ela olha feio para você, irritada com a sua lentidão. — Bem, se eu fosse imitar um cristal *grande*, começaria colocando cristais menores em uma configuração cubiforme de treliça.

Então você entende. O cristal grande que Nassun pretende imitar é o ônix. Você precisa de uma chave para inicializar o Portão, foi isso que Alabaster lhe disse. O que Alabaster *não* lhe contou, aquele idiota inútil, é que existem muitos tipos possíveis de chave. Quando ele abriu a Fenda que dividiu a Quietude, usou uma rede composta por todos os mantenedores de estações de ligação na vizinhança, provavelmente porque o ônix em si o teria transformado em pedra de imediato. Os mantenedores eram um substituto inferior para o ônix... uma chave reserva. Você não sabia o que estava fazendo naquela primeira vez, quando emparelhou os orogenes de Castrima-de-baixo em uma rede, mas *ele* sabia que o ônix era demais para você simplesmente pegar direto naquela época. Você não tinha a flexibilidade ou a criatividade de Alabaster. Ele lhe ensinou uma maneira mais segura.

Nassun, contudo, é a aluna que Alabaster sempre quis. Ela pode nunca ter acessado o Portão do Obelisco antes – ele foi seu até agora –, mas, como você observa, chocada, horrorizada, ela sintoniza além de sua rede de chave reserva, encontrando outros obeliscos um por um e conectando-os. É mais lento do que seria com o ônix, mas você pode ver que é igualmente eficaz. Está funcionando. O apatita, conectado e fixado. O sardônica, enviando um pequeno pulso lá de onde ele paira fora de vista, em algum lugar no mar ao sul. O jade...

Nassun vai abrir o Portão.

Você empurra Tonkee.

— Afaste-se de mim o máximo que puder. Todos vocês.

Tonkee não perde tempo discutindo. Seus olhos ficam arregalados; ela vira e corre. Você a ouve gritar com os demais. Você ouve Danel discutindo. E então você não pode mais prestar atenção neles.

Nassun vai abrir o Portão, virar pedra *e morrer.*

Só uma coisa pode deter a rede de obeliscos de Nassun: o ônix. Mas você precisa sintonizá-lo primeiro e, neste exato momento, ele está do outro lado do planeta, no meio do caminho entre Castrima e Rennanis, onde você o deixou. Uma vez, há muito tempo em Castrima-de-cima, ele a chamou para si. Mas você ousa esperar que ele faça isso agora, com Nassun tomando o controle de cada parte do Portão? Você precisa chegar ao ônix primeiro. Para isso, precisa de magia... muito mais magia do que consegue juntar sozinha, aqui, sem um único obelisco em seu nome.

O berilo, o hematita, o iolita...

Ela vai morrer bem na sua frente se você não fizer alguma coisa.

Freneticamente, você lança sua consciência à terra. Ponto Central jaz sobre um vulcão, talvez você possa...

Espere. Algo chama a sua atenção de volta para a boca do vulcão. No subsolo, mas mais perto. Em algum lugar debaixo desta cidade, você sente uma rede. Linhas de magia entrelaçadas, sustentando umas às outras, profundamente enraizadas para absorver mais... É fraca. É lenta. E há um zunido feio e familiar no fundo da sua mente quando você toca essa rede. Zunido em cima de zunido em cima de zunido.

Ah, sim. A rede que você encontrou são os *Guardiões*, quase mil deles. Pelas ferrugens, é claro. Você nunca procurou a magia deles conscientemente antes, mas, pela primeira vez, entende o que é aquele zunido; alguma parte de você, mesmo antes do treinamento de Alabaster, sentia a origem externa da magia dentro deles. Essa compreensão lhe suscita uma pontada brusca, quase paralisante, de medo. A rede deles está por perto, fácil de controlar, mas, se você fizer isso, o que vai impedir todos esses Guardiões de saírem de Garantia como vespas zangadas de um ninho no qual mexeram? Você já não tem problemas suficientes?

Nassun geme lá em cima da torre. Para o seu choque, você consegue... pela Terra Cruel, você consegue *ver* a magia ao redor dela, dentro dela, começando a incendiar-se como fogo quando atinge um graveto encharcado de óleo. Ela arde contra a sua percepção, o peso dela sobre o mundo aumentando a cada instante. *O cianita o ortoclásio o escapolita...*

E, de repente, seu medo desaparece, porque a sua bebê precisa de você.

Então você firma os pés. Você se conecta àquela rede que encontrou, sejam eles Guardiões ou não. Você rosna entredentes e pega tudo. Os Guardiões. Os fios que se estendem dos sensapinae deles até as profundezas, e o máximo que você consegue da magia que percorre esses fios. Os próprios fragmentos de ferro, minúsculos depósitos da vontade do Pai Terra.

Você se apropria de tudo, emparelha com firmeza, e depois *pega*.

E, em algum lugar lá em Garantia, há Guardiões gritando, despertando e contorcendo-se em suas celas e colocando as mãos na cabeça enquanto você faz com cada um deles o que Alabaster um dia fez com a Guardiã dele. É o que Nassun desejava fazer com Schaffa... só que não há gentileza no modo como você está fazendo isso. Você não os odeia; apenas não se importa. Você arrebata o ferro dos seus cérebros e cada porção de luz prateada do espaço entre suas células e, quando você os sente cristalizar e morrer, você tem enfim magia suficiente em sua rede provisória para sintonizar o ônix.

Ele ouve quando você o toca, bem distante, acima da camada de cinzas da Quietude. Você se precipita nele, mergulhando desesperadamente na escuridão, para defender o seu ponto de vista. *Por favor*, você implora.

Ele considera o pedido. Isso não acontece em palavras ou sensações. Você simplesmente sabe que ele está considerando. Ele, por sua vez, analisa você: seu medo, sua raiva, sua determinação para corrigir as coisas.

Ah... essa última encontra ressonância. Você sabe que está sendo analisada de novo, mais de perto e com ceticismo, já que seu último pedido foi para algo tão frívolo. (Só aniquilar uma cidade? Você, mais que todas as pessoas, não precisava do Portão para isso.) O que o ônix encontra dentro de você, no entanto, é algo diferente desta vez: o temor por um dos seus. O temor de falhar. O temor que acompanha toda mudança necessária. E, por trás disso tudo, uma forte vontade de tornar o mundo melhor.

Em algum lugar distante, um bilhão de coisas moribundas estremece quando o ônix produz um estrondo baixo e impactante e entra em atividade.

No alto da torre, sob o pulso dos obeliscos, Nassun sente aquela distante escuridão renovada como um alerta. Mas ela está envolvida demais com a sua invocação; demasiados obeliscos a preenchem agora. Ela não pode desviar nem um pouco de atenção do seu trabalho.

E, enquanto cada um dos 216 obeliscos restantes por sua vez se submetem a ela, enquanto ela abre os olhos para olhar para a Lua que vai deixar passar intocada, e enquanto ela se prepara, em vez disso, para voltar todo o poder do grande Motor Plutônico em direção ao mundo e ao seu povo para transformá-los como eu um dia me transformei...

... ela pensa em Schaffa.

É impossível se enganar em um momento como esse. É impossível ver apenas o que se quer ver, quando o poder para mudar o mundo ricocheteia pela mente e pela alma e pelos espaços entre as células; ah, eu aprendi isso muito antes de vocês duas. É impossível não entender que Nassun conhece Schaffa há pouco mais de um ano e que não o conhece *verdadeiramente*, considerando quanto de si mesmo ele perdeu. Impossível não perceber que ela se agarra a ele porque não tem mais nada...

Mas, em meio à sua determinação, há uma centelha de dúvida na mente. Não é nada mais do que isso. Nem ao menos chega a ser um pensamento. Mas ela sussurra: *você não tem mesmo mais nada?*

Não há mais uma pessoa neste mundo além de Schaffa que se importa com você?

E eu vejo Nassun hesitar, os dedos dobrando-se e o rosto pequeno contraindo-se para franzir a testa ao mesmo tempo em que a trama do Portão do Obelisco se conclui. Observo o tremor de energias além da compreensão que começam a se alinhar dentro dela. Perdi o poder de manipular essas energias dezenas de milhares de anos atrás, mas ainda consigo vê-las. A treliça arcanoquímica – aquilo em que você pensa apenas como pedra marrom e o estado energético que a produz – está se formando delicadamente.

Observo quando você vê isso também e entende instantaneamente o que significa. Observo você rosnar e destruir a parede entre você e a sua filha, sem sequer notar que seus dedos viraram pedra ao fazer isso. Observo você correr para o pé da escada e gritar para ela:

— *Nassun!*

E, em resposta à sua súbita, bruta e incontestável *exigência*, o ônix aparece do nada com um estampido.

O som desse aparecimento – um ruído baixo que faz tremer os ossos – é titânico. A rajada de ar que ele desloca é estrondosa o bastante para derrubar tanto você como Nassun. Ela grita e rola por alguns degraus, chegando perigosamente perto de perder o controle do Portão quando o impacto abala sua concentração. Você grita no momento em que o impacto a faz notar seu antebraço, que se tornou pedra, e sua clavícula, que se tornou pedra, e o seu pé e o seu tornozelo esquerdos.

Mas você cerra os dentes. Você não sente mais dor, exceto angústia pela sua filha. Não tem nenhuma necessidade, exceto uma. Ela tem o Portão, mas você tem o ônix... e, quando você olha para ele, e para a Lua brilhando através de sua translucidez turva, uma íris branco-gelo em um mar esclerótico de escuridão, você sabe o que tem que fazer.

Com a ajuda do ônix, você alcança um lugar a meio planeta de distância e crava a sua intenção na ferida do mundo. A Fenda estremece quando você exige cada pingo de seu calor e movimento cinético, e você estremece sob o fluxo de tanto poder que, por um momento, pensa que ele simplesmente vai jorrar de você como uma coluna de lava, consumindo tudo.

Mas o ônix é parte de você também, neste exato momento. Indiferente às suas convulsões – que, aliás, você está tendo; debate-se pelo chão e espuma pela boca –, ele pega e aproveita e equilibra o poder da Fenda com uma facilidade que a humilha. Automaticamente, ele se conecta aos obeliscos tão convenientemente próximos, a rede que Nassun reuniu a fim de tentar imitar o poder do ônix. Mas uma réplica só tem poder, não tem vontade, diferente do ônix. Uma rede não tem agenda. O ônix toma os 27 obeliscos e começa de imediato a tomar o resto da rede de obeliscos de Nassun.

Mas aqui sua vontade não é mais suprema. Nassun a sente. Luta contra ela. Ela está tão determinada quanto você. Igualmente movida pelo amor... você por ela, ela por Schaffa.

Eu amo vocês duas. Como poderia não amar, depois disso? Ainda sou humano, afinal, e essa é uma batalha pelo destino do mundo. Uma coisa tão terrível e magnífica de testemunhar.

Mas é uma batalha, linha a linha, tentáculo por tentáculo de magia. As energias titânicas do Porão, da Fenda, açoitam e estremecem ao redor de vocês duas em uma aurora boreal cilíndrica de energias e cores, com a luz visível variando entre comprimentos de onda além do espectro. (Essas energias *ressoam* em você, onde o alinhamento já está completo, e ainda *oscilam* em Nassun... embora a forma de onda dela tenha começado a entrar em colapso.) É o ônix e a Fenda contra o Portão, você contra ela, e todo o Ponto Central treme com a força bruta de tudo isso. Nos corredores escuros de Garantia, entre os cadáveres compostos de joias dos Guardiões, paredes rangem e tetos racham, espalhando poeira e pedras. Nassun está se esforçando para tirar a magia do que sobrou do Portão para voltá-la a todas as pessoas em torno de vocês e a todos os que estão para além disso... e finalmente, finalmente, você entende que ela está tentando transformar todo mundo em *comedores de pedra* ferrugentos. Enquanto isso, você se projetou para cima. Para pegar a Lua e talvez conseguir uma segunda chance para a humanidade. Mas, para qualquer uma de vocês duas alcançar seus respectivos objetivos, vocês precisam reivindicar tanto o ônix como o Portão, e o combustível adicional que a Fenda proporciona.

É um impasse que não pode continuar. O Portão não pode manter suas conexões para sempre, e o ônix não pode conter o caos da Fenda para sempre... e dois seres humanos, por mais poderosos e obstinados que sejam, não podem sobreviver a tanta magia por muito tempo.

E então acontece. Você grita quando sente uma mudança, um alinhamento: Nassun. As magias da substância dela estão completamente alinhadas; a cristalização dela começou. Em desespero e por puro instinto, você pega parte da energia que procura transformá-la e a desvia para longe, embora isso apenas atrase o inevitável. No oceano bem próximo a Ponto Central, ocorre um tremor profundo que nem mesmo os estabilizadores da montanha podem conter. A oeste, uma montanha em forma de faca emerge do fundo do oceano; a leste surge outra, chiando e soltando vapor devido à novidade do seu nascimento. Nassun, rosnando de frustração, agarra-se às duas como novas fontes de poder, extraindo o calor e a violência delas; ambas racham e caem aos pedaços. Os estabilizadores aplainam o oceano, evitando um tsunami, mas não podem fazer muito mais. Não foram construídos para esse tipo de coisa. Muito mais do que isso e até mesmo Ponto Central desmoronará.

— Nassun! — você grita outra vez, angustiada. Ela não pode ouvir você. Mas você vê, mesmo de onde está, que os dedos da mão esquerda dela se tornaram tão marrons e pedregosos quanto os seus. De algum modo, você sabe que ela está ciente disso. Ela fez essa escolha. Está preparada para a inevitabilidade da própria morte.

Você não está. Ah, pela Terra, você simplesmente não pode ver outro dos seus filhos morrer.

Então... você desiste.

Eu sofro com o olhar em seu rosto porque sei o quanto lhe custa desistir do sonho de Alabaster... e do seu. Você queria fazer um mundo melhor para Nassun. Mas, mais do que qualquer outra coisa, você quer que essa última filha sua *viva*... e então você faz uma escolha. Continuar lutando vai matar vocês duas. A única maneira de vencer então é não lutar mais.

Sinto muito, Essun. Sinto muito. Adeus.

Nassun arqueja, abrindo os olhos de repente ao sentir sua pressão sobre o Portão – sobre ela, enquanto você absorvia todas as terríveis ondulações de magia transformadoras para si mesma – relaxar de súbito. O ônix para sua ofensiva, cintilando em conjunto com as dezenas de obeliscos que ele reivindicou; ele está cheio de um poder que precisa, *precisa* ser gasto. No momento, porém, ele aguarda. As magias estabilizadoras enfim acalmam o oceano agitado em torno de Ponto Central. Durante esse momento contido, o mundo espera, imóvel e tenso.

Ela se vira.

— Nassun — você diz. É um sussurro. Você está nos primeiros degraus da escada da torre, tentando alcançá-la, mas isso não vai acontecer. Seu braço se solidificou por completo, e o seu torso está no processo. Seu pé de pedra escorrega inutilmente no material liso, depois trava quando o resto da sua perna paralisa. Com o seu pé bom, você ainda consegue dar impulso, mas a pedra em você é pesada; no quesito engatinhar, você não está se saindo bem.

Ela franze a sobrancelha. Você olha para ela e se dá conta. Sua menininha. Tão grande, aqui sob o ônix e a Lua. Tão poderosa. Tão linda. E você não consegue evitar: você cai no choro ao vê-la. Você *ri*, embora um de seus pulmões tenha se transformado em pedra e a risada seja apenas um leve arquejo. Pelas ferrugens, é tão incrível a sua menininha. Você está orgulhosa de perder para a força dela.

Ela puxa o ar, arregalando os olhos como se não pudesse acreditar no que está vendo: sua mãe, tão temível, no chão. Tentando engatinhar com membros de pedra. O rosto úmido de lágrimas. *Sorrindo*. Você nunca, jamais sorriu para ela antes.

E então a linha de transformação chega ao seu rosto, e você se vai.

Ainda está lá fisicamente, um pedaço de arenito marrom paralisado nos degraus mais baixos, apenas com a mais ligeira sugestão de um sorriso formado pela metade. Suas lágrimas ainda estão lá, brilhando sobre a pedra. Ela olha para as lágrimas.

Ela olha para as lágrimas e puxa o ar em uma respiração longa e vazia porque, de repente, não há nada, *nada* dentro dela, ela matou o pai e matou a mãe e Schaffa está morrendo e não sobrou nada, nada, o mundo só tira e tira e tira dela e não deixa *nada*...

Ela não consegue parar de olhar para as suas lágrimas, que estão secando.

Porque o mundo tirou e tirou e tirou de você também, afinal. Ela sabe disso. E, no entanto, por algum motivo que ela acha que jamais vai entender... mesmo enquanto você morria, você estava buscando a Lua.

E ela.

Ela grita. Aperta a cabeça com as mãos, uma delas transformada em pedra até a metade. Cai de joelhos, esmagada sob o peso da perda como se fosse um planeta inteiro.

O ônix – paciente, mas não muito; ciente, mas indiferente – toca-a. Ela é o único componente restante do Portão que tem uma vontade funcional e complementar. Por meio desse toque, ela percebe seu plano, uma vez que os comandos foram travados e apontados, mas não atiraram. Abra o Portão, derrame o poder da Fenda através dele, pegue a Lua. Acabe com as Estações. Conserte o mundo. Esse, Nassun sensa-sente-sabe, foi o seu último desejo.

O ônix pergunta, à sua maneira pesada e sem palavras: *Executar S/N?*

E no frio silêncio de pedra, sozinha, Nassun decide.

SIM

CONCLUSÃO

EU E VOCÊ

Você está morta. Mas não você.

A recaptura da Lua ocorre sem dramas, da perspectiva das pessoas que estão debaixo dela. No alto do edifício de apartamentos onde Tonkee e as outras se abrigaram, ela usou um antigo instrumento de escrita (que há muito secou, mas que ela ressuscitou com um pouco de cuspe e sangue na ponta) para tentar acompanhar o movimento da Lua entre uma hora e a outra. Não ajuda porque ela não observou variáveis suficientes para fazer as contas corretamente, e porque ela não é uma astronomestra amadora ferrugenta, pela Terra. Ela também não sabe ao certo se acertou na primeira medição devido ao tremor de grau cinco ou seis que ocorreu bem naquela hora, pouco antes de Hjarka arrastá-la para longe da janela.

— Janelas de construtores de obeliscos não sofrem danos — ela reclama depois.

— Meu temperamento ferrugento sofre — Hjarka retruca, e isso acaba com a discussão antes que possa começar. Tonkee está aprendendo a ceder pelo bem de uma relação saudável.

Mas a Lua mudou de fato, elas veem à medida que passam os dias e depois as semanas. Ela não some. Ela varia de formas e cores em um padrão que, de início, não fazem sentido, mas não fica menor no céu nas noites subsequentes.

O desmantelamento do Portão do Obelisco é um pouco mais dramático. Tendo gasto toda a sua capacidade na realização de algo tão poderoso quanto a Geoarcanidade, o Portão prossegue como projetado com seu protocolo de desligamento. Um a um, as dezenas de obeliscos flutuando ao redor do mundo voam em direção a Ponto Central. Um a um, os obeliscos (totalmente desmaterializados agora, todos os estados quânticos sublimados em energia potencial, você não precisa entender além disso) se atiram no abismo negro. Isso leva vários dias.

O ônix, contudo, último e maior dos obeliscos, voa em direção ao mar, seu zumbido mais grave à medida que a sua altitude diminui. Ele entra no mar delicadamente, em uma rota pré-planejada para minimizar danos – uma vez que, diferente dos outros obeliscos, só ele conservou existência material. Isso, como pretendiam os condutores muito tempo atrás, preserva o ônix para necessidades futuras. Também coloca os últimos vestígios dos niess para descansar, enfim, no fundo de um túmulo líquido.

Suponho que devamos esperar que nenhum jovem e intrépido orogene do futuro o encontre e o erga.

Tonkee é quem vai atrás de Nassun. É no final da manhã, algumas horas após a sua morte, sob um sol que nasceu brilhante e quente no céu azul sem cinzas. Depois de parar um pouco para olhar esse céu, admirada e nostálgica e fascinada, Tonkee volta para a borda do buraco e para a escada da torre. Nassun ainda está lá, sentada em um dos primeiros degraus perto do pedaço de pedra marrom que é você. Os joelhos estão dobrados, a cabeça baixa, a mão completamente solidificada (paralisada no gesto aberto que ela usou enquanto ativava o Portão) desajeitadamente pousada no degrau ao lado dela.

Tonkee se senta do seu outro lado, contemplando você por um longo instante. Nassun se sobressalta e levanta o olhar ao perceber a presença de outra pessoa, mas Tonkee apenas sorri para ela e, desajeitadamente, pousa uma das mãos em você, no que foi um dia o seu cabelo. Nassun engole em seco, esfrega as marcas de lágrima evaporadas no rosto e então acena para Tonkee. Juntas elas ficam ali sentadas, com você, de luto por algum tempo.

Danel é quem vai com Nassun mais tarde resgatar Schaffa da escuridão de Garantia. Os outros Guardiões, que ainda tinham núcleos pétreos, viraram joia. A maioria parece simplesmente ter morrido onde estava, embora alguns tenham caído para fora de suas celas enquanto se debatiam, e seus corpos cintilantes se espalham desajeitadamente contra a parede ou pelo chão.

Só Schaffa ainda está vivo. Ele está desorientado, fraco. Quando Danel e Nassun o ajudam a voltar para a luz da superfície, fica evidente que o seu cabelo cortado já está marcado por fios grisalhos. Danel fica preocupada com a ferida suturada na nuca dele, embora tenha parado de sangrar e pareça não causar dor a Schaffa. Não é isso que vai matá-lo.

Não obstante. Depois que ele consegue ficar de pé e o sol ajuda a clarear um pouco sua mente, Schaffa abraça Nassun, ali ao lado do que restou de você. Ela não chora. Basicamente, está entorpecida. As outras aparecem, Tonkee e Hjarka se juntando a Danel, e elas ficam com Schaffa e Nassun enquanto o sol se põe e a Lua nasce outra vez. Talvez seja uma silenciosa cerimônia fúnebre. Talvez eles apenas precisem de tempo e companhia para se recuperar de eventos grandiosos e estranhos demais para compreender. Eu não sei.

Em outra parte de Ponto Central, em um jardim que há muito se tornou um prado silvestre, eu e Gaewha encaramos Remwha (Aço, Homem Cinza, seja lá o que for) sob a Lua agora minguante.

Ele está aqui desde que Nassun fez sua escolha. Quando finalmente fala, eu me pego pensando que a voz dele ficou tão fina e cansada. Houve um tempo em que ele fazia as próprias pedras reverberarem com o humor irônico e cáustico de sua conversa pela terra. Agora, ele parece velho. Milhares de anos de vida incessante fazem isso com um homem.

— Eu só queria que acabasse — ele diz.

Gaewha – Antimony, o que quer que seja – responde:

— Não foi para isso que fomos feitos.

Ele vira a cabeça lentamente para olhar para ela. É cansativo o simples ato de observá-lo fazendo isso. Tolo teimoso. Há um desespero de eras no rosto dele, tudo porque se recusa a admitir que há mais de uma forma de ser humano.

Gaewha oferece uma das mãos.

— Fomos feitos para *tornar o mundo melhor*. — Ela transfere o olhar para mim em busca de apoio. Eu suspiro no meu íntimo, mas ofereço uma das mãos em trégua também.

Remwha olha para as nossas mãos. Em algum lugar, talvez entre os outros da nossa espécie que se reuniram para ver esse momento, estão Bimniwha e Dushwha e Salewha, que esqueceram quem eram há muito tempo, ou então simplesmente preferem abraçar quem são agora. Somente nós três guardamos alguma coisa do passado. Isso é uma coisa boa e uma coisa ruim ao mesmo tempo.

— Estou cansado — ele admite.

— Uma soneca talvez ajude — eu sugiro. — Há o ônix, afinal.

Bem! Resta algo do velho Remwha. Não acho que mereci esse olhar.

Mas ele pega nossas mãos. Juntos, nós três – e os outros também, todos aqueles que entenderam que o mundo *precisa* mudar, que a guerra *tem que* terminar – descemos para as profundezas em ebulição.

O coração do mundo está mais quieto do que de costume, descobrimos quando nos posicionamos à sua volta. Isso é um bom sinal. Ele não nos afasta furiosamente de imediato, o que é um sinal melhor ainda. Nós explicitamos os termos em fluxos conciliadores de reverberação: a Terra fica com sua magia da vida, e o resto de nós fica com a nossa magia, sem interferência. Nós lhe devolvemos a Lua e incluímos os obeliscos como garantia de boa-fé. Mas, em troca, as Estações devem acabar.

Segue-se um período de quietude. Só mais tarde fico sabendo que foram vários dias. No momento, parece outro milênio.

Depois, uma sacudidela brusca de gravitação. *Aceito*. E – o melhor sinal de todos – ela liberta as incontáveis presenças que ingeriu ao longo da era passada. Elas se vão aos rodopios, desvanecendo nas correntes de magia, e não sei o que acontece com elas depois disso. Jamais saberei o que acontece com as almas após a morte… ou, pelo menos, não saberei pelos próximos sete bilhões de anos mais ou menos, ou quando quer que a Terra morra enfim.

Uma coisa intimidadora a se contemplar. Esses primeiros quarenta mil anos foram desafiadores.

Por outro lado… não há outro lugar aonde ir a não ser para cima.

✦   ✦   ✦

Eu volto para elas, a sua filha e a sua antiga inimiga e as suas amigas, para contar-lhes as novidades. Para minha surpresa, em certa medida, passaram-se vários meses nesse ínterim. Elas se acomodaram no edifício que Nassun ocupou, vivendo do antigo jardim de Alabaster e dos suprimentos que trouxemos para ele e para Nassun. Isso não será suficiente no longo prazo, claro, embora elas tenham complementado as provisões admiravelmente com linhas de pesca improvisadas, com armadilhas para capturar aves e com algas marinhas comestíveis desidratadas, as quais Tonkee parece ter descoberto uma maneira de cultivar na beira da água. Tão habilidosas, essas pessoas modernas. Mas está se tornando cada vez mais claro que elas terão que voltar para a Quietude logo se quiserem continuar vivendo.

Encontro Nassun, que está sentada na torre outra vez, sozinha. Já o seu corpo permanece onde caiu, mas alguém colocou flores silvestres frescas na mão que restou. Há outra mão ao lado dele, eu percebo, posicionada como uma oferenda perto do cotoco do seu braço. É pequena demais para você, mas a intenção foi boa. Ela não fala nada durante um bom tempo depois que eu apareço, e descubro que isso me agrada. A espécie dela fala tanto. Isso continua por um tempo considerável, no entanto, e até eu fico um pouco impaciente.

Eu lhe digo:

— Você não verá Aço de novo. — Caso ela esteja preocupada com isso.

Ela se contrai um pouco, como se houvesse se esquecido da minha presença. Depois suspira.

— Diga a ele que eu sinto muito. Eu simplesmente... não consegui.

— Ele entende.

Ela aquiesce. Depois:

— Schaffa morreu hoje.

Eu havia me esquecido dele. Não deveria ter esquecido; ele era parte de você. No entanto. Eu não digo nada. Ela parece preferir assim.

Ela respira fundo.

— Você... As outras disseram que você as trouxe, e que trouxe a Mamãe. Você pode nos levar de volta? Sei que vai ser perigoso.

— Não há mais perigo. — Quando ela franze o cenho, explico tudo a ela: a trégua, a libertação dos reféns, a suspensão imediata das hostilidades na forma de fim das Estações. Não significa estabilidade total. Placas tectônicas serão sempre placas tectônicas. Desastres semelhantes aos das Estações ocorrerão, embora com uma frequência muito menor.

— Vocês podem pegar o veímulo de volta para a Quietude — eu concluo.

Ela estremece. Só então me recordo do que ela sofreu lá. Ela também diz:

— Não sei se posso fornecer magia para ele. Eu... eu sinto como se...

Ela ergue o cotoco coberto de pedra do pulso esquerdo. Eu entendo então... e sim, ela está certa. Ela está perfeitamente alinhada e continuará assim pelo resto da vida. A orogenia está perdida para ela para sempre. A menos que ela queira se juntar a você.

— Vou fornecer energia para o veímulo. A carga deverá durar mais ou menos seis meses. Partam dentro desse período — eu digo.

Então eu ajusto minha posição para o pé da escada. Ela se sobressalta, olha ao redor e me vê segurando você. Peguei a antiga mão dela também, porque nossos filhos sempre são parte de nós. Ela fica de pé e, por um instante, eu temo uma situação desagradável. Mas a expressão dela não é de infelicidade. Só de resignação.

Eu espero, por um momento ou um ano, para ver se ela tem algumas palavras finais para o seu cadáver. Em vez disso, ela diz:

— Não sei o que vai acontecer com a gente.

— A gente?

Ela suspira.

— Os orogenes.

Ah.

— A Estação atual vai durar algum tempo, mesmo com a Fenda contida — eu respondo. — Sobreviver a isso exigirá cooperação entre muitos tipos de pessoas. A cooperação traz oportunidades.

Ela franze o cenho.

— Oportunidades... para o quê? Você disse que as Estações vão acabar depois desta.

— Sim.

Ela ergue as mãos, ou uma mão e um cotoco, para fazer um gesto de frustração.

— As pessoas nos matavam e nos odiavam quando *precisavam* de nós. Agora nem isso a gente tem.

A gente. Nós. Ela ainda pensa em si mesma como orogene, embora nunca mais vá poder fazer mais do que ouvir a terra. Decido não salientar isso. Mas digo:

— E vocês também não vão precisar deles.

Ela se cala, talvez confusa. Para esclarecer, eu acrescento:

— Com o fim das Estações e a morte de todos os Guardiões, agora os orogenes poderão conquistar ou eliminar os quietos, se assim escolherem. Antes, nenhum dos grupos poderia ter sobrevivido sem a ajuda do outro.

Nassun arqueja.

— Isso é horrível.

Não me dou o trabalho de explicar que, só porque uma coisa é horrível, ela não deixa de ser verdade.

— Não haverá mais Fulcros — ela diz. Ela desvia o olhar, perturbada, talvez se lembrando de quando destruiu o Fulcro Antártico. — Acho que... Eles são errados, mas não sei de que outro modo... — Ela chacoalha a cabeça.

Em silêncio eu a observo atrapalhar-se durante um mês, ou um momento.

— Os Fulcros são errados — eu digo.

— O quê?

— O aprisionamento de orogenes nunca foi a única opção para garantir a segurança da sociedade. — Faço uma pausa proposital, e ela pisca, talvez lembrando-se de que pais orogenes são perfeitamente capazes de criar filhos orogenes sem que haja desastres. — Linchar nunca foi a única opção. As estações de ligação nunca foram a única opção. Todas essas coisas foram escolhas. Escolhas diferentes sempre foram possíveis.

Há tanta tristeza nela, na sua menininha. Espero que Nassun descubra algum dia que não está sozinha no mundo. Espero que descubra como ter esperança de novo.

Ela abaixa os olhos.

— Eles não vão escolher nada diferente.

— Escolherão se você os obrigar.

Ela é mais sábia do que você e não reluta contra a ideia de forçar as pessoas a serem decentes umas com as outras. Apenas a metodologia é um problema.

— Eu não tenho mais nada de orogenia.

— A orogenia — eu digo bruscamente de modo que ela vá prestar atenção — nunca foi a única forma de mudar o mundo.

Ela fica olhando. Eu sinto que falei tudo o que podia, então a deixo ali para contemplar minhas palavras.

Visito a estação da cidade e forneço ao veímulo magia suficiente para retornar à Quietude. Ainda será necessária uma viagem de meses ou mais para Nassun e suas companheiras chegarem a Rennanis a partir das Antárticas. A Estação provavelmente vai piorar enquanto elas viajam, porque temos a Lua de volta. No entanto... elas são parte de você. Espero que sobrevivam.

Quando elas tomam seu rumo, eu venho aqui, para o coração da montanha debaixo de Ponto Central. Para cuidar de você.

Não existe uma única forma certa quando iniciamos este processo. A Terra (em nome das boas relações não a chamarei mais de Cruel) nos reorganizou instantaneamente e, a essa altura, muitos de nós somos habilidosos o suficiente para imitar essa reorganização sem uma longa gestação. Contudo, eu descobri que a pressa produz resultados variados. Alabaster, como você o chamaria, talvez não se lembre totalmente de si mesmo durante séculos... ou talvez não se lembre nunca. Você, porém, tem que ser diferente.

Eu a trouxe aqui, reorganizei a substância arcânica bruta do seu ser e reativei a treliça que deveria ter preservado a essência crucial de quem você era. Você perderá algumas lembranças. Com a mudança, sempre há alguma perda. Mas eu lhe contei esta história, preparei o que restou de você, para preservar o máximo possível de quem você era.

Não para forçá-la a ter algum formato em particular, veja bem. Daqui em diante, você pode se tornar quem você quiser. Só que precisa saber de onde veio para saber para onde vai. Entende?

E, se você decidir me deixar... eu vou suportar. Já passei por coisas piores.

Então eu espero. O tempo passa. Um ano, uma década, uma semana. O período não importa, embora Gaewha acabe perdendo o interesse e parta para cuidar de seus próprios assuntos. Eu aguardo. Eu anseio... não. Eu simplesmente aguardo.

E então, um dia, bem no fundo da fissura onde eu coloquei você, o geodo se parte e a abertura solta um chiado. Você se ergue das metades que eclodiram, sua matéria desacelerando e resfriando até atingir seu estado natural.

Linda, eu acho. Caracóis de jaspe enrolados. Pele de mármore ocre estriado que sugere linhas de riso nos olhos e na boca, e camadas estratificadas nas suas vestes. Você me observa e eu a observo de volta.

Você pergunta, em um eco da voz que um dia teve:

— O que você quer?

— Apenas estar com você — eu respondo.

— Por quê?

Eu me coloco em uma postura humilde, com a cabeça abaixada e uma das mãos sobre o peito.

— Porque é assim que se sobrevive à eternidade — eu digo —, ou mesmo a alguns anos. Amigos. Família. Seguindo com eles. Seguindo adiante.

Será que você se lembra da primeira vez em que eu lhe disse isso, enquanto você se desesperava por não saber se algum dia seria capaz de reparar o mal que havia feito? Talvez. Você ajusta sua posição também. Braços cruzados, expressão cética. Familiar. Tento não ter esperanças e fracasso totalmente.

— Amigos, família — você diz. — Qual dos dois eu sou para você?

— Os dois e muito mais. Nós estamos além dessas coisas.

— Humm.

Não estou ansioso.

— O que *você* quer?

Você reflete. Eu ouço o lento e contínuo estrondo do vulcão aqui embaixo, nas profundezas. Então, você responde:

— Quero que o mundo seja melhor.

Nunca lamentei tanto a minha incapacidade de pular no ar e gritar de alegria.

Em vez disso, eu me transporto até você com uma das mãos em gesto de oferecimento.

— Então vamos lá torná-lo melhor.

Você parece achar graça. É você. É você de verdade.

— Simples assim?

— Pode ser que demore um pouco.

— Acho que não tenho muita paciência. — Mas você pega a minha mão.

Não tenha paciência. Jamais tenha. É assim que um novo mundo começa.

— Eu também não — eu digo. — Então vamos cuidar disso.

APÊNDICE 1

*Um catálogo das Quintas Estações que foram registradas
antes e desde a fundação da Afiliacão Equatorial Sanzed,
da mais recente para a mais antiga*

ESTAÇÃO DA ASFIXIA: do ano 2714 ao 2719 da Era Imperial.
Causa aproximada: erupção vulcânica. Localização: as Antárticas, perto de Deveteris. A erupção do monte Akok cobriu um
raio de aproximadamente oitocentos quilômetros com nuvens
de cinzas finas que se solidificavam em pulmões e membranas
mucosas. Cinco anos sem luz do sol, embora o hemisfério norte
não tenha sido tão afetado (apenas dois anos).

ESTAÇÃO ÁCIDA: do ano 2322 ao 2329 da Era Imperial.
Causa aproximada: tremor de nível maior que dez. Localização: desconhecida; em algum ponto distante do oceano.
Um deslocamento repentino de placa tectônica deu origem a
uma cadeia de vulcões no caminho de uma grande corrente
de jato. Essa corrente acidificou-se, fluindo em direção à costa oeste e enfim por toda a Quietude. A maioria das comus
costeiras pereceu no tsunami inicial; as restantes fracassaram
ou foram forçadas a mudar de lugar quando suas frotas e
instalações portuárias se corroeram e a pesca se esgotou. A
oclusão atmosférica causada pelas nuvens durou sete anos; os
níveis de pH permaneceram insustentáveis por muitos anos
mais.

ESTAÇÃO DA EBULIÇÃO: do ano 1842 ao 1845 da Era Imperial. Causa aproximada: erupção de um ponto quente sob um
grande lago. Localização: Latmedianas do Sul, distritante
do Lago Tekkaris. A erupção lançou milhões de galões de
vapor e partículas ao ar, o que provocou chuvas ácidas e oclu-

são atmosférica sobre a metade sul do continente durante três anos. Entretanto, a metade norte não sofreu impactos negativos, então os arqueomestas contestam se isso se qualifica como uma "verdadeira" Estação.

ESTAÇÃO OFEGANTE: do ano 1689 ao 1798 da Era Imperial. Causa aproximada: acidente de mineração. Localização: Latmedianas do Norte, distritante de Sathd. Uma Estação inteiramente causada pelos humanos, provocada quando mineiros na extremidade das regiões carboníferas do nordeste das Latmedianas do Norte deram origem a incêndios subterrâneos. Estação relativamente amena, apresentando ocasional luz do sol e nenhuma chuva de cinzas nem acidificação, exceto na região; poucas comus declararam Lei Sazonal. Aproximadamente catorze milhões de pessoas da cidade de Heldine morreram na erupção inicial de gás natural e no buraco de fogo que se espalhava rapidamente antes que Orogenes Imperiais acalmassem e fechassem com êxito as extremidades do fogo para evitar que se espalhasse mais. A massa restante só pôde ser isolada e continuou queimando durante 109 anos. A fumaça desse fogo, espalhada através dos ventos predominantes, causou problemas respiratórios e ocasionais sufocamentos em massa nessa região durante várias décadas. Um efeito secundário da perda das regiões carboníferas das Latmedianas do Norte foi um aumento catastrófico nos custos do combustível para fins de aquecimento e a adoção mais ampla do aquecimento geotermal e hidroelétrico, levando à criação do Licenciamento para Geoneiros.

ESTAÇÃO DOS DENTES: do ano 1553 ao 1566 da Era Imperial. Causa aproximada: tremor oceânico que provocou uma explosão supervulcânica. Localização: Fissuras Árticas. Um abalo secundário do tremor oceânico rompeu um ponto quente antes desconhecido próximo ao polo norte. Isso provocou uma explosão supervulcânica; testemunhas relatam ter ouvido o som da explosão até nas Antárticas. As cinzas subiram até os níveis mais altos da atmosfera e se espalharam ao redor do globo rapidamente, embora as Árticas tenham sido mais fortemente afetadas. O dano dessa Estação foi exacerbado pela má preparação da parte de muitas comus, porque uns novecentos anos haviam se passado desde a última Estação; a crença popular na época era a de que as Estações eram apenas lendas. Relatos de canibalismo se espalharam do norte até os Equatoriais. Ao final dessa Estação, o Fulcro foi fundado em Yumenes, com instalações satélite nas Árticas e nas Antárticas.

ESTAÇÃO DOS FUNGOS: ano 602 da Era Imperial. Causa aproximada: erupção vulcânica. Localização: oeste dos Equatoriais. Uma série de erupções durante a Estação das Monções aumentou a umidade e obstruiu a luz do sol sobre aproximadamente 20% do continente durante seis meses. Embora essa tenha sido uma Estação branda no que se refere a esse tipo de coisa, a época em que veio criou condições perfeitas para o aparecimento de fungos que se espalharam pelos Equatoriais e chegaram até as Latmedianas do Norte e do Sul, dizimando um alimento que então era básico, o miroq (agora extinto). A fome que resultou disso durou quatro anos (dois anos para a ferrugem do fungo encerrar o seu ciclo, mais dois anos para a agricultura e os sistemas de distribuição se recuperarem). Quase todas as comus afetadas conseguiram subsistir com os seus estoques, provando assim a eficácia das reformas imperiais e do planejamento sazonal, e o Império foi generoso em compartilhar sementes estocadas com aquelas regiões que dependiam do miroq. No período subsequente, muitas comus das latitudes medianas e das regiões costeiras uniram-se voluntariamente ao Império, dobrando sua extensão e dando início à sua Era de Ouro.

ESTAÇÃO DA LOUCURA: do ano 3 antes da Era Imperial ao ano 7 da Era Imperial. Causa aproximada: erupção vulcânica. Localização: Derrame de Basalto de Kiash. A erupção de múltiplas crateras de um antigo supervulcão (o mesmo responsável pela Estação Gêmea de aproximadamente 10.000 anos antes) lançou ao ar grandes quantidades de sedimento de augito, um mineral de cor escura. Os decorrentes dez anos de escuridão não foram devastadores apenas no sentido sazonal habitual, mas resultaram em uma incidência maior que o comum de doenças mentais. A Afiliação Equatorial Sanzed (comumente chamada de Império Sanze) nasceu nessa Estação quando a Guerreira Verishe de Yumenes conquistou múltiplas comus atormentadas usando técnicas de guerra psicológica. (Veja *A arte da loucura*, vários autores, Editora da Sexta Universidade.) Verishe se autonomeou Imperatriz no dia em que reapareceu o primeiro raio de sol.

[**Nota do Editor:** Muitas das informações sobre Estações anteriores à fundação de Sanze são contraditórias ou não confirmadas. As próximas são Estações reconhecidas pela Conferência Arqueoméstrica da Sétima Universidade de 2532.]

ESTAÇÃO ERRANTE: aproximadamente 800 anos antes da Era Imperial. Causa aproximada: mudança do polo magnético. Localização: não verificável. Essa estação resultou na extinção de várias importantes culturas comerciais da época e em vinte anos de fome devido à confusão dos polinizadores por conta do movimento do verdadeiro norte.

ESTAÇÃO DA MUDANÇA DE VENTOS: aproximadamente 1.900 anos antes da Era Imperial. Causa aproximada: desconhecida. Localização: não verificável. Por motivos desconhecidos, a direção dos ventos predominantes mudou durante muitos anos antes de voltar ao normal. É consenso que essa tenha sido uma Estação, apesar da falta de oclusão atmosférica, pois apenas um evento sísmico substancial (e provavelmente em um ponto distante do oceano) poderia tê-la provocado.

ESTAÇÃO DOS METAIS PESADOS: aproximadamente 4.200 anos antes da Era Imperial. Causa aproximada: erupção vulcânica. Localização: Latmedianas do Sul, perto das regiões costeiras do leste. Uma erupção vulcânica (que se acredita ter sido no Monte Yrga) causou oclusão atmosférica durante dez anos, exacerbada pela contaminação generalizada por mercúrio por toda a metade leste da Quietude.

ESTAÇÃO DOS MARES AMARELOS: aproximadamente 9.200 anos antes da Era Imperial. Causa aproximada: desconhecida. Localização: Regiões Costeiras do Leste e do Oeste, e nas regiões costeiras até as Antárticas. Essa Estação só é conhecida por meio de relatos escritos encontrados em ruínas equatoriais. Por motivos desconhecidos, o aparecimento generalizado de uma bactéria intoxicou quase toda a vida marinha e causou fome nas regiões costeiras durante várias décadas.

ESTAÇÃO GÊMEA: aproximadamente 9.800 anos antes da Era Imperial. Causa aproximada: erupção vulcânica. Localização:

Latmedianas do Sul. De acordo com canções e histórias orais datadas daquela época, a erupção de uma cratera vulcânica causou uma oclusão de três anos. Quando ela começou a clarear, foi seguida por uma segunda erupção de uma cratera diferente, que estendeu a oclusão por mais trinta anos.

APÊNDICE 2

Um glossário de termos comumente usados em todos os
distritantes da Quietude

ANÉIS: usados para denotar classificação entre os Orogenes Imperiais. Orogenes em treinamento e sem classificação devem passar por uma série de testes para obter o primeiro anel; dez anéis é a classificação mais alta que um orogene pode alcançar. Cada anel é feito de uma pedra semipreciosa polida.

ANTÁRTICAS: as latitudes mais ao sul do continente. Também se refere às pessoas das comus da região antártica.

ARMAZENADOS: comida armazenada e suprimentos. As comus mantêm protegidas e trancadas as provisões armazenadas o tempo todo devido à possibilidade de uma Quinta Estação. Apenas membros reconhecidos da comu têm direito a uma cota dos armazenados, embora os adultos possam usar sua cota para alimentar crianças não reconhecidas e outros. Residências individuais costumam manter seus próprios armazenados caseiros, igualmente protegidos contra pessoas que não são membros da família.

ÁRTICAS: as latitudes mais ao norte do continente. Também se refere às pessoas das comus da região ártica.

BASTARDO: uma pessoa nascida sem casta de uso, o que só é possível para meninos cujos pais são desconhecidos. Aqueles que se distinguirem podem receber permissão para usar a casta de uso da mãe ao receber o nome de comu.

BOLSA DE FUGA: um pequeno estoque facilmente carregável de provisões armazenadas que as pessoas mantêm em suas casas em caso de tremores ou outras emergências.

BORBULHA: um gêiser, uma fonte termal ou saídas de vapor.

BRITADOR: um artesão que, com ferramentas pequenas, trabalha em pedra, vidro, osso ou outro material. Em grandes comus, britadores podem usar técnicas mecânicas ou de produção em massa. Britadores que trabalham em metal, ou britadores incompetentes, são coloquialmente chamados de ferrugentos.

CABEÇAS QUIETAS: termo pejorativo usado pelos orogenes para as pessoas que não têm orogenia, em geral abreviado para "quietos".

CABELO DE CINZAS SOPRADAS: um traço racial sanzed peculiar, considerado nas atuais diretrizes da casta de uso Reprodutora como sendo vantajoso e, portanto, com preferência na seleção. O cabelo de cinzas sopradas é notadamente grosso e espesso, geralmente crescendo em direção ascendente; quando é comprido, ele recai sobre o rosto e os ombros. É resistente a ácidos, retém pouca água após a imersão e mostrou-se eficaz como filtro de cinzas em circunstâncias extremas. Na maioria das comus, as diretrizes dos Reprodutores reconhecem somente a textura; entretanto, os Reprodutores Equatoriais em geral também requerem uma coloração natural "cinza" (de cinzento ardósia a branco, presente desde o nascimento) para a cobiçada designação.

CAMPOS VERDES: uma área não cultivada dentro ou bem próxima dos muros da maioria das comus, segundo é aconselhado pelo Saber das Pedras. Os campos verdes das comus podem ser usados para agricultura ou criação de animais o tempo todo, ou podem ser mantidos como parques ou áreas não cultivadas durante as épocas não sazonais. Residências individuais costumam manter também seus próprios espaços verdes, ou jardins.

CEBAKI: um membro da raça cebaki. Cebak foi um dia uma nação (unidade de um sistema político obsoleto antes da Era Imperial) nas Latmedianas do Sul, embora tenha sido reorganizado dentro do sistema de distritantes quando o Velho Império Sanze a conquistou séculos antes.

COMU: comunidade. A menor unidade sócio-política do sistema de governo imperial, geralmente correspondendo a uma cidade ou vilarejo, embora cidades muito grandes possam conter várias comus. Membros aceitos de uma comu são aqueles a quem foram concedidos direitos de cota de armazenados e proteção, e que, por sua vez, sustentam a comu através de impostos e outras contribuições.

COMEDORES DE PEDRA: espécie humanoide senciente raramente vista cuja pele, cabelo etc. assemelham-se à pedra. Pouco se sabe sobre eles.

COSTA-FORTE: uma das sete castas de uso comuns. Costas-fortes são indivíduos selecionados por sua destreza física, responsáveis por trabalhos pesados e pela segurança quando acontece uma Estação.

COSTEIRO: uma pessoa de uma comu costeira. Poucas comus costeiras têm condições de contratar Orogenes Imperiais para erguer recifes de corais ou para se proteger de outra forma contra tsunamis, então as cidades costeiras precisam sempre se reconstruir e, como consequência, tendem a ter poucos recursos. As pessoas da costa oeste do continente tendem a ser claras, de cabelo liso, e às vezes têm olhos com dobras epicânticas. As pessoas da costa leste tendem a ter a pele escura, cabelo crespo, e às vezes olhos com dobras epicânticas.

CRECHE: um lugar onde as crianças pequenas demais para trabalhar recebem cuidados enquanto os adultos realizam as tarefas necessárias na comu. Quando as circunstâncias permitem, é um local de ensino.

DISTRITANTE: o nível intermediário do sistema de governo imperial. Quatro comus geograficamente adjacentes formam um distritante. Cada distritante tem um governador ao qual os chefes individuais das comus se reportam, e que, por sua vez, reporta-se a um governador regional. A maior comu em um distritante é sua capital; as maiores capitais de distritante estão ligadas umas às outras por meio do sistema da Estrada Imperial.

EQUATORIAIS: latitudes ao redor do equador, inclusive este, exceto as regiões costeiras. Também se refere às pessoas das comus da região equatorial. Graças ao clima temperado e à relativa estabilidade no centro da placa continental, as comus equatoriais tendem a ser prósperas e politicamente poderosas. Os equatoriais um dia formaram o centro do Velho Império Sanze.

ESTAÇÃO DE LIGAÇÃO: a rede de estações mantida pelo Império e localizada por toda a Quietude a fim de reduzir ou acalmar eventos sísmicos. Devido à relativa raridade dos orogenes treinados pelo Fulcro, as estações de ligação se agrupam principalmente nos Equatoriais.

ESTRADA IMPERIAL: uma das grandes inovações do velho Império Sanze, as estradas altas (rodovias elevadas para andar a pé ou a cavalo) ligam todas as principais comus e a maior parte dos grandes distritantes uns aos outros. As estradas altas foram construídas por equipes de geoneiros e Orogenes Imperiais, com os orogenes determinando o caminho mais estável em meio a áreas de atividade sísmica (ou acalmando a atividade sísmica se não houvesse um caminho estável) e os geoneiros determinando o trajeto da água e de outros recursos importantes perto da estrada para facilitar a viagem durante as Estações.

EXPLOSÃO: um vulcão. Também chamado de montanhas de fogo em algumas línguas costeiras.

FALHA GEOLÓGICA: Um lugar onde rupturas na terra criam frequentes e graves tremores e explosões são mais comuns.

FULCRO: uma ordem paramilitar criada pelo Velho Sanze após a Estação dos Dentes (1560 da Era Imperial). A sede do Fulcro fica em Yumenes, embora dois Fulcros satélites estejam localizados nas regiões árticas e antárticas, para uma máxima cobertura continental. Orogenes treinados pelo Fulcro (ou "Orogenes Imperiais") têm permissão legal para praticar a habilidade da orogenia que, de outra forma, é ilegal, sob estritas regras organizacionais e com supervisão atenta da ordem dos Guardiões. O Fulcro é autoadministrado e autossuficiente. Orogenes Imperiais são marcados por seus uniformes pretos e coloquialmente conhecidos como "jaquetas pretas".

GEONEIRO: Um engenheiro que trabalha com a terra: mecanismos de energia geotermal, túneis, infraestrutura subterrânea, mineração.

GEOMESTA: pessoa que estuda a pedra e seu lugar no mundo natural; termo geral para cientista. Especificamente, geomestas estudam litologia, química e geologia, que não são consideradas disciplinas separadas na Quietude. Alguns geomestas se especializam em orogênese, o estudo da orogenia e seus efeitos.

GRÃOS: no Fulcro, crianças orogenes sem anéis que ainda estão no treinamento básico.

GUARDIÃO: membro de uma ordem que se diz preceder o Fulcro. Os Guardiões rastreiam, protegem, combatem e orientam os orogenes na Quietude.

HOSPEDARIA: postos localizados a intervalos ao longo de todas as Estradas Imperiais e de muitas estradas secundárias. Todas as hospedarias contêm uma fonte de água e ficam perto de terras aráveis, florestas ou outros recursos úteis. Muitas delas estão localizadas em áreas de mínima atividade sísmica.

INOVADOR: uma das sete castas de uso comuns. Os Inovadores são indivíduos selecionados por sua criatividade e inteligência aplicada, responsável pela resolução de problemas técnicos e logísticos durante uma Estação.

KIRKHUSA: um mamífero de porte médio, às vezes criado como animal de estimação ou usado para proteger as casas ou o gado. Normalmente herbívoro; durante as Estações, carnívoro.

LATMEDIANAS: as latitudes "médias" do continente, aquelas entre o equador e as regiões árticas ou antárticas. Também se refere às pessoas das regiões latmedianas (às vezes chamados "latmedianos"). Essas regiões são vistas como o lugar mais atrasado da Quietude, embora produzam boa parte da comida, dos materiais e de outros recursos essenciais do mundo. Existem duas regiões latmedianas: a do norte (Latmedianas do Norte) e a do sul (Latmedianas do Sul).

LEI SAZONAL: lei marcial que pode ser declarada por qualquer chefe de comu, governador de distritante, governador regional ou membro reconhecido da Liderança Yumenescense. Durante a Lei Sazonal, os governos distritante e regional ficam suspensos, e as comus funcionam como unidades políticas soberanas, embora a cooperação local com outras comus seja fortemente encorajada de acordo com a política imperial.

MELA: uma planta das latmedianas, da família dos melões dos climas equatoriais. As melas são plantas terrestres em forma de vinha que normalmente produzem as frutas acima do solo. Durante uma Estação, as frutas crescem sob o solo como tubérculos. Algumas espécies de mela produzem flores que prendem insetos.

Meta-saber: como a alquimia e a astromestria, uma descreditada pseudociência repudiada pela Sétima Universidade.

Nome de comu: o terceiro nome usado pela maioria dos cidadãos, indicando sua lealdade e seus direitos no que se refere a uma comu. Esse nome geralmente é concedido na puberdade como sinal da passagem à maioridade, indicando que uma pessoa foi considerada um membro de valor da comunidade. Aqueles que imigraram para uma comu podem solicitar adoção a essa comu; se forem aceitos, tomam o nome da comu adotiva como seu.

Nome de uso: o segundo nome usado pela maioria dos cidadãos, indicando a casta de uso à qual aquela pessoa pertence. Há vinte castas de uso reconhecidas, embora apenas sete sejam correntemente usadas por todo o atual e o antigo Velho Império Sanze. Uma pessoa herda o nome de uso do progenitor de mesmo sexo, com base na teoria de que traços úteis são mais facilmente passados dessa forma.

Nova comu: termo coloquial para comus que surgiram apenas desde a última Estação. Comus que sobreviveram a pelo menos uma Estação geralmente são vistas como lugares mais desejáveis para morar, tendo provado sua eficácia e força.

Orogene: pessoa que possui orogenia, quer seja treinada ou não. Forma pejorativa: rogga. (N.T.: Para criar esse neologismo, a autora se inspirou na palavra "nigga", criada a partir de "nigger", termo usado nos Estados Unidos para se referir aos negros que foram escravizados. "Nigga" é considerada uma palavra extremamente ofensiva.)

OROGENIA: a habilidade de manipular energia termal, cinética e formas de energia relacionadas para lidar com eventos sísmicos.

REGIÃO: o nível mais alto do sistema de governo imperial. Regiões imperialmente reconhecidas são as Árticas, as Latmedianas do Norte, as Costeiras do Oeste, as Costeiras do Leste, os Equatoriais, as Latmedianas do Sul e as Antárticas. Cada região tem um governador a quem todos os distritantes locais se reportam. Os governadores regionais são oficialmente nomeados pelo Imperador, embora, na prática, sejam geralmente escolhidos pela Liderança Yumenescense ou são membros dela.

REPRODUTOR: uma das sete castas de uso comuns. Reprodutores são indivíduos selecionados por sua saúde e por sua desejável constituição física. Durante uma Estação, são responsáveis pela manutenção de linhagens saudáveis e pela melhoria da comu ou da raça por meio de medidas seletivas.

RESISTENTE: uma das sete castas de uso comuns. Resistentes são indivíduos escolhidos pela habilidade de sobreviver à fome e à pestilência. São responsáveis por cuidar dos enfermos e dos cadáveres durante as Estações.

SABEDORISTA: pessoa que estuda o Saber das Pedras e a história perdida.

SANZE: originalmente uma nação (unidade de um sistema político obsoleto, Antes da Era Imperial) nos Equatoriais; origem da raça sanzed. Ao final da Estação da Loucura (ano 7 da Era

Imperial), a nação Sanze foi abolida e substituída pela Afiliação Equatorial Sanzed, consistindo em seis comus predominantemente sanzed sob o domínio da Imperatriz Verish Liderança Yumenes. A Afiliação se expandiu após a Estação, englobando por fim todas as regiões da Quietude em torno do ano 800 da Era Imperial. Mais ou menos na época da Estação dos Dentes, a Afiliação se tornou coloquialmente conhecida como o Velho Império Sanze, ou simplesmente o Velho Sanze. A partir dos Acordos Shilteen de 1850 da Era Imperial, a Afiliação oficialmente deixou de existir, já que o controle local (segundo recomendação da Liderança Yumenescense) foi considerado mais eficiente no caso de uma Estação. Na prática, a maioria das comus ainda seguem os sistemas imperiais de governo, finanças, educação e outros, e a maioria dos governadores regionais ainda pagam impostos em tributo a Yumenes.

SANZED: um membro da raça sanzed. De acordo com os padrões de Reprodução Yumenescense, os sanzeds têm, idealmente, pele cor de bronze e cabelo de cinzas sopradas, com constituições mesomórficas e endomórficas e uma altura na fase adulta de no mínimo 1,80m.

SANZE-MAT: língua falada pela raça sanze e língua oficial do Velho Império Sanze, agora língua franca da maior parte da Quietude.

SEGURA: uma bebida tradicionalmente servida em negociações, primeiros encontros entre partes potencialmente hostis e outras reuniões formais. Ela contém o leite de uma planta que reage à presença de qualquer substância estranha.

SEM-COMU: criminosos e outros indivíduos indesejados incapazes de conquistar aceitação em qualquer comu.

SENSUNA: consciência dos movimentos da terra. Os órgãos sensoriais que realizam essa função são os sensapinae, localizados no tronco cerebral. Forma verbal: sensar.

SÉTIMA UNIVERSIDADE: uma faculdade famosa para o estudo de geomestria e do Saber das Pedras, atualmente financiada pelo Império e localizada na cidade equatorial de Dibars. Versões anteriores da Universidade foram mantidas pelo setor privado ou de forma coletiva; notadamente, a Terceira Universidade em Am-Elat (aproximadamente 3.000 antes da Era Imperial) foi reconhecida na época como uma nação soberana. Faculdades regionais ou distritantais menores pagam tributos à Universidade e recebem conhecimentos especializados e recursos em troca.

TERRENO QUEBRADO: solo que foi revolvido por atividade sísmica extrema e/ou muito recente.

TREMOR: um movimento sísmico da terra.

AGRADECIMENTOS

Ufa. Isso levou um tempo, não levou? *O céu de pedra* marca mais do que apenas o fim de mais uma trilogia para mim. Por vários motivos, o período durante o qual escrevi este livro acabou sendo o momento de mudanças tremendas na minha vida. Entre outras coisas, saí do meu emprego formal e me tornei escritora em tempo integral em julho de 2016. Bem, eu *gostava* do meu emprego formal, no qual eu podia ajudar as pessoas a fazerem escolhas saudáveis – ou, pelo menos, sobreviver por tempo suficiente para fazer isso – em um dos pontos de transição mais cruciais da vida adulta. Ainda ajudo as pessoas, eu acho, como escritora, ou pelo menos essa é a impressão que tenho daqueles de vocês que me mandaram cartas ou mensagens online me contando o quanto a minha produção literária os tocou. Mas, no meu emprego diurno, o trabalho era mais direto, assim como suas agonias e recompensas. Sinto muita falta dele.

Ah, não me entendam mal: essa era uma transição de vida boa e necessária a fazer. Minha carreira como escritora explodiu da melhor forma e, afinal, eu amo ser escritora também. Mas é da minha natureza refletir em tempos de mudança e reconhecer tanto o que foi perdido como o que foi ganho.

Essa mudança foi facilitada por uma campanha de Patreon (financiamento coletivo para artistas) que eu comecei em 2016. E, tocando em uma notícia triste... esse financiamento via Patreon também foi o que me permitiu me concentrar totalmente em minha mãe durante os últimos dias de sua vida, no final de 2016 e início de 2017. Eu não falo com frequência de coisas pessoais em público, mas talvez vocês consigam ver que a trilogia A terra partida é minha tentativa de lidar com a maternidade, entre outras coisas. Os últimos anos de minha mãe foram difíceis. Acho (tantos dos alicerces dos meus romances se tornam claros em retrospecto) que, de algum modo, eu suspeitava que a morte dela estava chegando; talvez eu estivesse tentando me preparar. Ainda assim, não estava pronta quando aconteceu... mas ninguém jamais está.

Então sou grata a todos: à minha família, aos meus amigos, à minha agente, aos meus patrocinadores, ao pessoal da Orbit, inclusive a meu novo editor, a meus antigos colegas de trabalho, à equipe da casa de repouso, *a todos*, que me ajudaram a passar por isso.

E foi por isso que trabalhei tanto para que *O céu de pedra* saísse no prazo, apesar das viagens e das hospitalizações e do estresse e de todas as mil indignidades burocráticas da vida após a morte de um dos pais. Eu definitivamente não estava no meu melhor momento enquanto trabalhava neste livro, mas posso dizer uma coisa: onde há dor no livro, é dor de verdade; onde há raiva, é raiva de verdade; onde há amor, é amor de verdade. Vocês vêm fazendo esta viagem comigo, e sempre terão a melhor parte do que eu tenho. É o que minha mãe ia querer.

EXTRAS

NOTA EDITORIAL

N.K. Jemisin ganhou consecutivamente três prêmios Hugo de Melhor Livro com a trilogia A terra partida. E por que isso é tão importante?

O Prêmio Hugo começou em 1953 como uma ideia e atualmente toda a premiação é votada pelos membros da WorldCon – que qualquer um pode se tornar pelo site oficial. É considerado o prêmio mais prestigioso e importante de Ficção Científica e Fantasia, não apenas por conta de sua longevidade, mas por oferecer um vislumbre do que toda uma comunidade de leitores pensa. Entre os ganhadores da categoria principal, Melhor Livro, estão: Isaac Asimov, Ursula Le Guin, William Gibson, J.K. Rowling and Neil Gaiman.

Todos eles deixaram sua marca na história da literatura – com suas ideias impactantes de como a vida poderia ser, aonde a raça humana pode chegar e, o questionamento que a maioria dos grandes autores faz: o que essencialmente significa ser humano. Mas Jemisin foi, em 2016, a primeira pessoa negra a ganhar um Hugo de Melhor Livro.

A literatura especulativa em geral é a melhor via para explorar novas possibilidades, estruturas sociais e até formas de vida que não estejam sujeitas às nossas limitações mundanas. Dos primórdios da Ficção Científica com Mary Shelley às obras pioneiras de Samuel R. Delany e Octavia E. Butler é possível perceber a relevância de trabalhos que usam o gênero como subterfúgio para discutir questões essenciais como raça, gênero e preconceito.

A despeito de suas possibilidades ilimitadas, por muito tempo o gênero ficou restrito a narrativas específicas de pontos de vista específicos, estreitando as discussões e inibindo seu verdadeiro potencial.

Novos autores que buscaram inserir ideias inéditas e trazer diversidade ao gênero foram recebidos com hostilidade por aqueles que queriam manter as histórias "puras" e "tradicionais", e que chegaram ao extremo de tentarem manipular os resultados do Prêmio Hugo em favor dos autores deste grupo.

Mas essas histórias não devem e não vão ser escondidas; essas vozes retumbarão acima de protestos arcaicos. E uma das provas é este livro que você tem em mãos, pelo qual Jemisin recebeu seu terceiro Prêmio Hugo seguido, quebrando todos os recordes e fazendo um poderoso discurso na cerimônia de premiação, que você poderá ler na próxima seção.

Apreciem esta trilogia de N.K. Jemisin e saibam que a cada palavra impressa estamos um passo mais próximos de acessar o potencial máximo do gênero e de descobrir novos mundos de infindáveis possibilidades.

Editora Morro Branco

Discurso de N.K. Jemisin
|Cerimônia de premiação do Hugo|
WorldCon de 2018

Eu comecei a cultivar toda uma superstição de que só ganho prêmios quando não apareço [na cerimônia].

[...] Este tem sido um ano difícil, não é? Alguns anos difíceis, um século difícil. Para alguns de nós, as coisas sempre foram difíceis e escrevi a trilogia A terra partida para falar dessa luta e do que é preciso para viver, quem dirá prosperar, em um mundo que parece determinado a quebrar você. Um mundo de pessoas que constantemente questionam sua competência, sua relevância, sua própria existência.

Eu recebo muitas perguntas sobre de onde vêm os temas da trilogia A terra partida. Acho que é bem óbvio que tirei inspiração da história humana de opressão estrutural, assim como meus sentimentos sobre este momento na história americana. O que talvez seja menos óbvio é o quanto da história deriva dos meus sentimentos sobre ficção científica e fantasia. Por outro lado, ficção científica e fantasia são microcosmos do mundo mais amplo, de modo algum excluídos da mesquinharia e do preconceito do mundo.

Mas outra coisa que eu tento abordar com a trilogia A terra partida é que a vida num mundo difícil não é nunca apenas uma luta. A vida é família, de sangue e encontrada; a vida são aqueles aliados que se provam dignos por ações e não apenas discursos; a vida significa celebrar cada vitória, não importa quão pequena. Então, enquanto estou aqui diante de vocês, sob estas luzes, eu quero que vocês se lembrem que 2018 é também um bom ano. Este é um ano em que recordes foram estabelecidos, um ano em que mesmo os privilegiados mais cegos entre nós foram forçados a reconhecer que o mundo está quebrado e precisa de conserto, e isso é uma coisa boa, porque reconhecer o problema é o primeiro passo para consertá-lo.

Eu olho para a ficção científica e fantasia como o ímpeto de ambições do zeitgeist. Nós, criadores, somos os engenheiros da possibilidade. E à medida que esse gênero finalmente, embora relutantemente, reconhece que os sonhos dos marginalizados importam e que todos nós temos um futuro, o mundo também fará isso. Em breve, espero. Muito em breve.

E sim, haverá contraditores. Eu sei que estou aqui neste palco aceitando este prêmio por basicamente o mesmo motivo que todos os vencedores de melhor romance anteriores: porque eu trabalhei para caramba. Eu verti minha dor no papel quando não podia pagar por terapia, eu estudei uma ampla gama de obras de literatura e me aprofundei nelas para aprender o que podia e refinar minha voz; escrevi um milhão de palavras de merda e provavelmente um milhão de palavras de *meh*. E, além disso, eu sorri e acenei enquanto editores de revistas bem-intencionados me aconselharam a moderar minhas alegorias e minha raiva.

Não fiz isso.

Eu cerrei os dentes enquanto um escritor profissional estabelecido me fez uma diatribe de 10 minutos, basicamente como uma representante de todas as pessoas negras, por mencionar a falta de representatividade nas ciências. Eu continuei escrevendo embora meu primeiro romance, *The Killing Moon*, tenha sido inicialmente rejeitado sob a suposição de que apenas pessoas negras iriam querer ler o trabalho de uma escritora negra. Eu ergui minha voz para rebater outros convidados em mesas que tentaram falar acima de mim sobre minha própria vida. Eu lutei contra mim mesma e a vozinha dentro de mim que constantemente, e ainda, sussurra que eu devia manter a cabeça abaixada e calar a boca e deixar os escritores de verdade falarem.

Mas este é o ano em que eu posso sorrir para todos os contraditores; cada um deles, medíocres, inseguros, aspirantes, que abriram a boca para sugerir que eu não pertenço a este palco, que pessoas como eu não podem merecer tal honra, e que quando eles ganham é meritocracia, mas quando nós ganhamos é por política de minorias. Eu posso sorrir para essas pessoas e erguer um dedo enorme, brilhante, em forma de foguete na direção deles[1].

Então, quantos de vocês viram *Pantera Negra?* Provavelmente, minha parte preferida é a canção tema de Kendrick Lamar, "All the Stars". O refrão diz: "Esta pode ser a noite em que meus sonhos vão me dizer que as estrelas estão mais próximas". Que 2018 seja o ano em que as estrelas ficaram mais próximas para todos nós. As estrelas são nossas. Obrigada.

N.K. Jemisin

---

[1] O troféu do prêmio Hugo tem o formato de um foguete

Esta obra foi composta pela Desenho Editorial
em Caslon Pro e impressa em papel Pólen Soft
70g com capa em Cartão Trip Suzano 250g
pela Corprint para Editora Morro Branco
em outubro de 2019